13 Ocak 2022

Londra

Okudum, bitirdim

mükemmel bir

kitaptı!

AYŞE KULİN

ESERLER

1. *Güneşe Dön Yüzünü* (Öykü)
2. *Bir Tatlı Huzur* (Biyografi)
3. *Foto Sabah Resimleri* (Öykü)
4. *Adı: Aylin* (Biyografik Roman)
5. *Geniş Zamanlar* (Öykü)
6. *Sevdalinka* (Roman)
7. *Füreya* (Biyografik Roman)
8. *Köprü* (Roman)
9. *İçimde Kızıl Bir Gül Gibi* (Deneme)
10. *Babama* (Şiir)
11. *Nefes Nefese* (Roman)
12. *Kardelenler* (Araştırma)
13. *Gece Sesleri* (Roman)
14. *Bir Gün* (Roman)
15. *Bir Varmış Bir Yokmuş* (Öykü)
16. *Veda* (Roman), *Veda* (Çizgi Roman)
17. *Sit Nene'nin Masalları* (Çocuk Kitabı)
18. *Umut* (Roman)
19. *Taş Duvar Açık Pencere* (Derleme)
20. *Türkan-Tek ve Tek Başına* (Anı-Roman)
21. *Hayat-Dürbünümde Kırk Sene* (Anı-Roman)
22. *Hüzün-Dürbünümde Kırk Sene* (Anı-Roman)
23. *Gizli Anların Yolcusu* (Roman)
24. *Saklı Şiirler* (Şiir)
25. *Sessiz Öyküler* (Öykü Derlemesi)
26. *Bora'nın Kitabı* (Roman)
27. *Dönüş* (Roman)
28. *Hayal* (Anı)
29. *Handan* (Roman)
30. *Tutsak Güneş* (Roman)
31. *Kanadı Kırık Kuşlar* (Roman)
32. *Kördüğüm* (Roman)
33. *Son* (Roman)
34. *Her Yerde Kan Var* (Roman)

ÖDÜLLER

1988-89 / Tiyatro ve TV Yazarları Derneği, En İyi Çevre Düzeni Dalında Televizyon Başarı Ödülü
1995 / Haldun Taner Öykü Ödülü Birincisi
1996 / Sait Faik Hikâye Armağanı Ödülü
1996 / 3. UAT En Başarılı Yazar Ödülü
1997 / Oriflame Roman Dalında Yılın En Başarılı Kadın Yazarı Ödülü
1997 / Nokta Dergisi *Doruktakiler* Edebiyat Ödülü
1997 / İ.Ü. İletişim Fakültesi, Roman Dalında Yılın En Başarılı Yazarı Ödülü
1998 / Oriflame Edebiyat Dalında Yılın En Başarılı Kadın Yazarı Ödülü
1998 / İ.Ü. İletişim Fakültesi Roman Dalında Yılın En Başarılı Yazarı Ödülü
1999 / Oriflame Edebiyat Dalında En Başarılı Kadın Yazarı Ödülü
1999 / İ.Ü. İletişim Fakültesi Roman Dalında Yılın En Başarılı Yazarı Ödülü
2000 / Rotaract Yılın Yazarı Ödülü
2001 / Ankara Fen Lisesi Özel Bilim Okulları Yılın Yazarı Ödülü
2002 / Tepe Özel İletişim Kurumları Yılın En İyi Edebiyatçısı Ödülü
2003 / AVON Yılın En Başarılı Kadın Yazarı Ödülü
2003 / Best FM Yılın En Başarılı Yazarı Ödülü
2004 / İstanbul Kültür Üniversitesi Yürekli Kadın Ödülü
2004 / Pertevniyal Lisesi Yılın En İyi Yazarı Ödülü
2007 / Bağcılar Atatürk İ.Ö. Ok. & Esenler-İsveç Kardeşlik İ.Ö. Ok. Yılın Edebiyat Yazarı Ödülü
2007 / Türkiye Yazarlar Birliği *Veda* isimli romanı ile Yılın En Başarılı Yazarı
2008 / European Council of Jewish Communities Roman Ödülü
2009 / TED Bilim Kurulu Eğitim Hizmet Ödülü
2009 / Kocaeli, 2. Altın Çınar Dostluk ve Barış Ödülü
2009 / Kabataşlılar Derneği Yılın En İyi Yazarı Ödülü
2010 / Best FM 1998-2008, 10 Yılın En Başarılı Kitabı
2010 / Kabataşlılar Derneği Yılın En İyi Yazarı Ödülü
2011 / İTÜ EMÖS Yaşam Boyu Başarı Ödülü
2011 / Orkunoğlu Eğitim Kurumları, Yılın En Başarılı Yazarı Ödülü
2011 / ESKADER Kültür & Sanat Ödülleri, Hatırat Dalında *Hayat & Hüzün*
2011 / *Farewell* (*Veda*) ile Dublin IMPAC Edebiyat Ödülü Ön Adayı
2012 / Medya ve Yeni Medya En İyi Yazar Ödülü
2013 / Kültür ve Turizm Bakanlığı, Toplumsal Duyarlılığa Katkı Ödülü
2013 / Lions Başarı Ödülü
2014 / 22. İTÜ EMÖS Ödülü; Yılın En Başarılı Kitabı - *Handan*
2015 / Eryetiş & Balkanlar Eğitim Kurumları / Yılın En İyi Romanı: *Tutsak Güneş*
2016 / *Permio Roma Ödülü* / Çeviri Dalında En İyi Roman / *Nefes Nefese.*
2016 / İstinye Rotary Kulübü Meslekte Üstün Hizmet Ödülü
2016 / İTÜ İşletme Mühendisliği Yazarlar Kategorisinde Sosyal Medya Ödülü
2017 / İzmir Rotary Kulübü Meslekte Üstün Hizmet Ödülü
2018 / Rumeli'nin En'leri, Yılın En İyi Yazarı
2018 / Işık Okulları, Yılın En İyi Yazarı
2018 / İTÜ, Yılın En İyi Yazarı
2019 / Kristal Lale Ödülü, Prof. Dr. Mümtaz Turhan S.B.L
2019 / UKKSA Yaşam Boyu Onur Ödülü
2019 / Mevlana Ödülü

Sevdalinka'nın Bosna-Hersek telif geliri savaş mağduru çocuklara, *Kardelenler*'in telif geliri Kardelen Projesi'ne, *Sit Nene'nin Masalları*'nın telif geliri UNICEF Anaokulu Projesi'ne, *Türkan-Tek ve Tek Başına*'nın özel baskısının ve *Türkan* tiyatro oyununun telif gelirleri ise ÇYDD eğitim projelerine bağışlanmıştır.

AYŞE KULİN

NEFES NEFESE

§

Yayın No **537**
Türkçe Edebiyat **151**

Nefes Nefese
Ayşe Kulin

Kapak tasarımı: Utku Lomlu
Sayfa tasarımı: Veysel Demirel

1-12. Basım: 2002-2005, Remzi Kitabevi
13-34. Basım: Aralık 2007-Temmuz 2018, Everest Yayınları
35. Basım: Ekim 2018
36-37. Basım: Temmuz-Kasım 2019
38. Basım: Temmuz 2020
39. Basım: Mart 2021

ISBN: 978 - 975 - 289 - 453 - 2
Sertifika No: 43949

Baskı ve Cilt: Melisa Matbaacılık
Matbaa Sertifika No: 45099
Çiftehavuzlar Yolu Acar Sanayi Sitesi No: 8
Bayrampaşa/İstanbul
Tel: (0212) 674 97 23 Faks: (0212) 674 97 29

EVEREST YAYINLARI
Ticarethane Sokak No: 15 Cağaloğlu/İSTANBUL
Tel: (0212) 513 34 20-21 Faks: (0212) 512 33 76
e-posta: info@everestyayinlari.com
www.everestyayinlari.com
www.twitter.com/everestkitap
www.facebook.com/everestyayinlari
www.instagram.com/everestyayinlari

Everest, Alfa Yayınları'nın tescilli markasıdır.

İkinci Dünya Savaşı'nda
kıyıma maruz kalan Yahudilerin
kurtarılmasında önemli katkıları
olan, şerefli ve cesur Türk
diplomatlarının aziz hatıralarına...

Macit → Ankara

Tarık → Paris

Necdet Kender → Marsilya

TEŞEKKÜR

Nefes Nefese, hiç kimsenin yaşam öyküsü değildir. Roman, İkinci Dünya Savaşı sırasında Avrupa'da görevliyken, Hitler'in pençesine düşen (Türk asıllı olan ve olmayan) pek çok Musevi'yi kurtarmayı başarmış Türk diplomatlarının ve Fransız Direniş Hareketi'nde görev alan bir Türk gencinin yaşadıklarından esinlenerek yazıldı.

Romanın yazılabilmesi için değerli vakitlerini ayırarak bana anılarını nakleden Büyükelçi rahmetli Namık Yolga ve Büyükelçi rahmetli Necdet Kent beyefendileri saygıyla, şükranla, rahmetle anıyor, onurlu kişiliklerinin genç Türk diplomatlarına örnek olmasını diliyorum. Nur içinde yatsınlar.

Bana çalışma kampında geçen günlerini ve tren anılarını nakleden Sayın Robert-Lazare Rousso'ya ve eşine, ayrıca yine ay-yıldızlı bir vagonun içinde İstanbul'a ulaşan Luiz Behar Hanımefendi'ye, hatırlayabildiklerini benimle paylaştıkları için şükran borçluyum.

Değerli belgeleri bana ulaştıran 500. Yıl Vakfı danışmanı Ssayın Harry Ojalvo'ya, romanın konusuyla ilgili kişilere, belgelere ve resimlere ulaşmamı sağlayan ve her türlü yardımı seve seve yapan Sayın Naim Güleryüz ile sevgili dostlarım Rahmi Aktaş ve Jak Deleon'a, bana telefonda bilgi aktaran Büyükelçi Taylan İzmirli'ye ve zaman ayırarak kitabın ön okumaları yapan arkadaşlarım Meyzi Barın ile Ayda Köseoğlu'na ve Engin'e içtenlikle teşekkür ediyorum.

Masum insanları Gestapo'nun elinden kurtarmak için çabalayan Türk diplomatları, isimsiz bir kahraman olan Faruk Sayar ve Türk devletinin yolladığı trenler hakkında beni bilgilendirerek, bu konuda bir roman yazılmasına vesile olduğu için, son ve sonsuz teşekkürlerimi ise arkadaşım Lale Akkoyunlu Bulak'a ayırdım.

Romanda yer alan siyasi ve sosyal olaylar ile zamanın siyasetçileri arasında geçen gerçek konuşmaları yazmak için yararlandığım kaynak kitapların dökümü aşağıdadır:

Savaşan Dünya ve Türkiye 1939-1945, Kâmuran Gürün, Tekin Yayınevi.

Selim ile Celine, Kâmuran Gürün, Cem Ofset Matbaacılık.

Bir Dönem Bir Çocuk, Altan Öymen, Doğan Kitap.

Kalderon Ailesi, Moris Karako, Belge Yayınları.

Eski İstanbul'un Yaşayan Tadı, Jak Deleon, Remzi Kitabevi.

Cehennemde Bir Ada, Gülseren Engin, Remzi Kitabevi.

Ve 500. Yıl Vakfı'ndan sağlamış olduğum kitapçıklar, belgeler, gazete kupürleri.

İkinci Dünya Savaşı sırasında katliama maruz kalan Musevilerin hayatını kurtaran Türk diplomatlarının şeref listesi:*

Numan Menemencioğlu	*Dışişleri Bakanı*	1942-1944
Behiç Erkin	*Vişi Büyükelçisi*	1940-1943
Saffet Arıkan	*Berlin Büyükelçisi*	1942-1944
İnayetullah Cemal Özkaya	*Atina Başkonsolosu*	1940-1945
Firuzan Selçuk	*Belgrad Konsolosu*	1939-1941
Pertev Şevki Kantemir	*Budapeşte Konsolosu*	1939-1942
Abdülahat Birden	*Budapeşte Konsolosu*	1942-1944
Kudret Erbey	*Hamburg Başkonsolosu*	1938-1942
Galip Evren	*Hamburg Konsolosu*	1942-1944
Fuat Aktan	*Köstence Başkonsolosu*	1937-1942
Ragıp Rauf Arman	*Köstence Başkonsolosu*	1942-1945
Necdet Kent	*Marsilya Konsolosu*	1942-1945
Bedii Arbel	*Marsilya Başkonsolosu*	1940-1943
Mehmet Fuat Carım	*Marsilya Başkonsolosu*	1943-1945
Cevdet Dülger	*Paris Başkonsolosu*	1939-1942
Fikret Şefik Özdoğancı	*Paris Konsolos Muavini*	1942-1945
Namık Kemal Yolga	*Paris Konsolos Muavini*	1942-1945
İrfan Sabit Akça	*Prag Konsolosu*	1939-1943
Selahattin Ülkümen	*Rodos Konsolosu*	1943-1944
Burhan Işın	*Varna Konsolosu*	1942-1946

---

* Kaynak: 500. Yıl Vakfi Türk Musevileri Müzesi.

NEFES NEFESE

ANKARA, 1941

siz uyursunuz bütün gece
ben bir ilmek daha atarım
gecelerden gecelere...

Tekin Gönenç

Macit evden çıkarken gecikeceğine dair uyarmıştı Sabiha'yı ama yine de iyi terbiye almış insanların iç rahatsızlığını duydu saat sekizi geçince. Toplantı odasından izin isteyerek çıktı, kendi ofisine geçti, siyah telefonun zırrt zırrt diye gürültü çıkararak dönen kadranını çevirip bekledi. Sabiha'nın sesini duyunca, "Bu akşam yine toplantıdayız," dedi, "beni yemeğe beklemeyin."

"Yine mi yoksun, Macit," dedi karısı bezgin bir sesle, "neredeyse yirmi gündür yemek yiyemedik birlikte... Kuzum, aranızda hiç kimsenin mi çoluğu çocuğu, karısı yok evde onları bekleyen?"

"Alman ordusu Bulgar hududumuza dayanmış, sen neden bahsediyorsun allahaşkma. Ah siz kadınlar!" dedi Macit, telefonu kapatırken.

Karısı da aynı annesi gibiydi. Ev hayatının alışılagelmiş akışı, çocukların yemek ve uyku saatleri, ailenin masa başında hep birlikte toplanabilmesi, savaştan bile önce geliyordu düzenini kurmuş kadınlar için. Atatürk boşuna çabalamış bunlardan meslek kadınları yaratabilmek için diye düşündü, bizimkilerden ancak ana olur, eş olur! Eş... mi? Macit'in dudağının ucu büküldü hafifçe. Sabiha'nın kızlarının bakımını tamamen dadıya teslim etmiş olmasını pek yadırgamamıştı ama bir eş olarak aylardır süregelen tavrına içerliyordu için için. Önceleri, karısındaki soğukluğu, sabahlara kadar uzayan toplantılara karşı sessiz bir protesto zannedip için için hırslanmıştı. Ne hakkı vardı ona çok çalıştığı, eve geç saatlerde döndüğü için kızmaya? O mu çıkarmıştı harbi? O mu düzenliyordu sabah saatlerine sarkan toplantıları? Ya savaşın içinde buluverselerdi kendilerini, çevrelerindeki hangi kadın kocasının yüzünü görebilirdi bir daha dünya gözüyle?

Macit böyle düşünüyordu ama karısının bu halinin sırf şımarıklıktan kaynaklanmadığını da biliyordu için için. Bir bunalımın eşiğinde duruyor gibiydi Sabiha. Güzel havalarda piknik yapmayı, at yarışlarını izlemeyi, yağışlı günlerde kâğıt oyunları oynamayı seven genç kadının içinden hiçbir şey yapmak gelmiyordu ne zamandır. Eve dönüşlerinde karısını çoktan yatmış, uyumuş buluyordu. Yanına uzandığında, beline sarılacak olsa, öte yana dönüyordu. Yatağa birlikte girmeye fırsat buldukları ender gecelerde ise, bahanesi hep hazırdı hemen uyumak için. Besbelli bir sorunu vardı ama tam da bunalıma girecek zamanı bulmuştu. Bu yoğun iş temposu içinde, nasıl vakit bulup ilgilenebilirdi ki onunla. Toplantılar gece yarısından önce bitecek olursa, ertesi gün sabahın yedisinde bakanlıkta buluyordu kendini Macit.

Herhangi bir zaman diliminde yaşamıyorlardı ne zamandır. Her iki yanı da ateş olan, ince, uzun bir sırat köprüsünden geçiyordu Türkiye. Bir tarafta sadece kendi çıkarlarını düşünen

İngiltere'nin kendi yanında savaşa katılmaları için bitip tükenmeyen ısrarları, diğer yanda Almanya'nın tehditkâr tavrı ve bunlar yetmezmiş gibi, başlarında Demokles'in kılıcı gibi sallanan, Kars'ta, Ardahan'da ve Boğazlar'da hep gözü olan Rusya'nın aba altından gösterdiği sopa... Türkiye'nin, kim olursa olsun, tuttuğu taraf ola ki savaşı kaybederse, Rusya'nın hemen önlerine koyacağı Boğazlar'a ilişkin ağır fatura, iki yıldan beri süren ve ne zaman ve nasıl biteceği belli olmayan bir kâbustu!..

Birinci Dünya Savaşı'nda, kaybeden tarafa yandaş olmanın neye mal olduğunu bizzat görmüş, dersini iyi öğrenmişti İnönü ve şimdi kimin kazanacağını bilip de onun yanında vaziyet almak için veremeyeceği şey yoktu. Ama hiçbir falcı da ortaya çıkıp bir kehanette bulunamıyordu. Kehanet, sabahlardan akşamlara ve yine sabahlara kadar süren toplantılarda her söylenen sözü, her atılan adımı değerlendirerek, geleceği görmeye çalışan Dışişleri Bakanlığı'nın ve Genelkurmay'ın beyin takımına kalmıştı.

Macit o takımın içinde yer almaktan gurur duyuyordu ama İtalyanlar Yunanistan'a saldırdıklarından beri, Türkiye'nin etrafındaki ateş çemberi giderek daralmıştı ve yarattığı asabiyet sadece hükümetin adamlarına değil, ailelerine de sirayet etmişti.

Ankara sıcak bir yaza hazırlanıyordu yine.

Kırklı yıllarda mevsimler adlarının hakkını verirdi başkentte: Kışlar bol karlı ve müthiş soğuk, yazlarsa buram buram sıcak olurdu. Önlerindeki yaz aylarının ise cehennemi aratmayacağı, Ankara'yı her bakımdan bunaltacağı şimdiden belliydi.

Bir hafta kadar önce Alman Sefiri Von Papen, Hitler'den bir mesaj getirmişti başbakana. Uzun süren ziyaretin sona ermesini, nefeslerini tutup beklemişlerdi ilgili memurlar.

Macit, Hitler'in mesajında neler olduğunu tahmin edebiliyordu, ilk bakışta iyi niyetli temennilerle dolu gözüken, Türkiye'ye her çeşit savaş malzemesi verebileceklerini, Türk topraklarından asker geçirmeyeceklerini ve Boğazlar'daki Türk haklarının güçlendirileceğini vaat eden mektup, satır araları iyi okunduğunda,

Türklere, "Karar verme zamanınız gelmiştir. Yanımızda yer almayacak olursanız, savaş sona erdiğinde, Boğazlar konusunda verilecek kararların sonuçlarına katlanırsınız," diyordu.

O çok uzun akşamın sabaha sarkan toplantısında İnönü, "Almanlar bize, sabrımızı tüketmeyin, sizin sırtınızdan her an Rusya ile anlaşabiliriz demeye getiriyorlar," demişti, "İngiltere'nin, Yunanistan'da savaştığı ve Libya'da hezimete uğradığı şu günlerde yardımımıza koşacak hali yok. Bu yüzden Almanları kızdırmayı göze alamayız. Haydi beyler, öyle bir yol bulalım ki, ne şiş yansın, ne de kebap."

O yol, oyalama yoluydu. Her iki tarafı da kızdırmadan, incitmeden ama ne evet ne de hayır demeden, sırtlarını sıvazlayarak oyalama yolu.

Başbakan, o akşamın sabahında, Türkiye'nin içine düştüğü çok tehlikeli ve hassas durumu izah edebilmek için, İngiliz Büyükelçisi'ni Başbakanlık'a davet etmişti.

İkinci Dünya Savaşı süresince yaşadığı en sıkıntılı ve endişeli günlerine giriyordu Türkiye. Çünkü savaş, bir orman yangını gibi her tarafa bulaşmaya başlamıştı ve savaşan her iki tarafın da Türkiye'den beklentileri vardı.

Odasına girdiğinde aceleyle yakıverdiği sigaradan iki derin nefes daha çekip kristal tablada söndürdü ve toplantı odasına geri döndü Macit. Dışişleri bakanı ve genel sekreter yerlerinde yoktular.

"Macit Bey, bugünün değerlendirmelerini Cumhurreisi bizzat görmek istemiş. Ben raporları takdime hazır ettim. Sizi makamda bekliyorlar," dedi yardımcısı.

Macit, Köşk'te Dışişleri'ne ayrılmış bölümdeki odasına koştu aceleyle. Birkaç aydan beri, çalışmalarını İnönü'ye anında sunabilmeleri ve onun talimatlarını anında alabilmeleri için, Köşk'te, kendilerine ayrılan odalarda çalışmaktaydılar. Birkaç saat önce tazelediği bilgilerin dosyasını çıkardı çekmecesinden, tekrar aceleyle gözden geçirdi ve fırladı.

İnönü, kocaman masanın başında ve uzun arkalı koltuğun içinde her zaman olduğundan daha naif, daha ufak tefek ve daha sinirli gözüküyordu. Özel kalem müdürünün Macit'in elinden alarak önüne koyduğu dosyanın sayfalarını evirip çeviriyor, kafasının içinde art arda dolanan tilkilerin sesini dinliyor ama hiç konuşmuyordu. Masanın çevresinde oturan adamlar da suskundular.

"Bugün radyoları iyi dinlediniz mi?" diye sordu birden karşısındakilere.

"Evet efendim. Arkadaşlar bütün Avrupa ajanslarını dinlediler. Raporumuzu genel sekreterimize az önce sundum. Arkadaşlar hâlâ dinlemedeler efendim. Bulgaristan'ı ise sürekli dinliyor, yarım saatte bir rapor hazırlıyorlar."

"Bulgaristan'daki ajanlarımız da bizi günü gününe bilgilendiriyorlar, lakin henüz Hitler'in aşağı mı ineceği, yoksa kuzeye yürüyerek Sovyetler'e mi saldıracağı meçhuldür efendim," dedi bir başka genç memur.

Genç adamlar odadan çıkarken, Macit içerde kaldı. Dışişleri bakanı, "Cumhurreisim, sayenizde ateşin bize sıçramaması için her türlü tedbir alınmıştır," dedi, "Zat-ı aliniz Yalova'ya gönül rahatlığı içinde hareket edebilirsiniz efendim. Biz sizleri dakika dakika haberdar edeceğiz."

İnönü'nün, 'Almanlar hangi istikametten gelecekler, ah bunu bir bilebilseydim,' diye mırıldandığını duydu Macit. Almanlar, Bulgarlarla anlaştıktan sonra Türkiye'nin komşusu durumuna gelmişlerdi. Gelişmiş silahları ve güçlü ordusuyla, burunlarının dibine kadar inmiş Hitler'in şimdi ne yapmaya kalkışacağını bilemiyor ve bu yüzden çok korkuyordu İnönü. Hitler Türkiye üzerinden Mısır'a gitmek isteyebilirdi. Veya yine Türkiye üzerinden Kafkaslar'a yürüyebilirdi. Onun hangi hedefe ilerleyeceğini, kendi kurmaylarından başka kimse bilmiyordu ve Türkiye her seçeneğe göre hazırlıklı olmak durumundaydı. Ama en kötü ihtimal Almanların Ruslarla anlaşması olurdu ki bu, Türkiye'nin felaketi demekti.

Macit, raporların okunmasını bekledikten sonra, genel sekreterle birlikte toplantı odasına geri döndü. Toplantı, son gelen raporların da okunması, değerlendirilmesi ve İnönü'ye sunulur hale getirilmesi yüzünden uzadı. Saatler sonra, Ankara yazının serin akşamında tek başına evine doğru yürürken sıkıntılıydı. Dünyayı kavuran ateşin uzağında kalmayı başarmak pahalıya mal oluyordu hükümete.

Evlerde kadınlar sonu hiç gelmeyen nakarat halinde pahalılıktan şikâyet etmekteydiler. Ankara'nın memurları bile bu kadar sıkıntı içindeyseler kimbilir yoksul Anadolu insanı ne durumdaydı. Devlet, memurunu kısmen koruyabilmenin gayreti içinde, Sümerbank mamullerini ve şekeri daha ucuza satıyordu onlara. Karaborsayı ve istifçiliği önlemek için karne sistemi getirildiğinden, nüfus cüzdanlarının içi damgalarla dopdoluydu. Tüm tedbirlere rağmen karaborsayı önlemek mümkün olamamıştı. Sürüyle açıkgöz, harp zengini olarak köşe dönerken, halk birçok ihtiyaç maddesini bulamamaktan, kuru ekmekle, tahılla karnını doyurmaktan ve pahalılıktan dolayı kızgın ve bezgindi. Hayati bir hedefe, ülkesini savaşa sokmamaya odaklanmış Milli Şef'e ise halkın şikâyetlerini iletmek mümkün olmuyordu. Ateşin ta en içinden geçerek gelmiş, savaş cehennemine bizzat tanık olmuş bir adam için, bu hedefin dışında her şey ikincil kalıyordu.

Macit derin bir iç geçirdi, İnönü'nün ertesi gün Yalova'ya hareket edeceği kesinleşmiş gibiydi. Bu yüzden önündeki hafta içinde toplantılar çok geç saatlere sarkmayabilir, belki daha erken dönerdi evine de Sabiha'nın sitemlerinden kurtulurdu.

***

"Bir pik."

"İki karo."

"Pas."

"Pas... Pardon pardon, dört pik."

Genç kadınlar ellerindeki kartlardan başlarını kaldırıp Sabiha'ya baktılar. Sabiha'nın solgun yüzü hafifçe kızardı. Lila tayyörünün içinde bir leylak gibi ince ve kırılgan görünüyordu.

"Çok dalgınsın bugün," dedi Hümeyra, "neyin var kuzum?"

"Bir şeyim yok. İyi uyuyamadım dün gece, dikkatimi veremiyorum. Oyuna benim yerime Nesrin girsin, olur mu?"

"Olur mu hiç! Çay içelim, toparlarsın kendini."

"Hümeyra, bugün beşten önce ayrılmak zorundayım zaten."

"Neden?"

"Hülya'yı Marga'dan* alacağım. Dersi beşte bitiyor."

"O işi Nanny yapmıyor mu?"

"Bugün bir işi var."

"Aman sen de, ne işi olacakmış dadının?"

"Dönüş için alışveriş yapacaktı. Biliyorsun, İngiltere'ye dönüyor bu ayın sonunda."

"Aaa, bilmiyordum Sabiha! Neden?" diye sordu Belkıs.

"Büyüdü artık Hülya. Koskoca kız oldu, peşinde dadının dolanmasına lüzum kalmadı," dedi Sabiha.

"Ama İngilizce de öğretiyordu çocuğa."

"Öğreneceğini öğrendi. Babası biraz kendi başına kalsın, işlerini kendi görsün istiyor."

Çay içmek için oyuna ara vermişlerdi. Sabiha iskemlesini iterek kalktı, çay servisinin yapıldığı yemek odasına yürüdü. İçinden ne çay içmek, ne de masanın üzerinde sergilenmiş çeşitli pastalardan, kurabiyelerden yemek geliyordu. Bir an evvel dışarı, açık havaya çıkmak istiyordu sadece. Ama arkadaşlarının sorularına muhatap olmamak için bir fincan çay aldı eline, içer gibi yaptı. Genç kadınlar, radyodan yayınlanan hafif müziğe uyarak dans eder gibi salına salına yemek odasına yürürlerken, müzik birden kesildi ve spikerin tok sesi duyuldu.

---

* Kırklı yıllarda Ankaralı kız çocuklarının gittiği bale okulu.

"Dikkat dikkat! Bugün sabah saatlerinde başvekilin nezaretinde toplanmış bulunan Vekiller Heyeti'nin son kararlarını açıklıyoruz..."

Kadınlar, çay büfesine gitmekten vazgeçip radyonun bulunduğu sehpanın çevresine koşuştular hemen.

"Susun! Susun! Şunu dinleyelim," dedi Belkıs.

Sabiha, elinde fincanıyla yürüdü, radyoya yakın bir yerde durdu.

Radyoyu dinlerken hafifçe titriyordu elleri. Haberler tatsızdı. Trakya'daki birlikler Çatalca hattına çekilerek tahkimat yapmaya başlamışlardı. Hükümet, İstanbul halkına evlerinin alt katlarında mutlaka bir sığınak yeri bulundurma mecburiyeti getiriyordu. Ayrıca, Anadolu'da yerleri olanların, bu yerlere dönmek istedikleri takdirde, elli kiloya kadar olan eşyalarıyla birlikte bedava yolculuk yapabilecekleri de bildiriliyordu.

"Ayy aman, ne iç karartıcı haberler bunlar. Kapat şu radyoyu allahaşkına, Hümeyra," dedi Nesrin.

"Dur dur, kapatma, bakalım Fransa'da ne gibi..."

"Ayol bize ne Fransa'dan?" dedi Nesrin. Sabiha kötü kötü baktı arkadaşına. Çayını masaya bıraktı.

"Biraz pasta alaydın. Sen seversin Özen'in meyveli pastasını," dedi Hümeyra.

"Herhalde üşüttüm hafta sonu at yarışlarında," dedi Sabiha, "içim bulanıyor canım, hiç iştahım yok."

"Edirne boşaltılıyormuş," dedi Belkıs, "duydunuz mu?"

"Savaş kapıya dayandı yani!"

"Artık benimki iyice çekilmez olur," dedi, lafını hiç esirgemeyen Necla, "evet-hayırdan başka laf çıkmıyor zaten ağzından. Bir de harbe girersek, düşünün artık!"

Sabiha, arkadaşlarının konuşmalarından büsbütün bunaldı. Kadınlar pastalarını yerlerken, diğerlerine duyurmadan ev sahibine veda etti ve attı kendini sokağa.

Ankara'nın leylak ve sümbül mevsimiydi. Mis gibi bir koku vardı havada. Salkımlar pıtrak pıtrak bahçe duvarlarının üzerinden sokağa sarkıyorlardı, daralmış ruhuna inat. Çevresindeki çiçeklerle ve coşkun doğayla yegâne uyumunu sağlayan lila giysisinin içinde, bir ceylan gibi seke seke yürüdü Kavaklıdere'ye doğru Sabiha, kafasının içinde bin bir fikirle. Önce yaşlı bir adama çarptı dalgınlıkla, özür diledi, daha sonra ayağı kaldırımın taşına takıldı, düşüyordu az daha.

Sabiha mutsuzdu. Kızıyla, kocasıyla, eviyle meşgul olmuyordu. Etrafındaki her şey çözülmeye, dağılmaya başlamıştı. Erkek çocuk beklediği için, onu ta baştan hayal kırıklığına uğratan kızından, işinden başını kaldıramayan kocasından, durmadan hastalanan annesiyle babasından, fazla bir şey paylaşamadığı arkadaşlarından giderek uzaklaşıyor, hayattan kopuyordu sanki. Kocası o kadar meşguldü ki, farkında bile değildi karısındaki değişikliğin. Macit geç saatlerde eve girdiğinde uyumuş buluyordu karısını. Bu kolay bir kaçış yoluydu kocasından. Arkadaşlarıyla gündüz buluşmalarını ise çeşitli bahanelerle atlatır olmuştu son zamanlarda.

Artık yalan söylemeye de başlamıştı demek ki, çünkü ne Nanny'nin işi vardı, ne de kızını alacaktı Madam Marga'dan. Hümeyra'ya verdiği bilgilerin içinde, sadece Nanny'nin ay sonunda memleketine döneceği doğruydu. Macit öyle istediği için. Macit, kızının artık okul çağına geldiğini, dadıya ihtiyacı kalmadığını ve Sabiha'nın onunla daha fazla meşgul olması gerektiğini düşündüğü için.

Sabiha, hayatına hâkim olamadığının farkındaydı bir süredir. Yaşamını kahrolası savaş yönlendiriyordu. Üstelik savaş kendi memleketinde bile değildi. Yine de savaştan dolayı hiçbir şey bulunmuyordu, hiçbir yere gidilemiyordu, başka laf konuşulamıyordu. Savaş, kocasını da esir almıştı, sanki Macit bir askermiş gibi! Oysa başlangıçta ne kadar mutlu ve eğlenceli bir yaşamları vardı... Bir zamanlar... Kardeşi başını alıp gitmeden önce ve savaştan evvel, uzakta kalan o günleri özlüyordu Sabiha. Ama gazeteleri okudukça ve haberleri dinledikçe de haline şükretmekten kendini alamıyordu. Hiç olmazsa hayatları emniyetteydi. Kapısına bir polis ya da asker dayanmıyordu günün herhangi bir saatinde. Etrafında göğsüne sarı yıldız takmak zorunda olan insanlar yoktu, damgalı eşek gibi. Damgalı eşek! Kimin lafıydı bu? Necla'nın olmalı. Böylesine kaba benzetmeleri olsa olsa o yapardı. Hatırladı, iki hafta önce yine bir briç partisinde, her zamanki dangıl dungulluğu, duyarsızlığı içinde, söyleyivermişti: "Zavallı Yahudileri yakalarına damgalı eşek gibi sarı yafta takmaya mecbur etmişler!"

"Bu ne biçim laf?" diye bağırmıştı arkadaşına Sabiha, "İnsanları eşeğe mi benzetiyorsun? Bir de diplomat karısı olacaksın! Ağzından çıkan lafı kulağın duymuyor!"

"Deli mi bu, ne bağırıyor bana kuzum?" diye şikâyet etmişti Necla, Sabiha'yı masadaki diğer arkadaşlarına, gözleri dolarak.

"Bu harp hepimizin asabını bozdu, kızlar. Olduk olmadık şeylere parlayıveriyoruz. Haydi bakalım, sıra kimdeydi?" diye geçiştirmeye çalışmıştı ev sahibesi. Sonra, akşamüstü evine dönerken, yersiz çıkışını hatırlayıp utanmıştı Sabiha. Evet, asabı bozuktu. Her sabah gazeteleri açtığında okuduğu o dehşetengiz haberler, Avrupa'da esen Nazi fırtınası... İşgal edilen şehirler... Kaçan, göçen insanlar... Fransa'nın... Ah!

Sabiha bir bahçe duvarının üzerinden sarkan sümbüle elini uzattı koparmak için. Tam koparacakken durdu. Kıyamadı çiçeğe. Boğazında neden oraya gelip oturduğunu bilmediği bir düğüm, gözpınarlarına neden biriktiğini bilmediği yaşlarla evinin sokağına saptı, yüreği sıkışarak. Birazdan hava karardığında bir başka sıkıntılı günün sıkıntılı gecesi uzanacaktı önünde. Macit büyük bir ihtimalle çok geç gelecekti. Hülya yemek boyunca, niye, niçin, neden'lerle sürüp giden ve sonu gelmeyen sorularını sıralayacaktı. İngiliz dadı karşısına geçip savaştan söz açacaktı. Hoş anlar yaşadığı Ankara'nın sadece karası kalmıştı

Sabiha'ya. Yok, yok... Kara bile değil, tekdüze, tatsız bir griydi hayat!

***

Evine girerken kapıyı mümkün olduğunca sessiz açmaya gayret gösterdi Macit. Karısını, eğer uyumuşsa, uyandırmak istemiyordu. Yatak odasına da ayaklarının ucuna basa basa girdi. Sabiha uyumuyordu. Saçları geniş yastığa serili yatıyor, kocasına bakıyordu ve başucundaki gece lambasının pembe taftasından kırılarak süzülen loş ışıkta bile gözlerinin şiş ve kırmızı olduğu görülebiliyordu.

"Ne oldu? Ağladın mı sen?" diye sordu Macit.

"Sinirlerim çok bozuk," dedi Sabiha, diklenip oturdu yatağında, "Akşam postasıyla gelmiş mektup. Postacı paspasın üzerine bırakıp gitmiş. Çöpü dışarı bırakırken fark ettim... Al, oku."

"Kimden? Annenden mi? Baban mı hastalanmış yine?"

"İstanbul'dan değil Macit... Mektup Selva'dan geliyor."

"Yaa!"

"Macit, çok korkuyorum. Bir şeyler yapmalıyız. Onu mutlaka buraya getirtmeliyiz. Böyle devam edemez... Annemin kulağına er geç ulaşacak Fransa'da olup bitenler. Yüreğine iner. Vallahi yüreğine iner bu sefer annemin."

Macit karısının uzattığı mektubu aldı, loş ışıkta okumaya çalıştı.

"Selva, Rafo'yu bırakıp tek başına gelmeyi kabul etmez buraya," dedi, "Rafo da kolay kolay dönmez."

"Ama olmaz ki, Selva'nın annemi de düşünmesi lazım. Mektubu okuduktan sonra telefon bağlattım santrala. Kimbilir ne zaman bağlarlar. Belki sabaha karşı, belki de yarın bir ara..."

"Ne yaptın sen Sabiha! Bu evden arama Selva'yı diye kaç kere rica ettim sana."

"Bu saatte başkasının evine gidemezdim ki telefon etmeye. Kardeşimle mutlaka konuşmam lazım Macit. Çok geç kalmadan onu ikna etmem lazım."

"Ben bu telefonu iptal etmeye gidiyorum," dedi Macit ve koşar adım telefonun durduğu tarafa yöneldi.

"Nasıl yaparsın bunu. O benim kardeşim, anlamıyor musun?"

Macit odaya geri geldi, "Sabiha, ben de bir Hariciye Vekâleti elemanıyım, Almanlar sınırımıza, savaş kapımıza dayanmış ve sen Fransa'da yaşayan bir Yahudi'nin evine fütursuzca kayıt yaptırıyorsun. Başımı belaya mı sokacaksın benim?"

"Senin bu Hariciye Vekâleti'nden bıktım usandım ben. Bıktım usandım. Her an kendimi peşimde casus dolaşıyormuş gibi hissediyorum."

"Okulların kapanmasına az kaldı. Tatil başlayınca Hülya'yı alır, İstanbul'a gidersin," dedi Macit, "ama bakalım baban benim kadar anlayışlı davranacak mı sana kardeşin konusunda?" Sabiha kocasının koridorun sonundaki holde, küçük masanın üzerinde duran telefonu çevirdiğini, santrala Fransa kaydını iptal ettirdiğini, sonra da salona geçtiğini duydu. Sessiz sessiz ağlamaya başladı.

Macit telefonu iptal ettirdikten sonra balkona çıktı. Bir sigara yaktı ve gökyüzünün uzak laciverdine baktı bir süre. Serindi hava. Ankara'nın sıcak yaz günlerinde, serin geçen gecelerine hep şükrederdi ama, bu akşam üşüyor ve ilk kez bundan rahatsızlık duyuyordu. Ürperdi, kollarıyla kendini sarmalar gibi yaptı. Üşümesinin nedeni gecenin serinliği değildi sırf. Ne olup bittiğini idrak edebilenlerin tüylerini diken diken edecek kadar tehlikeli günler yaşıyorlardı. Ne sokaktaki adam, ne de içerde kaprisleriyle demlenen karısı farkındaydı ucunda durdukları uçurumun. Vatandaş akşam evinde radyosunu açıyor, haberlerini dinliyor, pahalılıktan ve karaborsadan şikâyet edip yorganının altına giriyordu, kapıyordu gözlerini ve horrr diye dalıyordu uykusuna! Vatandaş hiçbir şeyin farkında değildi. Kimsede, Türkiye Almanların veya Müttefiklerin yanında savaşa sürüklendiği takdirde, başlarına gelebilecek felaketin büyüklüğünü ölçebilecek bilinç yoktu. İnönü'nün, Dışişleri mensuplarıyla el ele, nasıl ince, keskin bir bıçağın sırtında yürümeye çalıştığını nereden bilsinlerdi. Halkı paniğe sevk etmemek, zaten sıkıntıdan bunalmış milleti büsbütün zıvanadan çıkartmamak için elinden geleni yapıyordu hükümet. Ama acaba hangisi daha iyiydi, gerçekleri olduğu gibi açıklamak ve olacakları göğüslemek mi, yoksa yavrularını üzmemek için korumacı bir tavırla onlardan kötü haberleri saklayan baba rolünü üstlenmek mi? Karar veremiyordu Macit.

Fazla uzakta değil, sadece birkaç ay önce, ayakları kaydı kayıyordu ülkenin, savaş çukurunun içine. Savaş bir bok çukuruydu! Bok çukuru! Macit dibine geldiği sigaranın ucunu adeta emdi dudaklarının arasında, sonra hırsla fırlattı attı gecenin karanlığına doğru. Bir solgun ateş parlayamadan yitti gitti gecenin içinde. Tıpkı savaş gazisi babasının anlattığı gibi... Gecenin içinde bir ateş! Gecenin içinde bir, iki, üç ateş, beş ateş, on ateş... Ateşler... Kolları, bacakları kopmuş, kafaları uçmuş gövdeler, cesetler... Bitli, aç, sefil insancıklar... Yaralı, sıska hayvanlar, bakımsız, besinsiz, anasız babasız, saz benizli çocuklar, insanlıktan çıkmış kadınlar, parası, işi, evi, sağlığı ve umudu kalmamış erkekler...

Bir deri bir kemik kalmış babasının, bir kuşluk vakti, yaralar ve bitler içinde, üzerinde lime lime asker kaputuyla evlerinin bahçe kapısında belirip havuzun kenarına yığılıvermesini hayal meyal de olsa gerçekten hatırlıyor muydu, yoksa anlatılanlardan bir imge mi oluşmuştu belleğinde, emin değildi ama o görüntüyü asla unutamamıştı Macit. Bahçıvan, efendisini dilenci zannedip sokağa atmaya kalkışmıştı. Neden sonra anlamışlardı kim olduğunu. Onlara, güçlü kuvvetli, iriyarı, hoşsohbet Ruhi Bey yerine, ruh sağlığı bozulmuş, sağ bacağı artık hep aksayacak bir iskelet dönmüştü. İçi boşalmış bir adam, bir kadavra! Savaş buydu işte ve esas zafer masada kazanılırdı, meydanlarda değil. Sabahlara kadar dönemiyorsa evine, bu ülkede ailelerin böyle bir çukura bir kere daha düşmemeleri içindi. Gel de derdini sızlanan kadınlara anlat!

Gecenin serinliğe alıştığını fark etti. Balkondaki hasır koltuğa çöktü, daldı gitti hatıralarına.

1939 yılında İngiltere ve Fransa ile imzaladıkları üçlü anlaşmada emeği vardı Macit'in. Anlaşmaya göre, Fransızlar ve İngilizler, Türk ordusunun acil ihtiyacı olan malzemeleri bir an önce temin edip ülkeye yollayacaklardı. Ayrıca, Türkiye ürettiği kromu savaş boyunca Fransızlara satacaktı. Dışişleri Bakanı Numan Menemencioğlu, bizzat Paris'e kendi gidip imzalamıştı bu anlaşmayı. Macit, bu yolculukta Menemencioğlu'nun maiye-tindeydi. Paris'e umutlu gittilerse de evdeki hesap çarşıya uymamış, Paris'teki müzakerelerde istediklerinin tümünü elde edememişlerdi. Menemencioğlu, krom satışını savaşın sonuna kadar bağlamakta ısrarcı olmuş ama karşı taraf ancak iki yıllık bir anlaşma yapmıştı. Oysa ne kadar ihtiyaçları vardı kromdan kazanacakları paraya. Yetmezmiş gibi, İngilizler talep ettikleri silahların, tankların ve uçaksavarların miktarını önemli ölçüde azaltmıştı.

Düşünün hele... Türk ordusu 111 milyon mermi, 6500 makineli tüfek istiyor, İngilizler vere vere 2 milyon mermi ve 200 adet tüfek vaat ediyorlardı. Ama buna rağmen ateş Balkanlar'ı sararsa, Bulgaristan'a veya Yunanistan'a bir saldırı olursa, illa da Türkiye'nin kendini siper ederek Almanları durdurmasını istemeyi biliyorlardı. Neyle durduracaklardı Almanları Türkler? İnsan ancak kendi ülkesi tehdit altındaysa düşmanı elleriyle boğar, kalkan yapabilirdi çıplak bedenini. Birinci Dünya Savaşı'nda Arapları Türklere karşı kışkırtan, Musul'a, Kerkük'e göz diken İngilizler için mi öleceklerdi yani?.. Yoksa Ortadoğu'nun cahil, ilkel aşiretlerinden kendi menfaatleri uğruna bir sürü devlet ya-ratıveren diğer Avrupalılar için mi? Ne halleri varsa görsünler... Birbirlerini boğazlasınlar, gebersinler, diye düşünüyordu Macit içinden. Zaten bu savaşa da onların yüzünden bulaşacak değil miydiler, eğer sonunda bulaşacaklarsa, tıpkı bir önceki Büyük Savaş'ta olduğu gibi. Biti kanlanan büyük devletler birbirine giriyor, onların birbirleriyle dalaşmasının ağır faturası da hep kendi ülkesine çıkıyordu, ne hikmetse!

Macit kendi hesabına, istediklerini koparamamış olduklarına bozuluyordu ama bakanın canını sıkan aslında başka bir konuydu. Dönüş yolunda, trenin restoranında yemek yerlerken, "Çocuklar," demişti maiyetindekilere, "görüyorum ki İngilizlerin elinde yeterli silah yok. Fransızlarda ise hiç yok. Bize teslimatta bulunamayışları kötü niyetten değil, imkânsızlıktan... Paris'teki temaslar sırasında bu husustan iyice emin oldum. Kafamda bir sürü soru birikti, bunların zafere ulaşabilecekleri konusunda endişelerim oluştu. Acaba Türkiye'yi onlara taraf yapacak anlaşmalara imza atarak hata mı etmekteyiz?"

Savaşı kimin kazanacağı, Türkiye'nin de taraf tutmak zorunda kalırsa kimin tarafını tutması gerektiği zaten bir yıldır hiç durmaksızın tartıştıkları konuydu. Sonunda İngilizlerle Fransızları desteklemeye karar vermişlerdi ve doğru kararı verdiklerine inanıyorlardı...Ta ki bu seyahati yapıp da onların elindeki silah mevcudunu öğrenene kadar! Dansa yanlış kişiyle kalktıklarını gösteren işaretler belirmeye başlıyordu yavaş yavaş...

Bu tatsız gerçeğin yanı sıra, Paris'ten elleri tamamen boş değilse bile, istediklerinin ancak yarısından azıyla ayrılarak, zaten canları sıkkın ve endişeli dönmekteydiler Ankara'ya.

Macit, Paris'teki son gününün akşamüstünde, toplantı dağıldıktan sonra, Sabiha'ya söz vermiş olduğu için, zaman yaratıp Selva'yla buluşmuştu.

"Buraya yerleşmiş bir akrabamız var da, onu göreceğim," demişti arkadaşlarına. Arkadaşları kimi göreceğini sormamışlardı nezaket gösterip.

Selva, Macit'in gözlerden uzak olsun diye, Cafe Flore'da ayarladığı buluşmaya, ablasına, annesine ve yeğenine kucak kucak hediyeyle gelmişti. Sımsıkı sarılıp öpmüştü Macit'i yanaklarından. Memleketinden, evinden birini gördüğüne ne kadar memnun olduğu her halinden belli oluyordu. Herkesin neler yaptığını, nasıl olduklarını en küçük ayrıntılarıyla öğrenmek istemişti. Hülya'nın saçlarına yine kocaman tafta kurdeleler bağlıyor muydu Sabiha? Cuma toplantılarına yine hep aynı dostlarını mı davet ediyorlardı? Briç partilerinde Sabiha'nın partneri kim oluyordu? Ankara'da bir süre yanlarında kaldığı için iyi tanıyordu dostlarından bazılarını. Annesi yazlığı eylül sonu mu kapatmıştı, yoksa havalar serinleyince hemen inmiş miydi adadan? Her şeyi ve herkesi teker teker sormuştu. Dargın olduğu babası hakkında bile ayrıntılı bilgi istemişti.

Baldızının bir iskemlenin üzerine zor sığdırdığı paketlere bakıp, "Alamam bunların hepsini Selva, elimde ufacık bir valizle geldim," demişti Macit sıkıntıyla.

"Enişte, bir daha fırsat bulamayabilirim aileme bir şeyler yollamaya. Lütfen itiraz etmeyin. Ben hemen gider, size Lafayyette'den bir küçük valiz alır gelirim."

"Sakın ha! Ne zanneder arkadaşlar! Biz buraya görev için gelmişiz, Macit Bey kendisine ve karısına aldığı alışverişlerini valizine sığdıramamış, ikinci bir valiz almış, derler."

"Bari şu lavantalar alın annemle ablam için. Hülya'nın da çikolataları vardı..."

"Keşke zahmet etmeseydin. Masraf da etmişsindir, yazık değil mi?"

Hal hatır sorma faslı bittikten sonra, karşı karşıya, birbirlerine ne diyeceklerini bilemeden oturmuşlardı bir süre. Macit baldızının epey yorgun göründüğünü, gözlerinin altındaki mor halkaları işte o zaman görmüştü. Akşam güneşinin son ışıklarında hayli bitkin ve solgun duruyordu genç kadın. Üzerinde, Macit'in çok iyi bildiği çağla rengi pardösü vardı. Demek ki Paris gibi bir şehirde, alışveriş edememiş, eski pardösüsünü bile değiştirememişti, Fazıl Reşat Paşa'nın bir eli yağda, bir eli balda büyümüş, nazlı küçük kızı...

Aşk neler yaptırıyordu insana! Acaba Sabiha da ailesinin tasvip etmeyeceği birine âşık olsaydı, aynı cesaretle davranabilir miydi diye geçirmişti içinden Macit. Yanıtı bilmek istediğinden emin değildi. Zor şartları aşka tercih etmeyebilirdi Sabiha. Kendi bir başka dine mensup olaydı, Ermeni olaydı sözgelimi, evlenir miydi onunla? Yok hayır, dünyada evlenmezdi. Sabiha'nın onu seçmesinde, eski İstanbullu ailesi, mesleği, tahsili de rol oynamıştı kuşkusuz. Niye hayal kırıklığına uğruyordu ki, o da karısını güzel olduğu kadar akıllı, kültürlü ve iyi bir aileye mensup olduğu için beğenmemiş miydi? Dengeliydi de doğrusu. Selva'nın aşk serüveninin alevlendiği günlerde en mantıklı tavsiyeleri Sabiha etmemiş miydi kardeşine... Bir kulağından girip ötekinden çıksın diye, o başka...

"Aşkın bir ömrü vardır. Behemahal tükenir. O zaman geldiğinde ne yapacaksın? Son pişmanlık fayda etmez," demişti, "aklını başına devşirdiğinde ise Rafo'dan boşanmak herhangi birinden boşanmaya benzemez. Bir daha seni kimseler almaz Selva. Evde kalırsın billahi."

"Musevi kocadan artakalacağım için mi? Üzülme abla, aşkımız bitince dostluğumuz devam edecek bizim," diye yanıtlamıştı Selva, "biz, ölünceye kadar birbirimizin hem sevgilisi, hem de en yakın dostu olacağız."

"Ya Rafo'ya bir şey olursa, mazallah... Dul Madam Alfandari olarak mı döneceksin baba evine?"

"Baba evine dönmeyeceğim abla. Beni sırf, Müslüman olmayan bir erkeği sevdim diye hayatından çıkaran babamın evine elbette dönmeyeceğim. Benim de o zamana kadar bir ailem olacak herhalde, çocuklarım, belki torunlarım."

Sabiha kardeşini ikna edemediğini görünce bu kez babasını ikna etmeye uğraşmıştı.

"Zaman değişti, eskiden çok önemli olan bu farklılıklar ortadan kalktı baba," demişti, "ne olur, pişman olacağınız şeyleri yapmayın. Elinizi ayağınızı öpeyim. Kuzum, makul olun. Bakın, Sami Paşaların gelini bir Rum kızı, Vecdi Bey'in karısı Alman. Ne olmuş yani? Üstelik siz Avrupa'da tahsil görmüş, açık fikirli bir insansınız."

"O adamla evlenirse beni unutsun."

"Babacığım! Nasıl unutur, sizin kızınız o!"

Pencereden dışarı, uzaklara bakmıştı Fazıl Reşat son sözünü söylerken:

"İdi!"

Günlerce, haftalarca, aylarca değil, yıllarca süren bir dramdı bu, ailede herkesi birbirine düşüren, perişan eden. Fazıl Reşat Paşa'nın tabancayla intihar teşebbüsü bile sonuç vermemişti. Babasının iyileşmesini beklemiş ve sonra yine sevdasının peşinden gitmişti Selva. Bu sefer de Leman Hanım yataklara düşmüş, Fazıl Reşat Paşa tamamiyle evine kapanmış, aile efradı utançtan uzun süre kimselerle görüşememişti. Bu olay hiçbir hayır getirmemişti ama ailenin dostunu düşmanından ayırmasına vasıta olmuştu. En yakın bildikleri ahbapları dahi arkalarından dedikodu yapmaktan geri kalmamışlar, paşayı kızlarını gâvur okullarına yollamakla suçlamışlardı. Oysa onları tenkit eden dostlarının da kızları Fransız liselerinde ya da Türk aileler arasında yeni moda olmaya başlayan Amerikan Koleji'nde okumaktaydılar.

Selva ve Sabiha, kendi muhitindeki pek çok yaşıtları gibi, tahsil hayatlarına önce Gedikpaşa'daki Amerikan Anaokulu'nda başlamış, ortayı Fransız okulunda okumuş, sonra da Amerikan Kız Koleji'ne yollanmışlardı. Bu yüzden her iki kardeş de mükemmele yakın İngilizce ve Fransızca biliyorlardı.

Ne kadar etkilenmişti Macit, yıllar önce nişanlısının elinde hem Baudelaire'den hem Byron'dan şiirler gördüğünde... "Tam da bir Hariciye memuruna yakışacak bir zevce," diye fikir beyan etmişti rahmetli annesi...

***

Tüm bu hatıralara dalıp gitmişken, Selva'nın, "Türkiye savaşa girecek mi?" diyen soran sesiyle irkilmişti Macit.

"Girmeyecek."

"Emin misiniz?"

"Girmemesi için elimizden geleni yapıyoruz. Bir savaş daha kaldıramayız, katiyen Selva."

"Enişte... Bir şey söyleyeceğim..."

"Söyle canım," demişti Macit.

"Babam... Babam beni affetmeyecek mi hiç?"

"Bilmiyorum. Bu mevzuu kapattık. Artık biz bile aramızda konuşmaz olduk Sabiha'yla."

"Yaa!"

"Olan olmuş, neyini konuşacaksın."

"Böyle mi düşünüyorsunuz enişte?"

Kahvesinden bir yudum almıştı Macit, "Ne önemi var ne düşündüğümün. Sen istediğini yaptın. Mesut musun bari? Değdi mi yaşadığımız fırtınaya?"

"Rafo'yu hiç tanımazmış gibi konuştunuz. Aşkolsun."

"Sen her şeye gözlerini kapatıp, bütün köprülerini yıktın Selva. Babanı, anneni, Sabiha'yı çok üzdün. Bari pişman olma. Bundan böyle bizim tek istediğimiz o."

"Rafo'yu seviyorum enişte. Pişman değilim. Ama... Çok çok üzgünüm..."

Gözlerinde yaşlar titreşiyordu Selva'nın. Macit masanın üzerine uzanıp, genç kadının fincanın kenarında titreyen beyaz, küçük elini almıştı avcuna.

"Sen mutlu olduktan sonra üzülecek ne var ki! Aşk için dağları devirdin. Gerçekten de çok güçlü bir insansın Selva. Ne yaptığını, ne istediğini bilen, cesur, kahraman bir kızsın. Aslında, baban da bunun farkında, henüz seni affetmiş değil ama, seni hâlâ çok sevdiğine eminim."

"Çok özlüyorum... Herkesi."

"Zaman her şeyi halleder. Sorunları zamana bırak."

"Enişte, zaman var mı?" diye sormuştu Selva.

Zaman var mıydı, gerçekten? Zaman kıymete binmişti. Hele son aylarda herkes için altın kıymetindeydi zaman.

Aslında, Türk heyeti de silahtan çok, zaman almaya gelmişti Paris'e. İnönü de her şeyden çok zamanın peşindeydi.

Zaman... Zaman! Düşünecek zaman, oyalayacak zaman, kazanılacak zaman, savaştan kaçacak zaman. Savaşa ilişkin soruları hep, "Zaman gösterecek," diye yanıtlıyordu İnönü. Macit de öyle cevaplamıştı baldızını:

"Bilmiyorum Selva. Zaman gösterecek!"

Macit diplomasi oyunlarını bizzat yaşayarak öğrenmekteydi. Hiç beklenmedik anlarda değişiveren şartlar karşısında gün doğmadan neler doğar diye düşündüğü çok olmuştu. Ama Avrupa'nın içine düştüğü durumda umuda, kehanete hiç yer yoktu. Ayrılmadan önce, sımsıkı tutmuştu ellerini Selva'nın, gözlerinin içine bakmıştı:

"Selva, her an her şey olabilir. İşler iyice sarpa sarıyor buralarda. Hayati tehlike baş gösterecek olursa hemen yurduna dön."

"Rafo'suz dönemem enişte."

"Dönersin. O erkektir, başının çaresine bakar."

"Biz hayat boyu birbirimize sadık kalmak için yemin ettik. O dönmek istemez, biliyorsun, çok hırpalandı, çok hakarete maruz kaldı... Ben de onu bırakamam."

"İyi düşün," demişti Macit, "tek bir hayatımız var ve o hayattan sorumluyuz."

"Enişte, benim sorumlu olduğum bir hayat daha var."

"Elbette. Ama batan tekneyi önce kadınlarla çocuklar terk eder. Kural böyledir."

"Ben Rafo'dan bahsetmiyorum."

Ayağa kalkmışken yeniden oturmuştu iskemlesine Macit.

"Sen... Yoksa?"

"Evet."

"Ne zaman?"

"Önümüzdeki yılın başlarında."

"Niye söylemedin?"

"Anlarsınız diye düşündüm."

Macit şimdi alıcı gözle baktığında, pardösüsünü çıkarmış olan Selva'nın belinin biraz kalınlaşmış ve göğüslerinin büyümüş olduğunu görebiliyordu. Ama yüzü ne kadar da süzgündü. Savaşın içinde hamile kalmak... Deliydi bu Selva.

"Hayırlısı olsun," dedi isteksizce, "Sabiha'ya söylememi ister misin?"

"Ben yazdım bile. Daha almamıştır mektubu. Siz yarın dönüyorsanız mektuptan önce varabilirsiniz, ilk benden alsın haberi olur mu?"

"Elbette."

"Anneme de yazdım."

"İyi düşün Selva," demişti Macit, "şimdi İstanbul'a dönmek için bir sebebin daha var."

"Çocuğumu babasız büyütemem. Merak etmeyin enişte, Rafo da burada kalmamızın tehlikeli olduğunu düşünüyor. O yüzden Paris dışında, taşrada yani, bazı işler kovalıyor. Bir aya kadar Paris'ten ayrılabiliriz."

Rafo ile Selva Paris'ten ayrılıp Marsilya'ya geçmişlerdi de ne olmuştu? Oraya da uzanmıştı Nazilerin gölgesi. Mareşal Petain'in kurduğu hükümet, Paris'in güneyinde kalan bölgeleri işgalden kurtarabilmek için Yahudi asıllı Fransızları feda ederek, Hitler'in dümen suyuna giriyordu. Kıyı köşe bir yerlerde göze batmadan yaşarız zanneden Fransız Yahudileri, ne kadar yanıldıklarını yavaş yavaş anlamaya başlamışlardı. Almanlar kara bir duman gibi her yere sızıyorlardı. Onlardan kurtulmak imkânsız gibiydi.

Rafo, bir eczacı arkadaşıyla birlikte çalışmaya başlamıştı Marsilya'da. Leman Hanım, mezatta sattığı elmas kolyesinin parasını ne yapıp edip, kocasından gizli küçük kızına göndermişti. Bu parayı sermaye olarak kullanıp ortak olmuştu Rafo eczaneye. Eczanenin hemen karşısındaki evin en üst katında kirada oturuyorlardı. Selva, mahallelerindeki üç kız çocuğuna piyano ve İngilizce dersleri veriyordu. Tek tük ahbap edinmişlerdi çevrelerinde ama Selva'nın en yakın dostu, hâlâ haftada birkaç kez mektup yazdığı ablasıydı. Sabiha'yı adeta günü gününe haberdar ediyordu yaşadıklarından. Hamileliği iyi geçiyordu. Bulantıları, sıkıntısı yoktu. Paradan yana da şikâyetleri yoktu, zaten karınca kararınca yaşamaktaydılar, Selva ara sıra ablasıyla konuşabilsin diye aldıkları telefonun dışında her türlü lüksten uzaktı. Ama etraflarındaki çemberin giderek daraldığını görmemek için kör olmak lazımdı. Polislerin yolda durdurdukları erkeklerin pantolonlarını indirtip, sünnetli olup olmadıklarını kontrol ettikleri bile gelmişti Selva'nın kulağına ama henüz Rafo böylesine aşağılayıcı bir harekete maruz kalmamıştı. Zaten aralarında Türkçe konuştukları için, mahallede dostluk kurdukları kimseler, konu komşu onları Türk kimlikleriyle tanıyorlardı. Selva, ramazana rastlayan mart ayında oruç tutmuş ve oruçlu olduğunu adeta ilan etmişti ahbaplarına. Ama ne kadar çabalarsa çabalasın, gerçeğin bir gün ortaya çıkmasına mâni olamayacağını da biliyordu.

***

Macit, karısının bunalımlarında, kız kardeşine üzülmesinin payının büyük olduğunu düşünüyordu. Ama yapabileceği hiçbir şey yoktu. Şu günlerde kişisel dramlar, ülkenin karşı karşıya kaldığı tehlikenin yanında devede kulaktı. İkinci sigarasını da sonuna kadar içtikten sonra, içi tireye titreye yatak odasına yürüdü. Kapının dışında durup karısının derin nefeslerini dinledi. Demek uyumuştu Sabiha. Onu uyandırmamak için banyoda soyunup girdi içeri. Yorganın altına girince ısındı ama uyuyamadı. Telefonun sesini duyduğunda, dönüp duruyordu yatağında.

"Aman Allahım," dedi kendi kendine, "herhalde Selva'nın telefonunu iptal etmeyi unuttular."

Terliklerini bile giymeden fırladı, karanlıkta sağa sola çarparak koştu koridorda. Telefona ulaştığında nefes nefeseydi. Aceleyle kaldırdı ahizeyi, "Alo," dedi soluyarak.

"Macit Bey... Özür dilerim, biliyorum, uyandırdım ama..."

"Alo... Alo... Kimsiniz?"

"Benim, ben... Tarık... Tarık Arıca..."

"Aaa, Tarık!" Derin bir soluk aldı Macit, "Hayrola?"

"Gecenin bu saatinde, kusura bakma, inşallah Sabiha Hanım'ı ve çocuğu uyandırmadım."

"Ne oldu, söyle?"

"Kötü haber. Ben Vekâlet'te nöbetçiydim de... Yarım saat önce, Almanlar Girit'e saldırı başlattı."

Macit telefon sehpasının yanındaki küçümen koltuğa çöktü.

"Ne diyorsun?"

"Genel sekreter, Vekil Bey ve Genelkurmay Başkanı yirmi dakikaya kadar toplanıyorlar. Cumhurbaşkanı'na da haber verildi."

"Anladım," dedi Macit, "giyinip geliyorum hemen. Teşekkür ederim dostum."

Telefonu kapatınca yavaş yavaş yatak odasına yürüdü. Sabiha telefon sesini duymamıştı, mışıl mışıl uyuyordu. Macit az önce üzerinden çıkarıp banyonun kenarına bıraktığı giysilerini teker teker giyinmeye başladı.

Macit'in sokak kapısını kapattığını duyunca, Sabiha yatağın içinde dikilip oturdu. Bir süre karanlıkta bekledi öyle. Sonra başucundaki lambayı yaktı. Gözyaşları yanaklarından kayıp pembe geceliğine damlıyordu. Ellerini açarak, "Allahım, Selva'yı koru," diye dua etti, "kardeşimi hayırlısıyla çıkart bu cehennemin içinden, yalvarırım Allahım." Elleri yüzünde, bir müddet sallandı durdu yatağında, sonra, "Beni affet kardeşim," diye fısıldadı, "bağışla beni Selva."

İSTANBUL, 1933

Sabiha saçlarını güneşte kurutmaya çalışan kardeşine gıptayla baktı. Selva, fildişi tarağı uzun sarı saçlarının arasından geçirip silkeledikçe, minicik billur topları andıran su damlaları tarağın ucundan kurtulup etrafa saçılıyorlardı.

"Saçlarını burada kurutma. Elbisemi leke yapacaksın," dedi biraz sinirli.

"Aaa, su leke yapar mı hiç?"

"İpeği lekeler, evet."

Selva, pencerenin önünden uzaklaşıp yatağına oturdu.

"Beni de götürebilirdin, isteseydin."

"Ama istemiyorum."

"Neden?"

"Çünkü daha küçüksün. Belki seneye..."

"Abla, boyum senden uzun."

Sabiha hırsla baktı kardeşine, bir şey söyleyecekken dudaklarını ısırdı, sustu. Selva, yatağın üzerinde bağdaş kurmuş, saçlarını kurutmayı sürdürüyordu.

"Biliyor musun, saçlarını kesmeliyiz artık. Yerleri süpürüyorlar," dedi, kardeşinin uzun sarı saçlarından çok hoşnut olduğunu bile bile.

"Babam müsaade etmiyor."

"Yalan. Sen kestirmek istemiyorsun."

"Olabilir."

"Ne kadar demode! Böyle topuklarına kadar! Yıkaması zor, kurutması zor. Hep aynı topuzu yapıp duruyorsun yıllardan beri... Başının etrafında çift örgüden bir simit... Bıkmadın mı kuzum?

"Bıkmadım."

"İyi de, benimle çaylara gelmek istiyorsan bu saçlarını bir şekl-i şemale sokmalısın... Böyle Kraliçe Viktorya'nın saç modeliyle gezdiremem seni yanımda... Anladın mı?"

"Anladım abla."

Sabiha kardeşinin yanıtına şaşırmadı. Selva hiç kimseye itiraz etmezdi ama hep kendi bildiğini okurdu. Kavga etmenin tadına varmaya olanak yoktu bu kızla. Omzunu silkti, elindeki değişik kolyeleri, aynanın önünde, göğüs hizasında ayrı ayrı tutarak seçmeye çalıştı.

"Sence hangisi?"

"Şu!"

"Ama bence bu... Bunu takacağım. Kopçasını kapatsana, n'olur."

Saçlarını toparlayıp ensesini açarak kardeşinin önünde diz çöktü.

Selva kolyenin kopçasını kapattıktan sonra hayranlıkla süzdü ablasını. "Çok yakıştı. Bugünün en güzel kızı sen olacaksın."

Sabiha aynadaki aksine baktı. Uçuk yeşil, ipekli elbisesi, üç dizi inci kolyesiyle gerçekten de çok şık ve güzeldi. Elleriyle, dalgalı saçlarını kulaklarının arkasına yapıştırmaya çalıştı ve memnuniyetle gülümsedi aynadaki aksine.

"Baban dönmeden evde olmalısın. Sakın geç kalayım deme," dedi kapıdan içeri başını uzatan annesi, "Haydi, arkadaşların geldiler, kapıda bekliyorlar seni. Acele et."

Sabiha kardeşine eliyle bir öpücük yollayıp dışarı çıktı ve hemen koşarak geri döndü, geldi, kardeşine sarıldı:

"Bir dahaki sefere seni de götürürüm, söz!"

Geldiği gibi hızla tekrar çıktı odadan. Ablasının, peşinde annesiyle merdivenlerden koşarak inen ayak seslerini dinledi Selva. Sonra oturduğu yataktan indi, iki uzun örgü yaptığı saçlarını aynanın önünde başının etrafına sarıp firketeledi, biraz uzağa giderek aynaya konuştu:

"Sizi asla affetmiyorum, Mösyö... Yok, yok hayır. Sizi asla affetmiyorum Lord Seymour, size güvenmiştim, size bütün kalbimle güvenmiştim. Şimdi çıkınız... Huzurumdan... Huzurumdan çıkınız." Eliyle "git" işareti yaptı Selva.

"Ne yapıyorsun sen, kuzum?" Annesi kapıda durmuş, hayretle kızına bakıyordu.

"Aa, anne! Duymadım geldiğinizi." Güldü Selva, "Prova yapıyorum, yıl sonu piyesinde Kraliçe Elizabeth'i oynuyorum da..."

"Kral kim?"

"Kral yok! İngiltere'de Sekizinci Henry ölünce güç kadınların arasında paylaşılıyor. Mualla, Mary Stuart rolünde. Lord Seymour'u da Rafo oynuyor. Sonra papazlar var, lordlar filan var... Anneciğim, önümüzdeki hafta tiyatro ekibini eve çaya davet edebilir miyim? Lütfen anneciğim."

"Kızları edebilirsin."

"Olur mu hiç? Prova yapacağız, oğlanları kim oynasın?"

"Şimdi yine babanla beni kötü kişi etme Selva. Çaylara gitmenize izin veriyorum diye zaten başımın etini yiyor."

"Gitmemize mi? Beni yollamıyorsunuz ki!"

"Sen henüz on sekiz olmadın."

"Merak etmeyin anneciğim, olduğum zaman da gitmeyeceğim. Laf ola tutturuyorum ablama, beni de götür diye... Onu kızdırmak için."

"Allah allah, neden gitmeyecekmişsin?"

"Kızların bu çaylara koca bulmak için gittiğini bilmiyor muyum sanki."

"Bu da nereden çıktı şimdi?"

"Ablamla arkadaşlarını aralarında konuşurken duydum, işleri güçleri koca bulmak."

"Ne olmuş yani! O çaylara iyi ailelerin çocukları davet ediliyor. Tahsil görmüş, dil bilen, efendi çocuklar. Üstelik bu çaylar hep ailelerin evinde veriliyor, büyüklerin nezaretinde."

"İşte beni sinir eden de bu. Bu çayları anneler kızlarına koca seçmek için düzenliyor."

"Ne var bunda? Bir kızın iyi bir izdivaç yapmasından makul ne olabilir?"

"Ben istemem."

"İyi! O zaman ben de babanla boşuna mücadele etmem senin için. Sen de bizler gibi, kocanı görmeden, görücü usulü evlenirsin."

"Onu demek istemedim."

"Elbette istemedin. Görücü usulü evlenir misin sen hiç!"

"Evlenmem!"

"Eee, o zaman neye itiraz ediyorsun?"

"Böyle evlerin salonlarında şık beylerle cici kızların bir araya getirilip... İstemem işte!"

"Nasıl seçeceksin eşini, pekiyi? Pazarda koca mı satılıyor?"

"Ben kocamı kendim seçerim, annelerin nezaretindeki ilk müsabakadan geçirtmeden."

"Hıh! Yaşın ne, başın ne? Sen ne anlarsın eş seçmekten. Haydi otur, rolünü ezberle sen."

"Anne... Şu haftaya şey için... Acaba en önemli rolü oynayan tek bir kişiyi... Erkek yani..."

"Kim bu çağırmak istediğin oğlan?"

"Rafo. Rafael Alfandari."

"Alfandari? Şu meşhur doktorun oğlu mu?"

"Torunu."

"Çağır bakalım. Baban ailesini tanıyor, itiraz etmeyebilir." Leman Hanım, odadan çıkarken, Selva aynanın karşısında rolünü oynamayı sürdürüyordu.

Annesi, akşamüstü saat beş buçuğa doğru kızının odasına telaşla daldığında, bu kez ders çalışıyordu Selva.

"Selva, saat beş buçuk oldu, ablan dönmedi daha!"

"Anne, daha beş buçuk olmadı. Olsaydı duyardım."

Sözlerini bitirdiği anda, geniş holde asılı guguklu saat, buçuklarda hep yaptığı gibi bir kere çınladı.

"Bak, işte oldu," dedi Leman Hanım.

"Merak etmeyin, birazdan gelir."

"Babandan sonraya kalmasın da..."

Selva pencereye yürüyüp dışarı baktı, "Geliyor... Geliyor," diye bağırdı sevinçle.

Ana kız birbirlerini itiştirerek cumbanın içine sığmaya çalıştılar. Sabiha, elbisesinin üzerine attığı pelerininin eteklerini uçuşturarak koşuyordu eve doğru.

"Dur, dur, koşma, düşeceksin," diye söylendi annesi, kızı sesini duyabilirmiş gibi.

Selva ablasına kapıyı açmak için telaşla merdivenlerden inerken, kalfa önce davranıp açtı kapıyı. Sabiha'da bir fevkaladelik olduğu belliydi. Gözleri parlıyordu, yanakları al al olmuştu.

"Nasıl geçti, eğlendiniz mi bari? Hoş insanlar var mıydı?" diye sordu Leman Hanım, merdivenlerin başından sarkarak.

"Annem, iyi koca namzetleri var mıydı demek istiyor," dedi Selva.

"Selva! Yeter! Bu mevzu kabak tadı verdi." Leman Hanım'ın sesi sertti.

"Pardon," dedi Selva, ileri gittiğini fark ederek.

Sabiha pelerinini kalfanın ellerine bırakarak yukarıya, odasına fırladı. Ellerini başının altında kenetleyerek, kendini yatağının üzerine bıraktı boylu boyunca.

"Dur kızım, ipek elbiseyle böyle yatılmaz! En iyi elbiseni buruşturuyorsun," dedi annesi. "Eee, anlat bakalım, kimler vardı?"

"Anneciğim... Macit diye biri vardı... Necmiyanım'ın yeğeni imiş. Paris'te tahsil yapmış, sonra da Hariciye'ye girmiş. Çok hoştu. Yakışıklıydı yani."

"Eee?"

"İşte o, en çok benimle meşgul oldu. Necla ile de dans etti ama hep benimle konuştu."

"Ben sana demedim mi en güzel sen olacaksın diye," dedi Selva içtenlikle.

"Öteki kızlar da güzeldiler ama o en çok benimle ilgilendi."

"Başka kimse yok muydu?"

"Vardı. Necla'nın erkek kardeşi ve Burhan adında bir başka genç..."

"Ne iş yaparmış?"

"Kim?"

"Burhan adındaki genç."

"Ay, bilmiyorum. Söylediydi ama aklımda kalmadı..."

"Senin aklın bu Macit Bey'e takılmış anlaşılan, yarın öğreneyim bakalım, kimin nesi bu Macit Bey."

"Anne söyledim ya..."

"Sen büsbütün berbat etmeden şu üzerini değiştir. Babanız da birazdan gelir zaten," dedi Leman Hanım odadan çıkarken.

Sabiha'nın aynanın karşısında hülyalı gözlerle kendini süzerek yavaş yavaş soyunmasını hayranlıkla seyretti Selva.

"Âşık mı oldun abla?" diye sordu.

"Elbette olmadım. Bir günde âşık olunur mu hiç? Ama çok hoş biriydi."

"Haftaya sınıf arkadaşlarımı çağırmak için izin aldım annemden. Onu da davet edelim mi?"

"Kızların arasında ne yapsın tek başına, sıkılır," dedi Sabiha isteksizce. Macit'in kendinden daha güzel olmasa da daha uzun boylu kardeşini görmesini istememişti nedense.

"Rafo'yu da çağıracağım."

"Şu Yahudi oğlanı mı?"

"Evet, *şu Yahudi oğlanı.*" Ablasının sesini taklit etti Selva.

"Ne kızıyorsun? Yalan mı? Yahudi işte."

"Olabilir. Ama diğerlerinden çok daha akıllı, terbiyeli, kültürlü..."

"Boşuna nefes tüketme. Ne olursa olsun, sonu olmayan bir iş."

"Yani insanlar illa da evlenmek için mi dostluk kurar?"

"Hayat çok kısa. Zamanın değerini bilmeliyiz. Babam hep böyle demez mi?"

"Hayat çok kısaysa istediğimiz gibi yaşamakta fayda var."

"Senin istediğin Rafo mu yani?"

Selva yanıtlamadı.

"Rafo... Kibar bir genç, evet. Sadece arkadaşlıkta kalacaksa, why not?*"

"Kibar bir gençse neden evlenilmesin de?"

"Aptal aptal konuşma. Biliyorsun ki öyle şey olmaz."

"Neden? Cumhuriyeti niye kurduk biz? Bu gibi saçma telakkilerimizden kurtulmak için kurmadık mı?"

"Ayol sen ve ben mi kurduk cumhuriyeti de, biz biz deyip duruyorsun. Kuranlar da herhalde Türk kızları gayrimüslimlerle evlensinler diye kurmadılar. Neyse, sen böylesindir, illa zıpır bir fikir ileri sürersin. Çocukluk işte."

Selva her zaman yaptığı gibi, münakaşayı uzatmadan sustu. Sabiha ise yıldırım hızıyla düşünüyordu, kardeşi Rafo'yla oyalanırsa Macit rakipsiz ona kalırdı. Hiç yapmacığı, süsü, kırıt-

* Neden olmasın?

ması olmayan, hep nazik ve içtenlikle davranan, upuzun, sarı saçlarının ve uzunca boyunun dışında pek de güzel sayılmayan Selva'nın neyini beğeniyorlardı, anlaması zordu ama, bu durgun su gibi sakin ve sessiz kızı takdir ediyordu erkekler. Bunu hissedebiliyordu Sabiha. Aslında kardeşini böylesine kıskanmaya başlamasına baş sebep, uzun boy meraklısı babaanne olmuştu. Selva henüz on bir yaşlarındayken kendinden iki yaş büyük ablasının boyuna erişiverince, babaanne, gözleri kendininkiler gibi hareli yeşil olduğu için kendi kumaşından saydığı ve uzamasını istediği büyük torununun boyunu hemen hemen her gün ölçmeye başlamıştı. Yatak odasının kapısında Sabiha'nın başının hizasına attığı çentiğe kızı ikide bir dayıyor, "Kâfi süt içmiyorsun, bak Selva seni geçti, bodur kalacaksın," diye başının etini yiyordu. Sabiha bir gün annesiyle babaannesini atışırlarken duymuştu. Babaanne, gelinine kapıya kurşunkalemle çizdiği çentiği, sabunlu suyla sildirdiği için kızgındı.

"Böyle yapmayınız lütfen, Sabiha'yı lüzumsuz endişelere duçar edeceksiniz," diyordu annesi.

"Bilhassa yapıyorum, sütlü gıdaları bol bol yesin diye."

"Hanımanne, sütlü gıda yemekle olmaz. Herkesin boyu neyse odur. Selva büyükbabama çekmiş, Sabiha çekmemiş. Yapacak bir şey yok!"

"Allah allah. Olmaz olur mu? Kızın bodur mu kalsın istiyorsun?"

"O bodur değil. Orta boylu. Asıl kazık gibi olan, öteki."

"Boy güzeldir. Yakışır kadına da, erkeğe de. Severim selvi boylu insanları."

"Kadına uzun boy hiç yakışmaz bence. Kadın ufak tefek olmalı. Hem ne demişler, bodur tavuk her dem taze."

Daha fazla dinleyememişti Sabiha. Atasözünün içerdiği faydayı anlayacak yaşta değildi. Sinir içinde odasına kaçmıştı.

Babasının güzel kızı kendisiyse, akıllı kızı da Selva'ydı. Fazıl Reşat Bey'in küçük kızına olan düşkünlüğü, ne kadar saklamaya çalışırsa çalışsın, bakışlarına sinen şefkat ve hayranlıktan belli olurdu. Sabiha'nın gözlerinin tıpkı kendi annesininkiler gibi uzun kirpikli ve yemyeşil olması fazla etkilememişti paşayı. Babasının güzellikten çok, akıla ehemmiyet verdiğini bilirdi Sabiha. Bununla baş etmeye çalışırken bir de boy sorunu çıkmıştı karşısına. Bodur tavuk! O bir bodur tavuktu. Yüzü ne kadar güzel olursa olsun, selvi boylu kardeşinden bir karış kısa, bir bodur tavuktu. Yastığa yüzünü gömüp ağlamıştı.

Şimdi karşısında hayran hayran onu seyreden, örgülerini başının üzerinde tutturmuş kardeşine bakıyor ve sırf kendinden daha uzun olduğu için, onu bertaraf etmenin sinsi planlarını yapıyordu biraz da utanarak.

"Rafo kibar bir çocuk," dedi, "yakışıklı da. Belki biraz flört etmenden bir şey çıkmaz."

"Sahi mi söylüyorsun?"

"Evet. Mezuniyet balona niye davet etmiyorsun onu?"

"Beni tek başıma bırakmazlar ki."

"Ben de gelirim sizinle."

Selva oturduğu yerden fırlayıp ablasının boynuna atılmış, öpücüklere boğmuştu onu.

"Senin de bu kadar beğendiğini bilmiyordum Rafo'yu, söyleseydin ya bana."

"İşte söyledim."

Selva, kocaman kahverengi gözleriyle saf saf bakmıştı ablasına, bu değişimin nedenini anlamaya çalışarak. Sabiha ise düşünüyordu: Macit, kız kardeşinin bir Yahudi gençle ilgilendiğini duyarsa ne yapardı acaba? Kendinden soğur muydu? Hiç sanmıyordu. Fransa'da her türlü eşitlik ve özgürlük fikirleriyle aşılanmış bir genç adam için ne fark ederdi Sabiha'nın kız kardeşinin başka dinden biriyle flört etmesi. Ama eğer Selva kalben kimseye bağlı değilse Macit'in onu tercih etme ihtimali vardı, öncelikle uzun boylu olduğu için ama ayrıca kadife bakışlarından, sakinliğinden ve cesur fikirlerinden dolayı.

"Rafo mademki geliyor çaya, o halde ben de Macit Bey'i davet ederim. Ama sen o gün sadece Rafo ile ilgilenmelisin. Senin misafirin o çünkü."

Ellerini sevinçle çırpmıştı Selva.

Bir hafta sonraki çaya, Selva'nın sınıf piyesinde rol alan arkadaşlarının yanı sıra, Rafo ve Macit de gelmişlerdi. Güzel bir gün olmuştu. Oyunlarını prova ettikten sonra, uzun sapını çevire çevire kurdukları gramofonda taşplaklar çalmışlar, fokstrot yapmışlar, çok eğlenmişlerdi.

Leman Hanım, ertesi gün büyük kızına sormadan edememişti: "Selva'nın bu Yahudi çocuğa nasıl hayran hayran baktığının farkında mısın? O konuşurken neredeyse ağzının içine düşecekti."

"Terbiyeli bir genç. Bence birçok kendini beğenmiş, züppe Türk gencinden daha kibar."

"Alfandariler eski bir ailedir. Saray doktorlarıdırlar. Elbette yol yöntem bilirler de... Bizim kız... Sivridir, sağı solu belli olmaz. Kendine mahsus fikirleri var."

"Evet ama anne, Rafael, Selva ile fazla samimi olmaya cesaret edemez, meraklanmayın siz. Hem ben dikkat ederim, münasebetsiz bir durum fark edersem size söylerim," demişti Sabiha.

Sabiha'nın kardeşini gözetiyor olması içini rahatlatmıştı Leman Hanım'ın. Aynı grup, daha sonraları hep birlikte birkaç kere okul konserlerine ve pikniklere de gitmişlerdi, pikniklerde Leman Hanım'ın peşlerine taktığı kalfayı da sineye çekerek.

Sabiha ve Macit altı ay sonra nişanlanmışlardı. Sabiha'nın kardeşini oyalaması için Rafo'ya ihtiyacı kalmamıştı artık ama genç nişanlıları tek başına gezmelere yollamak istemeyen aile, yanlarına Selva'yı katıyordu şaperon olarak. Kardeşinin Rafo ile arkadaşlığı bu kez de başka nedenlerle işine gelmeye başlamıştı Sabiha'nın.

Macit ve Sabiha evden Selva ile birlikte çıkıyorlar, belli bir yerde Rafo ile buluşuyorlardı. Sonra Selva ve Rafo, eve dönmeden önce tekrar buluşmak üzere ayrılıyordu onlardan. Genç nişanlılar, baş başa kalabilmelerini sağlayan bu formülden memnundular.

Sabiha, yaptığı işin yanlışlığını fark edip kardeşini durdurmaya çalıştığında ateş bacayı sarmıştı çoktan.

Bir buçuk yıl sonra Sabiha ve Macit görkemli bir düğünle evlenmişler, Macit'in Dışişleri Bakanlığı'ndaki memuriyeti için Ankara'ya taşınmışlardı. Selva üniversiteye başlamıştı. O edebiyat bölümüne devam ederken, Rafo da aile mesleğine yakın bir dal seçerek kimyager olmak istemişti. Ders bitimlerinde, Rafo'nun Selva'yı okuldan almaya gelmesi ya da boş vakitlerinde edebiyat derslerine girmeye, Selva'nın yanına oturup ders takip etmeye başlaması, bölümdeki bazı öğrencileri rahatsız etmişti. Müslüman bir Türk kızının peşinde dolaştığı gerekçesiyle birkaç kez Rafo'nun yolunu kesip dayak atmaya kalkmışlardı.

Aynı öğrencilerle Selva'nın arasında da sert tartışmalar geçmişti.

"Gezip tozmak için kendi dininden birini bulamadın mı koca İstanbul'da?" demişti, Doğu'dan gelmiş bir genç, "bizim oralarda olsa çoktan vurmuştuk seni."

"İptidailiğinizle bir de iftihar mı ediyorsunuz?" diye sormuştu Selva. "Kolaylıkla adam vurabiliyorsanız nerede kaldı sizin Müslümanlığınız."

Selva'yı arkadaşları zor kurtarmışlardı gencin elinden. Artık her gün bir grup öğrenci, üniversiteye giden yolun köşesinde ya Rafo'yu, ya Selva'yı bekliyor, ayrı ayrı da gelseler Rafo'yu tartaklıyor, Selva'yı da sözle taciz ediyorlardı.

İkinci yılının ortalarında, Rafo ayrılmıştı üniversiteden. Rafo'nun kendi yüzünden tahsilinin sekteye uğraması üzmüştü Selva'yı. O da gitmemeye başlamıştı derslere. Yıl sonunda tamamen vazgeçmişti okumaktan. Üniversiteyi neden bırakmak istediğini babasına izah etmekte epey zorlanmıştı.

Fazıl Reşat Paşa'nın dost meclislerinde ve mahallesinde paşanın küçük kızıyla Alfandarilerin oğlunun aşklarının dedikodusu yayılmaya başlamıştı. Dedikodular Leman Hanım'ın kulağına gidince, Leman Hanım Rafo'nun ayağını evlerinden kesmiş, kızını da sokağa tek başına bırakmaz olmuştu. Kendi kulağına gelenleri kocasının da duymasından korktuğu için çok sıkı tedbirler almak zorunda kalmıştı. Selva artık sadece evinde oturup kitap okuyor, piyano çalıyor ve Ankara'da yaşayan ablasıyla mektuplaşıyordu. Birkaç yakın akraba ve çok iyi tanıdıkları dostlarının dışında, annesi hiçbir yere gitmesine izin vermiyordu.

Fazıl Reşat Paşa, evlenip uzağa giden sevgili büyük kızının hasretiyle, küçük kızına düşkünlüğünün arttığını sanıyordu karısının. Selva'yı bu kadar sıkmasını hoş karşılamıyordu. Sonuçta, Leman Hanım'la konuşmuş ve karıkoca, Selva'nın Ankara'ya, ablasının yanına yollanmasına karar vermişlerdi.

Selva'ya verdikleri bahane, Sabiha'nın bebeği küçük olduğu için yardıma ihtiyacı olmasıydı. Ama Leman Hanım aslında başkentte küçük kızına da münasip bir kısmet çıkacağına inanıyordu. Sabiha'ya bu konuda mektup üstüne mektup yollamıştı. Sabiha da elinden geleni yapmıştı kardeşini baş göz edebilmek için. Evinde toplantılar tertiplemiş, kardeşini davet edildikleri her yere sürüklemiş, Dışişleri'nde çalışan bütün bekâr erkeklere tanıştırmıştı. Elbette pek çok talip çıkmıştı Selva'ya. Ankara'da geçirdiği bir yılın sonunda, hayranlarının hepsini geride bırakıp evine dönmüştü Selva.

Bu kez de, annesinin ısrarıyla, Kıbrıs'ta yaşayan dayısının yanına yollanmıştı genç kız. Uzakta olursa aşk da söner, dedikodular da azalır diye düşünüyordu annesi.

Leman Hanım, Selva'yı İstanbul'dan uzakta tutarak duruma hâkim olduğunu zannederken, Selva'nın ilişkisi, annesinin tüm karşı gayretlerine rağmen, mektuplarla devam etmiş ve Fazıl Reşat Paşa'nın kulaklarına da ulaşmıştı sonunda. Ve işte kızılca kıyamet o zaman kopmuştu. Paşa, karşısına oturttuğu kızına açık açık sormuştu, "Duyduklarım doğru mu?" diye. "Bana bütün bunların, kötü niyetli insanların dedikodusu olduğunu söyle, kızım," demişti.

"Baba, bunu söyleyemem. Ben Rafael Alfandari'yi bütün kalbimle seviyorum ve izin verirseniz onunla evleneceğim."

"Asla. Örf ve âdetlerimizi çiğneyerek beni ve bütün aileni rezil ederek, bir gayri müslimle asla evlenemezsin. Ben seni böyle yapasın diye mi bin bir ihtimamla yetiştirdim, ecnebi okullarda okuttum?"

"Benim ufkumu açmak, bir erkeğin sahip olacağı imkânlara benim de sahip olabilmem için tahsil ettirdiğinizi sanmıştım baba."

"Doğru dürüst bir evlilik yapıp doğacak çocuklarınızı adıma layık bir şekilde yetiştirmeniz için tahsil yaptırttım sizlere. Bana karşı gelesiniz diye değil."

"Baba, babacığım, size karşı gelmek aklımın ucundan geçmez. Ama lütfen müsaade edin, hayat arkadaşımı kendim seçeyim. Size ahlaksız, değersiz, şerefsiz bir damat adayı getirmiyorum ki. Tek itiraz edeceğiniz nokta Rafael'in Müslüman olmaması. Siz ki inançların serbestiyetine ve her inancın mukaddes olduğuna inanan bir insansınız."

Fazıl Reşat Paşa, önce kızının çirkin bir şaka yaptığını zannetmişti.

Durumun ciddiyetini kavradığında, beyefendiliğinden, ağırbaşlılığından beklenmeyen bir hiddetle köpürmüştü. Kızını dövmemişti ama, Selva'yı baş başa konuştukları salondan kovduktan sonra, şöminenin üzerindeki vazolarla kristal aynayı, ellerini kanlar içinde bırakarak, yumruklarıyla paramparça etmişti.

Sabiha apar topar Ankara'dan İstanbul'a çağrılmıştı, babasını sakinleştirebilmek ve kardeşini bu aşktan vazgeçmeye ikna etmek için. Leman Hanım'la birlikte günlerce laf anlatmaya çalışmışlardı Selva'ya.

Rafo'ya *'evimin içine sızan yılan'* adını takmıştı Leman Hanım. Geceleri yatağından fırlıyor, "Nasıl da fark edemedim!" diye dört dönüyordu odalarda. "Nasıl izin verdim evimin içine sızmasına bu *yılanın.* Nasıl tahmin edemedim başımıza gelecekleri."

Sabiha, annesinin saçını başını yolması ve kendini suçlaması karşısında vicdan azabı çekiyor ama gerçeği söylemeye cesaret edemiyordu. "Suç sizin değil anne, suç bende. Rafo'yu ben kullandım Selva'yı yolumdan çekmesi için," diyebilseydi, ah bir diyebilseydi, vicdanı rahatlayacaktı biraz. Keşke Katolik olsaymışım, diye düşündüğü anlar bile olmuştu o günlerde. Giderdi, otururdu bir papazın önüne, dökerdi içini ve her ne olacaksa cezası, çekmeye razı olurdu. Kurtulurdu yüreğinde taşıdığı bu yükten!

Selva'nın Rafo'dan vazgeçmeyeceğini anladığında, bu kez babasını ikna etmeye uğraşmıştı Sabiha, boşuna bir gayretle. Kardeşine kıyasla çok iyi bir eş seçmiş olmasının babasında uyandıracağı memnuniyetin bile tadına varamamıştı vicdan azabından.

Fazıl Reşat Paşa, müthiş bir ihanete uğramış olduğunu düşünüyordu. Kızlarını asri genç kızlar olarak yetiştirmişti. Kendinden bekleneni yapmıştı, yeni cumhuriyete karşı. Bir erkek evlattan sakınılmayacak tüm imkânlarla donattığı, yarın öbür gün cemiyet hayatının içinde yerini almaya hazır, tahsilli, kişilikli, dil bilen kız evlatlar yetiştirmekte olduğunu sanmıştı. Öyle yapmıştı da ne olmuştu? Büyük kızı aynı annesinin kuşağının kızları gibi, on dokuzunu doldurmadan kocaya gitmişti! Küçük kızı, o akıllı, zeki, şahsiyetli, sakin kızı ise rüyasında görse inanamayacağı bir ihanetin içine girmişti babasına karşı, üstelik ona aşıladığı bütün fikirleri kendine karşı kullanarak. Yanlış yapmıştı Fazıl Reşat Paşa. Çok yanlış yapmıştı. Bu yanlışı şerefli bir askerin başvurabileceği son çare olan ölüm temizlerdi ancak. İşte ancak o zaman pişman olur, vazgeçerdi Selva çılgınca davranışından. En azından babasının mezarında rahat uyuyabilmesi için vazgeçerdi!

Selva, babasının intihar teşebbüsünden hemen önce, ablasıy-la bir mesaj iletmişti babasına. Ailesi eğer evlenmesine bu denli karşı ise evlenmeyecekti. Ama ayrılmayacaktı da. Kızını iyi tanıdığını zanneden paşa, nihayet son kozunu oynamıştı. Tabancayla intihar! Ne var ki ölmemişti. Kurşun, son anda üzerine atlayan kalfanın yüzünden, omzunu parçalayıp karşı duvara saplanmıştı. Bu duygusal şantaj, korkutacağına büsbütün kızdırmıştı Selva'yı. "Bu şehirde yaşamak imkânsız hale geldi. Biz İstanbul'dan ayrılıp Fransa'ya gideceğiz. Zaten onun ailesi de beni istemiyor. Bu durumda gitmekten başka çaremiz yok," demişti ablasına.

Leman Hanım sonunda burnunu kırıp yine Sabiha ile haber yollamıştı Rafo'ya, böyle bir rezalete izin vermemesi için. Bari, Rafo Müslümanlığı kabul etseydi ve o zaman bir kere daha konuşsaydı paşayla. İtirazları Rafo'nun kişiliğine değil de dinine karşı olduğu için, gençler belki izin koparabilirlerdi paşadan ve evlenip haysiyetleriyle yaşarlardı.

Rafo'nun cevap vermesine bile fırsat tanımamıştı Selva.

"Benim seçtiğim adam, benim yüzümden ait olduğu dinini terk edecek olursa onu önce ben terk ederim," demişti ablasına, "Ne biçim insanlarsınız kuzum? Sizin indinizde, ölçülerinize uygun bir kocanın dışında başka hiçbir şeyin kutsiyeti yok mu? O benden isteseydi din değiştirmemi, ne yapardınız, düşünsenize?

Onun ailesi de istemiyor oğullarının kendi dininden olmayan biriyle evlenmesini. Sırf onları memnun etmek için aidiyetimi, benliğimi çalmaya kalksaydı hoş görür müydünüz Rafo'yu?"

Araya Macit sokulmuştu son çare olarak. Eniştesini çok sevdiği için, belki onun lafını dinlerdi asi kız.

"Rafo'nun ailesi için, biliyorsundur enişte, kendi dinlerinden olmayan bir gelin... Çocuklar analarının dininden oluyor ya Musevilerde... Kabul edilebilecek bir şey değil. Onlar bile bana böyle bir teklifte bulunmadılar. Ah enişte... Nedir bu din meselesi kuzum? İnsanları mutlu kılması gereken bir unsur, hayatımızın kâbusu olup çıkıyor."

"Selva, meselemizi çözelim, sonra sabahlara kadar oturur konuşuruz din üzerine. Şimdi, eğer Rafo Müslüman olursa baban yumuşayacak gibi gözüküyor. En azından annen babanı ikna edebileceğini söylüyor. Sen niye inat ediyorsun böyle?"

"Bu bir prensip meselesidir enişte. Biz birbirimizi ne olduğumuzu bilerek sevdik. Herkes kendi inancı içinde kalmalıdır. O benden böyle bir şey talep etse müthiş kızar ve kırılırdım. Hayır olmaz! Rafo din değiştiremez! Babamdan benim adıma özür dileyin."

"Kendin dile. Git, bir kere daha görüş babanla."

"Benimle görüşmeyi asla kabul etmiyor."

İnatçı bir baba ve aynı ölçüde inatçı bir evlat arasında kalan Leman Hanım çaresizlik içinde kıvranarak, "Allahın cezası, evlen o zaman o Yahudi ile. Bize bir de kızımızın metres hayatı yaşıyor olmasının ayıbını taşıtma!" demek zorunda kalmıştı.

Rafo ve Selva, Beyoğlu Evlendirme Dairesi'nde, bir eylül günü, iki şahidin ve sadece birkaç arkadaşlarının huzurunda evlenmişlerdi. Nikâhtan sonra hep beraber Pera Palas'ta pek de neşeli olmayan bir düğün yemeği yemişler, yeni evliler o geceyi otelde geçirip ertesi gün Paris'e hareket etmişlerdi trenle. Rafo'nun ailesinden kimseler ortada gözükmezken, Leman Hanım Sabiha ile birlikte kızını geçirmeye gelmişti ama Rafo'yu görmezliğe gelmeyi tercih etmişti istasyonda. Tren kalktıktan sonra uzun süre hıçkıra hıçkıra el sallamışlardı Selva'ya ana kız. Selva trenin penceresinde, boş bakışlarla annesiyle ablasının mendil sallayıp gözyaşı akıtmalarını seyretmişti. İçindeki yangını belli etmemişti hiç. Trenin Selva'nın giysisinin bejini aksettiren penceresi gözden kaybolduktan sonra ayrılmışlardı perondan Leman Hanım'la büyük kızı.

Evlerine dönerlerken Sabiha, içinde bıçak yarası gibi keskin bir acı duymuştu. Sırf kendinden bir karış uzun diye on dört yaşından beri ölesiye kıskandığı kardeşi, bir kara trenin kesif dumanlarına karışarak, işte nihayet çıkıp gitmişti hayatından. Artık ne ana-baba sevgisine ne de kocasının hayranlığına ortak olacak biri vardı yakınında. Herkes ve her şey sadece onundu bundan böyle. Çok uzaklara gidiyordu Selva ve büyük bir ihtimalle bir daha dönmeyecekti de. Hafiflemiş olması gerekirken, tarifsiz üzgündü Sabiha.

Bir ay sonra, Leman Hanım bir astım krizi geçirmişti. Aniden yükselen tansiyonunu düşürmek de mümkün olmuyordu. Sabiha bir kere daha çağrılmıştı İstanbul'a. Zaten Selva'nın evlenip gitmesinden sonra peş peşe hastalanmaya başlamışlardı annesiyle babası. Eskimiş kumaşların bir yanını çekiştirince öteki yanlarından da yırtılıvermeleri gibi tansiyonları inip çıkıyor, kalpleri sıkışıyor, astım krizleri tutuyor, romatizmaları azıyordu sürekli. Sabiha her seferinde gece treniyle İstanbul'a koşuyor, annesiyle babası sağlıklarına kavuşur gibi olduklarında yine trenle Ankara'ya dönüyordu.

Ankara dönüşlerinde, onu bir diplomat eşi olmanın kaçınılmaz gece görevleri bekliyordu. Kardeşinin İstanbul'dan ayrılmasından önce, süslenip püslenip kocasının kolunda katıldığı davetler ona haz verirken, artık acı vermeye başlamıştı. Kokteyllere, resepsiyonlara ayak sürüyerek gidiyor, kalabalıklardan sıkılıyor, somurtuyor ve kendini cehennemin kapısında bekleyen iblis gibi hissediyordu. O bir şeytandı, ailesinin huzurunu kendi menfaatleri uğruna bozan bir şeytan!

İçini Macit'e dökmeyi çok denemişti. Ama ne zaman lafa başlayacak olsa kocası ondan önce davranıp bu işte hiçbir suçu olmadığını, Selva dediği dedik bir insan türü olduğundan, zaten hiçbir nasihatin onu yolundan döndürmeye yetmeyeceğini söyleyerek lafı ağzına tıkıyordu. Adeta sıkılıyordu bu konudan. Olan olmuştu. Artık ne gerek vardı zırt pırt bu yarayı kaşımaya.

ANKARA

Ankara'da tek tük arkadaşlar edinmişti Sabiha. Oturdukları mahallede, kızıyla aynı okula giden çocuklardan birkaçının annesiyle ahbaplık kurmuştu. Konu komşunun yanı sıra, bir de Dışişleri Bakanlığı'nda çalışan memurların, tıpkı kendi gibi çoğunlukla İstanbul'dan gelmiş genç karıları vardı. Öğleden sonraları sık sık buluşup aralarında bezik ya da briç oynuyorlardı. Sabiha'nın da bir briç grubu vardı ama o çoğu kez evde kalıp kitap okumayı ya da piyanosunu tıngırdatmayı tercih eder olmuştu Selva evlenip Fransa'ya gittiğinden beri. Sanki kadınların bol bol dedikodu yaptığı toplantılara katılacak olursa konu dönüp dolaşıp Selva'ya gelecekmiş ve o da ne söyleyeceğini bilemeyecekmiş gibi manasız bir korkuya kapılıyordu.

Annesi, bu yüzden yükselen tansiyonuna, uykusuzluğuna ve bin bir türlü başka hastalığa duçar olmasına rağmen, kendini çok daha iyi savunabilmişti dedikoduculara karşı. "Her koyun kendi bacağından asılır. Biz tasvip etmedik ama kızımız bildiğini yaptı. Yollarımız ayrılmıştır. Allah onu iyi etsin, söyleyecek başka bir şey yok," diyerek laflarını tıkıvermişti konuşanların ağzına.

"Elbette annemin işi daha kolay, onun vicdan azabı çekmesi için bir nedeni yok," diye düşünmüştü Sabiha.

Sabiha'nın Ankara'daki dostları arasında en sevdiği ve güvendiği kişi, Macit'in yanında çalışan Tarık adındaki genç memurdu.

Tarık Arıca, Hariciye Vekâleti'ne çok parlak bir imtihan vererek girmişti. Çalışkan ve zeki olduğu için çabuk terfi görmüştü. Malatya doğumlu olan genç adamın tek eksiği dil bilgisiydi. İlkokulu Malatya'da, ortayı Elazığ'da, liseyi de Sivas'ta okumuştu, İstanbul Mülkiyesi'nin son mezunlarındandı. Lisanını ilerletebilmek için hafta sonları Fransızca dersleri alıyordu. Sabiha'nın Fransızcasının çok iyi olduğunu öğrenince, bu konuda yardımını rica etmişti. İş çıkışı çoğu akşamüstleri, katılacakları bir davet yoksa, Tarık Sabiha'nın evine geliyor, akşam yemeğine kadar Fransızca sohbet ediyorlardı. Sabiha ona Selva'nın Fransa'dan yolladığı dergileri veriyor, bilmeceleri çözmesine yardımcı oluyordu. Bir nebze dahi önyargı ve kötü niyet taşımayan, sakin, zeki ve dürüst genç adamı, belki de huyunu biraz kardeşine benzettiği için o kadar sevmişti ki, ona bir gün kardeşinin skandal evliliğinden bahsederek içini dökmüş, biraz olsun rahatlamıştı. Kimbilir, belki de kimsenin bilmesini istemediği bu evliliği Ankara'da kimselerle konuşamıyor olması bunaltmıştı Sabiha'yı. Ah, keşke o konuyu her açtığında kocası lafi ağzına tıkıvermeseydi.

Aslında Sabiha üzülmesin diye böyle bir tutum içindeydi Macit, bilmiyordu ki, Sabiha günlerce sabahlara kadar bu konuda konuşabilse, içinde biriktirdiği cerahati akıtsa, ağlasa, tepinse rahatlayacaktı. Ve şimdi, arkasından dedikodu yapmayacağına emin olduğu birinin onu alakayla dinliyor olması adeta terapi etkisi yapmıştı Sabiha'da.

Tarık Arıca, Sabiha'nın ona anlattıklarının satır aralarında bunalımının nedenini yakalar gibi olmuştu. Ama ince bir insan olduğu için soru sormaktan, olayı deşmekten çekiniyor, sadece Sabiha'nın anlattıklarını dinlemekle yetiniyordu. Macit'e de hiç söz etmemişti bu konudan. Sabiha ile arasındaki sırdı Selva konusu.

TAYİN

Macit, Dışişleri Bakanlığı'nın giriş katındaki toplantı odasına girdiğinde, meslektaşlarını masanın etrafında oturmuş, sigara içerken buldu. Az sonra dışişleri bakanı da gelince, sigaralarını söndürüp oturumu açtılar.

İngiltere, ısrarla Türkiye'nin ya İtalyanlara harp ilan etmesini ya da Yugoslavya ve Yunanistan'la birleşerek bir cephe oluşturmasını istemekteydi ne zamandır. Cumhurbaşkanı İnönü ise bu işlere bulaşmamak için ayak sürüyüp duruyordu.

İngilizler şimdi yeni bir nota daha yollamışlardı hükümete. Türk Hükümeti'nden, Almanlar Bulgaristan'a bir çıkarma yaparlarsa Türkiye'nin bunu kendine yapılmış bir taarruz olarak telakki edeceğini alenen ve hemen beyan etmesini talep etmekteydiler. Hatta daha da ileri gidiyor, Yunanlılara ait bazı adalara, mesela Sisam'a Türklerin geçici bir süre için asker çıkarmasını istiyorlardı. Almanların bu adalara çıkmaya kalkışması ancak böyle önlenebilirdi.

Masanın etrafında oturanlar, İngilizlerin notasını okuduktan sonra teker teker görüş belirtmeye başladılar. Dışişleri bakanı, "Cumhurbaşkanımız bu görüşü katiyen benimsemiyor," diye girdi söze. "Ben de onunla aynı kanaatteyim. İyi niyetle yapılacak bu hareket yanlış anlamalara yol açabilir."

"Ama biz Yunan adalarını işgal için çıkarma yapmayacağız ki, bilakis onları Alman saldırılarına karşı koruma niyetiyle..."

Bakan sözünü kesti müsteşarının, "Cumhurbaşkanımızın Yunanistan'la aramızda en ufak bir pürüz istemediğini iyi biliyorum. Biz iyi niyetle çıkarız, onlar yanlış anlayabilir. Şu sıcak günlerde komşularla hiçbir sürtüşmemiz olmamalı," dedi.

Hitler'in Balkanlar'a saldırmasıyla Yunanlılarla Türkler tarihteki en dostane ilişkilerini yaşamaya başlamışlardı. Bu ilişki hiçbir şekilde zedelenmemeliydi.

"Göz önüne almamız gereken bir husus daha var," dedi Macit, "zaten herhangi bir adaya çıkarma yapmaya kalkarsak Hitler hemen saldırır bize. Kendimizi neyle savunacağız. Müttefikler söz verdikleri silahları ve harp malzemesini göndermediler henüz."

"Göndereceklerine dair de kuşkularım var," dedi dışişleri bakanı, "İngiltere, Yunanistan'la da bir anlaşma imzalamıştı oraya bir saldırı olduğu takdirde Yunanlıları savunacağına dair. İtalyanlar Yunanistan'a saldırınca, İngiltere yollaya yollaya iki uçak filosu yollayabildi ancak."

"Biz de onlarla Paris'te bir anlaşmaya imza attık ama Macit Bey'in dediği gibi, o anlaşmanın kendilerine düşen hükümlerini İngiltere yerine getiremedi," dedi başbakan, "söz verdikleri silahları bir türlü yollayamadılar."

"Oysa zat-ı aliniz ne diller dökmüştünüz, Türkiye'de iyi teçhiz edilmiş bir ordu bulundurmanın, Balkan saldırılarına karşı caydırıcı önlem taşıyacağını anlatmak için," dedi Macit, dışişleri bakanına dönerek.

"Verdikleri sözü tutamamaları kötü niyetten değil, imkânsızlıklardan zuhur eden bir durumdu. Ama ne de iyi oldu vaatlerini yerine getirememeleri," dedi dışişleri bakanı, "Buna Allah'ın bir lütfü bile diyebiliriz. Onlar vaatlerini yerine getiremediklerine göre, bizi de attığımız imza mecbur etmiyor artık." Sesindeki sevinci saklamaya gerek görmüyordu. Onun sevinci masanın çevresinde oturanlara da sirayet etti. Ne demişti büyüklerimiz: Her işte bir hayır vardır!

İngiltere'nin verdiği sözü tutmamasıyla, İnönü'nün savaşa girmemek için gökte aradığı bahane, böylece pat diye kucağına düşüveriyordu. Çünkü İtalyanlar Yunanlıları yendikleri takdirde, Türk sınırına dayanabilirlerdi kolaylıkla. Ellerinde yeterli silahı bulunmayan Türklerin, öyle bir durumda İngilizlere taraf olmasının hiçbir yararı olmazdı.

Saatler süren tartışmalardan sonra, bakan, İngilizlere verilecek olan yanıtı kaba hatlarıyla belirledi. Macit, yazıyı sekreterya-da kaleme aldırmak üzere dışarı çıkarken, kapı önünde yol verdiği bakanına, "Yazı hazır olur olmaz hemen size arz ederim," dedi saygılı bir sesle.

"Ben odamda olacağım," dedi bakan, sonra genel sekretere dönerek konuştu: "Bu hayati meselelerin arasında bugün bir vakit ayıralım da şu tayin işini de halledelim... Paris'i bugünlerde eksik elemanla bırakmak olmaz."

Macit o gece evine gün ağarmadan az önce dönebildi. Sabiha'yı rahatsız etmemek için salonda soyunup geniş kanepeye uzandı. O kadar yorgundu ki yerini yadırgamaya fırsat bulamadan derin bir uykuya daldı. Uykusu derindi ama huzursuzdu. Gün boyu, üst üste süren toplantılarda konuştukları birer karabasana dönüşüyordu uykusunda. Alman orduları Ankara'ya giriyor, karısını ve kızını çekeleyerek, tüm itirazlarına, yalvarmalarına rağmen çalışma kampına giden bir trene bindiriyorlardı. Trenin arkasından nefes nefese koşuyor, merdivenlerine atlamaya çalışıyordu.

Ertesi sabah bakanlıkta buluştuklarında, gözlerini açık tutmaya çalışan Macit, en az kendi kadar yorgun ve uykusuz olan Tarık'a, "Hafta sonu bir programın var mı azizim?" diye sordu.

"Pazar sabahı dokuzdan on ikiye kadar Fransızca dersim var, malum. Sonra boşum."

"Başka bir yere söz verme de bizde bir briç partisi çevirelim. Halit'e de haber veririm. Hava müsaitse Çiftlik'te öğlen yemeği yeriz, sonra bize döner, briç oynarız. Ne dersin?"

"Memnuniyetle," dedi Tarık, "Sabiha Hanım afiyetteler mi?"

"İyi, iyi. Yani ne iyi, ne de kötü. Ben bu kadınları pek anlayamıyorum azizim. Neden mesut veya bedbaht olduklarını bir bilebilsem! Neyse, sen unutma pazarı. Sabiha senin de geleceğini öğrenince memnun olacaktır."

Macit dosyaları koltuğunun altında, yine uzun sürecek toplantılarından birine yetişmek için aceleyle çıkarken telefon çaldı. Tarık uzanıp aldı telefonu,:

"Alo, efendim... Evet... Evet, evet... Benim... Beni mi?.. Şimdi mi?.. Hemen geliyorum efendim."

Yerinden kalktı, ceketinin düğmelerini ilikledi, "Beni genel sekreter görmek istemiş," dedi sekretere, "Arayan olursa... Şey deyin... Bir şey demeyin. Hemen döneceğim."

"Hayırdır!" dedi sekreter, aceleyle çıkan Tarık'ın arkasından. Macit Bey dururken, Tarık Arıca'yı niye görmek isteyebilirdi koskoca genel sekreter!

Tarık Arıca, ofisine ancak yarım saat sonra dönebildi. Yüzüne ofisten çıkarken yapışmış olan şaşkın ifade henüz silinmiş değildi. Bir saat kadar sonra Macit geri döndüğünde, Tarık'ı çekmecesinin içindeki evrakı masasının üzerine boşaltırken buldu.

"Çekidüzen işlerin bittiyse çıkıp bir yemek yiyelim," dedi Macit, "ilginç gelişmeler oluyor. Konuşuruz."

Tarık, çekmecesinden çıkardığı kâğıtları aceleyle tekrar içeri tıkıştırdı.

"Benim de söyleyeceklerim var size," dedi.

"Yaa!"

"Öncelikle sicilime yazmış olduğunuz iyi rapor için teşekkür etmek istiyorum."

"Bu da nereden çıktı şimdi?"

"Bugün öğrendim."

"Raporlar gizlidir."

"Elbette. Ben sadece genel hatlarıyla bana çok iyi bir rapor yazdığınızı biliyorum."

"Kim söyledi?"

"Genel sekreter."

"Allah Allah!"

"Macit Bey, yemekte her şeyi anlatacağım ama önce hafta sonu davetinize icabet edemeyeceğimi söyleyeyim de briç için yerime başkasını çağırın."

"Hayrola Tarık?"

"Ankara'da olamayacağım."

"Yaa! Ailede hastalanan, ölen filan yoktur inşallah."

"Hayır, Allah'a şükür."

"Sabiha çok üzülecek gelemeyeceğine."

"Sabiha Hanım nereye doğru yola çıktığımı öğrenince, benim hesabıma sevinecektir," dedi Tarık. Şimdi yan yana ve yavaş yavaş merdivenlerden aşağı iniyorlardı. Macit durdu, Tarık'ın yüzüne baktı.

"Bir izdivaç haberi mi almak üzereyiz?"

"Bir tayin haberi Macit Bey. Beni bugün Paris'e ikinci kâtip tayin ettiler."

"Aaaa, oldu mu o iş?" dedi Macit.

"Biliyor muydunuz?"

"Evet, fikrim vardı. Çok iyi bir eleman olduğundan şüphe yok ama bir lisan meselen vardı... Numan Bey bana senin Fransızcanın ne durumda olduğunu sordu. Ben de hafta sonları ders aldığını, sonra da gelip Sabiha ile birlikte konuşma egzersizleri yaptığını anlattım."

"Bana da öyle söyledi... Dedi ki, çok iyi bir imtihan verdiniz ve ben Fransızcanızı en iyi Paris'te ilerletebileceğinizi düşündüm, dedi."

"İyi demiş. Hariciye'nin parlak gençlerinden birisin dostum, senin için çok sevindim. Ama tehlikeli bir bölgeye gidiyorsun. İşgal bölgesine."

"Evet... Elbette bekâr birini tercih ediyorlar bu şartlarda."

Macit elini onun omzuna koydu, "Seni tebrik ediyorum," dedi, "başarılı olacağına eminim. Bu işe Sabiha hem sevinecek, hem de çok üzülecek. Senin dostluğuna çok değer veriyor, biliyorsun. Yolculuk ne zaman?"

"Hemen yola çıkmam gerekiyormuş. Bayramda ailemi görmeye gidecektim Malatya'ya, kısmet değilmiş. Kimbilir onlarla bir daha ne zaman görüşürüz. Ama ayrılmadan önce mutlaka Sabiha Hanım'a veda etmeye gelirim. Belki Fransa'daki kız kardeşine yollamak isteyeceği bir şeyler vardır."

Sabiha'nın Ankaralı dostlarından utançla sakladığı sırrını Tarık'ın biliyor olması şaşırttıysa da Macit'i, renk vermedi. "Öğle yemeğinde Karpiç'te benim misafirimsin. Veda yemeğin benden olsun," demekle yetindi.

"Teşekkür ederim," dedi Tank Arıca. Sabahtan beri yüzüne yapışmış olan şaşkınlık ifadesi yerini yarı endişeli, yarı gururlu bir başka ifadeye bırakmaktaydı.

Sabiha'nın Tarık'ın Paris'e gideceği haberi karşısındaki duyguları karışık oldu. Bir yandan içini dökebildiği yakın bir dostundan ayrılmanın hüznünü yaşarken, öte yandan da Tarık'ın Paris'te bulunmasının Selva'ya mutlaka bir faydası olur diye düşünüyordu. Kardeşi başı çok sıkışırsa çocuğunu alır, sığınırdı konsolosluğa. Hatta Tarık, Rafo'yu bile ne yapar eder korumasına alırdı gerekirse.

Veda ziyaretinde Tarık'a düşüncelerini dile getirince, "Ama Tarık Marsilya'da değil ki, o Paris'e gidiyor Sabiha," dedi Macit.

"Üzülmeyin, ben irtibat kurarım Marsilya ile. Zaten gider gitmez Selva Hanım'ı arayacağım telefonla."

Sabiha çay getirmek için içeri gittiğinde Macit, "Tarık, bu konu çok hassas bir konu. Rica ederim başını derde sokma. Sen bir Türk diplomatısın. Selva ve Rafo'dan önce dikkate alman gereken kendi durumundur," diye ihtarda bulundu.

Sabiha, Tarık ile vedalaşırken, gözleri dolu doluydu.

"Sizi özleyeceğim Tarık, çok iyi bir dost kaybediyorum," dedi, sesi hafifçe titreyerek.

"Katiyen kaybetmiyorsunuz. Görev sürem bitince yine buluşacağız inşallah. Fransızca meramımı anlatabiliyorsam, bunu size borçluyum Sabiha Hanım," dedi Tarık. Sabiha'nın uzattığı elini dudaklarına götürüp usulca dokundurdu, tıpkı Macit'in ve Numan Bey'in hep yaptıkları gibi. Bu narin eli öptükten sonra, alışkanlıkla alnına götürüvermemek için dikkat kesilmişti, çünkü Malatya doğumlu Tarık ilk kez bir hanımın elini öpüyordu başına koymadan. Yaptığı işi yadırgadı biraz. Aslında Sabiha'nın elini başına götürmek değil, bu beyaz eli sımsıkı tutmak, bu narin bedene sımsıkı sarılmak ve sarı saçlarının kokusunu içine çekmek geliyordu içinden. Bir gün âşık olacaksa, evlenecekse, karısı mutlaka Sabiha'yı andırmalıydı. Kendine asla itiraf etmediği gizli duygusu, şimdi, şu ayrılık anında kapının önündeki karanlık ve küçük holde birden büyümüş ve parlamıştı. Sabiha'nın sarışın güzelliğini, mahzun bakışlı yeşil gözlerini, nereye giderse gitsin hep yüreğinde taşıyacağını bildi, allahaısmarladık derken.

Sabiha, Tarık'ın evden ayrılmasından sonra odasına çekilip yatağa uzandı. Hiçbir şey düşünmeden öylece yatıyordu gözleri kapalı, kocası odaya girdiğinde.

"Sabiha, sana bir teklifim var," dedi kocası.

"Briç grubuna dördüncüyü mü buldun, Macit?"

"Hayır canım... Senin bu aralar çok yalnız kaldığını düşünüyorum da..."

Sabiha gözlerini açıp kocasına baktı.

"Önümüzdeki günlerde, öyle anlaşılıyor ki, seninle meşgul olmaya hiç vakit bulamayacağım. Her gün yeni bir krizle karşı karşıya kalıyoruz... Diyordum ki..."

"Ne diyordun?"

"Annenle babanı buraya davet etsek. Zaten İstanbul boşaltılıyor bugünlerde. Gelsinler, bir süre bizimle kalsınlar. Hem babana bir değişiklik olur, hem de sen onlar için endişelenmekten kurtulursun."

Yatağın içinde dikilip oturdu Sabiha: "Ah! Harika bir fikir bu!"

"Evet, iyi fikir," dedi Macit, sesinde ince bir sitemle, "Artık sırdaşın da burada olmadığına göre..."

"Aaa, o da ne demek öyle?"

"Sen Selva'dan kimselere bahsetmezken, baktım Tarık her şeye vakıf!"

"Macit... O beni dinledi."

"Başka birine anlatmayı denedin de dinletemedin mi Sabiha?"

"Kime anlatabilirdim ki?"

"Birsen'e, Necla'ya, en az haftada bir görüştüğün Hümeyra'ya... Ne bileyim ben, hiç mi arkadaşın yok senin? Üstelik niye illa Selva'dan bahsetmek ihtiyacını hissediyorsun, anlayamıyorum doğrusu. Seni üzen bir konunun üstüne üstüne gitmenin faydası ne?"

"Sen bunu anlayamazsın," dedi Sabiha. Sesinde de hem sitem, hem de kıskanılmış olmaktan dolayı belli belirsiz bir gurur vardı.

İSTANBUL'DAN PARİS'E

Tarık Arıca, annesine yazdığı mektubu koyduğu zarfın kenarlarını yaladı ve eliyle sımsıkı bastırarak kapattı. İyice kapandığını bir kere daha kontrol etti. Zarfın içindeki mektubun arasına birkaç adet kâğıt banknot koymuştu. Bayramda görmeyi umduğu ailesini tekrar ne zaman görebileceğini bilmiyordu ve bu belirsizlik yüreğine ağırlık veriyordu ama asıl içini sızlatan, birkaç ay önce kaybettiği babasının, onun Paris'e tayinini göremeden ölmüş olmasıydı. Mezarının başında durup, "Sevgili babacığım, bak, emeklerin boşuna gitmedi, huzur içinde uyu ve şunu iyi bil ki, benden ne bekliyorsan hepsini gerçekleştireceğim. Benim uğruma katlandığın fedakârlıklar için sana teşekkür ediyorum," diyebilmeyi isterdi. Ama değil memleketine kadar uzanacak, berbere gidip saçlarını kestirecek zamanı bile bulamamıştı Ankara'dan ayrılmadan önce.

Tayinini öğrenir öğrenmez, önce çarşıya koşup bir valiz satın almış, sonra İstanbul'a gidecek yataklı trende yerini ayırtmıştı. Üstüne başına almak istediği şeyler varsa alışverişini İstanbul'da yapmasını salık vermişti dostları. Macit ona bir iki adres yazdırmıştı Beyoğlu'nda. Sırtına doğru dürüst bir palto alması gerekecekti. Bir palto, bir takım elbise, bir çift ayakkabı derken evine yollamayı planladığı paradan hiçbir şey kalmamıştı elinde. Canı sıkılmıştı. Allah'tan Ankara'da iki arkadaşıyla birlikte kiraladığı eve girerlerken verdikleri depozitonun bir kısmını ona geri vermişlerdi arkadaşları. İşte zarfın içinde annesine yolladığı bu paraydı. Paris'e vardığında alacağı maaştan artırmayı hayal ediyordu, aydan aya annesine yardımcı olabilmek için.

Valizine özenle yerleştirdiği gri takımının ve üç beyaz gömleğinin arasına, Sabiha'nın kardeşine alelacele yazdığı mektubu ve eline tutuşturduğu küçük paketi koydu. Zarfı açmayı kendine yediremedi ama içinde para olmamasını temenni ediyordu. Almanların herkesin eşyalarını didik didik aradıklarını anlatıp duruyordu seyahat etmek durumunda kalanlar.

Bir gün sonra akşam saat sekizde kalkan yataklıya binecek ve hayatında ilk defa yurtdışına çıkmak üzere İstanbul'a gidecekti. Sivas'ta bir lise öğrencisiyken hayalini kurmaya bile cesaret edemediği bir istikbale doğru yol alacaktı. Ürperdi. Az önce ütülediği lacivert takımını askıya geçirip dolabına astı. Pasaportunu, cüzdanını, biletini ve baba yadigârı cep saatini konsolun üzerine yan yana dizdi. Konsolun üzerindeki aynanın kenarına sıkıştırılmış fotoğrafı eline alıp baktı bir süre. Bir hafta sonu, at yarışlarında çekilmiş bir grup resmiydi. Çivi başı kadar küçüktü insanların kafaları ama, beş altı kişilik kalabalığın arasında, açık renk saçlarıyla Sabiha hemen ayırt edilebiliyordu diğerlerinden. Resmi cüzdanının içine soktu. Tavandan sarkan çıplak ampulün düğmesini çevirip ışığı kapattı, başucu lambasını yaktı ve Fransızca kitabını eline alıp yatağına girdi.

"Moi, je m'apelle Tarık Arıca," dedi kendi kendine, *"je viens d'Ankara. Je suis le consul General de Turquie...* Aman Allahım, doğru mu bu?"

Hayır, doğru değildi! O sadece ikinci kâtipti. Konsolos muavini bile değildi, konsolos hiç değildi. Konsolos Bey olması için bir fırın ekmek daha yemesi gerekiyordu. Konsolos Muavini Bey! Konsolos Bey! Gözlerini sımsıkı yumdu, "Sefir Bey," diye mırıldandı kendi kendine, "Sefir Bey... Sefir Bey, Sefir Tarık Bey." Gözlerinin önünde silindir şapkalı, fraklı, beyaz fularlı ve gümüş saplı bastonuyla bambaşka bir Tarık'ın belirmesi için boşuna bekledi. Onun yerine, sarışın bir yüzün hayali belirdi önünde. Masaya yayılmış defterlere ve kitaplara eğildiği için, yüzüne düşen saçlarını uzun parmaklı eliyle sık sık geri iten, hülyalı bakışları yemyeşil -acaba kızının adı annesinin gözlerinden dolayı mı Hülya'ydı?- ince, narin bir kadın. Onunla Fransızca konuşuyor. Bir şey soruyor, sonra gözlerinin içine bakarak cevap bekliyor. Tarık'ın elleri ter içinde. Şimdi o komik aksanıyla konuştuğunda, ne düşünecek acaba bu kadın... Bu peri... Bu dünya güzeli şey? Gırtlağını temizleyerek konuşuyor...

"Oui, Je voudrais beaucoup... eee... avoir... eee."

"Heyecanlanmayın Tarık," diyor peri. "Sakin olun. Düşünün. Önce içinizden söyleyin."

"Aksanım çok kötü. Utanıyorum."

"Aaa, o da ne demek öyle. İnsan hiç utanır mı aksanı yüzünden. Her yabancı dil konuşanın aksanı olur elbette. Anadilimiz değil ki bu. Macit'in bile aksanı var. Benim de vardır."

"Hayır hayır, sizin yok!"

"Bizim Fransız matmazelimiz vardı çocukken. Belki ondandır. Ama hiç kimse yabancı bir dili aksansız konuşamaz, utanmayın Tarık. Şimdi tekrar edin bana. Hata yaparsanız ben düzelteceğim."

Tarık ıstırap çekiyor. Tarık saadet içinde yüzüyor. Elleri ter içinde, yüreği uçmaya hazır bir kuş gibi çırpınmakta. Heyecanlı, çünkü yanlış yapmaktan korkuyor... Âşık olmaktan korkuyor.

Tarık kalktı yatağından, çıplak ayakla odanın içinde dolandı. Hayır bu aşk değildi, diye düşündü, sadece bir hayranlıktı, erişilmesi mümkün olmayan şeylere karşı hissedilen, "ah keşke benim olsa" duygusuydu. Sabiha bir model kadındı Doğu'da yetişmiş bir Anadolu çocuğu için. Sarışın, güzel, tahsilli, görgülü, yabancı dil bilen, erkeklerin arasına korkusuzca karışıveren bir genç kadın. Tarık'ın o güne kadar hiç tanımadığı türde bir kadın. Üstelik âmirinin, dostunun karısı... Onun için en iyi raporu yazan, belki de Paris'e atanmasında en büyük çabayı harcayan kişinin. Bir gün evlenecek olursa Sabiha'ya benzemeliydi karısı... İşte o kadar! Aşk değil, bir hayranlıktı bu, bir beğeniydi...

Tekrar girdi yatağının içine. Sabiha'nın yüzünü gözlerinin önünden itmeye gayret ederek uyumaya çabaladı. Bu kez de heyecandan uyuyamadı. İstanbul'un yabancısı değildi, Mülkiye'yi bitirmişti o kubbeli, çınarlı kentte. Ama Tarık hep üniversite muhitinde bir öğrenci hayatı yaşamıştı İstanbul'da. Beyoğlu'na çıkmanın bile heyecan verici bir macera olduğu günlerdi onlar. Şimdi o büyülü şehre diplomat kimliğiyle geri dönüyordu. Uzun bir gün bekliyordu Tarık'ı. Rarlman Pasajı'nda alışveriş edecek, Macit'in ona tavsiye ettiği Rus lokantası Rejans'ta sarı votka ve borş çorbası içip piliç Kievsky yerken Balalayka orkestrasını dinleyecek, sonra muhtemelen bir sinemaya gidecekti. Macit, yemekten sonra ona Tepebaşı'ndaki Garden Bar'a uğramasını ya da Park Otel'in barında bir night cap* almasını da tavsiye etmişti ama barların adamı değildi

* Son içki.

Tarık. Hele tek başına ise bu tür yerler onu hiç çekmezdi. Yine de gayret gösterip, Avrupa'ya açılmadan önce, medeniyete atacağı adımın ilk merhalesi olan İstanbul'da trenini beklerken, bir-iki gece, bir geçiş dönemi yaşamalıydı. Türkiye'nin başka şehirlerine nasip olmayan şık mağazalar, yabancı varyeteler, sürüyle sinema, değişik lokantalar, renkli barlar... ve bunlara rağmen çevresinde hep anadili, züppe ve kibirli de olsalar, kendi vatandaşları.

Ya sonra? Trenle Sirkeci Garı'ndan ayrılır ayrılmaz, artık onun dilini konuşmayan insanların arasına karışıp gittiğinde neler gelecekti başına... Gitmekte olduğu topraklarda savaş vardı. Avrupa alev alevdi. Ya savaş o yokken onun memleketine de sıçrarsa! Ya bir daha yurduna hiç dönemezse! Cebinde onu ancak yirmi gün geçindirebilecek kadar bir para ve yarım yamalak Fransızcasıyla kalakalırsa yaban ellerde! Az önce gururla Fransızca söylediği sözler ürkütüyordu onu şimdi, "*Je suis le deuxieme secretaire a l'Ambassade de Turquie*"nin yerini, aynı nakaratla söylenen bir başka cümle alıyordu beyninin içinde: "Allahım, bana yardım et! Allahım, bana yardım et!" Tarık nihayet uykuya dalabildiğinde saat beşe geliyordu.

***

İstanbul'a bahar hüzünle el ele gelmişti o yıl. Endişenin insanların yüzüne derin çizgiler halinde yerleştiği kaçmamıştı gözünden Tarık'ın. Kadın-erkek, yaşlı-genç, yoksul-zengin ayır-maksızın herkesin sırtına türlü gaile yüklemişti savaş korkusu. Hükümet tarafından radyoda ve gazetelerde yayınlanan bildirilere göre, şehrin tüm binalarına siper ya da sığınak yapmak mecburiyeti getirilmişti. Betonarme binalar eğer üç kattan fazla iseler, alt katlarını sığınağa çevireceklerdi. Sığınakların pencereleri kum torbalarıyla örtülecekti. Bu nedenle şehir adeta bir şantiyeyi andırıyordu. Yine de Beyoğlu, Tarık'ın hatırladığı gibi ışıklı, neşeli, cıvıltılı caddeydi hâlâ.

Tarık, Haydarpaşa Garı'ndan çıktığında, denizden esen tuz kokulu havayı derin derin içine çekmiş ve vapurda, üşümesine rağmen dış güvertede oturmuştu suların bembeyaz köpüklenişini seyretmek için. Karaköy'de vapurdan inince bir taksi çevirmiş, takside ön koltuğa geçip şoföre üstünde otel adresi yazılı kâğıdı vermişti.

Taksi Yüksekkaldırım'a dikilip Pera'ya çıktıktan sonra, az gidip Londra Oteli'nin önünde durdu. Yolda gelirken gördüğü diğer binalardaki gibi, otel kapısının önünde de çuvallarla çimento yığılıydı.

"Bu haller de insanın sinirini bozuyor beyim," dedi şoför, "savaşta değiliz ama şu hale bakın. Yollardan geçemez olduk."

"İhtiyat her zaman iyidir," dedi Tarık, "ani bir hava saldırısı olursa, maazallah, nereye saklanacak insanlar?"

"Ancak eceli gelen ölür beyim," dedi şoför.

Tarık, Türk insanının ruhuna sinmiş bu kaderci görüş karşısında ürperdiğini hissetti. Teslimiyet duygusunun sadece Doğu insanını esir aldığını zannederken, işte bir İstanbullu şoför de aynı şekilde düşünüyordu. Taksiden indi, parasını ödemeden önce, karşısında uzanan manzaraya baktı hayranlıkla, ince uzun minareler, yuvarlak kubbelerin çevresinde, yanı başlarında yükselen yaşlı çınarlarla yarış edercesine semaya uzanıyorlardı. Haliç sırtlarında erguvanlar açmaya başlamıştı. Morun, mavinin ve yeşilin birbirine karıştığı fona çini mürekkebiyle çizilivermiş suluboya bir tablo gibiydi İstanbul. Üç gün sonra bu hayal şehri geride bırakarak cehenneme doğru yola çıkacaktı. Şoförün bagajdan çıkardığı valizini aldı ve onun sesini taklit ederek, "Ancak eceli gelen ölür beyim," dedi kendi kendine. Valizi elinde yürüyüp otele girecekti ama, kapının önünde saray muhafızı gibi giyinmiş iriyarı otel kapıcısıyla göz göze gelince duraladı. Valizini yere bıraktı, bekledi. Kapıcı bütün azametiyle seslendi içerdeki genç komiye. Oğlan seğirtti hemen.

Tarık otel girişinin önünde, kominin valizini el arabasına yüklemesini bekliyordu korkunç bir patlama sesiyle yere kapaklandığında. Bir anda etraf kıyamet gününe döndü. Çevrede kırılan vitrin ve pencere camlarının şangırtısına, çığlık çığlığa bağrışan insanların sesleri karıştı. Yüzükoyun yattığı yerden başını kaldırıp ne olup bittiğini anlamaya çalıştı Tarık. Komi de hemen yanı başında yerde yatıyordu, tıpkı kendisi gibi yüzükoyun.

"İyi misin oğlum?" dedi. Çocuk başını çevirip ona baktı. Gözlerinde hiçbir ifade yoktu. Burnundan akan sümük, şeffaf bir bıyık gibi dudağının üzerine yapışmıştı.

"Öldük değil mi bey? Öldük biz! Bura nere?" diye sordu.

"Ölmedik oğlum. Otelin önünde, yerde yatıyoruz."

"Öldük bey!"

"Sadece bir bomba patladı yakında bir yerde." Tarık ayağa kalkmaya yeltendi. Dizlerini fena acıtmıştı. Zorlukla doğruldu. Etraf toz duman içindeydi. Kendi gibi yerlere düşmüş veya kapı diplerine, saçak altlarına sığınmış olan insanlar da yavaş yavaş doğrulmaya, saklandıkları yerlerden çıkmaya başlamışlardı. Sessiz bir film çevriliyor gibiydi. Etraf toz duman içindeydi ama çıt çıkmıyordu. Sadece bir köpeğin acı acı ulumasının duyulduğu bu sessizlik ânı kısa sürdü. Birden çocuk ağlamalarının, kadınların, adamların bağrışmalarının, polis ve bekçi düdüklerinin, araba kornalarının mahşeri gürültüsü doldurdu çevreyi. Tarık, üstü başı toz içinde, ayaktaydı şimdi. Saçlarının arasına cam kırıkları dolmuştu. Komi hâlâ yerde yatıyordu yüzükoyun.

"Kalk bakalım arslanım," dedi Tarık oğlanı çekeleyerek. Genç çocuk doğrulup oturdu yere. Gözleri hâlâ anlamsız bakıyordu. Tarık oğlanı kendine getirmeyi başaramayınca yere diz çöktü ve şiddetli bir şamar indirdi yanağına. Ağlamaya başladı komi.

Lobideki müşteriler itişe kakışa otelden dışarı çıkmaya başlamışlardı. Tarık o kargaşada valizini kaybetmemek için etrafına bakındı. El arabası ta üç bina ötede, yan devrilmiş duruyordu.

O tarafa doğru koştu Tarık. Kulakları sağır eden siren sesleri duyuldu, insanlar da evlerinden, otellerinden, dükkânlarından fırlayarak neler olduğunu anlamaya çalıştılar.

Tarık el arabası ve valiziyle geri geldiğinde komi de ayaklanmış, şaşkın şaşkın bakınıyordu.

"Kendine geldin mi nihayet? Bak arabanı getirdim sana. Haydi bakalım, malına sahip çık," dedi Tarık.

"Bomba mı patladı bey?"

"Evet oğlum."

"Nerede?"

"Bilmiyorum. Çok yakınlarda olmalı, öğreniriz birazdan."

"Ölen var mıdır?"

"Bilemem."

Tarık önde, oğlan arkada, kırık camlara basmamaya dikkat ederek otele girdiler. Otelin lobisi anababa günüydü. Kırılan camlar yüzünden hafif yaralanmış bir iki müşteri, bembeyaz mendilleriyle kanlarını temizlemeye uğraşıyordu. Resepsiyon memuru yerinde yoktu. Tarık şaşkın şaşkın bakındı. Ne yapacaktı şimdi? Lobide bakınıp dururken, pantolonunun dizlerinin yırtılmış olduğunu fark etti.

"Allah kahretsin!" dedi dişlerinin arasından. Yeni aldığı takım mahvolmuştu. O hırsla merdivenlere yürüdü, yukarı çıktı, koridorda yan yana dizilmiş odaların kapılarını açmayı denedi teker teker, ilk üç tanesi kilitliydi. Dördüncü açıldı. Yataklar henüz yapılmamıştı ve odada, kalanlara ait olduğu belli eşyalar vardi. Çıktı, karşı tarafta bir başka odaya girmeyi denedi. Kapı kilitli değildi. Girdi. Yataklar hiç bozulmamıştı ve dolap bomboştu.

Banyoya yürüdü. Banyoda da hiç eşya yoktu. Belli ki kimse kalmıyordu bu odada. Kapıyı kapattı, valizini yatağın üzerine koyup açtı, bakanlıkta çalışmaya başladığından beri hemen hemen her gün giydiği, eprimiş gri takımlarını çıkardı. Banyoya girdi, saçlarının arasından cam kırıklarını temizlemeye çalıştı. Az sonra üzerini değiştirmiş olarak aşağı indi. Resepsiyon memuru yerine dönmüştü. Etrafındakilerle hararetli hararetli konuşup duruyordu.

Yaklaştı.

"Siz yerinizde yoktunuz, ben de mecburen kendime bir oda seçmek zorunda kaldım. Buyurun anahtarı," dedi Tarık, kapının üzerinden aldığı anahtarı uzatarak, "bendeniz Tarık Arıca. Ankara'dan, Hariciye Vekâleti'nden ayrılmıştı yerim."

Memur şaşkın şaşkın baktı Tarık'a, hiçbir şey söylemeden aldı anahtarı. Belli ki halen şoktaydı adam.

"Ne olmuş, öğrenebildiniz mi?" diye sordu Tarık.

"Pera Palas'ta bomba patlamış. Altı kişi ölmüş, çok da yaralı var," dedi resepsiyon memuru.

"Ölenler..."

"İngiltere'nin Sofya sefiri, yeni gelmişmiş İstanbul'a. İnönü ile görüşmek için gelmişmiş. Acaba onu mu öldürmek istediler?"

"Mr. Randall'ı mı?"

"Aaa, tanıyor musunuz?" Bir hayranlık ifadesi gelip geçti memurun yüzünden.

"Yok, hayır. Sadece ismen biliyorum. Ölmüş mü?"

Adam parmağıyla önündeki tahtaya vurup kulak memesini çekiştirdi: "Resepsiyonda çalışanların hepsi ölmüş, ama bomba patlamadan birkaç dakika önce sefir bara gitmiş, kurtulmuş."

Tarık otelden çıktı, az ilerdeki, önü polis arabaları ve cankurtaran kaynayan Pera Palas'a doğru yürüdü. Polisler kalabalığı göğüsleyerek insanları otelden uzaklaştırmaya çalışıyorlardı.

Yerlerinden oynamış parke taşlarına ve tel gibi bükülüvermiş tramvay raylarına sürekli ayakları takılan hemşirelerle doktorlar sedyelerin üstünde yaralıları taşıyorlardı cankurtaranlara. Tarık kalabalığın arasından süzüldü, gazeteci olduğunu tahmin ettiği, fotoğraf makineli genç adamlardan birine yaklaştı.

"Nasıl olmuş?" diye sordu.

“Holde duran valizlerden birine bomba yerleştirmişler,” dedi genç adam.

Kimbilir kimin için yerleştirilmişti bomba. “Muhtemelen İngilizlerin Sofya sefiri ve onunla Pera Palas’ta buluşacak olan meslektaşı, Türkiye sefiri Hugessen içindi,” diye düşündü Tarık. Oysa, resepsiyonda çalışan gariban memurlarla dünya politikası ile hiç ilgisi olmayan birkaç kara bahtlı seyyah ölmüştü onların yerine. Bir sürü masum insan kolunu, bacağını, gözünü kaybetmişti. Tarık, ürpererek onu otele getiren şoförün sözlerini hatırladı: “Ancak eceli gelen ölür beyim!”

MARSİLYA, 1940-41

Selva büyücek bir tasa döktüğü sıcak kahvenin dumanını ve kokusunu içine çekerken, insan nelere alışıyor, diye düşündü. Fransa'ya ilk yerleştiğinde, Fransızların bu kocaman taslarda içtikleri acı kahveden nefret etmişti. Allah'tan Sabiha o ara Fransa'yı sık ziyaret eden kocasıyla onlara paketlerle çay ve altı adet incecik belli çay bardağı yollamıştı da kahvaltı keyiflerini sürdürebilmişlerdi Rafo ile.

Bu acı kahveye oğlunun doğumundan sonra alışmıştı Selva. Bebeğin son süt saatine kadar ayakta kalabilmek için, uykusunu açar umuduyla içmeye başlamış, sonunda tiryakisi kesilmişti. Kocası, bu zehir gibi şeyi nasıl içiyorsun anlayamıyorum, deyip duruyordu. Aslında Rafo, başta yemekleri olmak üzere pek çok şeyine alışamamıştı yeni memleketinin.

"Başkalarının yanında söyleme bari, seni köylü zannedecekler," demişti Selva, "dünyanın en güzel mutfağını beğenmiyorsun."

"Ne zannederlerse zannetsinler. Dünyanın en güzel mutfağı Türk mutfağıdır. Onlar cahilse ben ne yapayım," demişti Rafo, "neden en iyi mutfak diye ünlenmişler, anlamak mümkün değil. O insanın midesini allak bullak eden ağır soslar, adı bile tiksinti veren sümüklüböcekler, salyangozlar, ayak kokulu peynirler..."

"Sus allahaşkına."

"Ağız tadıyla yiyebileceğimiz bir zeytinyağlı sebzeleri var mı, söyle hadi, var mı? Balığa bile ağır soslarını döküp balığın güzelim tadını mahvediyorlar."

"Yemeklerinden böylesine nefret ediyorsan niye buraya geldik?"

"Çünkü şarapları muhteşem."

"Ama muhteşem şarapları alacak para da bizde yok!" diye sızlanmıştı Selva.

"Olacak güzelim. Biraz sabret. Bu ayı tahminimizden de iyi kapattık. Böyle gidersek sana önümüzdeki yıl en iyi şarapları içirtebileceğim."

Rafo evine iyi şaraplar getirebilecek düzeyde para kazanmaya başlamamış olsa Selva bu kadar çok üzülmeyecekti her şeyin altüst olmasına. Hayatlarını tam yoluna koyduklarını sandıkları bir anda olmuştu olanlar. Sokaklar bir gün ansızın motosikletli Alman subaylarıyla doluvermişti. Selva evinde yemek masasına yayılmış, Yvonne adındaki küçük komşu kızın İngilizce ödevlerini yaptırmaktaydı. Dışardan yükselen gürültüyü duyunca her ikisi de pencereye koşmuşlardı. Yvonne dokuz yaşındaydı, motosikletlerinin üzerlerinde heykel gibi dimdik oturan polislerin peşpeşe geçişlerini görünce ellerini çırpmıştı neşeyle. Aynı anda, Selva'nın da yüreğinde çaresiz bir kuş çırpınmıştı. Ellerini kocaman karnının üzerinde gezdirmiş, "Allahım, acı bize, doğacak yavrumuzu koru," diye dua etmişti içinden. Küçük kız gider gitmez, eczaneye, kocasının yanına koşmuştu. Rafo onun bembeyaz olmuş yüzünü görünce telaşlanmıştı doğum başladı diye. Hayır, sancılanmamıştı henüz ama Selva bir ay sonra, doğumunu saptanan tarihten iki hafta erken yapmıştı. Minicik bir oğlu olmuştu. Selva'nın isteği üzerine, adını Fazıl koymuşlardı. Selva düşünmemiş değildi, acaba babam duyduğu zaman, bir Yahudi'nin oğluna neden adımı verdiniz der mi diye. Çocuğunun, dargın olduğu ama yine de çok sevdiği ve özlediği babasının adını taşımasını istediği için bu düşüncelerini atmıştı kafasından.

Rafo ile önceden kararlaştırdıkları gibi, bebek erkek olursa sünnetini Yahudi usulü, yedinci günde yapacaklardı. Ama faşistlerin kol gezmeye başladığı şehirde, Rafo vazgeçmişti oğlunu sünnet ettirmekten. Bu kararı aldığı gün sabaha kadar uyuyamamıştı.

Selva kahvesinden bir yudum aldı ve defterindeki hesabı gözden geçirmeye başladı. Hesapları karmakarışıktı. Almanlar Kuzey Fransa'yı ve Paris'i işgal ettikleri sıralarda, Selva ve Rafo çoktan Marsilya'ya inmişlerdi. Burada emniyette olacaklarını sanıyorlardı ama hiç ummadıkları bir gelişme olmuştu. Vichy Hükümeti'ni devralan ve kendini devlet başkanı atayan General Petain, ülkenin tamamını işgalden kurtarabilmek için Almanlarla işbirliğine girişmişti. Onların her teklifine son derece yumuşakbaşlı yaklaşıyor, Alman generallerin ayaklarına basmamaya gayret ediyordu. İşte bu yüzden de Fransa'da Yahudi avına çıkan Vichy polisi, kraldan çok kralcı davranmaya başlamıştı. Yeraltında bir direnmenin başlamış olmasının ya da işgale karşı çıkarak yurtdışına kaçan De Gaulle'ün İngiltere'de kurduğu Kurtuluş Hükümeti'nin, Fransa'da yaşayan Yahudilere bir faydası olmuyordu ne yazık ki.

Selva, piyano dersi verdiği iki küçük kızı, aileleri ülke dışına kaçtıkları için kaybetmişti ama, "Garip kuşun yuvasını Allah yapar," sözünü ispatlarcasına, Amerika'ya kapağı atmayı planlayan Museviler, çocuklarının İngilizce öğrenimine hız vermeye başlamışlardı. Bu yüzden üç yeni öğrenci edinmişti son haftalarda. Hatta iki öğrenciyi de bebeğinin süt saatlerine denk geldikleri için geri çevirmek zorunda kalmıştı. Selva öğrencilerinin artmasından memnundu ama kocası onu uyarmadan edememişti:

"Selva, her tarafı kollayan faşistlerin dikkatini çekme kuzum. Bu eve sık sık çocukların girdiğini fark ederlerse..."

"Lisan dersi vermek yasak mı Rafo?"

"Yahudi olmak yasak."

Selva içinin isyanla dolduğunu hissediyordu. İnsanları inançlarından dolayı aşağılamanın ne kadar ilkel bir davranış tarzı olduğunu düşündüğü için bağışlayamamıştı babasını. Babası da kızını bağışlayamamıştı kendine ait nedenlerle... En büyük ihtimalle de baba sözü dinlemediği, evin reisinin kararına karşı çıktığı için... Selva asla inanmak istememişti babasının başka dinden biriyle evlenmesine itiraz ediyor olmasına. Sevdiği, saydığı, gözünde büyüttüğü babası bu kadar fanatik olamazdı. Neydi bu din? Selva'nın gözünde, insanların simalarında, ırk özellikleri gibi apaçık görünmeyen, kendi yüreğine de tam sinememiş bir aidiyet duygusu, bir seremoniler yelpazesiydi. Camilerde, kiliselerde, sinagoglarda sürdürülen ibadet ve dua fasılları... Oralara girilip huşu içinde Tanrı'ya yakarılırken, onunla bütünleşilirken, din ne hoş bir şeydi. Evinde yaşanan ramazan aylarının, iftar sofralarının, kaçırılmamasına özen gösterilen bayram namazlarının, sakız gibi beyaz yemenilerle namaz kılan büyükannelerin ve müezzinlerin yanık sesleriyle okudukları ezanların, hele de akşam ezanlarının ilahi bir gizemi vardı onu saran. Ama yaşamın akışı içinde koşuştururken ayak bağı olmamalıydı insanlara din. Ne fark ederdi başka inanca bağlı birini sevmesi? Ah baba, ah! Kızını gözden çıkarmaya değer miydi damadının dua etmek, evlenmek ve gömülmek için cami yerine sinagoga gidiyor olması?

***

Selva çok iyi hatırlıyordu babasıyla bu konuyu bilhassa açıp irdelediği günleri. Daha o sıralarda Fazıl Reşat Paşa'nın haberi yoktu başına geleceklerden. Kızıyla felsefi boyutta konuşmalar yapmak hoşuna gidiyordu, her verdiği kitabı satır satır okuyan ve sonra kendisiyle tartışan akıllı kızıyla. Dinin insanlar için bir ihtiyaç olduğunu kabul eder ama kişinin ilmi, bilgisi, kültürü arttıkça dine sarılma ihtiyacının azaldığını söylerdi paşa. Kızına yobazların ve fanatiklerin hep çok cahil ya da yoksulluk sınırında yaşayan insanlar arasından çıktığını anlatırdı. Selva, Rafo'ya âşık olduğu günlerde, babasıyla sohbetlerinde bilhassa kurcalamıştı konuyu.

Başka dinlere saygı duymak?

Elbette! Çağdaşlığın şartlarından biriydi bu.

Ya başka inançlardan da feyz almak?

Fazıl Reşat Paşa, neden veriyordu ki Selva'ya Uzakdoğu dinlerine ait kitapları okusun diye? Kızının bir senteze ulaşabilmesi için, dünyanın sırf kendileri gibi düşünen ve inanan insanlardan ibaret olmadığını görsün diye, öyle değil mi?

Rafo'yla ilişkilerini öğrenmesinden sonra, tüm bu konuşmaları kelimesi kelimesine babasına anımsatacaktı Selva. Bu konuları konuştukları mekânları, anları dahi teker teker hatırlatacaktı. Ama babası bir duvar kesilmişti sanki. Söylediği tek bir şey vardı:

"Asla evlenemezsin! İzin vermiyorum!"

Selva önceleri ısrarla, "Neden?" diye sormuştu babasına. Ne kadar açık fikirli olursa olsun, babası geleneklerine, göreneklerine ters düşecek bir evliliği asla kabul etmiyordu. Selva üzülerek öğrenmişti ki, babasının kızlarının tahsillerine verdiği önem, onların kafalarını veya ufuklarını açmak için değil, öğrendiklerini kendi çocuklarına aktararak, Fazıl Reşat Paşa ailesine hayırlı evlatlar yetiştirmeleri içindi. Bu hayırlı evlatlar, elbette Müslüman ana ve babalardan doğacaklardı.

"Pekâlâ," demişti Selva, "öyle olsun. Ama bilin ki, ben de başka hiç kimseyle evlenmeyeceğim. Ne Macit'in hariciyeci arkadaşlarından birini, ne de bilmem kim paşanın oğlunu yamamaya çalışmayın bana. Ya Rafael ya da hiç kimse!"

Rafo ise kaderine razı olmuş gözüküyordu. Israrlı olursa başlarına gelebilecekler, onu Selva'dan daha fazla korkutmaktaydı, çünkü ailesinin ve cemaatinin tepkisinin yanı sıra, bir de üst tabakadan gelen ve her şeyin en iyisine alışmış bu kızın sorumluluğunu taşıyacaktı sırtında.

Ankara'ya, ablasının yanına sürgüne yollandığı süre boyunca Rafo ile mektuplaşmayı sürdürmüştü Selva. Bunlar aşktan çok dostluk içeren mektuplardı. Aynı zamanda Selva Ankara'da iyice gözlemlemişti etrafındakileri. Çevresindekilerin çoğu, ablası gibi iyi evlilikler yapmış genç insanlardı. İlk birkaç yılın sonunda sevdanın hızı kesilince, hele çocuklar da doğunca, seçtiği kişinin hiç değişmeyecek olan mizacıyla baş başa kalıyordu insan ve bu yüzden hayatı paylaşacağı eşiyle aynı telden çalıyor olması çok önemliydi.

Kendine tanıştırılan genç adamların hiçbirine içi ısınamayınca baba evine geri dönmüştü ve yeniden düşünmüştü Selva. Başından da söylediği gibi, eniştesinin arkadaşlarından bir diplomata yamanıp kalmamıştı. Ama bunu sırf inat olsun diye değil, kendine tanıştırılan kişilerin arasında gerçekten beğendiği, benimsediği kimseyi bulamadığı için yapmıştı. Birtakım salon züppeleriyle, ağzı kalabalık genç adamlarla ya da tıpkı kendi annesinin kızına aramakta olduğu gibi oğullarına varlıklı iyi aile kızları arayan, hırslı annelerin ana kuzularıyla tanışıp durmuştu. Hiçbiriyle oturup herhangi bir konuda saatlerce konuşamamıştı, ağız dolusu gülememişti, sokaklarda avare avare dolaşamamıştı. Ona tanıştırılan genç adamlar, Selva'yı katıldıkları resepsiyonlardan sonra Ankara Palas'ın salonlarında dansa götürmüş, beline sarılıp parkenin üzerinde gıcırdayan parlak rugan ayakkabılarıyla valsler yapmış, evine bırakırlarken eline veya yanaklarına dudaklarının uçlarıyla belli belirsiz nazik öpücükler dokundurmuşlardı. Sıkılmıştı onlardan. Eve dönüşlerinde, küçük yeğeninin odasındaki yatağına uzandığında, karanlıkta gözlerini sokak lambasının tuhaf bir desen çizdiği tavana dikip düşünmüştü.

Tek bir hayatı vardı ve o hayatı heba etmek üzereydi. Neden? Babasının inadı yüzünden. Babası kendi iç inançlarına da ters düşen bir davranış içindeydi ve kızına yaşamı zehir ediyordu. Selva hiç evlenmeyecek, hiç mutlu olamayacak, çocuk sevgisi nedir bilemeyecek, Allah'ın ona lütfettiği hayatı yaşayamayacaktı kısacası. Niçin? Sırf Fazıl Reşat Paşa'nın dediği olsun diye! Konu komşu, ahbaplar, akrabalar, annesinin tabiriyle "cihan-ı âlem", haklarında ne der diye! Etrafın ne düşündüğü, onun mutluluğundan daha mı önemliydi? Hayır! O halde? İstanbul'a dönünce haber yollamıştı Rafo'ya, hâlâ istiyorsa eğer onu...

Rafo elbette istiyordu onu ama, aynı zamanda onun hayatını darmadağın etmekten korkuyordu. Selva'ya babasının evinde alıştığı hayatı yaşatamayacaktı. Kendi ailesi de Rafo'yu dışlayacağına göre, sadece kazanacağı parayla yaşamak zorunda kalacaklardı. Buna hazır mıydı Selva? Yaptığından çok emin olması için, bir süre daha beklemesini ve tekrar düşünmesini istemişti Rafo.

Selva Kıbrıs'a, dayısının yanına gönderildiğinde, bir kere daha düşünme fırsatı bulmuştu. Her şeyi göze alıyordu, hayatın getireceği tüm zorlukları, ailesinden uzakta, yabancı bir ülkede yaşamayı, az parayla geçinmeyi... Her şeyi düşünüyor, kendi kendine sorduğu her soruyu yanıtlayabiliyordu ama aklına, Rafo da bu işi benim kadar çok istiyor mu acaba, diye sormak gelmiyordu. Rafo'nun da onu çok istediğinden emindi.

Kıbrıs'ta geçirdiği sıkıntılı, uzun yılın sonunda İstanbul'a döndüğünde Rafo'ya son kararını bildirmiş, sonra da şaşıp şaşıp kalmıştı kendine yardımcı olacağını sandığı Sabiha'nın tutumuna. Ablası hiç beklemediği bir tavır takınmıştı. Rafo ile arkadaşlığını destekleyen, hatta onu bu ilişkiye itekleyen Sabiha, sırdaşı, en yakını, onu kararından vazgeçirmek için sabahlara kadar dil döküyordu şimdi, buluşmalarına, baş başa kalmalarına alet olan kendi değilmiş gibi.

"Ben senin bu kadar ileri gidebileceğini, bu kadar budala olabileceğini nasıl bilebilirdim?" diyordu. "Hoşlandığın bir genç adamla arkadaşlık ediyorsun sanıyordum. Âşık olmak yoktu hesapta. Hele evlenmek, asla!"

Ya babası! O herkesten çok saydığı, hayran olduğu babası intiharı bile denemişti kızını Rafo'dan vazgeçirmek için. İşte o zaman kesin kararını vermişti Selva.

"Bir an önce buradan kaçalım biz, Rafo," demişti, "ölçülerin mübalağa edilmediği bir diyara gidelim. Senin annenin sana, benim babamın da bana yaptığı manevi ezadan kurtulalım."

Gitmişlerdi... Ama şimdi, Almanların Yahudilere yaptıklarının yanında, ailelerinin onlara yaptığı eza devede kulak kalıyordu doğrusu. Almanlar, o bulanık su rengi gözlü, ifadesiz, sert yüzlü adamlar, yaşamı zehir etmişlerdi Fransa'da yaşayan Musevilere. Nefret ediyordu onlardan. O, Yahudi olmadığı halde böyle hissediyorsa kimbilir zavallı kocasının iç dünyası ne haldeydi.

Selva hesaplarını incelerken postacının ayak seslerini duydu dışarıda. Hemen aşağı koşup postayı aldı. Bir-iki fatura ve Sabiha'dan mektup!

Hesap defterini kapattı, tasına taze kahve doldurdu, pencerenin önündeki koltuğa oturup ayağını pufa uzattı ve yırttı zarfı. Günün en güzel dakikaları başlamak üzereydi... Fazıl uyanana kadar, bir saate yakın zamanı vardı her bir satırı tekrar tekrar okumak, içmek, sindirmek ve memleketini hayal etmek için.

Mektubunda Tarık diye birinden bahsediyordu ablası. Bu adı hatırlar gibi oldu. Evet, evet, bir kere daha yazmıştı bu Tarık hakkında Sabiha. Tarık Fransa'ya tayin olmuş, yakında geliyormuş. Bana para yollamış onunla. Bir sıkıntım olursa onu aramalıymışım. İlahi Sabiha! Etin dibini tutturuyorum her seferinde, bana yardımcı olabilir mi bu Tarık? Kaçmanız gerekirse eğer... Ne diyor bu kuzum? Kaçmak... Nereye? Biz Rafo ile buraya kaçmadık mı yurdumuzdan? Bize ailelerimiz tarafından yöneltilen öfkeden, arkadaşlarımızın dedikodularından, mahalle sakinlerinin, bakkalın mesela, kötü kötü bakışlarından kaçmadık mı? Bir Müslüman kızın bir Yahudi'ye vardığı için maruz kalacağı şiddetten ve bir Yahudi gencin bir Müslüman kızı almış olduğu için göğüsleyeceği hiddetten kaçmadık mı biz? Bu sefer nereye kaçacağız? Nereye kadar kaçacağız? Hiç mi rahat yok bize? İstanbul'da bize üniversiteyi bitirtmeyen zihniyet, SS kıyafeti giyip peşimizden buralara kadar gelmiş sanki... Neyse... Hülya takdirname almış okulda. Yıl sonu törenine hep birlikte gitmişler, annem, babam, Sabiha -Macit yokmuş tabii, hep Vekâlet'tedir o- babama ne güzel bir tebdil-i hava olmuş şehir değiştirmesi. Ankara'da çok rahat etmiş. Rahat etmiş! Elbette, orada onu tanıyan yok, kimse kızı Yahudi'ye kaçan adam diye işaret etmiyor ona... Anneme Ankara'nın kuru havası iyi gelmiş, astım krizi hiç tutmamış. Tutmaz tabii, babam kendi rahat ettiyse onu da rahat bırakmıştır. Her gün hasretle hep yanında taşıdığı küçük Fazıl'ın resmine bakıyormuş annem. Eh, demek babamın bu isme bir itirazı olmamış... Kimbilir... Belki bir gün...

Dışarıda müthiş bir gürültü koptu! Pencereden dışarı baktı Selva, iki kişi sağı solu devirerek kaçan bir adamı kovalıyorlardı. Bir kadın çığlık çığlığa bağırıyordu. Sanki bir şey yapabilecekmiş gibi fırladı yerinden, kahve tasını şangırtıyla yere düşürdü. Aynı anda bebeğin ağlaması duyuldu yan odadan. Selva üstüne kahve sıçramış mektubu silkeledi, sehpaya bıraktı, ağlayan çocuğuna koştu, "Ağlama Fazıl," dedi, "baban sokağa çıkmamızdan pek hoşlanmıyor ama, boş ver, çıkıp hava alalım biraz."

Selva evinden dışarı sık çıkmadığı için sokakta olup bitenlerden pek haberi yoktu. Rafo, karısı kendi gördüklerine şahit ol-masın diye onun evde kalmasını tercih ediyor, sokağa çıkmaması için bahaneler yaratıyor, öğle yemeklerine eve geliyordu. Selva'yı yeni hayatına nihayet uyum sağladığı ve hiç yardım görmeden tek başına bebeğiyle baş etmeye çalıştığı şu günlerde endişelere sevk etmek istemiyordu. Sokaklarsa endişe vericiydi, tehlikeli ve üzücüydü.

İstanbul'dan, ailelerinden ve alıştıkları yaşam düzeyinden ayrılmaları kolay olmamıştı. Dünyalarını değiştirmişlerdi birbirleri için. Şimdi her ikisi de içine doğdukları şartlardan bambaşka bir konumda ve esas kimliklerine yabancı kisvelere bürünmüş olarak yaşamaya gayret ediyorlardı.

Selva artık Fazıl Reşat Paşa'nın bir eli yağda, bir eli balda, yazlık ve kışlık konaklarda yaşayan, pahalı giysiler giyen, takdir toplayan ve saygı duyulan küçük kızı değildi. Bir Yahudi eczacı kalfasının karısıydı. Rafo'nun henüz vatandaşlığı teyit edilmemiş olduğu için, eczanedeki ortaklığı kâğıt üzerinde gözükmüyordu. Başvurusunu yapmış ama Alman işgali üzerine, ortağı bu işi bir süre ertelemesini rica etmişti. Bir süre daha "var olmamasını" yani.

***

Rafo... Kendi cemaati içinde olduğu kadar İstanbul'un tıp camiasında da saygı gören, dört kuşaktır Saray Doktorları olarak tanınan Alfandarilerin ortanca oğlu, kimyager (bu, annesinin Selva yüzünden gerçekleşememiş rüyasıydı) Rafael Alfandari, artık Yahudi asıllı bir Türk olamadığı gibi, Yahudi asıllı bir Fransız da değildi. Müslüman bir kızla evlendiği için, üstüne üstlük oğlunu geleneklerine göre sünnet bile ettiremediğinden dolayı Yahudiliği de şüphe götürür olmuştu. Kimliksiz, vatansız ve dinsiz kalakalmıştı Rafo.

Evet, Selva'yı sevmişti. Ama tüm köprüleri yakmak! Bunu ne o, ne de Selva istemedikleri halde, nasıl olmuştu da bulmuşlardı kendilerini bu konumda?

Selva'yı tanıdığında henüz çocuk sayılırdı Rafo. Okul sıralarında oturan, lacivert ceketli bir öğrenciydi. Kız öğrencilerin arasında onunla aynı sınıfa giden ve kimselere benzemeyen bu uzun boylu kız dikkatini çekmişti. Arkadaş olmuşlardı.

Bir gün bu kızın oturduğu köşke davet edilmişti çaya. Ah, annesinin o gururu ve heyecanı... Rafo'nun gömleğini kolalamış, pantolonunu eliyle ütülemiş, oğlu konağa eli boş mu gitsin, bir kutu çikolata mı, yoksa bir buket çiçek mi götürsün, günlerce düşünmüş, eve döndüğünde onu soru yağmuruna tutmuştu. Konağın içi de dışı kadar gösterişli miydi? Paşa ve hanımefendi evde miydiler? Onlarla tanışmış mıydı Rafo? Misafirler kaç kişiydiler? Neler yiyip içmişlerdi? Lebon'dan pasta mı, evde açılmış börek mi? Çay mı, şerbet mi? Kim hizmet etmişti çay servisinde?

Rafo daha sonra yine davet edilmişti köşke... Ve başka yerlere de... Selva'nın yanında, onun gölgesi gibi gezmeye başlamıştı. Sapsarı iki uzun örgünün başında çepeçevre dolandığı, kocaman kahverengi gözleriyle hep biraz şaşırmış, biraz da ürkmüş gibi bakan, duru su gibi sade ve sakin, ama güldü müydü yüzünün bütün hatları aydınlanıveren, söyleyecek çok lafı olan ve karşısındakini de çok iyi dinlemesini bilen Selva'nın.

Selva'nın ablası Sabiha'nın nişanlandığı yaz yeni bir evreye girmişti dostlukları. Sabiha hafta sonları, yanında kız kardeşiyle adadan inip Beyoğlu pastanelerinin birinde nişanlısıyla buluşuyordu. Az sonra, aynı yerde Rafo da katılıyordu onlara. Nişanlıları baş başa bırakıp Pera sokaklarını keşfe çıkıyorlardı Selva ile. Bir keresinde tramvaya atlayıp Eyüp'e kadar uzanmış, Eyüp Sultan'ı ziyaret etmişler, mezarlıkların arasında dolaşmış, mezar taşlarının üzerindeki manzumeleri okumaya çalışmışlardı. Bir başka sefer, Haliç boyunca Feshane rıhtımına kadar yürümüşler, Fener'deki Rum mahallelerine girip çıkmışlardı. Bir defa da Tatavla'ya götürmüştü Selva'yı Rafo. Selva yeni bir dünyayı keşfeder gibi, hayret ve ilgiyle gezmişti ilk kez gördüğü mahallelerde. Kendi dar muhitinin dışında bambaşka renklerin ve kokuların olduğunu fark ediyor, daha da fazlasını görmek, öğrenmek istiyordu.

Bir eylül öğleden sonrasında, Sabiha ile Macit'ten Markiz'in önünde ayrıldıklarında, Rafo Selva'yı elinden tutup kendi evine götürmüştü. Ailesi hâlâ Tarabya'daki yazlıktaydı. Döşemelerin üzerine kılıfların geçirilmiş, halıların dürülüp duvar kenarlarına istiflenmiş, avizelerin gazete kâğıdı ile sarılmış olduğu loş salona buyur etmişti kızı. Selva, patiska kılıflı kanepenin ucuna ilişmişti. Rafo yanına oturmuş, eliyle yüzünü kendine çevirmiş ve öpmüştü Selva'yı.

"Benimle sevişmek mi istiyorsun?" diye sormuştu Selva. Rafo şaşırıp kalmıştı.

"Rafo sana bir sual sordum."

"Hayır, ne münasebet... Evet... Hayır... Yani... Nasıl sual bu böyle?"

"Apaçık bir sual. Evet mi, hayır mı?"

"Çok isterim ama elbette hayır. Yani kötü bir niyetim yoktu seni öperken."

"Niyetini değil, arzunu sordum."

"Selva... Seni incitecek hiçbir şey yapmam ben."

"Bu bana cevap değil."

Uzun uzun yüzüne bakmıştı Rafo, karşısında oturan kızın ne demek istediğini anlayabilmek için. Kocaman gözlerini açmış, yanıt bekliyordu Selva.

"Evet, seninle sevişmeyi çok isterim."

"Neden?"

"Seni sevdiğim için elbette."

"Beni seviyor musun?"
"Bilmiyor musun bunu?"
"Hiç söylemedin daha önce."
"Cesaret edemediğim içindir."
"Neden korkuyordun ki?"
"Seni kızdırmaktan."
"Beni sevmen beni kızdırabilir mi?"
"Haddime düşmez diye..."
"Ama şimdi söyledin sayılır işte. Ve ben kızmadım."
Rafo eğilip bir kere daha öpmüştü Selva'yı.
"Rafo, beni sevdiğin, beni istediğin halde, bir gün başka biriyle evlenmek ve onunla sevişmek zorunda kalacaksın. Ben de öyle."
"Kaderi değiştirmek mümkün değil ki Selva."
"Değil mi dersin?"
Rafo eğilip Selva'yı üçüncü kez öptüğünde, kaderini yöneten dizginlerin kendi ellerinden yavaşça kayıp Selva'nın ellerine geçmekte olduğunu hisseder gibiydi. O gün, o loş odada Sabiha ve Macit'le buluşacakları saate kadar oturup konuşmuşlardı. Selva'yı bir kere daha öpmeye cesaret edememişti Rafo. Selva onu ne cesaretlendirmiş, ne de itelemişti. Daha ileri gitmeye kalkarsa kızın nasıl bir tepki vereceğini hiç bilemiyordu. Aklı karmakarışıktı. Duyguları da öyle. Selva'nın uzun örgülerini çözmek ve sarı saçlarını bembeyaz olduğunu sandığı uzun ince vücudunun üzerinden bir şelale gibi dizlerine kadar akıtmak istiyordu. Ama sadece konuşmakla yetiniyordu karşısındaki sakin ve uysal kızla. Konuşmayı aslında onun yönettiğinin farkında bile değildi. Gitme vakitlerinin geldiğini, uzun zincirli duvar saati altıyı vurunca fark ettiklerinde, Selva yumuşak hareketlerle ayağa kalkıp kapıya yürümüştü. Kapıdan bir kere daha öpüşmeden çıkmışlar, merdivenlerden el ele inmişler, Pera'nın dar sokaklarından geçerek Tünel'e varmışlar ve Tünel'le Karaköy'e inip Ada vapuru iskelesinde Sabiha ile buluşmuşlardı.

"Neler yaptınız?" diye sormuştu Sabiha.

Rafo tam cevap verecekken Selva, "Rafo'nun evine gidip oturduk," demişti.

"Aaa! Evde kimse var mıydı?"

"Yoktu."

"Eee, ne yaptınız bakalım?"

"Ne yapılabilir ki evde? Oturduk, konuştuk."

"Ay sizin lafınız da hiç bitmiyor ha! Sinemaya filan gideydiniz ya."

"Bizim lafımız bitmez," demişti Selva. Sonra da uzanıp Rafo'nun yanağına bir veda öpücüğü kondurmuştu. Bir elektrik akımı yanağından beynine ulaşmıştı Rafo'nun. Evde onu dudaklarından öperken hissettiklerinden çok daha başka bir duyguydu bu. Selva tarafından sahiplenilme, aralarındaki sıkı dostluğun adeta oradan gelip geçen herkese ilan edilmesi, aleniyet kazanmasıydı... Rafo sımsıcak duygularla ve gururla yürümüştü onu Tarabya'ya götürecek otobüsünün durağına. "Anne, anne, anne," demişti içinden, "Selva beni seviyor, anne!"

Anne, oğlu Fazıl Reşat Paşa'nın evine davet edildiği için çok sevinen o anne değildi artık. Oysa bir zamanlar ne kadar da böbürlenip durmuştu Rakela, oğullarından birinin üst tabakadan bir Türk kızıyla olan arkadaşlığından dolayı, kaynanasının sık sık, "Ay ne varmış bu kadar sevinecek, senin kocan da koskoca Alfandarilerden geliyor," diye uyarmasına rağmen.

Bir gün onu ziyarete gelen bir arkadaşı kulağına ulaşan dedikoduları anlatmaya kalkmasaydı dünyadan haberi olmayacaktı Rakela'nın. Çocuklarının arasında en akıllı olduğunu sandığı Rafael üniversiteyi yarıda bıraktığı için onunla itişip durmaktaydı o sırada. Rafael'in kendine mahsus huyları vardı, diğer çocuklarına benzemeyen. Hiçbirinin aklına gelmemişken, mesela o, tutturmuştu evde niye Türkçe değil de Ladino konuşuyorsunuz diye. Onları aşağılayan, işkence eden ve gurbete yollayan bir ülkenin dilini konuşmakta ısrar etmelerini bir türlü kabul edemiyordu Rafael. Üniversiteyi bırakmasının da böyle duygusal bir nedeni olmalıydı. Belki gurur meselesi yaptığı, önemsiz bir olay olmuştu üniversitede veya babasının ölümünden sonra bir bunalıma girmişti oğlan. Babasını ölümün pençesinden kurtaramadığı için suçluluk duygusuyla alınmış bir karardı belki de. Salvador Alfandari bir gece kalp krizinden ölüverdiğinde, yüreğinin sağlam olmadığını zamanında fark edemedikleri için birbirlerini suçlayıp durmamışlar mıydı karısı ve çocukları. Rakela sorularıyla bunaltmaya başlamıştı oğlunu. Kimya zor geldiyse başka bir fakülteye geçseydi. Bir yıl ara verip yeniden başlasaydı. Üniversiteyi bırakmasını bir türlü kabullenemiyordu oğlunun.

Arkadaşı Rosa, Rakela'yı ziyarete geldiği bir akşamüstü, her dedikodunun ağızdan ağıza geçerken dallanıp budaklanmasının, gerçeklerden iyiden iyiye uzaklaşmasının canlı örneğini sergileyerek, "Fazıl Reşat Paşa, kızına musallat olduğu için Rafael'i üniversiteden attırtmış," demişti zavallı kadına.

İşte o gün hayatında ilk defa Türklere lanet okumuştu Rakela. Ertesi gün de Rafo'nun saydığını ve sevdiğini bildiği ne kadar aile büyüğü varsa hepsini sıraya sokmuştu oğluna nasihat etmeleri için.

Ahh, başlarına bu felaketin gelebileceğini nasıl da görmemişti. Bu uğursuz kızın, bu sarı çıyanın yüzünden oğlu üniversiteyi bile bitirememişti. Oysa ne hayalleri vardı Rakela'nın Rafo üzerine kurulmuş. Ortanca oğlu kimyager olup lavantalar üretecekti. Oğlunun buluşu olan esansları, Fransa'da yaşayan ve kozmetik piyasasını çok iyi bilen yeğenine pazarlatacaktı. Belki bir gün kendi yaratacağı bir markanın sahibi bile olabilirdi Rafo, hanımlar için "Les Nuits du Bosphore" mesela veya "Essence d'Orient"; belki erkekler için de bir tıraş kolonyası, kendi adından üretilmiş "RAFF"!

Oğluyla yüzleştiğinde bir darbe daha yemişti. Rafo bu Müslüman kızla evlenme ihtimalinden söz ediyordu.

Rafael için kurduğu hayallerinin gerçekleşmeyeceğini görmek bile, oğlunun bu Müslüman kızı alabilme ihtimalinin yanında hiç kalmıştı.

O yıl, Pesah Bayramı'nda,* kendini bildi bileli yaptığı gibi çatı arasında sakladığı özel pinetaslarını** indirtip itinayla yıkatmamış, her yıl o çok önemli ziyafet için elleriyle pişirdiği pescado con huevo y limon'un*** yapılışını başkalarına bırakmış, matza'nın**** hazırlanışına nezaret bile etmemişti. Rakela üzüntüsünden, utancından ölmek üzereydi. Ailenin diğer fertlerinin de ondan geri kalır halleri yoktu. Önüne gelen, Rafo'yu ya nasihat ederek, ya azarlayarak ya da duygusal şantaj uygulayarak bu aşktan vazgeçirmeye çalışıyordu. Rafo, babasını iki yıl önce kaybettiğine neredeyse şükredecek hale gelmişti, bir de onun hayatta olup da söyleyebileceklerini düşündükçe. Sadece dayısı Jak bambaşka yaklaşmıştı bu korkunç olaya.

"Her işte bir hayır vardır," demişti ablasına, "oğlunun Fazıl Reşat Paşa'ya damat olmasının getireceği avantajları düşünsene. Rafo kızdan ayrılsın diye adaklar adayıp büyüler yaptıracağına, paşa, oğlunu damatlığa kabul etsin diye uğraş sen."

Paşa, Rafo'yu damatlığa kabul etmemişti.

Selva, Rafo'dan vazgeçmemişti.

Rafo'nun dili varmamıştı göğüslemeye kalktıklarının bir çılgınlık olduğunu Selva'ya anlatmaya. Başlangıçta bir müddet sonra harı sönecek bir yangın gibi düşünmüştü bu aşkı. Selva bıkana veya ailesi tarafından vazgeçirilene kadar sürecek bir ilişkiydi.

---

* Hamursuz Bayramı.

** Tabaklarını.

*** Mayonezli balık.

**** Hamursuz ekmeği.

Ama Selva vazgeçmiyordu, o vazgeçmedikçe Rafo da onu, evindeki dırdır yüzünden yarı yolda bırakmayı kendine yediremiyordu. Kıza hem büyük bir hayranlık, hem de onun tarafından seviliyor olmaktan ötürü gurur duyuyordu. Yasak meyveyi dişliyor olmanın o tarifsiz buruk tadı ve heyecanı da cabasıydı. Arkadaşları gıptayla bakıyorlardı ona, bir masal kahramanıymışçasına. Ama akrabaları, hele de annesi hiç de öyle düşünmüyordu.

"Padişahın kızına âşık olmuş Keloğlan'dan farkın yok!" diye bağırıp duruyordu Rakela ağlayarak, "bizi adam yerine bile koymuyorlar. Var mı yok mu, paşayla karısının ne kadar kızgın ve üzgün oldukları. Ya ben, benim ailem! Biz istiyoruz sanki sırık kızlarını. Bizim utancımız, üzüntümüz kimsenin umurunda değil! Hiç mi izzetinefsin yok senin?"

İzzetinefsi vardı Rafael'in ve biraz da o yüzden vazgeçemi-yordu bu sevdadan.

Selva, ilerde bir gün her ikisinin ailelerinin de durumu kabulleneceklerine inanıyordu, hele bir de çocukları olursa.

Rafo, çocuk Müslüman olarak yetiştirilirse kendi ailesi, Yahudi olursa Selva'nın ailesi tarafından asla bağışlanmayacaklarını biliyordu oysa.

"Her şeyi zamana bırak," demişti Selva, "uzakta yaşayacağımız için bizi özleyecekler, birbirimize bağlılığımız kanıtlandıkça yumuşayacaklar. Her şeyi zamana bırak."

Rafo pek çok ihtimali, karşılaşacakları zorlukları, parasızlığı, yeni bir ülkeye alışma sancılarını, katlanacakları yalnızlığı kafasında evirip çevirmişti ama bunu... bugünleri... rüyasında bile görse inanamayacağı bu duruma düşeceğini hiç akıl edememişti.

Marsilya'da, yarı hissesinin parasını ödediği halde kâğıt üstünde eczacı kalfası olarak gözüktüğü bir eczanede çalışan, elinde geçerli bir pasaportu bile olmayan, oğlunu sünnet ettirmeye korkan, her an evinden veya işinden alınıp sürüklenerek bir çalışma kampına götürüleceğinin dehşetiyle yaşayan bir zavallıydı o! Hiç suçu yokken ölümle burun buruna kalmış, hesaplayamadığı bir kaderin kurbanıydı! Meşakkatin türlüsü vardı da, bu durum yoktu hesabında.

Rafo, eczanenin deposunda, üst üste konmuş üç büyük boy karton kutunun arkasına tünemiş, dışarıdaki gürültünün sona ermesini, faşist postallarının çıkarttığı o uğursuz raprapların uzaklaşmasını beklerken bunları düşünüyor ve lanetler yağdırıyordu kaderine.

Karanlıkta ne kadar zamandır oturduğunu bilemedi ama nihayet kapı açılıp da Benoit kapıdan kafasını uzatınca, yerinden doğrulduğunda belinin tutulmuş olduğunu fark etti.

"Gittiler," dedi Benoit, "çıkabilirsin. Bir daha geleceklerini sanmıyorum. Ama sen Türk Konsolosluğu'na gitmemekte diretmekle hata ediyorsun, ben senin yerinde olsam bu işi çoktan yapmıştım."

Arkadaşının arkasından vuran ışık, karanlığa alışmış gözlerini rahatsız ediyordu Rafo'nun. Gözlerini kırpıştırarak, "Sen bu işe taktın kafanı," dedi.

"Türk pasaportu olanların paçayı kurtardıklarını duydum. Çok emin yerlerden."

"Her duyduğuna inanma," dedi Rafo, belini ovuştururken.

"Yemin ederim, doğru söylüyorum. Niye Türk Konsolosluğu'nun kapısında kuyruklar uzayıp duruyor zannediyorsun?"

"Onlar Türkiye'den Birinci Dünya Savaşı'nın sonunda buraya göç edenler. Aralarında bizim aile dostlarımız da var. Benim durumum onlarla aynı değil."

"Rafo, onların çoğu Fransız uyruklu. Türk kimliklerinden çoktan vazgeçmişler. Ama şimdi yeniden Türk pasaportu çıkartmak için sırada bekliyorlar günlerdir."

"Sen bu işleri nereden öğrendin Beno? Elinde kapı gibi Fransız kimliğin var, annenin Yahudi olduğunu bilen yok. Sana ne bu işlerden?"

"Senin adına ilgilendim. Konsoloslukta çalışanlardan biri halamın evini kiralamış. Geçenlerde halama uğradığımda, kirasını ödemeye gelmişti. Hoş bir adamdı, çok iyi Fransızca konuşuyordu, oturduk, bir kahve içip sohbet ettik."

"Eeee?"

"Senden bahsettim... Dur, dur, hemen kızma... Adını filan vermiş değilim, sadece İstanbul'dan göç etmiş bir arkadaşım var, oturma izni tamam ama henüz Fransız vatandaşlığına geçemedi, dedim. Gelsin, Türk pasaportunun zamanı geçmiş de olsa hemen uzatırız, dedi."

"Yok canım!"

"Evet, aynen öyle dedi."

"Dalga geçiyorsun herhalde."

"Rafo doğru söylüyorum. Kendin çekiniyorsan bırak karın başvursun."

"Selva'ya çok söyledim beni bırakıp İstanbul'a dönmesi için ama laf anlatamadım. Tükürdüğünü kolay kolay yalamaz o. Benim işimi de Türk pasaportu halledemez."

"Türk pasaportu işini hallediyor Rafo. Bunu benden öğrenmiş ol."

"Nasıl ediyor?"

"Sebebini bilmiyorum. Belki Almanların yanında savaşa katılmıştır Türkler. Belki gizli bir anlaşmaları vardır. Ben ne bileyim, diplomat değil, eczacıyım ben."

"Saçmalama," dedi Rafo, "Türkler Almanların tarafını tutmaz."

"Neden? Birinci Savaş'ta tutmadılar mı?"

"Tuttular da iyi halt ettiler," demek geçti içinden ama ses etmedi Rafo.

Tutulmuş belini açmak için gerindi uzun uzun, "Kuzum, önce şuradan çıkayım, saatlerdir burada iki büklüm oturuyorum," dedi arkadaşına.

"Sadece yirmi üç dakikadır buradasın," dedi Benoit.

"Yok yahu, ben saatler geçti zannettim."

Yirmi üç dakika, yirmi üç saat gibi gelmişti Rafo'ya. Merdivenleri inip ambardan eczaneye geçti. Tezgâhın arkasında hâlâ belini ovuşturuyordu ihtiyar bir adam içeri girdiğinde.

"Buyrun," dedi Rafo.

Hiç ses çıkmadı adamdan.

"Mösyö, ne istemiştiniz?"

"Bilmiyorum... Bir şey istemedim... Bir aspirin verin. Evet, evet bir aspirin."

"Mösyö! Siz titriyorsunuz, iyi misiniz? Oturmak ister misiniz?"

Benoit bir iskemle çıkardı tezgâhın arkasından, "Oturun şuraya, biraz nefeslenin," dedi.

İhtiyar adam oturdu. Başını ellerinin arasına alıp iki büklüm oldu. Vücudu şiddetle sarsılmaya başladı.

"Sara?" diye fısıldadı Rafo.

"Hayır, ağlıyor," dedi Benoit. İki arkadaş ne yapacaklarını bilemeden birbirlerine baktılar.

"Bir bardak su ister misiniz?"

"Bir sakinleştirici verelim size..."

Hayır anlamında başını salladı ihtiyar, bir zaman başı ellerinin arasında hıçkırdıktan sonra doğruldu, "Bana onurumu geri verin beyler," dedi, "başka hiçbir şey istemiyorum, ne su, ne de ilaç!"

"Zor günlerden geçiyoruz efendim," dedi Benoit, "yaşam hiçbirimiz için kolay değil."

"Bu Petain denen moruk var ya, bu işbirlikçi, bu hain... Ben bir zamanlar hayranıydım onun. Onu bir kahraman zannediyordum. Resmini çalışma masamın başına asmıştım. Bugünleri göreceğimi bileydim..."

"Mareşal Petain Fransız halkını korumak için böyle yapıyor. Böyle davranmasa işgal kuvvetleri buralara da inerdi. Daha mı iyi olurdu?" dedi Benoit, yumuşak bir sesle.

"Oğlum, işgal kuvvetlerini Petain'in ikiyüzlülüğü durduramaz. Onlar er geç buralara inecekler, bunu iyi bil. O gün geldiğinde her şeyimizi kaybedeceğiz. Yanımıza kalacak olan tek şey onurumuzdu, onu da zaten Vichy Hükümeti kurulduğu gün kaybettik."

Benoit endişeli gözlerle sağını solunu kolaçan etti, "Siz asabisiniz biraz efendim. Böyle konuşmayın, bir duyan filan olur."

"Demin... İki adım önümde yürüyen adamı durdurdular sokak ortasında, nüfus kâğıdını sordular. Adam gösteremedi, yanında değilmiş. Hırpalamaya başladılar, adam direndi... Sonra itekleye kakalaya götürdüler ciplerine. Orada ne yaptıklarını tahmin ediyor musunuz? Yahudi olup olmadığını nasıl kontrol ettiklerinden haberiniz var mı? Ben önümde duran ağacı siper ettim kendime. Neyse ki ağaçların gövdeleri iri, ben de sıskayım gördüğün gibi. O ağaç, bu ağaç siper ede ede sokağın başına kadar geldim. Koşmaya başladım. Koştum koştum. On beş yıldır böyle koşmamışım. Önüme çıkan her sokağa daldım. Korkudan işemişim, bak... Kaçmasam, nüfus kâğıdım yanımda olmadığı için ben de çükümü polis denen pisliklere göstermek zorunda kalacağım... Kaçmak! Neden kaçıyorum oğlum? Hırsız değilim, katil değilim, suçlu değilim, seksen iki yaşındayım oğlum... Kaçacak gücüm yok benim, kalmamış."

Rafo adamın pantolonunun önündeki çiş lekesini görmezlikten geldi.

"Bana bir uyku ilacı verin."

"Size bir sakinleştirici vereyim."

"Uyku ilacı dedim!"

"Reçetesiz satamam," dedi Benoit, "Doktorunuza uğrayıp bir reçete yazdırın."

"Doktorum yok. Gitti. Akıllılar ve gençler gitti. Bizler, gidemeyenler, çerçöp kaldık burada. Bana bir uyku ilacı ver oğlum."

Rafo, açtığı bir kutudan iki adet hap çıkarıp uzattı adama.

"Bu gecelik bunları alın, rahat bir uyku çekin," dedi, "yok yok, hayır, para istemem."

Israr etmedi ihtiyar, kalktı, iki adet hapı cebine koyup sendeleyerek çıktı kapıdan. Çıkmasıyla geri dönmesi bir oldu, "Beyler, ben neredeyim şimdi?" diye sordu şaşkın şaşkın. "Bu mahalleyi pek tanımıyorum. Şu meydanın orada bir hastane var ya, oraya bir arkadaşımı ziyarete gelmiştim de... Buraları pek bilmem. Otobüs durağı yakında mı?"

"Ben size göstereyim," dedi Benoit, dışarı çıkıp caddeye doğru yürüdü ihtiyarla birlikte. Geri geldiğinde suratı asıktı Rafo'nun.

"Şu işbirlikçi herifi korumasan da olur," dedi Rafo.

"Yerin kulağı vardır," dedi Benoit, "Gözünü seveyim Rafo, sakın hükümet hakkında atıp tutma. Hele de tanımadığın adamların yanında sakın yapma bunu. Deminki ihtiyarın kaybedecek hiçbir şeyi kalmamış. On beş yaş daha genç olsaydı böyle fütursuz davranmazdı o da."

"Söylediği doğru olabilir mi Beno? O derece adileşti mi siyasi polis?"

"Bilmiyorum. Sanmıyorum. İhtiyar abartıyordu bence."

"Sonunda Türk Konsolosluğu'na gitmeye mecbur kalacağım galiba," dedi Rafo, "itelenip kakalanacaksam, bari kendi ülkemde iteleneyim."

"Orada itelenmezsin. Almanya'daki Yahudiler hep Türkiye'ye kaçtılar. Benim anne tarafından bir kuzenim vardır, Leon Arnt, bir de Aurbach var aile dostumuz, her ikisi de İstanbul Üniversitesi'nde kimya dersi veriyorlar. Yap şu işi Rafo, geç kalmadan kalk git. Karın ve çocuğun için burnunu kırmaya mecbursun."

"İş burun kırmaktan ibaret olsa buraya kadar zaten gelmezdim," dedi Rafo. "Beni neler bekliyor orada biliyor musun? Şimdi bu benim oğlan ne olacak? Yahudi mi, Müslüman mı? Her ne olacaksa, sen öteki taraftan kopacak vaveylayı gör! Ailelerimiz de, dostlarımız da bizi dışlayacaklar. Kimseyi tanımadığın ülkede yalnızlık zor değil Benoit, ama tanıdığın herkesin çok yakının, ailen, akraban veya arkadaşın olduğu bir muhitte dışlanmak kadar kötü şey yok. Kayınpederim başını kaldırıp kızının yüzüne bakmıyor, benim ailem Selva ile durumumu öğrendikten sonra, Pesah Bayramlarında yerimi kaldırdılar sofradan, düşünsene... Biz neden çıkıp geldik buralara zannediyorsun?"

"İşin zor," dedi Benoit. "işin çok zor Rafael ama bugünlerde dünyada kimsenin huzuru kalmadı. Bir cehennemde yaşamaya başladık, hep birlikte."

Rafo yanıtlamadı arkadaşını. Kapının önünde durmuş, deminki ihtiyar adamın, öne bükülmüş omuzları, titrek bacaklarıyla bilmediği bir sokakta alelacele uzaklaşmasını seyrediyordu.

ANKARA, 1941

Macit, saat altıya doğru bakanlıktan ayrılıp evine yürürken, akşam kayınpederiyle içeceği birer kadehlik rakı faslında ona anlatabileceği bir şeyleri olduğu için sevinçliydi.

Seviyordu Fazıl Reşat Paşa'yı Macit. Cumhuriyete uyum sağlamış olmakla birlikte, hâlâ kıyafetlerinde bile Osmanlı özellikleri taşıyan yaşlı adamdan onu ilk tanıdığı günlerde neden o kadar çekinmiş olduğuna şaşıyordu şimdi. Kayınpederi de, her insan gibi, yakından tanındıkça, görkemli fiziğinin saygın gölgesine sakladığı zaaflarını ister istemez ortaya çıkarıyordu yavaş yavaş. Paşa, tüm ilerici fikirlerine rağmen, imparatorluğun yıkılmasını ve padişahın kaçmak zorunda bırakılmasını hiç hazmedememişti. Ona kalsa Kurtuluş Savaşı'nı padişah sancağı altında yapar, gerekiyorsa padişahı değiştirirdi, rejimi değil. Çünkü Osmanlı toprağında yaşayanlar, Avrupalıların kültür ve bilgi seviyesinden yoksun oldukları için, kendi kendilerini idareden aciz bir topluluktular. Onları ancak "padişah", "sultan" gibi dini kimliği olan bir lider idare edebilirdi. Yaşlı adam, konuşmalarında Türkiye Cumhuriyeti yerine, Osmanlı, Osmanlı toprağı, Osmanlı idarecileri demeye özen gösteriyordu. İyi tahsil görmüş çoğu Osmanlı paşası gibi, Fazıl Reşat da yobazlardan nefret eden, ülkesini gericilerin batırdığına inanan biriydi ama devlet yönetiminin dinsel otorite taşımayan birilerine, hele de halk eline bırakılmasını aklı almıyordu. Macit, kayınpederinin zırvalık olarak nitelendirdiği bu düşüncelerini hiç fikir yürütmeden, hep saygılı bir suskunlukla dinler, onun gibi çok okuyan, kültürlü ve modern yaşama ayak uydurabilmiş bir bilimadamının niye illa da padişah diye tutturduğunu bir türlü anlayamazdı.

Yaşlı adamla bir süredir aynı evin içinde yaşamaya başladıkla-rından beri, ona karşı olan çekingenliği azalıyor, sevgisi giderek artıyordu. Fazıl Reşat Paşa, padişah yanlısı olmakla birlikte, olaylara hem çok yönlü bakmasını bilen, hem de yaşamdan keyif alan bir insandı. Macit akşamüstleri eve döndüğünde, kayınpederini, eliyle hazırladığı çilingir sofrasının başında onu beklerken buluyordu. Buz gibi birer kadeh rakı, tuzu alınmış ve küp halinde kesilmiş beyaz peynir, sakız leblebisi... Mutfağın yemek odasına açılan küçük holünde, tezgâhın önüne çektiği iki alçak tabureye yan yana oturuyor, erkek erkeğe günün gelişmelerini konuşurlarken, bir yandan da demleniyorlardı. Macit, kayınpederinin bu daracık yeri, kadınlar da onlara katılıvermesinler diye bilhassa seçtiğini düşünüyordu. Gününü karısı, kızı ve torunuyla kadın sohbetleri, kadın sorunları dinleyerek geçirdikten sonra böyle bir değişikliğe ihtiyacı oluyordu zahir.

Macit'in anlattıklarını çok büyük bir dikkatle dinliyordu Fazıl Reşat Paşa. Sonra da damadının ondan pek de beklemediği, çok isabetli görüşler belirtiyordu. Almanlara bulaşmanın onları yeni felaketlere sürükleyebileceği kanaatindeydi. Bu Almanlar, ne zaman bitleri kanlansa, dünyanın başını derde sokarlardı çünkü. Selva ve Rafo'nun adlarını hiç ağzına almamasına rağmen, Yahudilere reva görülen muameleye ateş püskürüyor, bir gün mutlaka tarihin Almanlardan hesap soracağından dem vuruyordu.

Bu kadar mantıklı bir adamın, onca yalvar yakara karşın, küçük kızını hâlâ affedememiş olmasını bir türlü anlayamıyordu Macit.

Mermer mutfak tezgâhının başında, rakılarından ilk yudumlarını aldıktan sonra, "Bugün mühim bir gelişme oldu, efendim," dedi Macit, "İngiliz sefiri, hükümetinin bir mektubunu getirdi İnönü'ye."

"Yaaa! Ne istiyorlarmış?"

"İki şey istiyorlar bizden. Birincisi Ruslarla mutlaka bir anlaşma yapmamızı..."

"Olmaz öyle şey!"

"Biz de zaten o mevzuu sürekli uykuya yatırıyoruz. Neyse, diğeri de... Menfi gibi dursa da, aslında bizim istediğimiz cevap nihayet geldi... İçinde bulunduğumuz şartlarda, coğrafi ve stratejik bakımdan tecrit edilmiş olduğumuz için, zuhur edecek bir saldırıda İngilizlerin bize yardımcı olamayacakları..."

"Vay vay vay, şu İngilizlere bakın hele. Biz onlara yardımcı olacağız ama onlar bize olamayacaklar! Bak hele! Saman altından su yürütmeyi ve sırttan bıçaklamayı onlardan iyi bilen kimse yoktur bu dünyada."

"Efendim, biz bu cevaba memnun olduk. Yardımcı olamayacakları için, Almanlarla temasa geçmemizi ve onlardan gelecek saldırı tehlikesini bertaraf etmemizi makul karşılayacaklarını yazmışlar."

"Yok yahu! Desene bizim sağır tilki, sabrederek başardı bu işi sonunda."

Macit gülmemek için kendini zor tuttu, "İnönü'nün kulağı ağır işitir ama kafası çok çalışır," dedi. "Şimdi Hitler Rusya'ya saldırınca iyice rahatladı. Biliyor musunuz, Hitler'in Rusya'ya saldırdığını sabaha karşı onu uykudan uyandırıp haber vermişler. Haberi duyunca kahkalarla uzun süre gülmüş. İngilizlere taraf olsaydı Hitler'le karşı karşıya kalmış olacaktık. İnönü öyle bir plan yaptı ki, Almanlarla ve İngilizlerle ne yandaşız, ne de düşman. Üstelik İngilizler bizden Almanlarla iyi geçinmemizi istemeye başladılar."

"Nasıl varmışlar bu karara İngilizler? Ne münasebetle hidayete ermişler?"

"Türkiye'nin Almanlar tarafından işgal edilmesini önlemenin bir yolu da bu bence. Tabii, bir şey daha var..."

"Neymiş o?"

"Almanlarla yapacağımız bütün görüşmeleri, yazıyla daha önceden onlara bildireceğiz ve bildirdiğimiz hadlerin dışına çıkmayacağız."

"Biliyor musun oğlum," dedi paşa, sesi titreyerek, "hiç hazmedemiyorum... Koskoca Osmanlı'nın düştüğü hale bak. Ne yapacağımızı bize elin gâvuru söylüyor."

"Efendim, cumhuriyet öncesinde de öyle değil miydi? Osmanlı'nın doksan milyon altın borcu sırtımızda olmasaydı İngiliz'den medet mi umardık ordumuzu donatmak için?"

"Ben Osmanlı'yı korumuyorum, damat. Yaptığımız hataların hepsini biliyorum tek tek. Sadece çok ağırıma gidiyor."

"Sizin kabahatiniz değil ki efendim, asırların birikmiş hataları bunlar," dedi Macit. "İnşallah biz çocuklarımıza daha kuvvetli ve müreffeh bir vatan bırakırız."

"Evet, bizler beceremedik, inşallah sizler muvaffak olursunuz," dedi Fazıl Reşat Paşa, hüzünlüydü.

"Hassasiyetinizi anlıyorum efendim. Ama inanın, İnönü devletimizin onurunu korumaya çok itina ediyor. Hitler ile yazışmaları bizzat kaleme aldığım için biliyorum. Almanlar şubat ayında bize bir dostluk mektubu göndermişlerdi, askerlerinin Türk sınırlarına yaklaşmayacaklarına söz veriyorlardı. Ama bir ekleme yapılmıştı, '*Şu kayıtla ki, Türk hükümeti bizi bu tutumumuzu değiştirecek önlemler almaya mecbur etmesin,*' diye."

"Eee?"

"İnönü, Hitler'in verdiği teminata teşekkür etti ama o da Hitler'in üslubuyla ve hemen hemen aynı kelimelerle bir ilave kayıt düştü mektubuna."

"Ne dedi?"

"Dedi ki, '*Alman hükümeti Türk hükümetini, dostane davranışı değiştirmeye mecbur edecek önlemler almaya kalkışmadığı sürece...*' Yani kısasa kısas. Halbuki Hitler askeri bakımdan zayıf devletlere hitap ederken hep yüksekten konuşur. Herhalde İnönü'nün bu mağrur tavrı onu şaşırtmıştır biraz."

Bu konu üzerinde daha uzun uzadıya konuşacaklardı ama yanlarına elinde bir zarf ve bazı fotoğraflarla Sabiha geldi.

"Bak Macit, ta ne zaman atılmış bu mektup. Bana ancak bugün ulaştı. Küçük Fazıl'ın resimlerini yollamış Selva," dedi babasına kaçamak bir bakış atarak, "çocukcağız mektup bize ulaşana kadar büyümüş, değişmiştir herhalde, bu yaşlarda çok çabuk değişiyorlar. Baksana canım, bak... Bak ne sevimli bir şey. Ağzı, burnu aynı Selva."

Macit kayınpederiyle göz göze gelmekten kaçınarak isteksizce aldı resimleri eline, baktı, zarfa geri koydu.

"Evet, güzel."

"Sen de benzettin mi Selva'ya, bilhassa şu ağız kısmını..."

"Sabiha, babanla çok önemli bir mevzuu konuşuyorduk."

"Sen hep böylesindir zaten. Her ne konuşuyorsan, o şey çok önemlidir," dedi Sabiha. Resimleri tezgâhın üzerinde babasının görebileceği bir yere bırakıp gitti. Fazıl Reşat Paşa hiç bakmadı zarftan yana. Uzanıp kadehine biraz daha rakı koydu karafakiden.

"Size biraz daha buz kırayım," dedi Macit. Buzdolabının durduğu mutfağa geçti.

Buzdolabı dediği nesne, dışı ahşap, içi çinko, ufak boy bir dolaptı. Bir lokantadan para karşılığı temin ettikleri kalıp buzlar parçalanarak içine yerleştirilmiş, aralarına Tekel'in uzun kahverengi bira şişeleriyle, su sürahisi tıkıştırılmıştı. Bu dolabı, adadaki köşkünden hamal sırtında Haydarpaşa'ya kadar taşıtmış, Ankara'ya, kızına hediye getirmişti Leman Hanım. Hizmetçi, Macit'in buz kırmaya çalıştığını görünce hemen seğirtti:

"Beyefendi, bırakın siz, ben yaparım. Buzları yıkamak da lazım," dedi. Macit, buz kırma işini hizmetçinin üstlenmesi üzerine kayınpederinin oturduğu yere doğru yürüdü. Yaşlı adam, titreyen elleriyle, tezgâha bırakılmış fotoğraflara teker teker göz atıyor, baktıklarını aceleyle zarfa geri koyuyordu. Ayak uçlarına basarak, bir kedi sessizliği içinde mutfağa geri döndü Macit.

MARSİLYA

Elindeki gazetenin manşetine göz atınca içi bulandı Selva' nın.

Vichy Hükümeti, yeni çıkarttığı bir kanunla, Fransa'daki tüm Yahudilerin hem kendilerini, hem de mallarını ilgili makamlara kaydettirmelerini emretmişti. Bu emre uymayanlar ceza olarak temerküz kamplarına gönderileceklerdi.

Gazete, emre uymadıkları veya ihmal yüzünden kayıtta geciktiklerinden dolayı, kamplara gönderilecek olanların bir listesini veriyordu. Selva eli ayağı titreyerek okudu listeyi. Gerçi kendi küçük eczanelerinin evrakında Rafo'nun adı geçmiyordu ama bu kraldan da kralcı Vichy Hükümeti'nin ispiyoncuları av köpekleri gibi iz sürüyorlardı. Ya Benoit'nın annesinin Yahudi olduğunu öğrenirlerse... Düşünmek bile istemedi.

***

Birinci Dünya Savaşı'ndan sonra, özellikle İstanbul'dan büyük bir göç olmuştu Fransa'ya doğru. Birçok Musevi aile Fransa'nın kapılarını açması üzerine, Paris'e, Lyon'a, Marsilya'ya göç etmişti. Bu ailelerin göç sırasında çocuk yaşta olan ikinci kuşakları, büyüdüklerinde çoğunlukla Fransızlarla evlenmişler, çoluk çocuğa karışmışlardı. Alfandarilerin yakın dostu olan Benoit'nın annesi de işte bunlardan biriydi. Savaş sonrasında ailesiyle birlikte İstanbul'dan Fransa'ya göçmüş, yirmi bir yaşına geldiğinde, Musevi olmayan bir Fransız'la evlenmişti.

Benoit ile annesi her sene yaz tatillerinde İstanbul'a gelir, bir süre Alfandarilerin Tarabya'daki konağında misafir edilirlerdi. Bu yüzden Rafo ve Benoit, çocukluk arkadaşıydılar. Kimbilir kaç kez Tarabya'nın hırçın lacivert denizinde birlikte yüzmüşler, koruluklarında saklambaç oynamışlar, sahilinde balık tutmuşlardı.

Almanlar Paris'i işgal etmeden önce, Rafo ailesine Paris dışında yaşayabilecekleri emniyetli bir zemin ararken, Benoit kendi teklif etmişti Marsilya'ya gelmesini ve bir türlü parasını denkleştirip sahibi olamadığı eczanede ona ortak olmasını.

Fransa'ya göç etmiş Musevilerin arasında, Selva'nın ailesinin yakın dostu olan birkaç Musevi aile daha vardı. Onların adlarına rastlama korkusuyla listeyi baştan sona dikkatle okudu Selva. Doenyas, Alhadef, Eskenasy... İsimler yabancı gelmiyordu kulağına. Hele de Eskenasy. Anneannesinin poker arkadaşı, Ester Hanım'ın soyadı değil miydi bu? Paris'e taşınıyorlar diye ne kadar da üzülmüştü rahmetli anneannesi. Öğlene Rafo eve gelince soracaktı ona, herhalde kimin kim olduğunu daha iyi bilirdi kocası. Ama sorup da ne olacaktı. Büsbütün üzülecekti eğer tanıdığı çıkarsa.

Gazeteyi karıştırıp dururken, oturağının üzerinde oturan oğluyla telefonun cırlak sesi birbirine karışarak aynı anda ulaştı kulağına. Bu çocuğun içinde telefona ayarlı bir mekanizma var diye düşündü, ne zaman telefon çalsa, onun da bağıracağı tutuyor. Telaşla bir çocuğuna bir telefona koşuştu. Sonunda telefonu açtı önce, Fransızca, "Bir saniye bekleyin lütfen, geliyorum," dedi ve ahizeyi bırakıp, oturağını devirmiş olan Fazıl'a koştu aceleyle. Çocuğun altını temizlemesi, oturağı dökmesi bir zaman aldı. İşini bitirdiğinde, "Aman Allahım," dedi. "Telefonu unuttum!"

Ahizeyi eline, biraz da karşı taraf kapattı mı acaba diye, korkarak aldı.

"Alo! Alo..."

"Sizi zor durumda bıraktığım için özür diliyorum," diyordu, genç bir erkek sesi, "telefon numaranızı ablanız verdi bana. Selva Hanımefendi, ben Tarık Arıca, Paris'teki Türk Konsolosluğu'nda ikinci kâtibim."

"Ah Tarık Bey! Elbette biliyorum sizi. Sabiha ne kadar çok bahsetti mektuplarında sizden."

"Eksik olmasınlar. Sizi meşgul olduğunuz sırada aradığımın farkındayım. Daha sonra, müsait olacağınız bir zamanı söylerseniz..."

"Hayır, hayır Tarık Bey, hiç de meşgul değilim, kapatmayın lütfen. Küçük Fazıl'ın bir işi vardı da, oğlumun yani... Yatağına koydum onu, oynuyor orada... Ah Tarık Bey, o kadar çok göreceğim geldi ki memleketimi, şimdi sizi duyunca böyle... Çok özlemişim Türkçeyi, kapatmayın lütfen..."

"Ben söz vermiştim ablanıza, Paris'e varır varmaz sizi arayacağıma. Ama evdeki hesap çarşıya uymadı. Epey oldu geleli. Burası o kadar karışık ki... Neyse, size Sabihanım'ın evinden çok sevgi ve selam getirdim. Ayrıca emanetleriniz de var. Onları size en kısa zamanda ulaştıracağım."

"Hiç acelesi yok. Bu tarafa bir gelen olursa yollarsınız. Sakın postaya vermeyin, elime geçmez."

"Bilmez olur muyum efendim. Önümüzdeki hafta Marsilya Konsolosluğu'na bir kurye gidecek. O zaman göndereceğim."

"Yolculuğunuz iyi geçti mi Tarık Bey? Almanlar tarafından tartaklanmadan gelebildiniz mi?" diye sordu Selva. Bu konuşma hiç bitmesin istiyordu. İstanbul'dan ayrıldığından beri, annesi ve ablasıyla kırk yılın birinde yaptığı telefon görüşmelerinden başka, Rafo'nun dışında hiç kimseyle Türkçe konuşmamıştı. Anadilini özlediğini de hiç itiraf etmemişti kendine. Şimdi hiç tanımadığı, yüzünü bile bilmediği bir erkeğin sesinde İstanbul'un havası esiyormuş gibi, vatan özlemini gidermeye çalışıyordu.

"Yolculuğum yorucuydu efendim. Benim istediğim tarihte Edirne'ye tren kalkamadığı için, İstanbul'dan Edirne'ye kadar salaş bir otobüsün içinde yolculuk ettim. Edirne'den trene bindik. Varna'ya kadar berbat bir tren, sonra da berbat bir çatanayla Köstence'ye geldim. Köstence'den yine bir tren kalktı. Yolcu treni demeye bin şahit ister. Vagonlar buz gibi, yiyecek hiçbir şey yok. Almanlar ikide bir durdurup kontrol ediyorlardı. Ama bana kötü muamele yapmadılar doğrusu. Tren değiştire değiştire... Neyse, biraz maceralı oldu ama geldik işte."

"Hoş geldiniz," dedi Selva içtenlikle, "Sabiha her mektubunda sizden bahsettiği için, telefonunuzu bekliyordum. Ablamın yazdıklarından sonra, başka şehirde de olsa, artık bir dostum var diye düşünüyorum."

"Teşekkür ederim. Selva Hanımefendi... Bir sıkıntınız var mı? Sizin veya Rafael Bey'in bir şeye ihtiyacı olursa beni aramaya çekinmeyin."

"Şimdilik idare ediyoruz."

"Her ikinizin de Türk pasaportlarınız vardır inşallah!"

"Var ama, Fransız vatandaşı olmak için başvurmuştuk. O yüzden Rafo kendi pasaportunu uzatmadı."

"Büyük hata. Hemen Marsilya'daki konsolosluğa başvurun ve bütün kâğıtlarınızı intizama sokun. İstirham ederim, yapın bunu. Hatta hemen bugün."

"Yaa! Rafo gelince söyleyeceğim. Biz biraz çekinmiştik... Yani o... Neyse, gelince söyleyeceğim."

"Selva Hanımefendi..."

"Bana lütfen Selva der misiniz."

Tarık'ın gülüşünü duydu Selva, "Müsaade ederseniz Selva Hanım'la bir geçiş yapayım önce... Selva Hanım, ben bugün telefonla Marsilya konsolosumuza adlarınızı vereceğim. Çekinecek hiçbir şey yok. Siz doğrudan Nâzım Kender'i görün, konsolosu yani. Ben onu bilgilendireceğim zaten."

Bir sessizlik oldu. Selva hiç tanımadığı ama onlar için bu kadar endişelenen bu adama ne diyeceğini bilemedi.

"Selva Hanım, sakın ihmal etmeyin. Elinizde Türk belgeleri olursa sizlere dokunmazlar."

"Teşekkür ederim Tarık Bey," dedi sesi titreyerek, "alakanıza çok teşekkür ederim. Sabiha'nın sizi beni ikna etmek için vazifelendirmiş olduğunu anlıyorum ama..."

Sözünü kesti telefondaki adam, "Bu işin Sabiha Hanım'la ilgisi yok. Şakaya gelir yanı da yok. Selva Hanım, bunu size söylemem doğru değil ama bize gelen bilgilere göre, çok yakında Alman ordusu güneye kayacak, işgali genişletecekler. Elinizde Türk belgeleriniz hazır olmazsa çok üzülebilirsiniz. Benden size söylemesi," dedi. Sesinin tonu değişmişti. Uzatmadı lafını, iyi günler dileyip kapattı telefonu.

Selva yatak odasına girip konsolun gözlerini karıştırdı. Pasaportlarını bulup inceledi. İstanbul'dan çıktıklarından beri hiç işlem görmemişti pasaportu. Onun adı Behice Selva Kırımlı diye geçiyordu pasaportta. İstanbul'dan evlendiklerinin ertesi günü ayrılmış oldukları için, soyadını pasaportuna işletmeye vakit bulamamıştı. Bu pasaportu ailesini terk etmeden bir yıl önce de kullanmıştı, annesi ve babasıyla İtalya'ya tatile giderken.

Baba kızın arasındaki soğukluğu ortadan kaldırmak için annesinin ayarladığı bir geziydi bu. Fazıl Reşat Paşa'nın İtalya hayranı olduğunu bildiğinden, bu memleketin muhteşem güzellikleri arasında lezzetli yemeklerini yer, iyi şaraplarını içerlerken her şeyin yoluna gireceğini düşünmüştü. Baba-kız, sıcak İtalyan güneşi altında eriyecekler, yumuşayacaklar ve her şey eski haline dönecekti. Ne iyimser bir bakış açışıydı bu. Elbette Leman Hanım'ın beklentisi gerçekleşmemişti. Baba-kız karşılıklı surat asmışlar, gerekmedikçe konuşmamışlar, tatsız tuzsuz geçen bir haftanın sonunda, birbirlerine hâlâ kırgın olarak evlerine dönmüşlerdi. İtalya'nın inceliklerle bezenmiş mimarisi, buz gibi Frascati şarabı, midyeli, deniz mahsullü makarnaları gözlerini ve damaklarını şenlendirmiş ama yüreklerini yumuşatamamıştı.

Selva evirip çevirdi elindeki pasaportları. Fazıl yatağında oynarken uyuyakalmıştı. Çocuk uyandığında, onu babasının yanına bırakıp konsolosluğa gitmeye karar verdi. Rafo'ya onun pasaportunu da yanına aldığını söylemeyecekti. Eğer pasaportu uzattırabilmişse o zaman haber verirdi. Belki Rafo'nun pasaportunu uzatmak istemezlerdi konsoloshanedekiler. Ne de olsa Rafo, bir Müslüman kızla evlenerek affedilmez bir suç işlemişti. Sabiha'nın tabiriyle, cami duvarına işemişti. Oysa Rum, Ermeni, Yahudi kızlarıyla evlenen Türk erkeklerinin hiçbirine, Rafo'ya yapılan muamele reva görülmüyordu nedense. Türk erkekleri istedikleriyle evlenme hakkına haizdiler ama bir Türk kızına bu hak tanınmıyordu. Bir Yahudi gencine de. Yüreğine haksızlığa uğradığına inanan insanların isyan duyguları doldu. Pasaportları çantasının iç gözüne yerleştirirken telefon çaldı yine.

"Alo!"

"Selva Hanım yine ben, Paris'ten Tarık Arıca," dedi artık iyi tanıdığı o ses, "Marsilya"daki konsolosumuzdan bir randevu aldım sizin için. Bugün saat üç buçukta bekliyor sizi."

"Hiç gerek yoktu randevuya Tarık Bey, ben zaten gitmeye karar vermiştim."

"Kapıda sıra vardır, sizi bekletmesinler diye adınızı verdim. Hiç beklemeden girersiniz konsolosun yanına."

Telefonu teşekkür edip kapattıktan sonra, bu adam da deli mi ne, diye düşündü Selva, hiç üstüne vazife değilken onun için randevular ayarlıyordu.

***

Türk Konsolosluğu'nun önünde uzayan kuyruğu görünce irkildi Selva. Kapının sağına doğru bir yerde, yaş ortalaması ellilerin üzerinde gibi duran kadınlı erkekli kalabalık, aralarında konuşarak, biraz da itişip kakışarak bekleşmekteydiler. Selva, Tarık'ın ikinci telefonunda tembih ettiği gibi, kuyruğa girmedi, doğruca kapıya yürüyüp zili çaldı. Kapıyı açan adam, Fransızca azarladı genç kadını, "Şu görevliden sıra numarası almanız lazımdı madam," dedi. "Numaranızı alıp sıraya girin lütfen." Selva o zaman gördü kapı kenarında duran görevliyi.

"Ben Konsolos Bey'i görmeye geldim. Kendisiyle randevum vardı."

"Adınız."

"Selva Kırımlı."

"Bekleyin."

Kapının ardında kaybolan kavas, az sonra geri geldi. Bu sefer daha saygılı bir tavır içindeydi.

"Buyurun gidelim," dedi Selva'ya. Selva kavası izleyerek eski binanın merdivenlerini çıktı, holde duran sekreter masasının önünde dikildi.

"Oturabilirsiniz, Konsolos Bey'in yanında misafiri var. Çıkınca sizi alacağım içeri," dedi, Ermeni aksanlı, yaşlı bir kadın olan sekreter. Selva, masanın önündeki tek sandalyeye ilişti ve bekledi. Bir yirmi dakika sonra, sekreterin, "Konsolos Bey sizi bekliyor," demesi üzerine kalktı, elleriyle eteklerini düzeltti, yüzüne düşen bir iki saç perçemini geri attı, koridorun dibindeki odaya kadar sert adımlarla yürüdü ve kapının önünde bir süre durdu. Sonra hafifçe vurdu kapıya. "Girin!" sesini duyunca açtı, girdi. Makamında oturmakta olan genç adam hemen fırladı ayağa, masanın etrafından dolanıp geldi, elini sıktı. Selva, kabak kafalı, göbekli, babası yaşında birini beklediği için, karşısında duran uzun boylu ve çok yakışıklı adama şaşkınlıkla baktı.

"Buyurun, şöyle buyurun..."

Adamın işaret ettiği koltuğa oturdu Selva.

"Bendeniz Nâzım Kender... Kayınbiraderiniz Macit Bey çok saygı duyduğum bir meslektaşımdır. Paris'teki arkadaşımız Tarık Bey, bugün telefonda sizin için randevu alırken söyledi Sabihanım'ın kız kardeşi olduğunuzu. Neden kendiniz aramadınız? Macit Bey'in baldızı olduğunuzu söyleseydiniz ya... Burada bulunduğunuzdan haberim olsa sizleri çok önce arardım. Türkleri en az ayda bir kere bir araya getirmeye çalışıyoruz burada. Bir ihtiyacınız yoktur, afiyettesinizdir inşallah."

Selva, karşısındaki adamın Rafo'dan haberi olup olmadığını düşündü. Acaba Tarık ona kocasının Yahudi olduğunu söylemiş miydi?

"Size bir ikramda bulunmak isterdim ama, biliyorsunuz, harp içindeyiz. Memleketten getirmiş olduğumuz kahvemiz de geçen hafta bitti."

"Teşekkür ederim, bir şey içmem," dedi Selva. Koltuğun ucuna ilişmiş, tedirgin oturuyordu.

"Tarık Bey yenilenmesi gereken bazı evraklardan bahsetti. Sanıyorum pasaportunuzun süresi dolmuş."

"Evet. Eksik olmasın, Tarık Bey çok ısrar etti bu randevuyu almak için. Ben de ne gerek var diyordum. Ama kapıdaki kuyruğu görünce anladım niye ısrar ettiğini."

"Efendim, 35 yılında bir kanun çıktı ya, yurtdışında yaşayan Türk tabiiyetindekiler bulundukları yerlerdeki Türk konsolosluklarına gidip kayıtlarını yenilemezlerse vatandaşlıklarını kaybedecekler diye... İşte buradaki Museviler de hiç oralı olmamışlar zamanında. Niye olsunlar ki Fransız tabiiyetine geçtikten sonra.

Bazısı Fransız tabiiyetine bile geçmemiş, sadece ihmalden dolayı vatansız kalmış. Ellerinde Osmanlılardan kalma, eski harflerle yazılı eski püskü pasaportlar... Şimdi bu Vichy Hükümeti'nin icraatı yüzünden hepsi pasaportlarını yenilemeye koştu. Ne yapsınlar zavallılar, adamları gözlerinin yaşına bakmadan kamplara topluyorlar. Ellerinde Türk vatandaşı olduklarına dair belge varsa araya giriyor, allem kallem ediyor, kurtarabiliyoruz bazen. Onların yanında savaşa gireriz diye beklentileri var ya, pek üstümüze gelmiyor Almanlar. Birkaç Yahudi vatandaş yüzünden arayı bozmak istemiyorlar. Neyse, sizin pasaportlar cumhuriyet pasaportu, öyle değil mi? Sanıyorum yenilemek değil, sadece uzatmak gerekecek."

"Evet. Latin harfleriyle, yeni yani..."

"Hemen uzatırız."

"Zevcimin pasaportunun da zamanı doldu. Onu da uzatmak mümkün olur mu?"

"Elbette."

"Şunu bilmenizi isterim... Zevcim Rafael Alfandari'dir."

Selva'nın yanakları alev alev yanıyordu.

"Türk tabiiyetinde değiller mi yoksa?"

"Türktür."

"O halde pasaportunu uzatmak niye mümkün olmasın ki?"

Selva kıpırdandı oturduğu yerde. Rahatsızlık duyduğu her halinden belliydi.

"Kendisiyle tanışmaktan şeref duyacağım," dedi karşısındaki yakışıklı adam, "dedim ya, burada yaşayan Türklerle ara sıra buluşuyoruz. Önümüzdeki toplantıya sizi ve eşinizi davet edebilir miyim?"

Yüzü aydınlandı Selva'nın. İstanbul'da dost sandığı insanlardan gördüğü aşağılayıcı muameleyi demek ki görmeyecekti burada.

"Ah! Teşekkür ederim. Elbette."

"Alabilir miyim pasaportlarınızı?"

Selva çantasının gözüne sakladığı pasaportları çıkardı, masanın üzerine bırakmadan önce, "Benim ve eşimin soyadları ayrıdır. Ben pasaportumda babamın adını taşıyorum," dedi. "Evlenme cüzdanımızı da size bıraksam acaba bu düzeltmeyi yapabilir misiniz?"

Bir sessizlik oldu.

"Biz evlenir evlenmez hemen ayrıldık da İstanbul'dan, yeni soyadımı pasaporta işlemeye vakit bulamadıktı."

Selva pasaportları ve evlenme cüzdanını masanın üzerine bıraktı. Yakışıklı adam evlenme cüzdanını eline alıp sayfalarını karıştırdı, sonra kelimeleri itinayla seçerek konuştu:

"Selva Hanım," dedi, "elbette bu düzeltmeyi de yapabiliriz ama size tavsiyem, madem bunca zaman ihmal etmişsiniz, az biraz daha bekleyin."

"Neden?" Sesi dikti Selva'nın.

"Çünkü bu Almanların neler yapabileceklerini kestirmek çok zor. Madem elinizde Kırımlı adını taşıyan bir vesika var, bu adı Alfandari'ye çevirmeyin bu ara. Biz Yahudi asıllı vatandaşlarımız için her türlü yardımı yapmaya hazırız. Ama bazı hallerde gücümüz yetmeyebilir. Bir de küçük çocuğunuz var, değil mi?"

"Nereden biliyorsunuz?"

"Tarık Bey söyledi. Onun selameti için, şu savaş bitene kadar bekleyin. Oğlunuzu sizin pasaportunuza işleteceğim. Adı nedir?"

"Yani ben oğlumla paçamı kurtarırken kocamı ateşe atayım, öyle mi?"

"Mübalağa ediyorsunuz efendim. Ben ne isterseniz yapmaya hazırım. Ama sizi sadece tedbire davet etmek istedim. İsterseniz zevcinizle konuşup öyle karar verin." Evlenme cüzdanındaki isimlere bir göz attı, "Rafael Bey'in de benim gibi düşüneceğine eminim."

"Biz üçümüz bir bütünüz. Lütfen hepimizin soyadını Alfandari olarak işletiniz."

"Pekâlâ, öyle olsun. Sizi medeni cesaretinizden dolayı tebrik ediyorum. Kocanız çok şanslı biriymiş."

Yakışıklı adam ayağa kalktı, Selva'yı kapıya kadar geçirdi.

"İki gün sonra evrakınız hazır olacak, gelip alabilirsiniz," dedi, "bu arada sizin veya eşinizin herhangi bir sıkıntısı olursa beni çekinmeden arayabilirsiniz."

"Teşekkür ederim. Çok teşekkür ederim."

"Eniştenize ve o çok güzel ablanıza hürmetlerimi iletin lütfen... Mektuplaşıyorsunuz, değil mi?"

"Mektuplaşmaya çalışıyoruz. Biraz uzun sürüyor ama ne yapalım!" dedi Selva, elini uzattı, içtenlikle teşekkür etti, çıktı kapıdan. Hızlı adamlarla yürüdü koridorda. Bu akşam eve gittiğinde, hayatında rastladığı en güzel, en yakışıklı erkeğin Marsilya'ya konsolos tayin edilmiş olduğunu anlatacaktı kocasına.

PARİS

Tarık, önündeki Remington markalı siyah makinenin tuşlarına piyano ustalarının konser verirken yaptıkları gibi, şiddetle ve vücut dilini de kullanarak vuruyordu. Bir eli bir an havada duruyor, sonra başıyla bir onay hareketi, çatt, derken öteki eli kalkıyordu havaya. Bir süre gözleri makinenin üzerinde bir harf arıyor, sonra çatt diye bir ses daha geliyordu. Tarık harfi buluyor, hedefliyor ve kurşun sıkar gibi yazıyordu metnini... Çattt! Çatt! Çatt!

Türkiye Büyükelçiliği olarak hükümetinizin 2/6/1941'de almış olduğu 2333 sayılı karara ilişkin görüşlerimizi bildirmekten şeref duyarız. Bu karara göre Yahudilerin ve mallarının ayrı bir sicile kaydedilmesi gerektiği belirtilmektedir. Bu hüküm

Fransa'da yerleşik Türk Yahudilerini de kapsamaktadır. Ancak Türkiye, vatandaşları arasında ırk, din veya herhangi bir konuda ayırım yapmadığından Fransız hükümetinin Türk kökenli vatandaşlarına yönelik ayırımcılığından rahatsızlık duymaktadır. Türk hükümeti Türk kökenli vatandaşların haklarının korunmasında tek ve tam yetkilidir.

Karşısında oturan Üçüncü Kâtip Muhlis, "Makineyi kıracaksınız yakında Tarık Bey, ne bu şiddet, bu celâl!" diye dalga geçti.

"Bu adamlara anlayacakları dilde yazmak lazımdı ama..."

"Bu adamlar ancak küfürden anlar."

"Diplomaside küfür olmaz ne yazık ki!"

"Küfür edemeyince hırsınız makineden çıkıyor galiba."

"Hırsım bir yerden çıkıyor elbette. Geçen hafta benim yaşadıklarımı yaşasaydın..."

"Yaa duydum, geçmiş olsun vallahi. Kurye götürmemiş olaydım ben de sizinle gelirdim. Rifka Mitrani'yi, Yakop Barbut'u bir de Eli Farhi'yi kurtarmışsınız Gestapo'nun elinden ha? Bu sabah her birinden ayrı ayrı teşekkür notu geldi de oradan biliyorum adlarını."

"Hiç sorma azizim. Mitrani'nin kızının telefondaki sesini duysan için parçalanırdı. Çığlık çığlığa bağırıyor, ağlıyordu. Kız Fransız'la evli olduğu için paçayı kurtarmış. Ama anneyi alıp götürmüşler."

"Nereye?"

"Lyon'dan Paris'e getirmişler. Drancy'e yolluyorlardı az kalsın. Bazen de trenlerle Berlin'e yolluyorlar."

"Ondan sonrası da zaten kimselere malum olmuyor."

"Aynen. Medeni bildiğim insanların böyle davranabilecekleri aklımın ucuna gelmezdi. Neden bu nefret? Niçin?"

"Valla bilemiyorum. Bir gün Hitler'le karşılaşacak olursam sorar öğrenirim," dedi Muhlis, "ister misiniz gençliğinde bir

Yahudi güzeli tarafından boynuzlanmış olmanın acısını çıkarıyor olsun, mesela? Her şeyin arkasında mutlaka bir kadın parmağı arayın! Ne demişler? 'Cherchez la femme!'*

Muhlis Edin, konsoloslukta çok yeniydi. Paris'teki TürkKonsolosluğu'na başvuruların çığ gibi artması sonucu, Tarık'tan sonra, ona yardımcı olması için atanmıştı. Ciddi ve çalışkan Tarık'ın aksine, hayatı alaya alan, her şeyle dalga geçen, uçarı tavırlı bir adamdı. Tarık aynı odayı paylaşmak zorunda kaldığı bu genç adamdan hoşlanıp hoşlanmadığına karar verememişti henüz. Hiçbir şeyin şakaya gelir yanı olmadığı şu günlerde, yerli yersiz şakalarıyla ağır havayı hafiflettiği, Tarık'ı güldürdüğü oluyordu ama Tarık ona ne kadar güvenebileceğinden pek emin değildi.

"Muhlis Bey kardeşim, siz şimdi onu bunu bırakın da benim burada olmadığım bir gün sizin de başınıza aynı şey gelecek olursa..."

"Ben de size bunu soracaktım... O telefonu alınca ne yaptınız?"

"Bana telefon gelince önce hemen Paris'teki Alman Sefareti'ne başvurdum. Bu kişinin Türk olduğunda ısrar ettim... Evrakı getirin, dediler. Her zaman muntazam evrak olmalı elinizde. Kızı, kocasıyla yollatmış zaten bana annesinin evrakını. Hiç uyumadan gece boyu seyahat etmiş bir genç adam geldi, elinde kayınvalidesinin nüfus kağıdıyla, ceset gibi, ayakta sallanıyor. Benim Citroen'e atlayıp kadının bulundurulduğu karakola gideceğiz, tam o sırada bir telefon daha gelmez mi! İki kişi daha varmış aynı yerde. Neyse, Allah'tan Almanların nezdinde bu ara itibarımız var... Krom alıyorlar ya bizden... Atladık gittik. Ben bir hafta önce de başka bir karakoldan iki kişi daha kurtarmıştım ya, artık erbabı olmuşum bu işin. Dönüşümüzü görecektin, hepimiz benim arabaya üst üste yığıldık. Kadıncağız salya sümük

* Kadını ara.

devamlı ağlar, ikide bir boynuma, ellerime sarılır, 'yapmayın rica ediyorum madam,' diyorum, anlamıyor. Bana bir kaza yaptıracak. Diğerlerinin de ondan kalır farkı yok. Yakop şoka girmiş, hiç konuşmuyordu ama diğeri bildiği bütün dillerde sürekli dua ediyordu. Gözyaşları içinde geldik buraya. Yani diyeceğim, eğer Türk olduklarına dair belgeleri varsa asla geri adım atmayacaksınız. Resmi başvurudan sonra bizzat kendiniz gidip ısrarla takip edeceksiniz. Gerekirse Vichy'deki Türk Sefareti'ni, olmadı ,Berlin'i de araya sokacaksınız baskı yapmaları için."

"Anlıyorum," dedi Muhlis, "sonra ne oldu?"

"Sonra bunların ellerindeki eski nüfusları alıp onlara taş gibi birer Türk pasaportu çıkarttık, öpüp başlarına koydular, bin bir teşekkürle gittiler."

"Türkiye'yi bırakıp ne halt etmeye buralara geldiklerini sormadınız mı?"

"Sormadım birader. Bizim de bazen keşke Avrupalı doğsaydık diye düşündüğümüz olmuyor mu, adamların medeniyet seviyelerine, bilgilerine, sistemlerine özenmiyor muyuz? Onlar da bu duygular içinde kalkıp gelmişler zahir. Gaflet işte!"

Muhlis tam cevap vermeye hazırlanıyordu ki sekreterin içeri girmesiyle sustular.

"Konsolos Bey yazıyı bekliyormuş, bitmedi mi daha diye soruyor," dedi ufak tefek kumral kız.

"On dakika sonra getiriyorum," dedi Tarık. Makinesinin başına dönüp çatt çutt vurmaya başladı tuşlara.

MARSİLYA

Selva eve Rafo'ya vereceği güzel haberleri düşünerek döndü. Eve girmeden önce Fazıl'ı almak için eczaneye uğradı. Çocuğu kasanın arkasındaki yüksek iskemleye oturtmuş, oyalanması için önüne kâğıt ve boya kalemleri koymuştu Rafo. Selva'yı görür görmez, oğlanı oturduğu yerden kapıp annesine uzattı.

"Nerede kaldın?" dedi asabi bir sesle.

"Ancak gelebildim. Ne var, ne oldu?"

"Rosa'yı ve çocuğunu götürmüşler. Benoit koştu gitti karakola. Ben de gitmek için seni bekliyordum."

Selva kucakladı oğlunu.

"Ne zaman götürmüşler? Kimler? Neden?"

"Saçma sapan sorular sormasana. Paris'e yollanmak üzere sokakta toplanmışlar bugün... Tam otobüse biniyorlarmış. Bir kimlik yoklaması... Sen gittikten yirmi dakika sonra geldi haber."

Rafo konuşurken bir yandan da ceketini geçiriyordu sırtına.

"Haydi çık Selva, kitleyeceğim kapıyı, eve git sen."

"Rafo dur, önce konuşalım da öyle git."

"Ne konuşacağız? Benoit'yı yalnız bırakmak istemiyorum. Çok üzgündü, çaresizdi."

"İyi de, belki bir şeyler yapabilirim."

"Kim? Sen mi?"

"Evet."

"Kendini kim sanıyorsun kuzum. Fazıl Reşat Paşa'nın kızı olmak Marsilya'da geçmiyor."

"Rafo, neler söylüyorsun böyle!"

"Kusura bakma Selva, çok sinirliyim. Bak gecikiyorum senin yüzünden. Bugün oğlanı bana bırakmamış olaydın Benoit'yı yalnız yollamazdım."

"Rafo önce eve gel de anlat bana, nereye götürüldüklerini, saat kaçta alındıklarını... Bir de tam olarak adlarını, adreslerini filan..."

"Ne yapacaksın Selva? Ben Alfandari'nin karısıyım, sizi fena yaparım ha! mı diyeceksin karakolda."

"Sus da beni dinle!" diye bağırdı Selva. "Sus be sus!"

Karısının ağzından ilk defa böyle bir laf duyan Rafo şaşkınlıkla baktı Selva'ya.

"Rafo, bugün görüştüğüm konsolosu arayalım. Eminim, o bir şeyler yapacaktır. Eminim."

"Saçmalama allahaşkına!" dedi Rafo, Selva'yı kolundan usulca tutarak dışarı çıkardı, kapıyı kapattı, kepengi indirip kilitledi.

"Haydi canım, eve git. Ben akşam yemeğine dönerim. Belki biraz gecikirim ama dönerim."

"Bugün neler yaptığımı sormayacak mısın?"

"Eve dönünce konuşuruz," dedi Rafo.

Selva kucağında çocuğu, caddeyi geçip evine girdi.

"Sakın ağlamaya filan kalkma, otur oyna çitinin içinde," dedi çocuğuna, "ben şimdi önce telefonla konuşacağım, sonra da yemeğini hazırlarım tamam mı? Ha, tamam mı?"

Çitine bırakılan çocuk önce direnecek oldu ama annesinin yüzündeki kararlı ifadeyi görünce, kırmızı kamyonuyla oynamaya başladı.

Telefonun yanındaki defterleri karıştırdı Selva, konsolosluğun numarasını not ettiği kâğıdı buldu. Derin bir nefes alıp çevirdi numaraları.

"Alo," dedi, "Türk Konsolosluğu mu?... Konsolos Nâzım Kender ile görüşmek istiyorum... Çok acil... Evet, çok acil... Selva Kırımlı dersiniz, bugün öğleden sonra onu görmeye gelmiştim zaten... Evet, evet bekliyorum efendim. Teşekkür ederim."

Selva gürültülü sesler çıkaran çocuğuna elini dudaklarına götürerek sus işareti yaptı.

"Alo... Evet, evet benim, Selva Kırımlı, beyefendi sizi rahatsız ediyorum ama, bugün ben sizinle konuşurken, bir yakınımı götürmüşler, hem de küçük oğluyla birlikte... Kocamın ortağının anne tarafından kuzini olur, İstanbullu bir ailedirler..."

Selva'nın sesi hıçkırıklarla boğuldu. "...Bilmiyorum efendim. Öğrenebilirsem size hemen bildiririm. Adı Roza... Roza Hatem. Çocuğun adı da Yako... Adresleri... Adresleri, Allahım, neydi adresleri, neydi?.. 48 rue Boissiere... Herhalde doğru, evet evet, doğru. Kocası yokmuş evde, üç gün önce safrakesesi ameliyatı olmuştu. Hastanedeydi herhalde. Belki haberi bile yoktur ailesini aldıklarından. Yalvarırım Nâzım Beyefendi... Teşekkür ederim. Çok teşekkür ederim."

Selva telefonu kapattı, mutfağa girdi, çocuğu duymasın diye kapıyı sımsıkı örtüp ağlamaya başladı.

LYON

Rifka, telefon çalmaya başladığında mutfakta harıl harıl pastelicasları* hazırlıyordu. Paris'te geçirdiği yirmi yedi uzun yıl bile Rifka'nın ağız tadını ve atalarının ta Toledo'dan İstanbul'a kadar taşıdıkları âdetlerini değiştirememişti. Pesah Bayramı yaklaşıyordu. Rifka, bu kutsal bayramın ilk gecesinde küçük ailesine sunacağı yemeklerin listesini yapmış, mayasız ekmeğini dahi hazırlamaya başlamıştı çoktan. Ne yazık ki Paris'ten Lyon'a eşyasını naklederken, bu kutsal akşamda kullanacağı lozayı** geride bırakmak zorunda kalmıştı. Tabaklara gelene kadar nele-

* Sefarad Yahudilerinin yemek kültürüne ait hamur işleri.

** Hamursuz Bayramı'nda kullanılan sofra takımları.

ri bırakmamıştı ki geride... Yoksa şimdi özel tabaklarını özene bezene yıkıyor, seder* şölenine hakkıyla hazırlanıyor olurdu.

Telefonun sesine aldırmadı önce, 'Herhalde kızımadır, o da evde yok,' diye düşündü. Ama telefonun sesi kesilmeyince, ellerindeki unu önlüğüne silerek koştu oturma odasına.

"Alo," dedi.

Bir müddet dinledi karşı taraftakinin söylediklerini, rengi uçtu, az ilerde duran iskemleye uzandı, çekti iskemleyi, oturdu üstüne. Şimdi başını iki yana sallıyor ve boşta kalan eliyle dizlerini dövüyordu. Telefonu kapattıktan sonra mutfağa koştu, sivri uçlu bir bıçakla geri geldi, sokak kapısını açtı ve kapının sağ üst köşesinde çakılı mezuzayı** bulunduğu yerden sökmeye çalıştı.

Rifka Mitrani, Lyon'a Paris'ten, Paris'e ise Birinci Dünya Savaşı sonrasında kocasıyla birlikte İstanbul'dan gelip yerleşmişti. Atalarının İstanbul'a varışıysa 1492 yılının Ağustosu'na düşüyordu. Çünkü aynı yılın mart ayında, İspanya Kral ve Kraliçesi Don Ferdinando ve Dona İzabella'nın birlikte imzaladıkları bir fermanla, İspanya sınırları içinde yaşayan 'kötü Hıristiyanlar', yani Yahudiler, bir daha geri dönmemek üzere, mallarını mülklerini ve arsalarını satarak, fakat bu satışlardan elde edecekleri bedelleri ve kendilerine ait altınları, gümüşleri, mücevheri ve parayı yanlarına almayarak, temmuz ayına kadar ülkeden ayrılacaklardı. O tarihe kadar ülkeden ayrılmayanlar veya geri dönenler, yaş ve cinslerine bakılmaksızın idam edileceklerdi.

Aynı yıl Osmanlı İmparatorluğu'nun sekizinci sultanı II. Beyazıd, bir fermanla, İspanya'dan sürülen 250.000 Yahudi'yi kendi ülkesine davet etti. Yahudiler varlarını yoklarını geride bırakıp, İspanya limanlarından doğuya doğru yelken açan salaş gemilere doluşarak, eziyetli bir yolculuktan sonra, onlara yar-

---

* Hamursuz Bayramı'nda geceleri evlerde yapılan tören.

** Yahudi evlerinin sağ kapılarına konan dua.

dım elini uzatan tek millet olan Türklerin ülkesine vardılar. *"Güçlü ve merhametli Allah'larına inanan Osmanlılar bizi içtenlikle karşıladılar ve oturmamız için mahalleler tahsis ettiler. Dini vecibelerimizi yerine getirmekte, dilimizi konuşmakta serbesttik. Hatta bizi başka topraklara sürmek isteyenlere karşı da korunduk. Şerefimizi ve onurumuzu yeniden kazandık,"* diye yazacaktı, beş yüz yıl sonra, içlerinden birinin torunu olan Moris Karako.

Yahudileri ülkesine davet eden II. Beyazıd ise şöyle beyan buyuracaktı: *"Ferdinand için aklı başında bir kral denmektedir, fakat hakikat şudur ki, Musevileri atmakla kendi memleketini fakirleştirmiş ve benim memleketimi zenginleştirmiştir."*

İspanya'dan göçe zorlanan Yahudiler yeni yurtlarında özgürce serpilerek hem mutlu, hem de zengin oldular. Ama bu yurt, sancılı olaylara gebeydi. Geçen yüzyıllar içinde bitip tükenmeyen savaşlarla çok yoksulluk ve acı yaşamıştı bu topraklarda oturanlar. 19. yüzyılın sonuna gelindiğinde ülkelerinde hükümran olan beş yüz yıllık imparatorluk, parça parça çözülerek çökmeye başladı.

Ticaret yaparak servet kazanmış olan Yahudilerin bazıları, önce semtlerini sonra da ülkelerini değiştirmeye başladılar. Dört yüz yıl önce koptukları Avrupa'nın eski hisarlarını özlemişlerdi. Daha umurlu günler göreceklerini umarak, pırıltılı, zengin ve eğlenceli Fransa'ya çokça göç ettiler. En çok da Paris'e. Paris uygarlığın, sanatın ve eğlencenin en parlak yıldızıydı o yıllarda.

Rifka Mitrani'nin kocası Nesim, Paris'te bir şirket kurdu. Para işleri yapmaya başladı. İlk çocukları Moris doğduğunda hali vakti yerinde bir aileydiler ve artık ellerinde kapı gibi birer Fransız pasaportu vardı. Arap harfleriyle yazılmış ve lime lime olmuş eski pasaportunu atmaya gönlü razı olmadığı için, aile resimleriyle birlikte bir şapka kutusunda sakladı onu Rifka. Hiçbir şeyi atmayı sevmezdi. Dinine ne kadar bağlıysa, büyükannelerinden kalan geleneklere, Ladino diline ve ona geçmişi anımsatan eski eşyalarına da o kadar bağlıydı. Göçe alışmış insanların içgüdüsüyle severdi hatıra nesnelerini saklamayı. "Bizim ev, ev değil, bitpazarı," derdi kocası. Yılların içinde, bankerlikle kazandığı servet büyüyünce zorla vazgeçirecekti karısını eski püsküyü saklamaktan. Kızları Constance dünyaya geldiğinde artık çok zengin olmuşlardı. Yazları Güney Fransa'ya tatile gidiyor, kışları çocuklarını Alpler'e kayağa yolluyorlardı. Paris'in en kibar mahallelerinden birinde oturuyor, Fouburg St. Honore'de alışveriş yapıyor, pahalı lokantalarda dolanıyorlardı. Rifka şimdi hırtı pırtı yerine değerli antikalar, nadide biblolar satın alıyordu mezatlardan. Bu tatlı hayat, 1940'ta son buldu. Hem de yıldırım çarpmış gibi, bir anda. Mitrani'nin eliyle kurduğu şirketini Katolik bir Fransız'a devri üç gün içinde gerçekleşti.

Nesim Mitrani, başına gelebilecek en büyük felaketin şirketini ve servetini kaybetmesi olduğunu düşünmüştü ama yanılmıştı. İşgal altında olmayan Güney Fransa'ya göç etmeye hazırlandığı günlerin birinde, oğluyla birlikte bir otobüs durağında Gestapo'ya yakalandı ve Drancy'ye götürüldü. Baba-oğul Mitranilerden bir daha haber alınamadı.

Rifka, kızı Constance'la birlikte Lyon'a kaçmayı başardı. Ana-kız Lyon'da yeni bir hayat kurmanın mümkün olabileceğini düşündüler. Fransa'nın güneyinde, Hitler yanlısı gibi görünse de bir Fransız hükümeti görev başındaydı ne de olsa. Umurlu günlerini ve artık onlarla birlikte olmayan sevdiklerini yürekleri burkularak, içleri yanarak, hasretle yâd edeceklerdi her zaman ama yaşam bir an bile durup beklemiyordu. Hayat gürül gürül akmaktaydı bulanık bir dere gibi.

Constance, Lyon'da üniversiteye devam ederken tanıştığı bir Fransız gencine âşık olup onunla evlendi.

Kocası, Mitraniler gibi bir başka ülkeden göçmüş değildi. Yedi göbekten beri Fransa'da yaşamaktaydı. Sevdiği kızın uğruna, ağız tadı ve müzik zevki kadar aksanı da bir tuhaf olan kayınvalidesiyle birlikte yaşamayı kabul etti. Hiç de pişman olmadı bu kararından dolayı. Genç çiftin fazla paraları yoktu. Her ikisi de çalışıyorlar, eve yorgun argın döndüklerinde, sofralarında anneleri tarafından onlar için hazır edilmiş bir kap aş buluyorlardı. Rifka oğlunun ve kocasının acısıyla yüreği yanan, her şeyden elini eteğini çekmiş, kalp hastası bir kadındı artık. Sabahları evden erken çıkıyor, alışverişini yapıyor, akşam işten yorgun dönecek olan çocuklarına yemek pişiriyor, boş vaktinde de sinagoga uğrayıp, yitirdiği oğluyla kocası için dua edip evine dönüyordu. Eski dostlarından ve akrabalarından kırk yılın birinde bir haber alırsa seviniyordu. Paris'te birlikte olduğu dostlarının her biri bir başka tarafa saçılmıştı. İmkânları olanlar Amerika'ya kaçmış, kimi eski yurdu Türkiye'ye dönmüş, kimi Fransa'nın güneyindeki şehirleri mekân tutmuştu. Rifka'nın Lyon'da dostu yoktu ama zaten kızıyla yaşamak yetiyordu ona. Bu tekdüze yaşamın içinde huzuru yeniden yakalar gibi olmuştu.

Mezuzayı elindeki bıçakla sökemeyince çekmecelerin içinde bir tornavida aradı Rifka. Constance öğlen saatlerinde evine geldiğinde hâlâ kapının önünde uğraşıp duruyordu elinde tornavidayla.

"Hayırdır anne! Ne yapıyorsun kuzum?" diye sordu kızı.

"Ah Constance... Haberler çok kötü kızım. Bugün Rahel telefon etti Marsilya'dan."

"Hangi Rahel?"

"Kaç tane Rahel var! Rosa'nın annesi."

"Aaa, niye aradı seni?"

"Ah Constance, hiç mi rahat yok bize kızım!"

"Ne olmuş, söylesene."

"Rosa ile çocuğunu toplayıp karakola götürmüş işbirlikçi polis."

"Aman Allahım!" dedi kızı.

Rifka yavaş yavaş, ağdalandırarak anlattı telefonda duyduklarını kızına.

"Onları Türk konsolos kurtarmış ha?"

"Evet. Rahel haber veriyordu telefonda dikkatli olmamız için."

"Senin Türk pasaportun yok muydu anne? Sen her şeyi saklarsın, bir araştırsana," dedi Constance.

"Paris'ten nasıl çıktık da geldik, unuttun mu kızım? Değil lime lime pasaportun durduğu kutuyu, yedek ayakkabılarımı bile alamadım dolabımdan."

"Haklısın," dedi Constance. "Anne, elini kanatacaksın, bırak şunu. Akşama Marcel gelince söker."

"Ben de yatak odamın kapısına çakarım mezuzamı," dedi Rifka. Omuzlarını silkti Constance, "Nereye istiyorsan çak da, sinagogun oralarda fazla dolanma bu aralar, gözünü seveyim anne," dedi. "Rahel Teyze'nin telefon numarasını söyle de bir geçmiş olsun diyeyim onlara. Kimbilir ne kadar korkmuşlardır."

"Şansları varmış yine," dedi Rifka, "öğleden sonra alınıp ertesi sabah salıverilmişler."

Ama kader Rifka'yı da düşürecekti ağına. Kızına söz verdiği halde, uzak duramadığı ibadethanesine giderken bir sabah, onu da toplamıştı Gestapo, diğer soydaşlarıyla birlikte. Çırpınmış, Türk asıllı olduğunu haykırmış ama dinletememişti. Rifka önce bir polis arabasına bindirilip karakola götürülmüş, sonra bir otobüsle tren garına, oradan da tıklım tıkış bir trenin içinde Paris'e sevk edilmişti. Paris'te bir karakolun koridorunda, duvara dizelenmiş insanlarla birlikte Drancy'ye gönderilmek üzere beklerken adını okumuştu bir Alman subayı.

"Bir adım öne çık Rifka Mitrani."

'Beni kurşuna dizecekler herhalde,' diye düşünmüştü. 'Oğluma ve kocama kavuşacağım. Allahım, nihayet kavuşacağım onlara!'

Bir adım öne çıkmıştı. "Yürü," diyen adamın peşinde yürümüştü o uzun koridorun sonuna kadar. Küçücük bir odada, polislerle konuşmakta olan genç bir adam, Rifka'ya kâğıtlar imzalatmış, sonra da onu kendi kullandığı Citroen'in arka koltuğuna, başka iki adamla birlikte oturtarak yola koyulmuştu.

"Beni nereye götürüyorsunuz mösyö?" diye sormuştu Rifka.

"Nereye gitmek istiyorsunuz madam?"

"Kızımın yanına."

"Ben de sizi ona götürüyorum zaten."

"Lyon'a mı?"

"Hayır madam, Türk Konsolosluğu'na. Damadınız sizi orada bekliyor."

Rifka, kurtarıldığını öğrenince, sarılıp sarılıp öpmüştü direksiyon başındaki adamı. Biraz da utanarak, genç bir erkeği öpücüklere boğduğu için değil de, ölümden kurtulduğuna bu kadar sevindiğinden dolayı, oğluna ve kocasına karşı derin bir mahcubiyet duyarak. Ölümü nasıl da kahramanca karşılamaya hazır olduğunu düşündükçe ürperiyordu. Ölüm uzaktayken korkutmuyordu insanı. Ama tam karşınızda durup gözlerinizin içine baktığında, hemen kurtulmanız gereken amansız bir düşmana dönüşüyordu.

Lyon'a döndüğünde bir sürpriz bekliyordu onu. Kızı ve damadı, birkaç hafta içinde, güneş battıktan sonra, karanlık dağ yollarını aşarak İspanya'ya geçmek için hazırlık yapıyorlardı.

"Çocuklar, ben bu yaşımda Pireneleri tepemem, ölür kalırım yollarda," demişti Rifka, kızıyla damadına.

"Anne, burada kalırsan da öleceksin. Nazilerden bize rahat yok artık. Hiç olmazsa şansını dene," demişti kızı.

"Constance, sana söz veriyorum, evden dışarı adımımı atmayacağım. Bu maceraya girişmeyelim."

"Anneciğim, sen evden dışarı çıkmayabilirsin ama biz ne yapacağız?"

"Siz mi? Siz de tehlikede misiniz benim kadar?"

"Hem de nasıl."

"Neden ama? Sizin aksanınızdan bile belli değil Yahudi olduğunuz."

"Anne, artık öğrenme zamanın geldi. Marcel Teşkilat'ta çalışıyordu. Onun hücresinde yakalananlar olmuş. Burada barınabilmemize imkân yok. Bir an önce gitmeliyiz Fransa'dan," demişti Constance. Rifka dehşetle dinlemişti kızını.

Marcel karısıyla birlikte bir an evvel İspanya'ya geçmek istiyordu ama kaynanası, soyunu tarifsiz acılar içinde bırakarak topraklarından kovan İspanyolların ülkesine gitmeyi reddediyordu. "O olay yüzlerce sene önceydi. Şimdi bunu hatırlamanın ve mesele yapmanın manası var mı?" demişti Marcel.

"Siz gidin. Ben burada kalacağım. Ha Almanlara yakalanmışım ha İspanyollara, ne fark eder ki. Bir de keçi gibi dağ yollarını tepeceğim, bu hasta kalbimle, aşağılanmak için. Asla!"

"Anneciğim, saçmalıyorsun. Bin dört yüzlerde olan bir hadise yüzünden yapılacak iş mi bu? Bizi de tehlikeye atıyorsun," demişti Constance, "Teşkilat'tan iki kişiyi yakalamışlar dedim sana, konuşacak olurlarsa biz de mahvoluruz. İnadını kır da bir an önce kaçıp kurtulalım."

"Siz gidin."

Constance, Rifka'yı sonunda ikna edeceğine inandığı için, iki-üç günde bir, bir başka arkadaşlarının evinde geceleyerek, sürekli adres değiştirerek sabırla bekliyordu annesinin evet demesini. Ama Rifka'nın da bir planı vardı. Mektup yazmıştı kendini Gestapo'nun elinden kurtaran Türk konsolosuna. Acaba konsolosluk kızına ve damadına da birer pasaport veremez miydi? Yalvarıyordu Rifka mektubunda. Gerekirse kendi pasaportunu bile iade etmeye hazırdı, yeter ki çocuklarına kol kanat gersindi Türk konsolosu.

ANKARA, 1942

Leman Hanım, elindeki gül kurusu kutunun kapağını sarmalayan saten kurdeleyi çözdü ve içinden çıkardığı fotoğrafları yatağının üzerine yaydı. Tüm yaşamı, bu kahverengi kalın kartonlara basılmış sepya resimlerde hapsedilmiş, önünde sergileniyordu. Rasgele bir fotoğrafı aldı eline. Omuzlarından göğsüne doğru iri dalgalarla düşen saçları kocaman bir kurdeleyle tutturulmuş, iri çocuk gözlerinde masumiyet ve merakla, oymalı bir koltukta oturan babasının dizlerine dayanmış, elinde bir demet çiçekle duruyordu çocukluğu. Mihailides Stüdyosu'nda çekilmiş bir başka resimde, topuz yapılmış saçlarının iki yanında yerlere kadar uzanan gelin telleri vardı, kat kat dantelli bir gelinlik giymişti, beli o kadar inceydi ki, bir genç kıza değil de bir hayale benziyordu; üfleseniz uçuverip semada kaybolacaktı Leman. Başka bir fotoğrafta aynı kıyafeti giymiş ama bu kez yanında ince burma bıyıkları, alnının ortasına kadar inen fesiyle uzun boylu, geniş omuzlu, yakışıklı kocası vardı, yaver üniformasının içinde.

İçini çekti, elindeki resimleri yatağın üzerine bıraktı, karıştırdı kutuyu Leman Hanım. Şimdi baktıkları ise Foto Sabah'ta çekilmiş resimler... Çocukları... Dünya güzeli kızları, her yıl hiç ihmal etmeden yaş günlerinde resimlerini çektirdiği! Siyah-beyaz fotoğraflarda bile gözlerinin cıvıltılı rengi ve sarışınlığı hemen belli olan, bir ilkbahar gibi taze ve güzel Sabiha'sı, yanında örgülü saçları, kocaman gözleriyle bazı resimlerde Sabiha'dan daha küçük, ama çoğu resimde onun tepesinden bakan Selva.

Ne demişti Sabiha, gülümseyerek hatırlıyor şimdi Leman Hanım: "Anneciğim, fotoğraf çektirirken ben oturayım, Selva ayakta dursun."

Foto Sabah'ın sahibi Enver Bey, "Yavrum, Selva ayakta durursa her ikinizi aynı kareye almak zor olur. O otursun, sen ayakta dur," deyivermişti Sabiha'yı inciteceğini bilmeden. Yüzü asılmıştı Sabiha'nın. Nereden musallat olmuştu güzel kızına bu boy kompleksi. Kardeşi onu biraz geçti diye, dünya güzeli bir genç kızın boyunu bu kadar dert etmesi ne saçmaydı. Leman Hanım, karıştırdı iyice fotoğrafları, aradıklarını nihayet buldu. Selva'nın onda kalan son resmi! Üzerinde bej, sade bir tayyör, örgülü saçları her zamanki gibi başının etrafına sarılmış, narin, zarif Selva nikâh masasına konmuş bir kocaman deftere imza atıyor. Parmağında incecik bir altın alyans. Ufak da olsa bir tektaş yok yüzük parmağında. Ne yakasında bir broş, ne de boynunda bir sıra inci! Gelin güya! İki sıcak yaş damlası çenesine doğru aktı Leman Hanım'ın. Ah Selva, nasıl yaptın bu işi! Benim inatçı kızım! Seni de tellerle, duvaklarla, takılarla gelin etmek istemez miydim! Yakana, gerdanına aile yadigârlarından birini takmak iftiharla! Kızının resmini hasretle öptü, yüreğinin üzerine bastırdı. Aynı gün çekilmiş üç-dört fotoğraf daha olmalıydı. Aradı, buldu. Amatör kamerasıyla Macit çekmiş, iki kız kardeş yan yana duruyorlar, arkalarında, uzun boyuyla o cenabet Rafo, ama Leman Hanım Rafo'nun suratını bir topluiğne ile kazımış, yüzü gözükmüyor... Diğer fotoğrafı Rafo çekmiş olmalı, Selva ve Sabiha, aralarında Macit. Son resimde ise o gün nikâha katılanların hepsi. Herhalde makineyi oralarda dolanan birine verip çektirmişler. Bu resimlerin tümünü kocasından nasıl da gizlemişti Leman Hanım. Bunları fotoğraf albümlerine dahil etmemiş, resim kutusunun da en altına saklamış hep, Fazıl Reşat Paşa sanki resimleri karıştırır da bakarmış gibi. Ama olsun, o saklasın da, ne yapacağı belli olmaz, eline geçecek olursa yırtar mırtar... Kızının en son görüntüsü... Hep aklının, yüreğinin bir köşesinde... Bej tayyörü içinde, ince, uzun, varla yok arası bir hayal, giderek solan.

***

Kapının açıldığını duyunca aceleyle yastığın altına soktu elindeki resimleri.

"Yine fotoğraflarına mı bakıyorsun, anneanne?" diyerek içeri girdi torunu.

"Evet yavrum."

"Hiç bıkmıyor musun aynı resimlere bakmaktan?"

"Bıkmıyorum. Onlar benim bütün hayatım, ömrüm, geçmişim..."

"Ama anneanne, sen o eski resimlere bakmıyorsun ki hiç. Ben senin neye baktığını biliyorum."

"Neye bakıyormuşum?"

"Teyzemin resimlerine. Onu çok mu özledin anneanne?"

"Çok, ama çok özledim."

"Niye yazları gelmiyor? Çalışsa bile yazları tatil yapar insan. Ben küçük Fazıl'ı merak ediyorum en çok. Getirse ya onu bize."

"Harp içindeyiz yavrum. Teyzenin bulunduğu memlekette savaş var. Çıkamıyorlar dışarı. Harp biter bitmez gelir inşallah."

"Dedem onu affetti mi?"

"O da nasıl laf!"

"Eee anneanne, biliyorum tabii. Dedem çok kızmış o adamla evlendiği için."

"Annen mi söyledi?"

"Hacer söyledi."

Kaşları çatıldı Leman Hanım'ın. Ne münasebetsiz oluyordu bu hizmetçi milleti. Her işin içinden çıkarlar, her şeyi dinlerler. Kulakları ve dilleri de elleri gibi uzun. Nerdeee o eski hizmetkârlar, aileye akrabalar kadar yakın, sır saklayan ve kıymet bilen, nerede şimdikiler, diye düşündü.

"Çocuklara söylenmeyecek şeyler vardır. Münasebetsiz kadın!"

"Ama anneanne, ben çocuk değilim ki. Dokuzuma basıyorum bir ay sonra."

"Atma, dokuza değil, sekize basıyorsun. Şimdi böyle aceledesin büyümek için ama sonra tam tersi olacak." Elindeki fotoğrafı torununa uzattı Leman Hanım. "Zaman ne kadar da çabuk geçiyor," dedi, "Selva gideli neredeyse beş yıl olmuş! Hatırlıyor musun onu Hülya?"

"Hatırlıyorum. Bana akşamları masal okurdu. Kızılay Parkı'na da götürürdü. Orada madensuyu içerdim kocaman cam bardaklarla. Anneanne, teyzemin o papatyalı resmini göstersene bana."

Leman Hanım fotoğrafların arasında, Selva'nın üzerinde kalçasına kadar düz inen ve sonra dilim dilim şifon parçalarının çiçek petalleri gibi fışkırdığı bembeyaz bir elbiseyle, elinde kocaman bir papatya demetiyle çekilmiş resmini aradı. Çiçeklerin arasında en çok papatyayı severdi nedense Selva. Onun gibi, başına buyruk ama mütevazı kır çiçeği, diye düşündü Leman Hanım. Papatyaların polenleri sarı lekeler yapmıştı güzelim elbisenin eteğinde. Fotoğrafı buldu. Gözpınarlarında yaşlar titreşerek uzun uzun baktı kızına. Neşesiz duruyordu resimde Selva, gözlerinde ince bir hüzün vardı... Elbette, çünkü resim Amerikan Koleji'nde, mezuniyet gününde çekilmişti ve okuldan ayrıldıktan sonra, eskisi gibi kolayca görüşemeyeceğini biliyordu o Rafael denen herifle!

"Al bak burada," dedi torununa, "ne güzel bir genç kızmış değil mi, teyzen?"

Torunu resmi eline aldı, o da uzun uzun baktı Selva'nın mermerden oyulmuş gibi muntazam ve mahzun yüzüne. Yatağa yayılmış fotoğrafların arasında Sabiha'nın da genç kızlık resmini buldu çocuk. İri dalgalı saçlarının çevrelediği oval yüzünü eline dayamış, hülyalı gözlerle bakıyordu on yedi yaşındaki annesi.

"Annem daha güzelmiş ama, bir şey söyleyeyim mi sana anneanne... Ben keşke teyzemin kızı olaydım."

"Aaa! Nedenmiş o?"

"Teyzem beni annemden daha çok severdi."

Dondu kaldı Leman Hanım. Ne diyeceğini bilemedi.

"Bu da nereden çıktı şimdi Hülya? Annen sevmez olur mu seni! Biricik kızısın sen onun."

"Benden sıkılıyor anneanne. Benimle meşgul olmuyor."

"Neden seninle meşgul olacakmış ki her dakika. Babanın işinden dolayı hep bir yerlere gitmek zorunda kalıyor. Biliyorsun, davetler, akşam yemekleri, kokteyller filan... Oralara da bakımsız gidemez ki, kuaföre gitmesi lazım, terziye gitmesi lazım. Sen de büyüyünce baban gibi bir diplomatla evlendiğinde inşallah, ne demek istediğimi anlayacaksın."

"Ben diplomatla filan evlenmeyeceğim."

"Neden kızım? Babanla iftihar etmiyor musun yoksa?"

"Ediyorum ama ben bana vakit ayıracak biriyle evleneceğim."

Leman Hanım'ın göğsü, üstüne çok tüylü bir kara kedi oturuvermiş gibi sıkıştı. Bu lakırdılar... Ah bu lakırdılar, ona çok aşina gelen... Tanrım evlerden uzak et böyle bir kaderin tekrarını, diye yalvardı içinden.

"Aklı başında erkeklerin önemli vazifeleri olur, öyle evlerindeki kadınlara vakit ayıramazlar bol bol. Aylak adamların işidir evde oturup kadınlarla laflamak."

"Dedem hep bizimle beraber ama."

"Deden tekaüt oldu. Gençliğimde ben onun yüzünü görür müydüm sanıyorsun?"

"Tekaüt nedir anneanne?"

"Yaşlanan insanları tekaüt ederler. Yani çalışmazlar artık, deden gibi evde otururlar."

"Babam teka... işte ondan olunca bizimle oturur mu?"

"Daha o günlere çok var ama, elbette hep evde oturur o zaman."

"Bence oturmasın hep evde. Ne zaman baş başa kalsalar annemle hep atışıyorlar."

"Ben hiç duymadım," dedi Leman Hanım sert bir sesle.

"Siz geldiğinizden beri atışmıyorlar. Keşke siz hep kalsanız. Hiç gitmeseniz. Siz yokken annem hep ağlıyor, hep surat asıyor, hep hasta."

"Yaaa!" Çocuktan al haberi misali, Hülya anneannesine hiç bilmediği bazı gerçeklerin ipuçlarını vermekteydi. Leman Hanım, torununda dedikodu yapıyormuş hissi uyandırmadan ve onu ürkütmeden bu konuda daha fazla bilgi edinmeye çalıştı.

"Annen sık sık hastalanıyor mu?" diye sordu yumuşak bir ses le, "Sabiha'nın bronşiti vardır, o mu azıyor acaba kış aylarında."

"Yoo, öksürmüyor ki. Ama hep yatağında yatıyor, beni odasına almıyor. Öyle senin dediğin gibi berbere filan da gitmiyor, anneanne."

"Allah Allah! Biz geldiğimizden beri hiç hastalanmadı."

"Diyorum ya size, hiç gitmeyin diye. Yoksa annem odasına kapanır, ben de yine yalnız kalırım."

Leman Hanım fotoğrafları toparlayıp kutuya koydu, saten kurdeleyle üstünkörü bağladı, şifoniyerin ikinci gözünün derinliklerine itti, çamaşırlarının arkasına. Bilmediği bir şeyler oluyordu. Kızı mutsuzdu demek! O hiç fark edememişti ama mutsuzdu Sabiha. Macit'in hayatında bir kadın mı vardı acaba?

"Gel içeri gidelim Hülya," dedi, "bakalım annen neler yapıyor. Belki rica edersek bir noktürn çalar bize Chopin'den."

***

Macit, idari memurun getirdiği, Paris Büyükelçiliği'nden yollanan kriptoyu aldı, gözlüğünü takıp okudu. Vichy Hükümeti, kendilerine Türk Hükümeti tarafından yollanan notaya cevap veriyor ve Yahudilerin milliyetleri ne olursa olsun, Vichy Hükümeti'nin nezdinde Yahudi olduklarında ısrar ediyordu:

Bakanlığımız Türkiye Büyükelçiliği'ne, söz konusu kişilerin Fransa'ya misafir olduklarını, bu ülkenin kanunlarına tabi olmayı zımnen kabul etmiş olduklarını bildirmekle şeref duyar. Bu etkin prensibe göre İbrani ırkına yönelik önlemler Fransız tabiiyetinde veya diğer ülkelerin vatandaşı olan tüm diğer Yahudileri kapsamaktadır.

"Allah kahretsin! Haydut herifler! Biz de onları medeniyetin, özgürlüğün havarileri olarak bellemişiz bunca zamandır! Onlara özenmişiz! Sanatın en iyisini yapan, şiirin en iyisini yazan, şarabın en yıllanmışını içen, kahraman Fransız milleti... Ne kahramanlarmış ama... 46 günden fazla dayanamadılar Almanların baskısına, hemen teslim oldular. Şimdi kurtarılmak için başkalarının onların uğruna ölmesini bekliyorlar. Bir de bizi küçümserler. Kibirlerinden geçilmez! Derme çatma ordumuzla yedi düvele karşı kazandığımız İstiklal Savaşımızı gözlerine her fırsatta sokmazsam bana da Macit demesinler, işbirlikçi herifler!"

Macit iskemlesini gürültüyle iterek kalktı, elinde kripto, çıktı odasından. Koridorda genel sekreterin odasına doğru yürürken bu cevaba nasıl bir karşı cevap vereceklerini evirip çeviriyordu kafasında. Vichy Hükümeti'nin ayırımcı kanunlarını ısrarla protesto etmeliydiler. Onurlu bir devletin başka türlü hareket etmesine imkân yoktu. Türk asıllı Yahudilerin çalışma kamplarına gönderilmelerini protesto ederken, etkili olabilmek için diğer devletlerle bir konsensüs oluşturulması gerekecekti belki de. Bunca işinin arasında bir de bununla uğraşmak zorunda kalacaktı şimdi. Ama her şeyden önce Vichy Büyükelçiliği'ne bir kripto hazırlamalıydı. Çalışma kamplarına zorla gönderilmek istenen Türk Yahudilerinin direnmelerini, bu kişilerin hemen Türk makamlarına müracaat etmelerini bildiren bir kripto.

"Macit Bey! Macit Bey!"

Döndü baktı Macit. Nihat koridorda koşarak geliyordu ona doğru.

"Bir dakika, bir şey söyleyeceğim..."

"Ne söyleyeceğini biliyorum dostum. Türk-Alman müzakereleri başlıyor, Vekil Bey beni ön toplantıya çağırdı... Geleceğim ama bana bir yirmi dakika müsaade edin, genel sekretere danışıp bir kripto hazırlatayım, hemen geliyorum." Döndü ve yürümeye devam etti.

"Macit Bey... Bekleyin bir dakika..."

Sıkıntıyla döndü Macit: "Ne var?"

"Macit Bey... Evinizden aradılar... Macit Bey, efendim, kayınpederiniz kalp krizi geçirmiş."

***

Macit, kayınpederinin yatak odasına doktorla aynı anda girdi. Fazıl Reşat Paşa yatağının kenarında, yerde sırtüstü yatıyordu. Yüzü kireç gibi bembeyazdı. Sabiha, elindeki mendille babasının alnında boncuk boncuk birikmiş teri siliyordu. Leman Hanım kocasının yanına çömelmiş, yüzünde çaresiz bir ifadeyle donakalmıştı.

Doktor Fahri, çantasından çıkardığı bir şişeyi koklattı yaşlı adama, gömleğinin düğmelerini çözdü, nabzını sayarken

Macit'e bakarak, "Cankurtarana haber verin, beyefendiyi hastaneye götüreceğim," dedi, "evde kolonya var mı?"

Sabiha fırladı yerinden. Leman Hanım, kocasının başının altına bir yastık koymaya yeltendi.

"Yapmayın efendim, kımıldatmayın," dedi Doktor Fahri. Hemen geri çekildi Leman Hanım. Elleri tir tir titriyordu.

"Size de bir sakinleştirici lazım hanımefendi. Evinizde Nevrol Cemal bulunur mu?"

"Bana hiçbir şey vermeyin," dedi Leman Hanım, "bırakın ,ben paşadan önce gideyim." Ağlamaya başladı, "Benim yüzümden kriz geçirdi kocam. Ölürse sebebi ben olacağım."

"Neler söylüyorsunuz efendim? Şoka girdiniz, sizi içeri gö-türeyim, gelin... Haydi kalkın yerden." Kayınvalidesini koltuklarının altından tutup çöktüğü yerden kaldırmaya çalıştı Macit.

"Bana yardım etmeyin, bana acımayın Macit. Ben sebep oldum bu krize. O resimleri yastığın altında unutarak ben sebep oldum."

"Ne resimleri kuzum?"

Macit sorduğu anda fark etti kayınpederinin göğsünün üzerinde hâlâ sımsıkı tuttuğu fotoğrafları. Fazıl Reşat Paşa'nın parmaklarını usulca açıp almaya çalıştı elinden. Fotoğraflar yere döküldüler. Macit ayağa kalktı, şöyle bir göz attı yerden topladığı resimlere. Bunlar, Selva ve Rafo'nun nikâhında onun eliyle çektiği fotoğraflardı.

"Nereden çıktı bu resimler şimdi?" diye sordu şaşkınlıkla.

"Ah ellerim kırılaydı da çıkartmasaydım bunları ortaya. Ellerim kırılaydı!"

Doktor Fahri şaşkın şaşkın bakıyordu ikisine de.

"Baldızım, babasının tasvip etmediği bir evlilik yaptı da... Yıllar önce çekilmiş fotoğraflar bunlar, nikâh günü..." dedi Macit.

"Hanımefendi, kalp krizi böyle nedenlerle oluşmaz. Çok başka faktörlere bağlıdır. Kendinizi boşuna helak etmeyin," diye yalvardı Doktor Fahri. Leman Hanım artık boşalmış, avazı çıktığı kadar hıçkırarak ağlıyordu. Sabiha kolonya şişesiyle geri geldi odaya. Doktor, Leman Hanım'ın alnına, kollarına kolonya ile friksiyon yaparken kapının zili çaldı.

"Bugün de aksi gibi Hacer'in izin günü," dedi Sabiha kapıyı açmaya giderken.

"Macit, oğlum, Hülya geldi herhalde, sakın onu buraya sokmayın," dedi Leman Hanım, hıçkırıklarının arasında. Koridorda koşuşma ve bağrışmalar duyuldu.

"Girme oraya güzel kızım... Dur, allahaşkına dur!" diyordu Sabiha.

Hülya annesini iterek içeri girdi. Yerde yatan dedesinin üzerine kapanırken bağırıyordu, "Gitme dede... Gitmeeee... Sensiz ben çok yalnız kalırım. Kimsesiz kalırım. Sakın gitme dede, sakın gitme!"

***

Macit, kızının küçük eli avcunda, hastaneye giden yolda yürürken, konuya nasıl yaklaşacağını tartıyordu kafasında.

"Deden çok daha iyiymiş ama yine de sen onu çok yorma, emi benim güzelim," dedi kızına.

"Yormam baba."

"Öyle öpmek için üzerine tırmanmaya filan kalkma sakın. Bir müddet daha ona sanki kırılıverecek bir cammış gibi itina göstermemiz lazım."

"Evet, biliyorum."

"Akıllı kızım benim. Bugün annen nöbetini anneannene devrediyor. Ben de sizi öğlen yemeğine götüreyim Karpiç'e, ister misin?"

"İstemem baba."

"Aaa, neden?"

"Dedemle kalmak istiyorum hastanede. Hem senin nasıl olsa işin vardır."

"İşim var elbette ama bugün işimi muavinime devrettim. Sırf annenle ve seninle birlikte olmak için."

"Siz annemle gidin. Ben dedemle kalırım. Dedemle ve anneannemle."

"Bizimle yemeğe gelmek istemiyor musun?"

"Dedemi kaç gündür görmedim de..."

"Hülya... O gün, dedenin kriz geçirdiği gün... Neden öyle söyledin kızım?"

"Ne söyledim?"

"Sen gidersen ben kimsesiz kalırım diye bağırdın dedene..."

"Onu öldü sandım. Annem kapıyı ağlayarak açınca... Deden çok hasta dedi bana, odaya sokmak istemedi. Ben de onu öldü sandım."

"Ben sana başka bir şey soruyorum Hülya. Deden ölmüş olaydı bile sen kimsesiz kalmazdın ki. Annen var, ben varım..."

Hülya yanıtlamadı babasını. Macit kızının avucundaki elinin hafifçe kasıldığını hissetti.

"Niye öyle düşündün kızım? Niye öyle hissediyorsun?"

"Dedemle anneannemi seviyorum. Onlar benimle meşgul oluyorlar. Beni seviyorlar. Ölmelerini istemiyorum."

"Allah onlara çok uzun ömürler versin inşallah ama biz de seni çok seviyoruz, annenle ben."

Çocuk sessiz kalınca Macit ısrar etti:

"Hülya! Bunu bilmiyor musun? Bizim de seni çok sevdiğimizi bilmiyor musun? Sen bizim biricik kızımızsın."

"Evet baba."

"Anneni ne kadar çok üzdüğünü fark etmedin mi o gün! Babasına üzüldüğü kadar senin öyle davranmana da üzüldü."

"Annem bana üzülmez."

"O da ne demek öyle?"

"O başka şeylere üzülüyor. Bana üzülmez annem."

"Nelere üzülüyor?"

"Teyzemin uzakta olmasına. Küçük Fazıl'ı görememesine. Ne bileyim ben, daha birçok şeylere böyle."

"Sen nereden biliyorsun bunu?"

"Ben duyuyorum o konuşurken."

"Kimlerle konuşurken?"

"Anneannemle, arkadaşlarıyla, ne bileyim, Hacer'le bile. Hep teyzemi anlatır onlara."

"Ne var bunda, özlüyor kardeşini. Bu seni sevmiyor demek değil ki."

"Bana hiç vakti yok. Senin gibi baba... Senin de vaktin yok. Sen hep çalışıyorsun, annem hep üzülüyor. Dedemle anneannem iyi ki geldiler evimize. Dedem ölmeyecek değil mi baba? Ne zaman döner eve?"

Bu kez Macit yanıtlamadı kızını. Kayınpederinin eve ne zaman döneceğini bilmiyordu ama Almanya'nın önce Avrupa devletlerine saldırmasının, sonra burunlarının dibine kadar inip Atina'yı ve Girit'i işgal etmesinin, bu arada Vichy Hükümeti'nin Fransa'daki Türk Yahudileri tutuklayıp kamplara göndermeye başlamasının, yetmiyormuş gibi, Hitler'in Fransa'nın güneyini işgal etmeye hazırlanmasının ailesinde yaptığı tahribatın büyüklüğünü son birkaç gündür iyi biliyordu. Bu Allahın cezası savaşın yan etkilerinin kendi evinin içinde ve küçücük kızının yüreğinde estirdiği fırtınanın bilincindeydi artık, Fazıl Reşat Paşa'nın kalp krizi geçirdiği günden beri. Birden durdu, yanında yürüyen kızına döndü, sımsıkı kucakladı onu.

"Seni ne çok ihmal ettiğimizin farkına varmamışım," dedi içtenlikle. Sesini çıkartmadı çocuk. Babasının yanında tıpış tıpış yürümeye devam etti.

Kızına yemeğe gelmesi için ısrar etmekten vazgeçti Macit. Bu öğle yemeğini Sabiha ile baş başa yerlerse daha iyi olacaktı. Çok uzun zamandan beri ilk kez, kayınvalidesinin bulunmadığı bir ortamda, karşılıklı konuşma fırsatı elde ediyordu karısıyla.

Evlerinin Hülya doğalı beri zaten pek mahremiyeti kalmamıştı baş başa konuşmalar yapmak için. Salonda otursalar konuşmalarını hizmetçinin ya da Hülya'nın dadısının dinleme ihtimali vardı. Neyse ki çocuk okula başladığından beri dadıya yol verilmişti. Macit, bir an şaşırarak, evlendiler evleneli karısıyla baş başa konuşmak gibi bir ihtiyacı hiç hissetmediğini düşündü. Fazıl Reşat Paşa'yla Leman Hanım evlerine misafir gelmeden önce, salonlarında, konuk kabul ettikleri günler hariç hiç oturmazlardı. Akşamları Sabiha odasına çekilip kitap okur, kendisi de ya radyonun başına çöker ya da bürosundan eve taşıdığı dosyalarını açar, incelerdi çalışma masasının üzerinde. Birbirleriyle sohbet etmeyi her ikisi de unutmuşlardı. Bugün Karpiç'in dip masalarının birine karşılıklı oturduklarında, acaba nasıl üstesinden gelecekti bu baş başa konuşmanın.

Baba-kız hastanenin lizol kokulu merdivenlerini iki kat tırmanıp Fazıl Reşat Paşa'nın odasının bulunduğu koridorun başına geldiklerinde, Sabiha ile annesini oda kapısının dibinde dikilirken gördüler. Pencereden sızan sabah güneşi arkadan vurduğu için bir haleyle çevirmiş gibiydi Sabiha'nın sarışın başını. Hülya babasının elinden kopup anneannesine doğru koştu, sarıldı. Sabiha sabırla sıranın kendine gelmesini bekledi. Kızı ona sarılmadı ama odaya girmek için sızlandı.

"Hemşireler dedenin sabah tuvaletini yaptırıyorlar, bekle biraz," dedi Sabiha kızına. Macit karısının günlerin uykusuzluğundan solmuş yanaklarına birer öpücük kondurdu.

"Nasıl geçirdiniz geceyi?"

"İyi," dedi Sabiha.

"Bu gece evinde güzel bir uyku çekersin."

"İnsan uzakta olunca hiç uyuyamıyor endişeden. Ben dün gece evde gözümü kırpamadım," dedi Leman Hanım.

"Evet, sabah erkenden kaçmışsınız, Hülya'yla ben uyanmadan."

"Bunun mektebi yok mu bugün?" diye sordu Sabiha, kol saatine bakarak, "daha öğle paydosu olmadı ki, dersten mi çıkardın kızı yoksa?"

"Bu sabah mektebe yollamadım onu. Her ikimiz de izinliyiz bugün," dedi Macit. "O dedesiyle oturacak, senle ben de birazdan gidip Karpiç'te güzel bir yemek yiyeceğiz."

Damadına dik dik baktı Leman Hanım.

"Tam zamanı yemek düşünmenin," dedi Sabiha. "Babam burada canıyla uğraşırken."

"Baban kendini iyi hissediyorsa gideriz. Nasılsa annen başında," dedi Macit, "konuşmamız gereken bazı şeyler var."

"Ne gibi şeyler?"

Karısının koluna girdi Macit, kayınvalidesinin meraklı bakışları altında, Sabiha'yı hafifçe çekeleyerek koridorun ucuna doğru yürüttü.

"Hülya'nın durumunu konuşmalıyız, Sabiha," dedi, "çocuk bir bunalımın içinde."

"O daha yedi yaşında."

"Sekiz..."

"Her neyse, bunalıma girecek yaşta değil."

"Olabilir. Ama çocuk mesut da sayılmaz."

"Mesut olmayan sadece o değil, Macit."

"Sabiha, konuşmazsak meselelerimizi çözemeyiz, öyle değil mi?"

"Karpiç'te bir öğle yemeğinde bütün meselelerimizi halledebileceğimizi mi sanıyorsun?"

Macit yanıtlamak üzereyken Hülya koşarak yanlarına geldi.

"Dedemin tuvaleti bitmiş. Sizi bekliyor," dedi annesiyle babasına, sonra yine koşarak odaya geri döndü. Macit'le Sabiha yan yana yürüdüler kızlarının peşinden.

Fazıl Reşat Paşa üst üste konmuş yastıklarla desteklenmiş, tıraşı uzamış bitkin yüzüyle gülümsedi damadına.

"Sizi çok iyi gördüm efendim," dedi Macit. Yaşlı adam eliyle, boş laf etme gibilerden bir işaret yaptı.

"İyidir maşallah. Tehlikeyi atlattık," dedi Leman Hanım, "şimdi iş kendine kalıyor. Sigarayı ve her akşam sizinle içtiği rakıyı bırakması lazımmış."

"Duy da inanma," dedi yaşlı adam titrek sesiyle damadına. Macit cevap verecekken duraladı. Yatağın başucundaki masada, Leman Hanım'a göre, Fazıl Reşat Paşa'nın kalp krizi geçirmesine neden olan fotoğraflardan biri, sürahiyle desteklenmiş duruyordu. Macit'in çektiklerinden değil de nikâh dairesi fotoğrafçısının çektiği, Selva'nın imza atarkenki resmi... Macit yutkundu, şaşkın şaşkın karısına baktı. Gözlerini yere indirdi Sabiha. Macit de resmi görmezlikten gelerek, "Doktorlar rakıyı yasak ederlerse biz de bira içeriz, öyle değil mi efendim?" diye sordu şakacı bir tonla.

"Ben eve ne zaman çıkacağım Macit?" dedi yaşlı adam. "Bu kadınlar bana doğruyu söylemiyorlar. Buradan doğru İstanbul'a dönelim diyorum. Sizin başınıza dert olduğum yeter."

Hülya, yaklaşıp dedesinin elini tuttu.

"O nasıl söz efendim," dedi Macit içtenlikle, "burası da sizin eviniz. Başımızın üstünde yeriniz var."

"Naz yapıyor babam," dedi Sabiha. "Zaten ne dedi Doktor Fahri, bir ay kesin istirahat, dedi."

"Okullar kapanınca hep beraber gidersiniz İstanbul'a..." Macit sözünü bitiremedi, içeri giren beyaz gömlekli hademe odadakilere teker teker baktıktan sonra, "Macit Bey kim?" diye sordu.

"Benim."

"Başhekimin odasına telefon gelmiş size."

"Hayırdır inşallah!" dedi Macit, çıktı odadan. Hızlı adımlarla hademenin peşine takılıp merdivenlerden indi. Kocası odadan çıkınca, "Okuldan izin aldınız mı bari?" diye sordu Hülya'ya Sabiha.

"Babam başöğretmene telefon etti."

"Ne dedi?"

"Bu sabah dedemin beni görmek istediğini söyledi. İzin aldı."

"Böyle dersleri asmak hiç doğru değil Hülya. Dedeni okul sonrası da görebilirdin," dedi Sabiha, "bari öğleden sonraki derslerine yetiş."

Altdudağını sarkıtarak omuz silkti kız.

"Acaba kim aradı Macit'i?" diye sordu Leman Hanım.

"Vekâlet'ten aramışlardır," dedi Sabiha, "bir gün dışarı tayinimiz çıktığında ne yapacaklar merak ediyorum? Toplantılarda fikir beyan etmesi için tayyare mi yollayacaklar bulunduğumuz yere? Sanki Türkiye'yi tek başına Macit kurtarıyor. Ne gecemiz kaldı, ne gündüzümüz." Sözünü bitirdiği anda Macit kapıda belirdi. Yüzünde endişeli bir ifade vardı.

"Neymiş?" diye sordu cılız bir sesle Fazıl Reşat Paşa.

"Vekâlet'e dönmem gerekiyor. Bazı yeni gelişmeler var."

"Ne olmuş, ne olmuş?"

"Efendim, gidince daha etraflı öğrenirim... Size akşamüstü geldiğimde teferruatlı malumat getiririm," dedi Macit kayınpederine, karısına bir göz işareti yaptı kapıdan çıkarken. Peşinden geldi Sabiha, alaylı bir sesle, "Karpiç'e gitmiyor muyduk biz," diye sordu, "meselelerimizi halletmeye?"

"Sabiha, babanın yanında söylemek, onu heyecanlandırmak istemedim," dedi Macit, "Hitler Fransa'nın güneyini de işgal etmiş bu sabah."

MARSİLYA, 1942

Selva tül perdenin ardından yolu gözlüyordu ne zamandır.

"Haydi Rafo," dedi kocasına, "etraf şu anda emniyetli, hemen geç karşıya, sallanma."

Rafo karısının ensesine bir öpücük kondurup kapıya yöneldi. Tam çıkarken, "Çok endişeleniyorsun Selva, bugün de hiçbir şey olmayacak, göreceksin," diye seslendi kapıyı çekmeden. Selva kocasının merdivenlerde uzaklaşan ayak seslerini dinledi.

Rafo apartmanın kapısından çıktı, kaldırımın kenarına gelip karşıya geçmek için, ta ötede, dört yol ağzındaki polisin trafiği durdurmasını bekledi. Kocasının hızlı adımlarla caddeyi geçip eczaneye girmesini ve kapıyı kapatmasını izledikten sonra rahat bir nefes aldı Selva. Perdeleri yanlara çekip camı açtı. İçeri dolan soğuk ve rutubetli havayı ciğerlerine çekti. Bu sabah parka götüremeyecekti Fazıl'ı. Yağmurun yağacağı besbelliydi gökyüzünü örten kapkara bulutlardan.

Kara bulutlar sadece gökte dolansalardı keşke. Evinin içine ve yüreğine de doluşuvermişlerdi işgalin güneye yayılmasından beri. Monoton ve yapayalnız yaşamına ince, uzun bir ışık huzmesi gibi sızan ve ona işe yararlığını hissettiren öğrencilerine ders vermeyi kesmişti. Çünkü işgalin başladığı 11 Kasım'dan beri kimse ondan böyle bir görev yüklenmesini istememesine rağmen, o kendine yeni bir meşgale bulmuştu. Gönüllüsü olduğu bu işi çok ciddiye alıyordu. Bu iş, elinden geldiğince kocasını korumaktı. Fransa'ya göç etmeye zorladığı ve bilmeden ateşin ortasına attığı kocasını.

Rafo da diğer soydaşları gibi, sokağa çıkmadan etrafta kimlerin dolaştığını kolaçan ediyordu elbette. SS'lerin kol gezdiği zamanlarda sokaklarda dolaşmak başa bela aramak demekti. Allah'tan Rafo'nun işi evinin hemen karşısındaydı da evden işe, işten de eve gidip gelirken yolu kontrol etmek kolay oluyordu. Selva'nın kendine biçtiği vazife de işte, kocası sağ salim eczaneye girdikten sonra başlıyordu. Çocuğuna ayırdığı zamanın dışında, pencerenin önünde yüksekçe bir taburede oturup bütün gün sokağı gözlüyordu Selva. Allah'ın cezası Gestapo'nun motosikletlerinin çıkardığı sesi duyar duymaz veya yayan gezen devriyeleri gördüğünde eczaneye telefon ediyordu, Rafo'nun ortalıktan kaybolması, depoya inmesi için.

"Ben de o sinir bozucu sesi senin gibi duyabiliyorum karıcığım," diyordu Rafo, "tedbirimi hemen alıyorum. Ama sen Allah'ın günü gözcülük yaparsan sonunda çıldırabilirsin."

"Rafo, bir gün de sessizce gelebilirler ve sen farkına varmazsın."

"Hayatımızı tabii akışına bırakmalıyız Selva. Allah'ın yazdığı olur. Bak ben Müslüman değilim senin gibi ama kadere senden fazla inanıyorum."

"Rafo, seni götürürlerse..."

"Beni götüremezler. Sayende Türk pasaportlarımız elimizde artık."

"Türk pasaportları bizi tehlikeden koruyacak olsa, Tarık Bey iki günde bir Paris'ten telefon edip ne durumda olduğumuzu kontrol etmez."

"Bu kadar endişelenme canım, bak Rosa'yı nasıl kurtardı ellerinden konsolos."

"Ama ne dedi, unuttun mu? Bu bir Rus ruleti gibi, dedi. Şansıma bu kez böyle oldu, bir başka sefere bu kadar şanslı olmayabilirim, dedi."

"Birimizi kurtarabildiyse hepimizi kurtarabilir."

Selva, Rafo gibi düşünemiyordu nedense. Her gece gözlerini kapattığında aynı kâbusu görüyordu. Tıkış tıkış bir vagona bindirilmiş, çığlık çığlığa götürüldüklerini... Yerinden fırlıyor, evin içinde dört dönüyordu. Fazıl'ın adını da Alfandari diye yazdırdığına çok pişmandı şimdi. Tarık da kızmıştı duyduğunda, onu çocuğunu tehlikeye atmakla suçlamıştı. Ama Selva burnunu kırıp, kararını değiştirdiğini söyleyememişti. Ah bu babasından aldığı yersiz gururu, keçi inadı! Huyunu kendi de beğenmiyordu ama davranışlarını da değiştiremiyordu. İçinde kendine rağmen hiç istemediği biçimde davranan ikinci bir kişi var gibiydi.

Selva, penceresinden Gestapo gözleme işini bir adım ileri götürmeyi denemişti. Oturduğu ev, dört yol ağzına yakındı. Köşe penceresinden baktığında, anacaddeden gelerek sokaklarına sapan SS'leri, yolun aşağısında kalan evlerden daha önce görebilme şansı vardı. Öncelikle, geçen yıl piyano ve İngilizce dersi verdiği, aynı sokakta oturan öğrencilerinden telefonları olanların annelerini aramıştı. Kendini tanıtmış, onları ve varsa o sokakta oturan başka dostlarını da arzu ederlerse yaklaşan tehlikeden haberdar edeceğini bildirmişti. Komşuları tanımadıkları ya da pek az tanıdıkları bu Türk kadının girişiminden rahatsız olmuşlardı. Rafo'dan işgüzarlığından dolayı bir de azar işitmişti üstelik. Şaşırmıştı Selva. Kimse iyilikten anlamıyordu.

Kapı vurulduğunda Fazıl'a elma püresi yediriyordu Selva. Rafo'nun öğle paydosuna daha bir saat vardı, öğrencileriyle de irtibatı kalmadığına göre, kimdi acaba gelen. Kapıyı açmadan, kim o diye seslendi içerden.

Bir kadın sesi, "Madam Alfandari," dedi. "Ben sizinle aynı mahallede oturuyorum. Adım Afnaim, Camilla Afnaim."

Selva hemen açtı kapıyı. Karşısında kırk beş yaşlarında, temiz giyimli bir kadın duruyordu.

"Madam Afnaim, beni mi görmek istemiştiniz?"

"Evet madam."

"İstanbullu musunuz yoksa siz de?"

"Hayır."

"Belki Türkiye'nin bir başka yerinden?"

"Benim ailem Lübnan asıllı. Hiç Türkiye'de bulunmadık."

"Yaa. Ders için geldiniz ise artık ders vermiyorum."

"Sadece sizinle konuşmaya geldim."

Şaşırdı Selva. Karşısındaki kadın yaşıtı bile değildi.

"Hangi konuda madam?"

"Kapı ağzında konuşamayız..."

"Ah! Pardon, buyurun, içeri girin..."

Selva kadının mantosunu çıkarmasına yardım etti, o önde, kadın arkada holden oturma odasına geçtiler. Fazıl pencereye yakın konmuş bebek iskemlesinde oturmuş, döke saça püresini yiyordu.

"Pek şeker bir çocuk," dedi kadın.

"Buyurun, oturun," dedi Selva.

"Madam Alfandari, siz beni tanımıyorsunuz ama ben sizi iyi biliyorum. Kocanızın karşı eczanede çalıştığını, sizin evde ders verdiğinizi, hatta iki hafta önce Lea'nın annesine telefon edip onlar için yolu gözlemeyi teklif ettiğinizi de biliyorum. Dedim ya, ben de bu mahallede oturuyorum."

"Bu sokakta mı?"

"İki sokak ötede."

Selva, kadının gözünün pencerenin önündeki yüksekçe tabureye takıldığını gördü, başıyla tabureyi işaret ederek, "Evet," dedi, "işte şu da benim tarassut kulem. Burada oturunca dört yol ağzından sokağa girip çıkanlar tabak gibi gözüküyor. Sokaktaki ailelere yardımcı olmak istemiştim ama kimse oralı olmadı."

"Kimsenin kusuruna bakmayın, herkes çok korkuyor."

"Elbette. Kimsenin kusuruna bakmadım zaten. Ben gün boyu nasılsa kocam için gözlüyordum yolu..."

Bir sessizlik oldu. Kadın lafa nasıl başlayacağını bilemiyor gibiydi.

"Siz beni bunun için mi aradınız yoksa?"

"Hayır madam. Sizden bir ricada bulunacağım ama bu değil."

"Ben size ne yapabilirim ki?"

"Siz Türksünüz... Öyle değil mi?."

"Evet."

"Türk Konsolosluğu Yahudilere çok yardımcı oluyormuş."

"Türk asıllıların vatandaşlık kayıtlarını yeniliyorlar."

"Acaba Türk asıllı olmayan birine de belge verebilirler mi?"

"Aaa, olur mu hiç! Sanmıyorum."

"Ben bunu kendim için istemiyorum. Ne kendim, ne de kocam için. Ama genç yaşta, pırıl pırıl iki evladım var..." Kadının sesi titredi, "onlar için çok endişe ediyorum. Buralara gelmek için kocama tutturan da ben oldum. Memleketimizdeki işini kapattırıp ailemi buraya sürükledim." Kadın sustu. Yüzünü avuçlarının içine aldı, öylece durdu bir süre. Yüreği sıkışarak bekledi Selva.

"Lea'nın annesi telefonunuzdan bahsedince ne kadar yardımsever biri olduğunuzu düşündüm. Lea da size bayılıyor zaten."

"Çok kabiliyetli bir çocuk Lea. Eminim, ilerde başarılı bir piyanist olur."

"Eğer çalışma kampına götürülmezse."

Başını üzüntüyle önüne eğdi Selva.

"Madam, eğer konsoloshanede bir tanıdığınız varsa... Eğer... Yani..."

“Konsolosu tanıyorum.”

“Acaba benim çocuklarım için onunla konuşur musunuz?”

“Konuşmanın bir faydası olacağını sanmıyorum.”

“Birlikte gidelim, beni tanıştırın, ben konuşayım.”

“Kahve içer misiniz?” diye sordu Selva, ne diyeceğini bilemediği için. Kadın şaşırdı.

“Benim ülkemde âdettir, evimize gelene mutlaka ya çay ya da kahve ikram ederiz.”

“Haklısınız, bizlerin geldiği yerlerde ikram kutsaldır. Teşekkür ederim. Bir kahve rica ediyorum, sütsüz lütfen. Ben de size sigaramdan ikram edeyim öyle ise...”

“İçmiyorum. Hamileyken bıraktım, bir daha da başlamadım.”

Fazıl kaşığını yere atınca koştu aldı kaşığı Selva, oğlunu iskemlesinden indirdi, kucağına alıp mutfağa kahve yapmaya gitti.

“Siz kahveyi yapana kadar ben de size gözcülük edeyim,” dedi kadın tabureye oturarak, “hakikaten buradan çok iyi görünüyormuş dört yol ağzı.”

Az sonra Selva tepsi içinde iki tas kahve ve eteğinde Fazıl’la geri geldi.

“Siz niçin bırakıp geldiniz buralara o güzel memleketinizi?” diye sordu kadın. “Ben görmedim ama İstanbul’a gidenler anlata anlata bitiremiyorlar.”

“Ailelerimiz Rafael ile evliliğimizi tasvip etmediler. Ben Müslümanım.” Kadının kaşlarının hayretle kalktığını gördü Selva. “Aynı şehirde ailelerimizle dargın yaşayacağımıza, başka bir ülkeye taşınmayı daha münasip bulduk.”

“Demek siz Müslümansınız! Hiç tahmin edemezdim.”

Selva kadının kahvesini küçük sehpaya bırakırken, “Neden?” diye sordu, “bir Yahudi ve bir Müslüman birbirlerini sevemezler mi?”

“Ah, öyle demek istemedim...”

"Siz buyurun böyle, yer değiştirelim, ben tabureme geçeyim," dedi Selva.

Kadın koltuğa ilerlerken, "Bütün gün yolu gözlediğinize inanamıyorum," dedi.

"Pek bütün gün sayılmaz," dedi Selva, "ama ev işimi bitirdikten sonra radyomu buraya oturup dinliyorum, örgümü burada örüyor, gazetemi burada okuyorum. Bir gözüm sürekli dışarıda oluyor."

"Madam, siz Müslüman Türk'seniz konsoloshanede daha da forslusunuzdur..."

"İnanın bana, konsolosluğun nezdinde, biz Türkler için dinimizin ne olduğu hiç fark etmez," dedi sesinde büyük bir iftiharla. Kadın nezaket gösterip, o halde ne diye ailelerinizle başınız derde girdi, diye sormadı. Selva sokağa bir göz atıp bir yudum kahve içti.

"Size elbette bir söz veremem ama konsolosluğa gideceğim ve bu işin olma ihtimalini öğreneceğim," dedi Selva.

"Ah madam! Madam Alfandari... Ne diyeceğimi bilemiyorum..."

"Hiçbir şey demeyin çünkü hiç umudum yok," dedi Selva. Kadın çantasından çıkardığı fotoğrafı uzattı Selva'ya.

"Bu resim sizde kalsın. Konsolosa gösterirsiniz. Şu pırıl pırıl iki genç çocuğun yüzünü görünce kalbi belki yumuşar."

"Madam, konsolos elinden gelebiliyorsa resmi görmese de yapabileceğini yapar. Ama yetkilerini kötüye kullanamaz ki..."

"Çocukların yakın dostlarınız olduklarını söylerseniz... Ya da belki bir ücreti vardır... Eminim, bir ücreti vardır."

Selva'nın yüzü bir anda allak bullak oldu. Yatak odasından oturma odasına doğru teker teker oyuncaklarını taşımakta olan oğlundan çıkardı hırsını.

"Çabuk bu topu yerine götür," diye bağırdı oğluna. Yerinden kalktı, kadının önündeki sehpada duran yarı içilmiş kahveyi aldı, "Tanıştığımıza memnun oldum, madam," dedi. "Şimdi müsaadenizi rica ediyorum. Evde yapılacak işlerim var."

Kadın bu tepkiyi belli ki beklemiyordu, "Affedin, sizi incitmek istemedim," derken sesi titriyordu.

"İncinmedim."

"Sizi bir hafta sonra arayabilir miyim?"

"Hayır. Lütfen bir daha gelmeyin."

"Telefon edeyim."

"Etmeyin."

"Sizi istemeden kızdırdım. O kadar çaresizim ki beni bağışlayın."

"Estağfurullah."

"Fikrinizi değiştirirseniz, şuraya telefon numaramı bırakıyorum." Çocuklarının resminin arkasına çantasından çıkardığı bir kalemle bir numara yazdı. Selva başında dikilmiş, bekliyordu. Kalktı kadın, kapıya yürüdü. Kapının önünde, annesinin peşi sıra gelen Fazıl'ın başını okşadı.

"Siz de bir annesiniz," dedi sesi titreyerek, "sadece buna güveniyorum... Bir anne olmanıza."

Selva kapıyı açtı, çıktı kadın. Kapıyı kapayan Selva, Fazıl'ı kucağına alıp oturma odasına yürürken, "Küstah kadın!" dedi diş- lerinin arasından. Taburenin üzerine bıraktığı kahvesini almak için oğlunu yere koydu ve camdan dışarı bir göz attı. İlerde, dört yol ağzında bir kargaşa vardı. Ne olduğunu anlamak için camı açtığında duydu bağırtıları. Gestapolar motosikletleriyle birikiyorlardı köşede. Dört yol ağzında sağa sola koşuşan insanlar gördü. Yarı beline kadar sarkıp bağırdı aşağıya, "Madam... Madam... Madam Afnaim..."

Kapıdan ancak çıkan kadın, Selva'nın sesini duyunca yukarı baktı.

"Çabuk yukarı gelin," diye seslendi Selva, "çabuk yukarı gelin!"

Camı bile kapamadan telefona koştu, çevirdi.

"Rafo," dedi, "Rafo sen misin? Hemen saklan. Allahaşkına saklan hemen. Ben arayana kadar sakın çıkma depodan."

Telefonu kapatınca, iki dakika önce evinden kovduğu kadına kapıyı açmak üzere hole yürüdü.

"Kaşla göz arasında gelmişler. Dört yol ağzında insanları taciz ediyorlar. Burada bekleyin gitmelerini," dedi kapının önünde eli ayağı titreyen kadına.

"Allah sizden razı olsun," dedi kadın, acele acele köşe pencereye yürüdü, paltosunu bile çıkarmadan, "Bu mahallede fazla sayıda Musevi oturuyor. O yüzden hiç rahatımız yok. Musevi olmayanlar da bu duruma katlanmak zorunda kalıyor ne yazık ki."

Selva ve Camilla Afnaim, köşe penceresinin dar ve uzun çerçevesine birbirlerini itiştirerek sığmaya çalıştılar. Annesinin kucağına tırmanmaya çalışan küçük oğlan yüz bulamayınca ağlamaya başladı.

"Sus! Zırlamanın sırası değil, hemen sus!" diye azarladı Selva oğlunu. Kulakları tırmalayan siren seslerini de duyunca korkup sustu Fazıl. "Güzel oğlum, git yatak odasında kırmızı kamyonunla oyna, haydi canım," dedi Selva, oğlunun yanına diz çökerek.

"Madam Alfandari... Bakın ne yapıyorlar! Aman Tanrım! Hayır, hayır, bu kadarı da olamaz!"

Selva ayağa kalkıp kadının omzunun üzerinden dışarıyı gör-meye çalıştı. İki Alman askeri, avaz avaz bağıran genç bir adamı kollarından sımsıkı tutmuşlardı ve bir üçüncü Alman, gencin pantolonunu indiriyordu çekeleyerek. Delikanlı bir an tüm gücüyle çırpındı ama donunun indirilmesini önleyemedi. Selva, gayri ihtiyari gözlerini yumdu sımsıkı. Açtığında, genci iteleye kakalaya orada bekleyen askeri araca bindiriyorlardı.

"Şu sol tarafa erkekleri dizelemişler," dedi kadın, "baksanıza şuraya, gördünüz mü?"

Selva pencerenin önünde duran kadınla yer değiştirince camdan biraz sarkarak baktı. Doğruydu. Sıraya dizilen erkeklerin hepsinin zorla pantolonlarını indirerek kontrol yapıyorlardı.

Genç bir çocuğun karşı sokağa doğru kapıları siper ede ede kaçtığını gördü.

"Dürbün var mı evinizde?" diye sordu kadın.

"Dürbünü ne yapacaksınız, kuzum?"

"Sıraya dizilmiş insanları tanıyamıyorum buradan. Dürbün olsaydı bakardım eşim dostum var mı diye."

"Dürbün yok," dedi Selva, "Madam Afnaim... Afnaim'di değil mi adınız?... Çekilin artık pencerenin önünden. Tanıdığınız da olsa elinizden bir şey gelmez." Camı kapattı, perdeyi çekti. Kadın perdenin gerisinden yolu gözlemeyi sürdürdü.

"Bakın bakın, birini daha götürüyorlar karga tulumba. Zavallının pantolonu ayak bileklerine dolanıyor. Tanrım!"

Selva, kadının omzuna kolunu sardı şefkatle, "Gelin Madam. Seyretmeyin bu vahşeti. Paltonuzu verin bana da oturun şöyle."

"Bana Camilla deyin, lütfen."

"Camilla, demin bitiremediğiniz kahveyi yeniden ısıtayım size.

"Madam Alfandari..."

"Siz de bana Selva deyin."

"Selva, şu düşündüğünüz şeyi yapalım mı? Onlar istememiş bile olsalar, bu sokakta yaşayanları arayın ve ikaz edin. Sonra da ben kendi sokağımdakileri ararım evlerinden çıkmamaları için."

"Çok iyi fikir," dedi Selva, "ben kendi sokağımdakilerin numaralarını bulana kadar, siz dostlarınızı uyarmaya başlayın."

Selva, telefon numaralarını not ettiği defterini almak için yatak odasına giderken, Camilla Afnaim ilk telefonunu açmıştı bile, "Menahim, ben Camilla. Gestapolar bizim dört yol ağzını tutmuşlar, erkeklere zorla sünnet kontrolü yapıyorlar. Mektebi ara, oğlanları sakın eve yollamasınlar. Razonlara da hemen haber ver. Onlar da bu mahallede oturanları ikaz etsinler. Herkes birbirine haber versin. Ben şimdi Markusları arayacağım..." diyordu.

ANKARA

Doktor Sahir Erhan, karşısında oturan ve randevusunu illa öğle tatilinde talep eden yakışıklı adamı nereden tanıdığını hatırlamaya çalıştı. Çıkaramayınca, elindeki karttan bir kere daha okudu kimliğini:

Macit Devres
Hariciye Vekâleti,
Siyasi Daire Genel Müdürü

"Efendim," dedi "bana hiç yabancı gelmedi yüzünüz ama nerede tanışmış olduğumuzu hatırlayamadım. Ankara küçük yer, belki de yolda sık karşılaşmaktan doğan bir aşinalıktır."

"Hafızanız mükemmel. İki yıl önce Doktor Celal'in evinde briç oynadık..."

"Yaa!"

"Ama ayrı masalarda."

"Bu durumda hafızamın mükemmel değil, berbat olması lazım. Nasıl da hatırlayamadım."

"Eğer Doktor Celal hatırlatmasaydı ben de sizi çıkartamazdım. Geçen yaz, bir hafta sonu onun evine birlikte briçe davetli olduğumuzu söyledi bana sizi hatırlatmak için. Doğrusu yüzünüz gözümün önüne gelemedi ama tabii karşımda görünce hatırladım," dedi Macit.

"Demek siz de briçe meraklısınız. Bizim Celal'in evinde oynamaya hak kazandığınıza göre, bu işte çok da iyi olmalısınız."

"Muntazam oynamaya fırsat bulsam ilerleteceğim. Ama şu sıralar işten başımızı kaldıramıyoruz."

"Sizin için ne yapabilirim? Şikâyetiniz nedir?" diye sadede geldi Doktor Sahir, çekmecesinden çıkardığı ince bir dosyayı uzatarak.

"İsterseniz önce şunu bir doldurun. Birkaç malum soru var..."

Macit almadı dosyayı:

"Doktor Bey, ben onu doldurmayayım... Buraya kendim için gelmedim."

"Yaaa!"

"Telefonda sekreterinize söylemek istemedim... Yarın karımın sizinle randevusu var. Ben ondan önce gelip bir ön görüşme yapmak istedim sizinle."

Doktor Sahir'in yüzü karıştı. Karşısında kıskanç bir koca mı vardı acaba?

"Psikolojik tedavilere inanmayanlardan mısınız yoksa?"

"Ne münasebet! Tam tersi, karımı bir psikoloğa yollayabilmek için çok dil döktüm. Celal Bey aile doktorumuzdur, sizi o tavsiye etti zaten. Sabiha'yı size gelmeye de o ikna etti."

"Bana ne söylemek istiyordunuz beyefendi?"

"Sabiha, yani eşim, yarın saat üçte sizi görmeye gelecek. Uzun zamandır bir buhran içindedir. Geceleri kötü uyuyor, hep mutsuz, sinirli ve içine kapalı. Oysa hayatımızda onu böylesine bahtsız edecek hiçbir şey yok. Günün şartlarından dolayı ben de onunla fazla alakadar olamıyorum... Haliyle karıkoca olarak her manada biraz uzaklaştık birbirimizden. Yine de buhranın kaynağı bunlar olmamalı."

"İnsan ruhunda aklınıza hiç gelemeyecek teferruatlar dahi iz bırakabilir efendim."

"Karım size Fransa'da yaşayan kız kardeşi ve kalp hastası babası için endişeli olduğunu anlatacaktır."

"Yaa!"

"Doğrudur. Ama beni size getiren sebep başka..."

"Sizi dinliyorum."

"Ben buraya aslında küçük kızım için geldim. Sekiz yaşlarında bir Hülyamız var. Annesi kızını sevmi... Kızına karşı ilgisiz. Çocuk çok zeki olduğu için bunun farkında. Annesinin kendine karşı olan alaka ve şefkat eksikliğine tepki duyuyor. Eşim buhranını inşallah bir gün atlatacaktır ama buhranın çocuğun üzerinde yapacağı tahribatı nasıl tamir edeceğiz?"

"Müsaade ederseniz ben önce hastamı göreyim," dedi Doktor Sahir.

"Elbette. Ama Sabiha size kızıyla olan durumdan bahsetmeyeceği için, ben anlatmak ihtiyacını duydum. Belki bu ilgisizliği... Bu... Bu muammayı çözebilirsiniz diye. Çocuğa daha fazla zarar verilmeden. Kızım anne şefkatini büyükannesiyle büyükbabasında arar olmuş. Kanaatimce sıhhatli bir durum değil bu."

"Eşinizin de ilgisizlikten zarar görebileceği aklınıza geldi mi hiç?"

"Anlamadım efendim."

"Sevgisizlik küçükleri olduğu kadar büyükleri de zedeler."

"Elbette."

"Bana karınızın buhranda olduğunu söylediniz ama onun için değil de kızınız için endişe ediyorsunuz. Çocuğun zeki olduğu için sevgisizliği, ihmali fark ettiğini anlattınız."

"Evet."

"Karınız da zeki ve duyarlı bir insansa belki o da bazı şeylerin farkına varıyor ve bedbaht oluyordur."

"Ben karımı asla aldatmadım. Ona saygım tamdır."

"Saygı ve sevgi başka başka şeylerdir. Meseleyi bana izah şeklinizden, acaba siz de karınızdan saygıyı değil ama şefkati ve ilgiyi esirgiyor musunuz, diye düşündüm."

"Allah Allah!" dedi Macit. Düşünceli bir hali vardı. Cebinden saatini çıkarıp baktı. Öğlen tatili bitmek üzereydi.

"Son zamanlarda işlerimin çokluğundan karımla fazla ilgilenemediğim doğrudur ama yalnız kalmasın diye validesiyle pederini davet ettik evimize."

"Beyefendi, keşke sevgilerimiz için vekil tayin etmek mümkün olaydı, ama ne yazık ki annebabalar kocanın, kocalar da annebabanın yerini tutamaz. Bakın, siz bile kızınızın annesi dururken, büyükannesi ve büyükbabasına yönelmiş olmasından bizarsınız."

"Haklısınız."

"Avrupa'da yeni yeni, imtizaç sağlayamayan ailelere, aile terapisi denen bir tedavi şekli tatbik edilmeye başlandı. Henüz yaygın bir metot değil ama yakında kıymeti anlaşılacaktır. Doktor, ailenin bütün fertlerini aynı anda, bir arada dinleyip çözüme ulaşmayı deniyor. Böyle bir çalışmayı kabul eder misiniz?"

"Lütfen bu işe beni karıştırmayın. Kızımın bu yaşta ruh doktoruyla görüştürülmesine de razı gelemem. Sizden buhranları yüzünden randevu alan karımdır. Ben sadece kızımın durumuna dikkatinizi çekmek istedim."

"Siz bilirsiniz. Ama ruh doktorlarını öcü gibi görmeyin. Bizler her yaşta insana yardım etmek için..."

"Özür dilerim, öcü gibi görmüyorum elbette. Ama birlikte tedavi... Yani şey... Olmaz o."

"Buraya kadar gelip beni bilgilendirdiğinize müteşekkirim. Dilerim eşinizle konuştuğumda, hepinizi feraha çıkartacak bir tedavi usulü bulabilirim. Eşinizin çocuğuna karşı tavrını bilmemin de faydası olacak, bana bir ipucu verdiniz," dedi Doktor Sahir, Macit'i geçirmek üzere yerinden kalktı, kapının önünde el sıkışırlarken, "Celal'e söyleyeceğim, bize bir briç partisi ayarlasın, boş olduğunuz bir akşam," diye ekledi.

Macit binanın merdivenlerinden inerken, "Ayarlasın briç partisini," dedi dişlerinin arasından, "bak o zaman da ben seni nasıl köşeye sıkıştıracağım, seni gidi ukala adam!"

PARİS

Tarık Arıca, Paris'e ayak attığı günden beri kalmakta olduğu ucuz oteli elinde iki valizle terk edip taksiyle yeni tuttuğu apartman dairesine giderken son derece keyifliydi. Artık bir yatak, bir dolap, bir de gece masasından ibaret bir odada, hücrede yaşar gibi yaşamayacaktı. Tuttuğu evin bir küçük oturma odası, içinde kahvaltı edebileceği ufak bir masa bulunan mutfağı, kocaman küvetli, bideli, yerleri fayansla döşenmiş geniş bir banyosu ve iki de yatak odası vardı. Möbleliydi, metroya ve otobüs duraklarına yakındı. Kısacası, mükemmele yakın bir daireydi. Mükemmel olmasını önleyen husus, evin kusuru değil, Tarık'ın maddi imkânlarıydı... Daireyi fiyatından dolayı başka biriyle paylaşmak zorundaydı Tarık ve bu kişi de konsoloshanede birlikte çalıştığı Muhlis'ti. Tarık daireden bahsedip çok beğendiğini ancak pahalı bulduğunu söylediğinde, "Madem iki yatak odası var, neden kirayı paylaşmıyoruz?" demişti Muhlis. Nasılsa o da kendi için münasip bir yer arıyordu. Önceleri teklif cazip gelmişti Tarık'a. Sonra, kontratı imzalamaya gittikleri gün, ruhuna afakanlar basmıştı. Zaten bütün günü birlikte geçirdiği bu adamı bir de akşamları evinde çekebilecek miydi, hiç durmayan çenesi ve sürekli anlattığı fıkralarıyla...

Ama olan olmuştu. Kontratoyu birlikte imzalamışlar, kaparoyu vermişlerdi.

Taşınacakları gün, Vichy'deki Türk Sefareti'ne bazı evrakların götürülmesi icap etmişti. Muhlis trenle yola koyulurken, Tarık da evine taşınmak üzere taksiye binmişti. Valizlerini açıp eşyalarını yerleştirdikten sonra çıkar, şöyle kendi başına biraz yürür, bir kahveye girer otururdu. Bir perno içer, bir de sigara tellendirirdi. Bugün kutlanması gereken bir gündü, birçok nedenle. Yeni bir eve taşınıyor olmasından daha da önemli bir şey olmuştu... Sabiha telefon etmişti!

İki yıla yakın bir zamandır ilk kez duyuyordu Sabiha'nın sesini. O kadar şaşırmıştı, heyecanlanmıştı ki Muhlis, neler oluyor gibisinden bir hareket yapmıştı elleriyle karşı masadan.

Sabiha telefonda Tarık'tan güneye inen Alman askerlerinden kardeşini ve ailesini korumasını rica ediyordu, sanki Tarık Allah'mış gibi! Kim kimi koruyabiliyordu Hitler'den? Sabiha'ya kız kardeşiyle kocasının ellerinde muntazam belgeleri olduğunu, isterlerse Türkiye'ye dönebileceklerini anlatmıştı Tarık. Sabiha, babasının kalp krizi geçirdiğinin haberini de vermişti. Selva'ya ve çocuğuna bir şey olursa kalbi dayanamaz, ölürdü yaşlı adam. Tarık telefonda, Sabiha'nın anlattıklarını, içine sindire sindire, kendi ailesi hakkında haber veriliyormuş gibi dikkatle dinlemiş, onu uzun uzun teselli ve Selva'ya bir şey olmayacağına dair ikna etmişti. Selva'ya Paris'ten İstanbul'a kalkacak trenlerin tarifelerini haber verecekti. Marsilya'dan ayrılması için ısrar edecekti. Onu ve ailesini koruyacaktı.

Telefonda böyle söylemişti ama onları nasıl koruyabileceğine dair en ufak bir fikri yoktu. Tek yapabileceği, Nâzım Kender ile temas kurup Selva'ya göz kulak olmasını rica etmekti. Nâzım Kender'in garibine gitmez miydi acaba, kocası olan bir kadını Tarık'ın ve kendisinin koruma altına almaya kalkması. Hayır, bunu yapamazdı.

Ama sırf Sabiha'ya olan sevgisinden kendini bir şeyler yapmak mecburiyetinde hissettiği için, İstanbul'a doğru giden trenleri araştırmıştı telefonu kapatır kapatmaz. Tren yolculukları savaşın olduğu topraklarda çok tehlikeliydi. Tarifeler güzergâhtaki çatışmalar nedeniyle altüst olmuştu. Paris'ten kalkan bir trenin ne zaman, nereye varabileceğini bilmek mümkün olmuyordu. Selva'yı böyle bir yolculuğa zorlayamazdı. Fakat yaptığı temaslarda bir başka umut ışığı görür gibi olmuştu. Türk diplomatlarının çeşitli çalışma kamplarından kurtarmayı başardıkları Yahudileri Paris'te toplayıp trenle İstanbul'a, sonra da vapurla Filistin'e yollamak maksadıyla bir çalışma yapılmaya başlanmıştı. Bunu bizzat Vichy'deki Türk sefiri söylemişti Tarık'a. Kotarılması kolay bir iş değildi, Türk Hükümeti kendi kiralayacağı bir vagonu, Edirne istikametine hareket eden trenlerden birine taktıracaktı ve tarafsız bir ülke olduğu için, haklarını kullanarak bu vagonu himayesi altına alacaktı. Bu konudaki çalışmalar ve temaslar sürdürülüyordu. Demek, Sabiha için nihayet elinden bir şey gelebilecekti Tarık'ın. Sevinmişti.

Bir şeye daha sevinmişti Tarık.

Sabiha ona bir asabiyeciye gitmeye başladığını söylemişti telefonda, ihtisasını Avusturya'da yapmış, çok değişik bir doktordu bu. Hastalarını diğer asabiyeciler gibi uyku ilacı ve sakinleştiricilerle başından savmıyor, saatlerce konuşturuyor, endişelerinin köklerine iniyordu. Sabiha haftada iki kere gittiği bu doktordan çok memnundu. Doktoru onu yargılamıyor, suçlamıyor, nasihat bile etmiyor, sadece dinliyordu.

Sabiha da anlatıyor, anlatıyor, anlatıyordu. Yüreğinin en gizli, en derin köşelerine kaçıp saklanmış korkularını, kuşkularını nihayet dökebileceği birini bulmuştu. Tarık, hafif bir kıskançlık duygusuyla sormuştu, nasıl bir adamdı bu, yaşlı mıydı, yakışıklı mıydı? Hayır, yaşlı değildi. Evet, yakışıklıydı. "Yaa, öyle mi!" demişti Tarık. Sabiha'nın sesi akarsu gibi çağıldamıştı kulağında, o bir doktordu ve hiçbir zaman bir dostun yerini tutamazdı. Tarık'ın sıcak dostluğunu gerçekten özlüyordu Sabiha.

Muhlis yeni evlerine akşama doğru eli kolu paketlerle dolu geldi. Doğruca mutfağa gidip aldıklarını raflara yerleştirmeye başladı.

"Nedir bunlar, neler aldın böyle?" diye sordu Tarık.

"Bunlar hayatımıza tat katacak elemanlar. Çeşitli peynirler, şarap ve ekmek."

"Yemeğimizi dışarıda yeriz diye düşünmüştüm."

"Bunlar yemek değil azizim, delicatesse* bunlar!"

"Bu peyniri nereden buldun? Karşıdaki bakkala baktım eve gelirken, Bri yoktu, bugünlerde kolay kolay bulamazsınız dediydi bakkal... Kaç şişe de şarap almışsın böyle. Kim içecek bunları?"

"Ben her şeyi bulurum," dedi Muhlis, "şarapları da biz içeceğiz, sen, ben ve misafirlerimiz."

"Misafirlerimiz mi?"

"Evet! Birazdan gelecekler. Ferit'le karısı. Benim Galatasaray'dan arkadaşımdır Ferit. Burada doktora yapıyordu, savaş başlayınca dönemedi memlekete. Şimdi üniversitede ders veriyor. Çok seveceksin tanıyınca. Benim gibi sulu değildir, senin gibi ciddi biridir ama çok da kabiliyetlidir. Mektepte hem koşu şampiyonuydu, hem tiyatrocuydu. Bir gece aşka gelip kazaska oynamıştı, nefesimiz kesilmişti."

---

* Özel lezzetli yiyecekler.

Tarık'ın canı sıkıldı. Evindeki ilk gecesini sakin sakin radyo dinleyerek ve kitap okuyarak geçirmek istemişti. Erken yatıp biraz da sabahki telefon konuşmasını düşünecekti. Tüm konuşmayı baştan sona hatırlamaya ve satır aralarını okumaya çalışacaktı. Sabiha'nın endişeli ama neşeli gelen sesini tahlil edecekti sakin kafayla.

"Keşke bana bir soraydın," dedi.

"Sen bizlere katılmak istemezsen odanda kal. Ama ilk günümüzü ıslatmak lazım diye düşündüm."

"Odamda kalmam ayıp olur. Misafir çağıracağın zaman bana bir danış, emi Muhlis."

"Askerde miyiz, mektepte mi? Konsoloshanede üstümsün ve sana siz diye hitap ediyorum ama bu evin içinde eşit statüde olmazsak birlikte kalamayız Tarık. Her ikimiz de eve istediğimiz saatlerde girip çıkmakta, kadın, kız getirmekte ve misafir davet etmekte serbest olmalıyız, öyle değil mi? Çocuk değiliz ki biz!"

"Ben müsaade edersen bunu bir düşüneyim. Olmazsa, daha yolun başında, dostluğumuzu zedelemeden evlerimizi ayırırız," dedi Tarık, odasına geçti. Pencerenin önündeki berjere oturdu. Açmadı lambayı, sokak lambasının aydınlığında düşündü. Acaba gariplik kendinde miydi? Muhlis'in lakırdıları irkiltmişti onu. Ne demişti genç adam, bu eve kadın, kız getirmekte serbestiz, demişti. Kendisi de genç bir adamdı Muhlis gibi ama aklının ucundan bile geçmemişti bu eve kadın getirmek, hele de yan odada uyuyan başka biri varken. Anadolu kültüründen gelmekle İstanbullu olmanın farkıydı işte bu. Liseyi kendi gibi Sivas'ta değil de Galatasaray'da bitiren arkadaşı için eve kız getirmek en doğal bir hal iken, bunu düşünmek bile Tarık'ın yanaklarını kızartıyordu. Belki onun da büyüme zamanı gelmişti artık. Hayatın işten, görevden, aşkın ise hiçbir zaman erişilemeyecek bir kadının hayalinden ibaret olmadığını anlamanın vakti çoktan gelmişti. Belki de Muhlis Allah'ın bir lütfuydu onun için. Tarık'ı arkadaşlarına tanıştıracak, onu bir kaplumbağa gibi içine saklandığı kabuğundan dışarı taşıyacak, Paris'in kuytularına, barlarına, gecelerine ve kadınlarına sürükleyecek, ufkunu genişletecek bir aracıydı.

Odasından çıktı, mutfakta bir tabağa çeşitli peynirleri dizmekte olan Muhlis'in yanına gitti, elini omzuna koydu, her zamanki sakin sesiyle, "Sen haklısın azizim," dedi, "burası bir mektep değil, bir ev. Bizim evimiz. İstediğin gibi girip çıkabilir, misafir getirebilirsin. Sadece kalabalık çağıracağın zaman haberim olsun ki tedbir alayım. Aranıza katılmak içimden gelmezse bir sinemaya filan giderim."

Gecenin sonunda, Tarık aldığı karardan memnun kaldı. Ferit ve karısı gerçekten çok hoş insanlardı. Ellerinde bir şişe şarapla gelmişler, gece yarısına kadar sohbet etmişlerdi. Ferit, Tarık'ın beklentilerinin aksine, züppelikle hiç ilgisi olmayan, aklı başında ve gerçekten de çokyönlü bir genç adamdı. Muhlis'in övdüğü kadar vardı. Karısı da Evelyn adında sevimli bir Fransız kızıydı. Ferit'le üniversitede tanışmışlar, birkaç yıl flört ettikten sonra, altı ay evvel evlenmişlerdi. Çatpat Türkçe konuşmaya çalışıyordu, Evelyn. Şarap şişeleri boşaldıkça ve kafalar dumanlandıkça birbirlerine daha çok ısınıyor, konudan konuya atlayarak konuşup duruyorlardı. Ama sonunda tek bir konuya, Avrupa'yı kavuran savaşa ve yaşadıkları korkunç şartlara odaklandılar. Ferit de Tarık ve Muhlis gibi, Almanların Yahudilere uyguladığı insanlık dışı muamelelerden çok rahatsızdı. Üniversiteden tanıdığı birkaç sınıf arkadaşını Nazilerin elinden kurtarabilmek için bir müddet evinde saklamış, konsoloshaneye gitmeye çekindikleri için, bizzat kendi gidip başvuru yapmıştı.

Tarık da bazı kimseleri nasıl Gestapo'nun elinden kurtardığını anlattı onlara. Muhlis, Tarık tarafından karakoldan kurtarılan bir yaşlı madamın, Tarık'ı dönüş yolu boyunca nasıl öpüp durduğunun tarifini yaptı, çok güldüler.

Evelyn'in de anlatacakları vardı. Bir arkadaşının nişanlısı, Yahudilerin toplandığı çalışma kamplarına ait korkunç hikâyeler duymuştu. Nereden mi duymuştu? Alman yanlısı olduğu için kamyonetiyle kampa erzak taşımasına müsaade etmişlerdi. Kampa gidip gelirken ve orada çalışanlarla sohbet ederken öğrenmişti bu tüyler ürpertici öyküleri de, Almanlardan sıtkı sıyrılmıştı delikanlının.

Tarık, Muhlis, Ferit ve Evelyn geç saatlere kadar bu sinir bozucu hikâyeleri içkinin tesiriyle biraz da abartarak konuşup durmuşlar, aynı duyguları paylaşmışlar ve bu zavallı insanlara ellerinden gelen her yardımı yapmaya söz vermişlerdi, peltek peltek.

"Siz zaten elinizden geleni yapıyorsunuz," demişti Ferit, "biz de karınca kararınca bir şeyler yapmaya çalışıyoruz işte!"

"Öyle mi? Bir dernekte filan mı?"

"Yoo, hayır."

Ferit, Tarık'ın yanından kalkmış, radyoyu karıştırarak müzik çalan bir istasyon bulmuştu. Bu konular kapanmıştı böylece. Daha sonra da Muhlis dans müziği çalan bir başka istasyon bulmuştu da havaları değişmişti biraz.

Misafirler, haftaya yine görüşmek üzere sözleşip ayrıldıktan sonra Tarık ve Muhlis birlikte ortalığı toplayıp odalarına çekilmişlerdi.

Tarık karyolasında, elleri başının altında sırtüstü uzanırken, biraz yorgun, hayli sarhoş ama hoşnuttu halinden. Hayatına bir renk katmıştı bu ağzı kalabalık ev arkadaşı.

ANKARA

Sabiha, Doktor Sahir'in loş muayenehanesindeki geniş ve rahat koltuğa yerleşmiş, ayaklarını önündeki pufa uzatmış, gevşemeye çalışıyordu.

"Siz hazır olana kadar bekleyeceğiz yine," demişti doktoru, "kendinizi konuşmaya hazır hissetmezseniz konuşmayın. Öylece uzanın, dinlenin, kendinizi düşüncelerinizin akışına bırakın. Arzu ederseniz size müzik de çalabilirim bugün. Klasik müzik sevdiğinizi biliyorum. Elimde Brahms'ın piyano konçertosu var, dinlemek ister misiniz?"

"Ah, evet!"

Doktor Sahir, kocaman bir kara plağı, tozunu alıp gramofona koymuştu. Gramafonun iğnesi cızırtıyla bir müddet döndükten sonra müziğin ilk notaları duyulunca gözlerini yummuştu Sabiha. Konçertonun tanıdık notalarını takip ederken gerçekten de gevşemeye başlamıştı. Yarı uyku hali gibi bir şeydi bu. Doktorun sesini duyuyor ama yüzünü görmüyordu. Tam karşısında oturmuyordu adam. Az gerisinde duruyordu belki... Belki de odada geziniyordu. Biraz konuşuyor, biraz dinliyor, ara sıra soruyordu.

"Kardeşinizin doğumunu hatırlıyor musunuz?"

"Hayal meyal... İki, iki buçuk yaşındaydım... Çok net hatırlayamıyorum."

"Aynı odada mı yattınız?"

"Hayır. Selva bir seneye yakın annemle yattı."

"Buna kızmış olmalısınız."

"Kızdım tabii. Bana ait her şeye benden fazla sahip çıkıyordu."

"Çok doğal bir kıskançlık bu. Her çocuğun yeni bir kardeş geldiğinde mutlaka hissettiği bir duygu."

"Hiç değil! Benimki biraz farklıydı... Onu öldürmek istediğim anları hatırlıyorum."

"Yok canım!"

"Belki öldürmek değil ama ölsün istediğim zamanlar oldu. Kızamık olmuştu. Bana geçmesin diye beni evden uzaklaştırdılardı."

"Nereye yolladılar?"

"Babaanneme. Oysa anneannem bizim eve gelip kalmıştı günlerce, kardeşime bakmak için. Çok ağır seyretmişti hastalığı. Babaannem geceleri bana, kardeşin için dua et, derdi. Ederdim ama, kurtulması değil de ölmesi için."

"Kendinizi dışlanmış mı hissetmiştiniz?"

"Hem de nasıl. Altı yaşında, küçücük bir kızdım. Evimde ailemle birlikte olmak istiyordum. Kızamık olmaya da razıydım."

"Sonra ne oldu?"

"Sonra... Sonra... Ben o duaları ederken Selva ağırlaştı. Babaannemin evine haber geldi, dedemle birlikte fırlayıp gittiler. Bütün gece dönmediler. Çok korktum. Sabaha kadar ağladım. Bu kez kardeşimin kurtulması için dua ettim hep."

"Ve kurtuldu."

"Evet. Allaha şükür kurtuldu. Ama uzun zaman içimde ukde kaldı o hadise. Kendimi hep suçlu hissetmişimdir ona karşı."

"Başka olaylar da oldu mu böyle?"

"Tam böyle değil de... Büyürken yani... Çocukça duygular işte."

"Anlatın bana."

"Bazen çok kızardım kardeşime, o kızgınlıkla kötü temennilerde bulunurdum."

"Ne gibi?"

"Ne bileyim... Mesela bir keresinde okul piyesinde başrol ona verilmişti, halbuki ben daha büyüktüm... Benim hakkımdı yani."

"Niye ona verilmişti rol?"

"Kazık gibi uzun olduğundan. Erkek rolündeydi."

"Eee?"

"Piyesin oynanacağı gün, inşallah hastalanır, oynayamaz demiştim içimden. Kış günüydü, karlıydı yerler. O gün mektebe giderken karda düşüp kolunu kırmaz mı!"

"Aaa! Sahi mi? Peki ne yaptınız?"

"Çok üzüldüm. Vicdan azabı çektim. Kimselere de söyleye-medim tabii. Kendimi affettirmek için, iyileşene kadar kulu kölesi oldum."

"İtiraf etmediniz mi kendisine?"

"Çok istedim ama edemedim. Zaten inanmazdı. O kadar saf ve iyi niyetlidir ki... Onu çok sevdiğimi zanneder."

"Çok seviyorsunuz zaten. Sevmiyor musunuz yoksa?"

"Çok seviyorum. Ama... Biliyor musunuz, çok da kıskanmışım onu hayatım boyunca."

"Sabiha Hanım, bütün ilk çocuklar, kardeşlerini üstlerine geldikleri ve anne babalarının sevgisine ortak oldukları için çok kıskanırlar. Bu duygu, büyüdükçe geçer."

"Doğru. Ama bende bu kıskançlıklar tortularını bıraktı. Vicdan azabı gibi bir şey. Kardeşimin hayatını mânâsız kıskançlıklarımla etkilediğimi düşünüyorum."

"Hiçbirimiz başkalarının hayatını yönlendirebilecek kadar güçlü değiliz."

"Aşırı kıskanç ilk çocuklar bile mi?"

"Kesinlikle. Bütün ilk çocuklar böyle kıskanç mıdır sizce?"

"Öyle dediniz ya!"

"O benim fikrimdi. Siz ne düşünüyorsunuz bu konuda?"

"Sizin gibi düşünüyorum ben de. İlk çocuklar Allah'ın bir cezasıdır."

"Neden?"

"Kıskanç, kurnaz ve entrikacı oldukları için. Kendilerinden sonra gelenlerin hayatlarına istikamet vermeye kalktıkları için. Bütün oyuncakları, bütün elbiseleri, bütün sevgileri kendilerine istedikleri için."

"İlk çocuklar... Yani ilk doğan kızlar ve erkekler?"

"Ah, erkekleri bilemem. Onlar belki değişiktirler."

"Ve siz belki de bu yüzden ilk doğan kız çocuklarını pek sevmiyorsunuz... Öyle mi?"

"Doktor Bey, dinleyin bakın... Burada şu coşkuya bakın... Da daa da dada daaa da... Ne müthiş bir konçerto bu! Çok isterdim iyi piyano çalabilmek. Beethoven'ın konçertoları da var mı sizde?" Sabiha eliyle orkestrayı idare eden bir şef gibi hareketler yapıyordu.

"Bir sonraki seansınızda Beethoven çalarım size," dedi Doktor Sahir, "kendinizi nasıl hissediyorsunuz. Biraz gevşeyebildiniz mi?"

"Evet. Selva'ya ait duygularımı ilk kez itiraf ettim birine. Başka kimselere söyleyemezdim. Ama siz başkasınız, siz anlarsınız, değil mi? Bende papaz etkisi yapıyorsunuz galiba doktor, bu koltuğa oturunca itiraf etmeye başlıyorum her şeyi. İçim rahatlıyor."

"Böyle hissetmenize memnun oldum."

"Yüreğimi açtığım bir kişi daha vardı, bir arkadaşım. Onunla da bazı şeyleri konuşabilmiştim ama sizinle olduğu gibi değil tabii."

"Ne oldu o arkadaşınıza?"

"Paris'e tayini çıktı. Gitti."

"Üzülmüş müydünüz?"

"Çok! Bu şehirdeki tek gerçek dostumdu."

"O gidince yapayalnız kaldığınızı düşündünüz ve haydi gelsin uyku ilaçları..."

"Bir avuç hap yutmadan da uyku uyumaya başlayacağım yakında. Öyle hissediyorum."

"İnşallah."

"Sayenizde. Her gelişimde, kafamın içindeki habis ura biraz daha yaklaşıyorsunuz, sonunda yerini tespit edip neşter vuracaksınız sanki. Cerahat akacak ve ben iyileşeceğim."

"Hayır Sabiha Hanım, bunu ben değil, siz yapacaksınız. Tümöre sizin yardımınızla yaklaştım ama henüz yerini tam tespit etmedim. Bana gelmeye devam edeceksiniz. Onu bulunca, neden oluştuğuna birlikte karar vereceğiz ve neşteri ben değil, siz vuracaksınız. Ama daha vakit var."

"Benim için hava hoş," dedi Sabiha, "haftaya Beethoven'ın piyano konçertosu, söz mü?"

"Söz!"

Sabiha yavaş yavaş kalktı uzandığı koltuktan. Esnedi. Biraz sersemlemişti, uzun bir vapur yolculuğundan dönmüş gibiydi.

Kapının önünde Doktor Sahir tokalaşırken bir an fazla mı tuttu elini avucunda, yoksa ona mı öyle geldi?

Binadan çıktığında serin hava tokat gibi çarptı yüzüne. Taksiye binmek istemedi. Yürüdü eve kadar. Doktor Sahir, Doktor... Sahir... Sa... hir... Değişik bir adam, ruhunu bir defter gibi açan, okuyan... Okşayan... Ruhunu okşayan... Ruhunu... Uyurgezer gibi girdi evine.

***

Akşam ailece sofraya oturduklarında hülyalı hali devam ediyordu Sabiha'nın. Fazıl Reşat Paşa on gün kadar önce çıkmıştı evine. O da katılıyordu yemeklere artık.

"Ne o kızım, dalgın bir halin var?" dedi Sabiha'ya.

"Yoruldum baba, çok uzun yürüdüm bugün."

"Bu hava yürüyüş havası mı, kuzum! Üşüteceksin Sabiha," dedi Leman Hanım.

"Yürümek iyi geliyor anne. Ruhuma iyi geliyor."

"Sabiha, aslında senin bir tatile ihtiyacın var. Kati bir şey söylemek istemiyorum şimdiden ama 23 Nisan için izin istedim. Baktım, Çocuk Bayramı iki hafta soruyla birleşiyor, birkaç gün de beni idare ederlerse arkadaşlar Vekâlet'te, bir yerlere kaçabiliriz baş başa," dedi Macit, çok sevinçli bir haber veriyormuş gibi, sesinde coşkuyla.

"Daha çok var nisana."

"Şimdiden ayarlamaya çalıştım işte..."

"Nereye kaçacağız? Avrupa'nın her tarafında savaş var," dedi Sabiha.

"Avrupa'yı düşünmemiştim."

"Nereyi düşündün?"

"Halamın Gebze'deki çiftliğine gitmeyi düşündüm. Baharlarda çok güzel olur. Temiz havada istediğin kadar yürüyüş yapardık... Vekâlet'te bir aksilik çıkmazsa inşallah."

"Ah, gidemem. Biliyorsun seanslarım var doktorla."

"Ben ta nisan ayından bahsediyorum. Seansların biter o zamana kadar."

"Ben de gelemez miyim sizinle baba?"

"Hah, işte sen Hülya'yı alır, gidersin," dedi Sabiha, "siz, baba-kız tatil yaparsınız, ben burada kalır, seanslarıma devam ederim."

"Ne bitmez seanslarmış bunlar," dedi Leman Hanım.

"Bana iyi geliyorlar, anne. Tedavi oluyorum," dedi Sabiha, yeşil gözleri çakmak çakmaktı. Macit hayretle baktı karısına. Onu Doktor Celal'in tavsiye ettiği ruh doktoruna gönderebilmek için akla karayı seçtiği günleri hatırladı.

"Yani şimdi sen tatile çıkmak istemediğini mi söylüyorsun bana? Sen değil miydin Ankara'ya hapsolmaktan ve baş başa kalamamaktan şikâyet eden?"

"Macit! Niye hep böyle münakaşa etmek istersin?" diye sordu Sabiha.

"Ben mi? Ben mi münakaşa etmek istiyorum? Allahım, bana sabır ver," dedi Macit.

"Annem istemiyor madem, biz de beraber gideriz, babacığım. Zaten 23 Nisan Çocuk Bayramı, öyle değil mi baba? Benim bayramım yani."

"Senin mektebin var. Uzun tatil yapamazsın," dedi Macit, "ben bunu annen için ayarlamıştım. Ona bir tebdil-i hava olsun diye."

"Baba! Bu yıl mektepler harpin yüzünden 14 Nisan'da tatile giriyor, haberin yok mu?"

"Aaa, doğru! Unutmuşum. Kafamda hep Almanların bundan sonra nereyi işgal edecekleri, Rusların bizden neler isteyecekleri... Unutmuşum kızım, affedersin. O halde hep birlikte gider, ailece bir tatil yaparız. Deden de kuvvetlendiyse, inşallah, anneannenle onlar da katılırlar. Trenle gideriz." Macit beklentiyle karısının gözlerinin içine baktı.

"Amma uzattın, Macit," dedi Sabiha, bıkkın bir sesle, "daha çok vakit var, zamanı gelince bakarız."

Odalarına çekildiklerinde, Leman Hanım, "Bu Macit'i anlayamıyorum vallahi," diye sızlandı kocasına, "önceleri Sabiha doktora gitmek istemiyor diye şikâyet ediyordu, kız iyileşmeye başladım diyor, bu sefer de onu tedavisinden koparıp Gebze'ye götürmek istiyor. Gebze'de tatil mi olurmuş ineklerin, tavukların arasında! İlahi Macit!"

MARSİLYA

Selva telefonun başında uzun süre düşündükten sonra, bu konuşmayı telefonda değil de, yüz yüze yapmaya karar verdi. Fazıl'ı da yanına alarak gidecekti konsoloshaneye. Yine geçen seferlerde olduğu gibi kuyruk varsa çocuklu bir kadına öncelik tanırlardı herhalde. Zaten Rafo, sık sık depoya kaçıp saklanmak zorunda kaldığı için oğlunun eczaneye bırakılmasına müsaade etmiyordu artık. Selva, yola çıkmadan önce Ermeni sekreterden bir randevu istemeyi de düşündü, ama kadın hayır derse hiç gidemezdi. En iyisi pat diye düşmek olacaktı. Kararını verdikten sonra dolabını açıp baktı. İyi giyimli biriymiş görüntüsü vermenin çok kapıyı açtırabileceğini biliyordu ama gardırobunda asılı olanlarla bu intibayı vermesine imkân yoktu.

Yine yeşil mantosunu giydi, boynuna genç kızlık günlerinden kalma, Hermes marka ipek eşarbını bağladı. Sabiha'nın ona zorla verdiği krokodil çantayı bulup çıkardı dolabının derinliklerinden. Sarıp sarmaladığı oğlunu kucağına alıp çıktı. Otobüs durağına yürümeden önce, Rafo'ya uğrayıp nereye gittiğini bildirmek için küçük bir tereddüt geçirdi. Rafo onu mutlaka vazgeçirmeye çalışacaktı. Sana ne elin kadınının çocuklarından, diyecekti. Her koyunun kendi bacağından asılması gerektiği günlerdeydiler ve kendileri için bazı isteklerinin olabileceği bugünlerde başkaları için de bir şeyler isteyerek insanları bıktırmamalıydılar. Bütün bunları düşününce vazgeçti kocasına haber vermekten, kararlı adımlarla durağa yürüdü.

Her zaman tıklım tıkış olan otobüs yarı yarıya boştu. Marsilyalılar artık çok gerekmedikçe sokağa çıkmaz olmuşlardı.

Önlerde yer buldu, Fazıl'ı cam kenarına koyarak oturdu. Biletçi otobüs kalktıktan hemen sonra geldi yanına.

"Bir bilet, lütfen," dedi Selva, "Avenue de Prado'da ince-ğim."

"İki bilet."

"Hayır, bir tane."

"İki kişilik yer işgal ediyorsunuz madam."

"Otobüs bomboş, baksanıza."

"Ama iki kişilik yer işgal ediyorsunuz."

Selva, Fazıl'ı kucağına alıp camın kenarına yerleşti.

"Artık bir kişilik yer işgal ediyorum."

"Buraya kadar iki kişilik yeri işgal ederek geldiniz."

"Şaka mı yapıyorsunuz, kuzum?"

"Şaka yapar halim var mı? Sizler zaten hep böylesinizdir, beleşçiler."

"Sizler'den ne kastettiğiniz, sorabilir miyim?"

"Hadi hadi, verin bilet parasını da gideyim. Bir tane ödeyin, zarar yok."

"Bourgois'dan değil de Yahudilerin oturduğu bir mahalleden bindiğim için bana böyle davranıyorsanız bunu burnunuzdan getirebilirim. Çünkü, bir; ben Yahudi değilim, iki; Fransız da değilim. Aksanımdan anlamamış olmanıza şaşırdım. Ben Alman asıllıyım ve bu bölgenin Gestapo şefinin metresiyim. Şimdi bana adınızı verin."

"Size adımı vermeye mecbur değilim."

"Zarar yok. Ben yaka numaranızı ezberledim bile. İnerken de otobüsün sefer numarasını alacağım... Durun, nereye gidiyorsunuz, bilet paramı ödemedim daha."

"Sizden bilet parası almayacağım. Bu işi böylece kapatalım."

"Benden bilet parası almadığınızı Otobüs İdaresi'ne şikâyet etmek durumunda kalırım."

Adam suratında lanet okuyan bir ifadeyle, bir bilet kesip uzattı Selva'ya. Selva bileti aldı, cebine soktu. İneceği yere geldiğinde, biletçinin yanından geçerken, "Başınıza gelen bu işgal belasını hak ettiğinizi düşünüyorum, mösyö, Allah size küstah insanlar olmanızın bedelini ağır ödetiyor," dedi.

Otobüsten indiğinde, asabiyetten dizleri titriyordu. Kendine gelebilmek için duraktaki bankoya oturdu ve içinden, iyi ki Fazıl henüz doğru dürüst konuşamıyor diye düşündü, çünkü az önce otobüste olanları babasına anlatabilseydi çocuk, kocasının dilinden kurtulamazdı Selva.

Konsoloshaneye vardığında, küçük Fazıl'ı taşımaktan ve yürümekten yorulmuştu. Her seferki gibi ahşap binanın önüne yığılmış kalabalığın arasına karışmadan doğruca kapıyı gitti ve zili çaldı. Kapıyı hep aynı adam açtığı için, tanıdı Selva'yı, gülümsedi çocuğa.

"Nâzım Beyefendi'yi göreceğim," dedi Selva.

"Randevunuz var herhalde."

"Olmaz mı!"

"Yukarı çıkın, sekreterin yanına."

"Yolu biliyorum," dedi Selva. Kucağındaki Fazıl'ı yere bıraktı, el ele merdivenlere yürüdüler ana oğul. Sekreter Selva'yı görünce şaşırdı.

"Hayrola madam, bir eksik mi var kâğıtlarınızda?" diye sordu.

"Kâğıtlarımız mükemmel. Ben Nâzım Bey'i görmeye geldim, hususi bir mesele için. Boş vakti var mı bugün?"

Sekreter önünde defteri açıp baktı. "İki randevu arasında bekleme olursa alırım sizi içeri bir on dakika için. Fazla sürmez, değil mi?"

"Hayır. Çok kısa."

"Sizin oğlunuz mu bu şeker çocuk?"

"Benim, evet."

"Adın ne senin küçük bey?"

"Fafa... fafa... fa..." dedi Fazıl.

"Fazıl. Ona babamın adını verdik."

Selva, diğer gelişlerinde yaptığı gibi, sekreterin masasının yanındaki iskemleye ilişti, kucağına Fazıl'ı alıp bekledi. Aklında sürekli konsolosa söyleyeceği lafları toparlamaya çalıştığı için, ne kadar beklediğini fark etmedi ama bir ara Nâzım Kender'in uzun boyuyla tepesinde dikildiğini görünce fırladı yerinden. Misafirini geçirmek için odasının dışına çıkmış bulunan konsolos şaşkındı.

"Selva Hanım, hayrola? Randevumuz olduğunu bilmiyordum."

"Efendim, yoktu... Ben bir boş vakit bulursam diye ümitle bekliyordum burada."

"Çocukla gelmişsiniz! Bir şey mi oldu?"

"Evet."

Nâzım Kender sekretere bir sonraki randevusunu sordu, Selva'ya, "İtalyan konsolosu her zaman biraz geç kalır, gelin Selva Hanım, ama misafirim gelirse..."

"Hemen çıkarım efendim." Selva oğluna döndü. "Sen burada otur, beni bekle emi canım," dedi oğlunun homurtularına aldırmadan, Nâzım Kender'in açık tuttuğu kapıdan girdi. Kapattı kapıyı Nâzım Bey, yürüdü, yazı masasının başına geçti. Selva oturmadı, masanın karşısında ayakta dikilip konuştu.

"Çok az vaktimiz var, bu yüzden hemen sadede geleyim. Bir komşumun on üç ve on beş yaşındaki çocuklarına yardım etmek istiyorum. Onların da en az kendi çocuğum kadar yaşama hakları olduğuna inandığım için. Türk değiller. Anne ve babaları Lübnan asıllı. Onlara da belge temin edebilir misiniz?"

"Selva Hanım! Benden gayri kanuni bir iş yapmamı istiyorsunuz."

"Evet efendim. Ama gayri insani bir iş yapmanızı istemiyorum. Yaşadığımız dünyada kanuni ne kaldı ki. Hayat hakkımız bile Gestapo'nun iki dudağının arasında."

Selva açtı çantasını, Camilla Afnaim'in evinde bıraktığı çocukların resmini çıkardı, Nâzım Kender'in masasına koydu.

"İstediğiniz takdirde kurtaracağınız çocuklar bunlar. Ben yaşamaları gerektiğine inandığım için, kovulmayı göze alarak geldim buraya. Beni kovmadığınız için size teşekkür ediyorum efendim."

Kapı vuruldu, sekreter kapıdan başını uzatıp, "Misafiriniz geldi, efendim," dedi.

Selva üzerinde Sami ve Peri Naim yazan, çocukların kimlik kartlarını koyduğu zarfı masaya, resmin yanına bıraktı.

"Ben pazartesi günü sekreteri ararım. Eğer kabul etmemişseniz gelir, kimlikleri alırım. Sizi bir daha da rahatsız etmem efendim," dedi.

"Selva Hanım! Bu çocukların başka bir yere sevki sırasında Türk olmadıkları anlaşılırsa sadece onların değil, benim de başım fena yanar."

"Anlaşılmaz, ben onlara bugünden itibaren Türkçe öğreteceğim. Aralarında basit cümlelerle konuşabilecekleri kadar... Söz veriyorum."

"Ben hiçbir söz vermiyorum."

Selva çıktı dışarı. Fazıl sekreterin çöp sepetini devirmiş, içinden dökülen kâğıtlarla oynuyordu. Yere, çocuğun yanına diz çöktü, çöpleri, kâğıtları toplayıp sepete geri koydu, sekretere teşekkür etti, Fazıl'ın küçük eli avucunda, merdivenlere yürüdü dimdik.

Konsoloshanenin kapısından çıktığında, bir umudun peşinde saatlerdir bekleyen insanlara baktı içi kanayarak.

"Allahım," dedi içinden, "çocuğuma bunları yaşatmamak için neresine gideyim bu dünyanın? Koskoca yeryüzünde insanoğlunun birbirine eziyet etmeden yaşayacağı bir köşe bulunamaz mı acaba?"

PARİS

Tarık yeni aldığı kravatı boynuna bağlarken keyifle ıslık çaldığının farkında bile değildi. Sonra birden gözü takıldı aynadaki aksine ve kendini dudaklarını büzüp uzatmış, ıslıkla Lili Marlen'i çalarken yakaladı. Utandı, sustu. Bu kadar sevinç göstermenin âlemi yoktu, alt tarafı genç bir kadını yemeğe çıkartacaktı... Ne olmuş yani, diye düşündü.

Kadın Macar'dı. Sarışın ve yeşil gözlüydü ki bu iyiydi. Fransızcası ve aksanı biraz bozuktu ki bu çok, çok iyiydi ve lisanını hayli ilerletmiş olsa da Tarık'ın işine geliyordu, Fransızcaya genç kadından daha hâkim olması. Tarık'ı tek telaşlandıran, bu akşam saatlerce birlikte olacağı, az tanıdığı Margot'yla konuşacak konu bulamama ihtimaliydi.

Ailesindeki kadınların dışında, baş başa ve uzun uzun sadece Sabiha ile konuşmuştu bugüne kadar. Sabiha ile konuşmakta hiçbir zorluk çekmemişti. Zaten hep Sabiha anlatmış, o dinlemiş ve onaylamıştı. Sabiha'ya olan tutkusu bu yüzden miydi diye düşünüyordu, Margot'yu akşam yemeğine davet ettiğinden beri. Sabiha ile baş başa kalmaktan korkmadığı, konuşmakta zorluk çekmediği için miydi?

Margot'yu, Muhlis tanıştırmıştı ona. Muhlis'in sevgilisinin arkadaşıydı kız. Bir ilaç firmasında birlikte çalışıyorlardı. Birkaç kere hep beraber sinemaya ve tiyatroya gitmişler, bir gece dört kişi yemeğe çıkmışlardı.

Bir hafta kadar önce, "Sen hoşlanmadın mı Margot'dan?" diye sormuştu Muhlis.

"Hoşlandım."

"Öyleyse neden bir akşam yemeğe çıkartmıyorsun kızı?"

"Gelir mi?"

"Sormazsan hiç öğrenemezsin."

Sormuştu, Margot da kabul etmişti. Gidecekleri lokantayı Muhlis seçip onun adına yer ayırtmıştı. Önce pişman olmuştu ama sonra giderek alışmıştı bu fikre Tarık.

"Böyle hiç tanımadığın biriyle ne konuşursun, allahaşkına?" diye sormuştu Muhlis'e.

"Amma da yaptın! Nasıl tanımıyorsun? Kaç kere birlikte çıktık."

"O başka. Şimdi baş başa kalınca.

"Ona memleketini anlat. Ailesini sor. Çok güzel olduğundan bahset. Dansa götürecek olursan ayağına basma ve evine bırakırken öp!"

"Ne!"

"Öp azizim. Kadınlar öpülmeyi sever."

"Dudaklarından mı?"

"Sen ihtiyatlı davran, önce yanağını dene... Sonra duruma bakarsın. Eve dönünce de bana anlat."

"Asla!"

"Kibar adam!" demişti Muhlis, "Keşke bir kız kardeşim olaydı sana verecek. Gözüm arkada kalmazdı hiç."

Odalarına giren sekreterin uzattığı metni alıp Muhlis'e vermişti Tarık.

"Muhlis Bey, bakın, büyükelçilikten bir kripto geldi, siz şimdi bunları bırakın da şunu çözüverin!"

Muhlis, az sonra talimatnameyle yanına gelmişti Tarık'ın.

"Tarık Bey, hoşunuza gidecek bir talimat var burada. Bakın, 15/12/1942 tarihli rapora göre, '*Kâğıtları düzenli olan Türk Yahudileri zorunlu çalışmaya tabi tutulamazlar. Böyle bir durum zuhur ederse, onlara koruma sağlayacağımız gayet tabiidir. Polis yetkililerine konuyla ilgili talimatlar hatırlatılmalıdır ve gerektiğinde ilgili merciler nezdinde girişimde bulunulmalıdır,*' diye yazmış Türk sefiri."

Derin bir soluk aldı Tarık, "Her ne kadar ihtimal vermesem de, acaba bu işlere karışmayın derler mi diye bir sual işareti vardı kafamda," dedi, "işte şimdi çok rahatladım."

"Bu gece kutlarsınız artık." Muhlis göz kırptı Tarık'a. Tarık ciddiyetsizlikten hoşlanmadığı için görmezliğe geldi.

***

Brasserie Lipp'in beyaz örtülü masalarından birine oturur oturmaz, garsona bir Chateau Neuf-du-Pape ısmarladı Tarık. Muhlis bu şarabı ısmarlaması için çok ısrar etmişti.

"Kırmızı şarap sevdiğinizi söylemişti arkadaşınız," dedi Margot'ya, "ben de kırmızıyı tercih ediyorum doğrusu."

Gecenin sonunda bu kadar pahalı bir şarap ısmarlattığı için kızacak, baba parası yiyen züppe diye düşünecekti Muhlis için.

Margot konuşkan bir kızdı. Tarık, ne konuşacaklarına dair boşuna endişelenmişti. Her ikisi de ülkelerini özledikleri için bol bol memleketlerinden söz ettiler, Macarlar ve Türkler arasında müşterekler bulmaya çalıştılar. Margot bir ara, "Avrupa'da sizler gibi Yahudilere yardımcı olmayı iş edinmiş başka millet yok," dedi, "bu insan sevginizden mi ileri geliyor, yoksa onlarla bir gönül bağınız mı var?"

"Biz Türklerin Yahudilere el uzatmamız on beşinci asra uzanır," dedi Tarık, "buna, geçmişe dayanan bir alışkanlık da denebilir. 1492'de İspanya Kralı Ferdinand'ın mallarına ve paralarına el koyarak ülke dışına sürdüğü Yahudileri zamanın Osmanlı sultanı kendi topraklarına çağırmış. Onlara din, dil ve ticaret serbestisi tanımış, yerleşmeleri için mahalleler tahsis etmiş."

"Yaa! Neden?"

"Akıllı ve uzak görüşlü bir sultan olduğu için herhalde. Çünkü asırlar boyu, bu cemaat Osmanlı'nın en sadık ve çalışkan tebaası oldu. Diğer azınlıklar gibi, Osmanlı dağılırken devleti sırtından bıçaklamaya tevessül etmedi."

"Yahudilerle ilişkilerinizin bu kadar eskiye dayandığını bilmiyordum."

"Çok eskiye dayanır... Hatta birkaç yıl önce bir inceleme yaparken, İstanbul'u fetheden sultanın, biz ona Fatih deriz, bir fermanını görmüştüm; şehrin fethinden az sonra, Fatih ülkesinin sınırları içinde yaşayan Yahudileri İstanbul'a yerleşmeye çağırmış.

"Neden acaba? Ticarete yatkın, akıllı bir ırk oldukları için mi?"

"Olabilir Margot. '*Yahudiler, rüzgârla savrulan ve düştükleri topraklara bereket taşıyan tohumlara benzer,*' kim demiş bunu şimdi hatırlayamıyorum ama Fatih de böyle düşünmüş olmalı. Bir şey daha var Hıristiyan Avrupalıların kolayca anlayamayacakları. Aramıza karışmış değişik dinler ve ırklar bizi, safkan olduğunu varsayan Almanlar gibi rahatsız etmez. Anadolu öyle bir kaynama noktasıdır ki asırlardan beri... Orada her türlü, din, dil ve ırk iç içe geçmiştir. Bir Urfamız vardı mesela, yüzyıllar öncesinde hem Hıristiyanlığın hem de İslamın yeşerdiği bir şehirdi, Edessa!"

"Niye 'idi' diyorsunuz?"

"Cumhuriyeti kurunca ulus devlete dönüştük. Bu mozaik, haliyle Müslüman Türklerin lehine bozuldu. Sizler gibi, biz de kendi dinimizi ve ırkımızı birinci sınıf kabul ettik."

"İnsanlarda mutlaka milli bilinç olmalı."

"Elbette ama milliyetçilik abartılırsa işte bugün olanlar olur. Allah'tan biz ulus devlete dönüşürken, başka dinlere olan hoşgörümüzden taviz vermedik."

"Biliyor musunuz Mösyö Tarık," dedi Margot, "benim Türkiye ile daha önce de bir temasım oldu."

"Yaa, öyle mi?"

"Buraya gelmeden önce, kendi memleketimde çalışırken, Türkiye'ye ilaç ihraç ediyorduk... Bilhassa da sülfamit benim çalıştığım firmada üretiliyordu."

Aslında Tarık'ın konusu değildi ama hayal meyal hatırlıyordu, gerçekten de İngilizler Türkiye'ye başka şeylerin de yanında ilaç ihracatlarını da durdurduktan sonra Türkler ilaç ihtiyaçlarını, özellikte de sıtmaya karşı kullandıkları Etabrin tabletlerini Macaristan'dan almaya başlamışlardı.

"Gördünüz mü işte," dedi Tarık, "devletlerimiz işbirliğini bizden önce tesis etmiş." Su gibi akıyordu sohbet. Tarık'ın geceye dair tüm endişeleri uçup gitmişti. Ismarladıkları etler geldiğinde, Margot, Tarık'ın tabağına küçümseyen bir göz atmaktan kendini alamadı. Margot'nun eti adeta çiğdi, Tarık'ınki iyi pişmişti.

"Siz etinizi çiğ sevmez misiniz?" diye sordu Margot.

"Ben bir aslan değilim," dedi Tarık.

Bir süre kendi ülkelerinin yemek yeme alışkanlıkları üzerine konuştular. Tarık sümüklüböcek yemeye çok zor alışmıştı. Fransa'da en çok sarımsaklı sebze yemeklerini seviyordu ama mesela ağız tadıyla bir zeytinyağlı dolma gözünde tütmekteydi. Margot da kendi evinde pişen gulaşı henüz hiçbir lokantada bulamamış olmaktan şikâyet etti.

Yemeğin sonuna doğru Margot masanın üzerine eğilerek, Tarık'a, "Yahudileri hangi usullerle kurtarıyorsunuz? Hiç Fransa dışına kaçırdıklarınız oldu mu?" diye sordu.

Bir şişe şarabı az önce bitirmişlerdi. Tarık cebindeki parayı denkleştirememem korkusuyla ikinci şarabı ısmarlamamıştı. Margot bu soruyu sorunca, birden canı sıkıldı, iyi ki açtırmamıştı ikinci şişeyi, iyi ki! Kimdi karşısında oturan ve sarışınlığı ile hafifçe başını döndüren bu kadın? Ağzından laf almaya çalışan bir casus muydu, neydi?

"Ne münasebet!" dedi sert bir sesle, "Bunu da nereden çıkarttınız Margot? Biz sadece Türk vatandaşı olduklarını kanıtlayabilenlere pasaport veriyoruz, o kadar. Artık giderler mi, kalırlar mı, vize mi alırlar başka yerlere, bizi hiç ilgilendirmiyor."

"Nasıl oluyor da pasaportsuz olabiliyorlar?"

Tamam, dedi Tarık içinden, geldik geleli hep aynı konuda sorular, konuşmalar. Bu kadın ya polis, ya casus!

"Paris'e gelip yerleşmiş Türk Yahudileri var. Pasaportlarını yenilemeye, uzatmaya gerek görmemişler. Başvurdukları takdirde onların pasaportlarını uzatıyoruz sadece."

"Niye daha önce uzatmamışlar acaba?"

"Belki canları seyahat etmek istememiştir. Olamaz mı yani? Benim annemle babam ve kardeşlerim mesela, hiç yurtdışına çıkmadılar, pasaporta da ihtiyaçları olmadı."

"Ne kadar sürüyor bu pasaport işlemleri?"

Keyfi iyice kaçmıştı Tarık'ın. Misafirine kahve içer misiniz diye sormadan, eliyle işaret ederek hesabı istedi garsondan.

"Pasaportun durumuna göre," dedi. "Memlekette soruşturma yapılıyor. Cevabın gelme zamanına bağlı."

Hesabı ödedi, çıktılar. Bir taksiye bindiler, Tarık kızın adresini söyledi şoföre. Arabada hemen hemen hiç konuşmadılar. Bir durgunluk çökmüştü Tarık'a. Evinin önünde, Tarık da kızla indi, kapıya kadar yürüdü. Margot'nun kapıyı açmasını bekledi, "Yukarı gelip bir kahve içmez misiniz?" diye sordu Margot.

"Geç oldu. Başka zaman," dedi Tarık. Kızın elini sıktı, bekleyen taksiye geri döndü. Kız içeri girince taksinin parasını ödedi, gecenin serinliğinde yürümeye başladı. Margot'yla akşamın başından beri neler konuştuklarını teker teker hatırlamaya çalıştı. Allahın cezası Muhlis! Nereden musallat etmişti bu karıyı başına!

Pazar sabahı biraz geç uyanıp mutfağa girdiğinde, Muhlis'i mutfakta kahvaltı ederken buldu Tarık.

"Ooo beyefendi, sabah şerifleriniz hayırlı olsun, kandili geç söndürmüşe benziyorsunuz, bu saate kadar uyumazdınız hiç. Verdiğim taktik işe yaradı galiba," dedi Muhlis.

"Hangi taktikten bahsediyorsun?"

"Kapı önünde kız öpme taktiğinden."

"Kavgacı bir adam olsam suratına bir yumruk indirirdim."

"Ne kadar da çabuk sahiplendin elin Macar kızını?"

"Ne demek istiyorsun?"

"Kızı öptün mü diye sordum, hemen alındın."

"Sen başıma sardığın bu Macar kızını ne kadar tanıyorsun?"

"*Jamais couché avec.** Valla öpmüşlüğüm bile yok, Tarık."

"Sululuk etme!"

"Tanımıyorum birader. Benim Jeanne'nın arkadaşı. Aynı işyerinde çalışıyorlar. Bir kere beraber geldilerdi şu Montparnasse'taki kahveye, ben de sana telefon ettimdi gel bize katıl diye, hatırladın mı? Sen ne kadar gördünse ben de o kadar gördüm kızı. Ne var, ne olmuş?"

"Bana sorduğu soruları beğenmedim."

"Ne sordu sana?"

"Yahudileri dışarı kaçırıyor muyuz? Pasaportları nasıl veriyoruz? Kimlere veriyoruz? Bir sürü sual sordu. Hiç hoşuma gitmedi."

"Gitmediyse cevaplamasaydın."

---

* Onunla yatmışlığım yok.

"Mesele o değil. Bu kadın bir casus filan olmasın?"

"Ne!"

"Ya da polis ajanı."

"Nereden çıktı bu şimdi?"

"O kadar insan kurtardık polisin elinden ve kamptan. Elbet peşimize birilerini takmışlardır."

"Tek kurtaran biz değiliz ki! Hikmet var, Rodos'ta Selahattin, Marsilya'da Nâzım Beyler var..."

"Onları da izliyorlardır."

"Yani şimdi dün gece sen Mata Hari ile mi yemek yedin?"

"Emin değilim ama eğer öyleyse bu senin başıma musallat ettiğin bir beladır."

"Yok canım!"

"Suçun bununla da bitmiyor. Şaraba da kaç frank ödedim biliyor musun? Ay sonuna kadar bir şişe bira bile bekleme benden bu eve," dedi Tarık.

"Her iyi şeyin bedeli yüksek olur."

"Parası yetene."

"Önümüzdeki ay konsolos muavinliğine terfi ediyorsun, daha ne istiyorsun, kuzum?" dedi Muhlis, "Şu kız hakkında... Ben Jeanne'ı görünce ağzını ararım."

"Sakın ha! Hiçbir şey söylemeyeceksin. İşleri büsbütün berbat etme," dedi Tarık, "Eğer korktuğum gibiyse olan oldu. Değil de ben mübalağa ettimse bari rezil olmayalım."

Muhlis'in uzattığı kahve fincanını alırken gözlerini kocaman açtı Tarık, "Bak bunu âmirin olarak söylüyorum Muhlis," dedi, "anladın, değil mi? Tek kelime yok!"

"Tamam âmirim," dedi Muhlis, "ama sen de bana tek bir şey söyle, kızı öptün mü, öpmedin mi?"

MARSİLYA

Samuel ve Perla ellerindeki defterden okumaya çalıştılar.

"Kıs geldi. Bugün ava zok sovuk. Usiyovuz."

"Hayır hayır, çocuklar. Olmuyor. Bakın, ağzıma bakın, bugün hava çok soğuk. Soğğuk. Üşüyoruz. Üüü. Düüüt gibi üüü. Haydi bir kere daha," dedi Selva.

Ela gözlü oğlan bütün gücüyle çabaladı, "Bugünn ava zok sovuk."

"Ava değil hava. Herman der gibi H sesini duyacağım."

"Ava... havva... havva..."

"Aferin canım. Biraz çalıştın mı oluyor, bak. İhtiyacınız olan elli kadar cümleyi iyice öğreteceğim size. Perla, şimdi sen söyle... Pardon Perla değil tabii, neydi adın söyle bakayım."

"Peği."

"Aferin. Senin adın neydi Samuel?"

"Sami."

Selva elindeki notlara bakıp okudu: "Bu kelimelerin Türkçelerini yazın önce. Sonra ezbere söyleyeceksiniz bana. Ekmek, peynir, çay, kahve, gece, gündüz, abla, ağabey, tuvalet, mutfak, oda. Haydi bakalım yazın."

Her üçü de Selva'nın evinde, masanın başında oturuyorlardı. On beş gün geçmişti çocukların kimliklerini Nâzım Kender'e bırakalı beri. Konsoloshaneye gittiğinin hemen ertesi günü ders vermeye başlamıştı çocuklara. Eğer birer pasaport sahibi olabilmişlerse, çocuklar Nâzım Bey'e Türkçe teşekkür etsinler istiyordu. Ama konsoloshaneye telefon edip neticeyi öğrenmemişti henüz.

"Pasaportlarını çıkartmış olsalardı sana haber verirlerdi," demişti Rafo.

"Yapmayacak olsalardı da, gel bu kimlikleri al, derlerdi."

"Ah Selva, niye burnunu sokarsın böyle işlere, bilmem! Kendimiz her türlü yardıma muhtaç muhacirlerken..."

"Biz belgelerimizi aldık Rafo."

"Ama gidemiyoruz."

"Çünkü gitmek için cehennemin içinden geçmek lazım."

"Gerçeği itiraf et canım, İstanbul'dan onca afur tafurla çıktıktan sonra, şimdi kuyruğumuzu bacaklarımızın arasına sıkıştırıp eve dönmeyi her ikimiz de yediremiyoruz ve savaşı bahane ediyoruz," demişti Rafo gülerek, "Fazıl olmasaydı gitmeyi hiç düşünmezdim ama şimdi çocuğumuz için burnumuzu kırmalıyız. Şu tren işi gerçekleşirse eğer..."

"Rafo," demişti Selva, "sana itiraf etmek istediğim bir şey var!"

"Yine kimi kurtarmaya kalktın?"

"Kimseyi... Birilerine daha Türkçe öğretiyorum. Yolda başlarına bir şey gelmesin diye... Gidecek olurlarsa eğer."

"Derslere başladınsa İngilizcelerine devam etseydin bari..."

"Bunlara gönüllü ders veriyorum."

"Sana söyleyecek laf bulamıyorum Selva," demişti kocası, "sen bir âlemsin. Türkçe öğrenecekler de ne olacak?"

"Bir gün trene binip de..."

"Selva! Yoksa trenden de mi bahsettin onlara?"

"Rafo, buraya geldik geleli huyun değişti senin. Sen paçanı kurtarırken, geride kalanlar ölsün mü?"

"Selva, bak sen hiç ölümle burun buruna gelmedin. İnsan, kendi hayatı mevzubahisken, sadece kendini düşünmeli. Yoksa kurtulamaz."

"Sen birkaç kere ölümle burun buruna mı geldin, Rafo?"

"Hayır ama benim genlerimde var ölüm korkusu. Benim ırkımı ölüm beş bin yıldır kovalıyor."

"İşte ben de senin ırkından insanları kurtarmak için çırpınıyorum."

"Senin bu konuda suçluluk duymaman lazım sevgilim, onların canını ve malını isteyen senin milletin değil."

"Yaptıklarımı suçluluk duygusuyla yapmıyorum," dedi Selva, "insaniyet namına yapıyorum. Lütfen sen de bana mani olma."

Selva, isimlerini Sami ve Peri diye değiştirdiği çocukların dersi bittikten sonra, Camilla'nın aracılığıyla edindiği diğer öğrencilerini kabule hazırlanıyordu. Kadınlı erkekli on bir kişiydiler. Türkiye ile alakası kalmamış Türk Yahudilerinin torunlarıydılar. Tarık Paris'ten telefon edip, üstü kapalı olarak belki birkaç ay sonra Edirne'ye yola çıkabilecek bir trenden bahsettiğinden beri, Selva'nın kafasındaki plana göre, bu trende yerlerini almak ve sınırları Türk kimlikleriyle geçmek için Türkçe öğrenmek istemişlerdi. Selva da kendini biraz budala gibi hissederek, ilkokul çocuklarının alfabesindeki cümleleri koskoca insanlara tekrarlatıyordu:

"Baba bana at al! Baba bana top at! Al! Tut! Koş! Git! Gel! Söyle! Ver! Al! Kaça? Nerede? Nasıl?"

Camilla onların arasında değildi. O son kurşununu çocukları için kullandıktan sonra, kendine hiçbir şey isteyecek yüzü kalmamış olduğundan, bir kenarda sessizce oturuyordu

"Çocuklar İstanbul'a varabilirlerse oradan Filistin'e giderler günün birinde," demişti, "kocamla ben çocuklarımızı kurtarabilirsek bu mücadeleden vazgeçeceğiz. Başımıza ne gelirse gelsin, razıyız. Her şeyi gördük, iyi kötü bugünlere geldik, yaşadıklarımız bize yetiyor."

"Konsoloshaneyi aramak istemiyorum Camilla," demişti Selva, "için içini yiyor, biliyorum ama, sabırlı olmak lazım. Cevapları menfi olsa bugüne kadar haber alırdım."

"Sen nasıl doğru buluyorsan öyle yap," demişti Camilla. Birlikte geçirdikleri o ilk günden sonra senlibenli olmuşlardı. Gestapo'nun marifetlerini gözledikten, eşlerine dostlarına telefonla evlerinden çıkmamalarını tembih ettikten ve SS subaylarının yapacaklarını yapıp dört yol ağzından ayrılmalarından sonra birbirlerine sarılıp ağlamışlardı. Selva telefon açmıştı kocasının eczanesine, "Gittiler Benoit, Rafo çıkabilir depodan," demişti, çok yorgundu sesi.

Camilla, arkadaşlarını beklerken, o da ister istemez bir-iki kelime kapıp öğrenmeye başladığını fark etti. Çayın ne olduğunu biliyordu mesela. Çünkü her gelişlerinde Selva, Türkçe olarak çay isteyip istemediklerini soruyordu konuklarına. Camilla, çay kelimesini diğer bol S harfli kelimelerden ayrıştırabiliyordu. Hatta bugün, bir sürpriz yapmış, "Evet çay," demişti. Hep birlikte alkışlamışlardı Camilla'yı.

Dersi biraz erken bitirdi Selva. Küçük Fazıl ateşliydi. Onunla meşgul olması gerekecekti. Konuklar, dikkat çekmemek için, ikişer üçer, onar dakika arayla ayrıldılar evden. Camilla, en arkadan çıktı, Selva'nın yanağına bir öpücük kondurarak.

"Biraz daha sabır Camilla," dedi Selva.

Kapıyı Camilla'nın arkasından kapattıktan sonra, yatak odasına bir göz attı, uyuyordu Fazıl. Pencereye yürüdü Camilla'ya el sallamak için. Kadının merdivenlerden inip kapıdan çıkmasını beklerken bir kamyonetin yaklaştığını gördü eczanenin önüne, içinden kolları SS bantlı adamlar iniyordu. Telefona koştu Selva. Eczanenin numarasını çevirdi. Benoit, Selva'nın sesini duyar duymaz, "Yanlış aradınız," diyerek kapattı telefonu yüzüne. Tekrar pencereye koştu Selva. Rafo'yu çekeleyerek eczanenin dışına çıkartıyorlardı adamlar. Pencereyi açtı, avaz avaz bağırdı.

"Heyy mösyöler! Heyy askerler... Bırakın onu. O Türk'tür, Türk. Bırakın dedim, heyyy! Kâğıtları burada, gelin, bakın, heyyy Rafoooo..."

Sesi kayboldu rüzgârda. Yatak odasına koştu, başucundaki çekmeceden kâğıtlarını alıp fırladı kapıya. Üçüncü kata vardığında nefes nefese yukarı çıkmakta olan Camilla ile çarpıştı. Camilla ellerine sarıldı Selva'nın, "Gitme, yalvarırım gitme, çocuğunu düşün!" dedi.

İtti kadını Selva, merdivenleri üçer ikişer atlayarak koştu aşağı.

Camilla yetişmeye çalışıyordu Selva'ya. Kapıya vardığında, düşe kalka peşinden gelen Camilla'ya bağırdı:

"Fazıl'ın yanına git. Sakın yalnız bırakma onu."

Selva, Camilla'nın az önce sımsıkı kapattığı ve içerden kilitlediği ağır demir kapıyı, nasıl becerdiyse bir hamlede açtı, fırladı dışarı. Trafiğe aldırmadan karşı kaldırıma geçti. Bir iki araba acı acı gıcırdayarak fren yapıtılar ve sürücüleri kafalarını camlardan sarkıtıp küfür ettiler Selva'ya.

Selva eczanenin önüne vardığında kamyonet hareket etmek üzereydi. Şoförün penceresinin yanına gelip cama vurdu Selva. Başını bile çevirip bakmadı sürücü. Bu kez kamyonetin kapalı kapılarını yumrukladı var gücüyle, bir taraftan da avaz avaz bağırıyordu:

"Rafooo, beni duyuyor musun Rafooo. İn aşağı, söyle onlara Türk olduğunu Rafoooo."

Araba birden gazlayınca yere düştü Selva. Omuzlarından tuttu biri, yerden kaldırmaya çalıştı.

"Bırakın, ben kalkarım," dedi Fransızca, elleri, üstü başı çamur içinde doğruldu. Yüzü kül gibi bembeyaz olmuş Benoit sımsıkı sarıldı ona.

"İçeri gir, eczaneye, haydi Selva," dedi, "bu soğukta çamurların içinde durma böyle."

Eczaneye girince, kapıyı kapatıp üstüne KAPALI yazan kartonu astı Benoit.

"Bak, bacağın sıyrılmış yere düşerken. Temizleyip tentürdiyot süreyim."

"İstemem Benoit. Beni konsolosa götür hemen."

"Üstün başın çamur içinde Selva, ellerini yıka bari."

"Vakit kaybettirme bana."

"Kazandığın vakit ne işine yarayacak ki? Nasılsa yarından önce salmazlar onları."

"Benoit, nereye götürüldüğünü öğrenmemiz lazım. Çabuk ol, haydi, araban nerede duruyor?"

"Arka sokakta," dedi Benoit. Şaşkındı.

"Git, hemen getir onu."

Benoit ışıkları söndürdü, çıktılar beraber, "Haydi koş," dedi Selva.

"Dur yahu, kapıyı kitleyeyim önce."

Benoit arabasını almak için yan sokağa sapınca, Selva eczanenin vitrinine dayandı, ellerini yüzüne kapatıp hıçkırmaya başladı. Arabanın sesini duyunca, gözlerinden akan yaşları elinin tersiyle sildi, başını kaldırıp karşı apartmanın üst katına, evine baktı. Tül perdelerin gerisinde gamlı bir hayalet gibiydi Camilla'nın silueti.

Konsoloshanenin önünde kimseler yoktu. Selva arabadan inip merdivenlere koştu, bir yandan zile basarken, bir yandan da eliyle vuruyordu kapıya. Telaşlı ayak sesleri duydu içerde. Belli ki kavas içerdeki gözden bakıp tanımıştı Selva'yı. Kapıyı hem söylenerek, hem de merakla açtı.

"Hayrola, ne oldu?"

"Konsolosu istiyorum, Nâzım Bey'i..."

"Mesai bitti, hanım."

"Bitsin. Onu hemen görmeliyim."

"Çıkalı yarım saat oluyor."

"Başka birini göreyim o zaman. Başkonsolosu..."

"Kimse kalmadı ki. Herkes evine gitti," dedi kavas.

"Bana Nâzım Bey'in ev adresini verin."

"Veremem."

"Allahaşkına. Elinizi ayağınızı öpeyim."

"Hanım, böyle şeyler söyleme... Veremem. Ne var, ne oldu?"

"Kocamı götürdüler," dedi Selva, sesi o kadar acı doluydu ki kendini ancak üç kere görmüş olan adamda derin bir acıma duygusu uyandırdı.

"Kimler götürdü? Nereye?"

"Gestapo."

"Gestapo mu? Bir yanlışlık olmasın?"

"Yalvarırım Nâzım Bey'i bulmama yardım edin. En sevdiğinizin başı için."

"Fesuphanallah!" dedi kavas.

"Yalvarıyorum."

"Nâzım Bey bugün Grand Hotel de Louvre'un pastanesinde biriyle buluşacaktı. Programı değişmediyse oradadır."

Selva, adamın elini yakalayıp öpmeye çalıştı.

"Yapmayın kuzum, yapmayın," diyerek elini kurtarmaya çalıştı adam Selva'nın dudaklarından.

Selva arabaya döndü koşarak. Benoit'nın yanına yerleşirken, "Çek," dedi, "Grand Hotel de Louvre et de la Paix'ye gidiyoruz. Acele et."

Nâzım Kender, Grand Hotel de Louvre et de la Paix'nin girişindeki pastanede, İtalyan ticaret ataşesi ve eşi ile çay içiyordu. Sırtı kapıya dönük olduğu için, içeri rüzgâr gibi giren ve kendine doğru koşan kadını görmedi ama ataşeyle karısının şaşkın ve biraz da korkulu bakışlarını takip ederek başını çevirdiğinde Selva'yla göz göze geldi. Selva'nın üzerinde soğuk ve yağışlı havaya rağmen, ne bir palto ne de bir pardösü vardı. Ekose eteği ve dik yakalı kazağı yağmurdan sırılsıklamdı. Nâzım Kender'in yanına diz çöktü ve elini sımsıkı yakaladı, "Kocamı götürdüler," dedi kupkuru bir sesle, "Gestapo zorla eczaneden çıkardı ve onu bir kamyonete koyarak götürdü. Bulun onu. Size yalvarıyorum, kurtarın Rafael'i. Bakın, bütün evraklarını getirdim... Bakın... Bakın, pasaportu, nüfus kâğıdı, ikâmetgâhı, hepsi burda."

"Selva Hanım, kalkın lütfen." Ayağa kalktı konsolos, Selva'yı da kaldırmak istedi. Selva ayaklanan adamın dizlerine sarıldı bu kez:

"Onlar kocamı götürmeden, onu kurtarın."

"Neler oluyor?" dedi ataşe. Ataşenin karısı, iğrenç bir böcek görmüş gibi tiksintiyle bakıyordu konsolosun dizlerine sarılmış kadına.

"Ayağa kalkın Selva Hanım."

Selva denedi ama kalkamadı ayağa. Tüm gücünü yitirmişti. Yığıldı kaldı yerde. Arabasını park eden Benoit koşarak geliyordu. Selva'yı yerde görünce korktu, "Ne yaptınız ona?" diye sordu konsolosa.

"Bayıldı," dedi Nâzım Kender. Şimdi başka masalardan gelen insanlar etraflarında yavaş yavaş halka olmaya başlamışlardı.

"Ben onunla meşgul olurum. Elinizden bir şey geliyorsa gidin yapın, ne olur," diye yalvardı Benoit.

"Siz kimsiniz?"

"Ben Rafael Alfandari'nin or... Arkadaşıyım. Benim eczanemde çalışıyor."

"Ne zaman oldu bu hadise?"

"Az önce. Hemen size koştuk, konsoloshaneye, oradan da buraya..."

"Nereye götürüldüğünü biliyor musunuz?"

"Emin değilim ama istasyon gibi bir şey duydum konuşurlarken."

"Ne! Marsilya'nın dışına mı çıkarılıyor?"

"Sanırım başkaları da var. Çünkü şey dediydi aralarından biri, bizi uğraştırma, treni geciktirirsen seni pişman ederiz, dediydi."

Nâzım Kender, eğilip Selva'nın elinden yere düşürdüğü evrakı toparladı, "Selva Hanım'la meşgul olmayı size bırakıyorum mösyö," dedi, İtalyanlardan özür dileyerek acele adımlarla dışarı yürüdü.

"Lütfen başımıza toplanmayın, açılın efendim," dedi Benoit, "Madam fenalık geçiriyor. Birazdan kendine gelir."

"Neler oluyor? Nedir bu rezalet?" diye sordu İtalyan kadın.

Siyah ceketli şef garson, "Bu kadını hemen buradan çıkarın," diye buyurdu. Başlarına toplanmış olanlardan yaşlı bir kadın, "Doktor çağırsanıza, baksanıza bayıldı kadın," diye söylendi, "hamile olmasın sakın!"

Selva'yı kucakladı Benoit, salondakilerin şaşkın bakışları arasında dışarı yürüdü. Serin hava yüzüne çarpınca kendine geldi Selva.

"Ne oldu?" diye sordu.

"Bir fenalık geçirdin. Seni eve götürüyorum Selva."

"Konsolos... Rafo..."

"Merak etme, konsolos evrakı alıp gitti hemen. Eminim, gerekeni yapacaktır. Senin yapabileceğin fazla bir şey kalmadı eve gidip beklemekten başka."

Selva indi Benoit'nın kucağından. Dizleri titriyor, başı dönüyordu. Koluna girdi arkadaşının, "Kusacağım galiba Benoit," dedi.

"Eve kadar dayan lütfen."

Selva, Benoit'nın kolunda, sürüklenerek yürüdü arabaya doğru.

DEHŞET VAGONU

Nâzım Kender konsoloshanenin önünde durdurduğu taksiden indiğinde, binanın kapısına üşüşmüş kalabalığı görünce şaşırdı. Mesainin çoktan bittiği bu saatlerde, artık hiç kimseler olmazdı oralarda. Hızlı adımlarla yürüdü kapıya doğru. Kavas Halim, elini kolunu sallayarak dert anlatmaya çalışıyordu bağrışıp çağrışan kalabalığa. Konsolosu görünce koştu geldi yanına, "Trene bindirmişler, götürüyorlarmış..." demesine kalmadı, on beş-yirmi kişinin hücumuna uğradı Nâzım Kender. Kimi eline, kimi boynuna, kimi de bacaklarına sarılıyordu.

"Durun, bırakın, kalkın, ne oldu, ne yapıyorsunuz?" dedi şaşkın şaşkın. Kadınların gürültüsünden, dert anlatmaya çalışanların sesini duyamıyordu.

"Açılın!" diye bağırdı kavas, "Vakit kaybettiriyorsunuz konsolosa!" Birden bıçak gibi kesildi gürültü, yaşlı bir adam gözyaşları içinde anlattı: "Götürdüler... Hepsini götürdüler... Onlar Türk dedik, dinlemediler..."

"Nereye?" diye sordu konsolos.

"Saint Charles İstasyonu'na."

"Bana müsaade edin, odamdan evrakları alayım," dedi, koşarak binaya girdi Nâzım Kender. Az sonra elinde birtakım dosyalarla geri geldi, "Aranızda arabası olan var mı?" diye sordu.

Genç bir adam atıldı: "Benim arabam burada."

"Getirin hemen."

"Şurada, kapının az ilersinde zaten, buyurun."

Genç adam koşup Citroen'in kapısını açtı konsolosa, kendi dolanıp şoför mahalline oturdu. Konsoloshanenin önüne birikmiş olan kalabalık bu sefer arabanın etrafını sardı. Kimi cama vuruyor, kimi kapıyı açmaya çalışıyordu. Kavas Halim kalabalığı yararak yaklaştı arabaya, "Beni de alın," dedi.

"Gir!"

Kavas, arka koltuğa dar attı kendini.

"Saint Charles İstasyonu'na çekin hemen," dedi konsolos, "vakit kaybetmeyelim."

Küçük araba etrafını saran insanların arasından ok gibi fırladı.

İçinden çığlıklar, haykırmalar, hıçkırıklar duyulan vagonun üzerinde, BU VAGONA YİRMİ BÜYÜKBAŞ HAYVAN VE BEŞ YÜZ KİLO OT YÜKLENİR yazıyordu. Nâzım Kender, etrafta dolaşan ve sürekli birilerine müdahale eden SS subaylarını görmezliğe gelerek vagona doğru koştu. Vagonun içinde üst üste yığılmış, kadınlı erkekli seksen kadar insan vardı. Birbirlerini eze eze, ellerini vagonun tahta parmaklıkları arasından uzatarak, kimliklerini sallıyor, yardım istiyorlardı. Konsolos, istasyonun uğultusu ve bağrışanların gürültüsü içinde, bir şeyler duymaya çalıştı. Onu tanıyan biri, "Çoğumuzda Türk pasaportu var ama Gestapo'ya laf anlatamıyoruz," diye bağırdı Türkçe.

Nâzım Kender, orada vakit kaybetmemek için peşinde kavasla istasyon binasına yürüdü. Odanın girişinde oturan memura, "Amirinizi görmek istiyorum," dedi, "hemen!"

"Aceleniz mi var?" Karşısında bir Alman subayı dikiliyordu.

"Çok acelem var. Bir yanlışlık yapılmış, Türkleri toplayıp vagona yüklemişler. Tren kalkmak üzere. Onları hemen indirmeniz gerekiyor."

"Hiçbir yanlış yapılmadı."

"Bakın, elimdeki dosyada vatandaşlarımın isimleri yazılı. Tek tek okuyalım listeyi..."

"Hiç zahmet etmeyin."

"Bu treni içindeki Türklerle kaldırmak size pahalıya mal olur."

Alman sert bir hareketle Nâzım Kender'in elindeki dosyayı çekip aldı ve konsolosun açıp hazır ettiği isim listesine bir göz attı.

"Bunlar mı Türk? Alhadef Jak, Alhadef İzi, Alfandari Rafael, Amato Yosef... Franko Lili... Kalvo Luna... Menaşe İsak, Soriano Moris... Hepsi bal gibi Yahudi bunların!" Dosyayı burnuna doğru salladı konsolosun. Bu kez Nâzım Kender sert bir hareketle çekip aldı dosyayı subayın elinden.

"Evet, onlar Türk. Dinleri çoğunlukla Musevidir ama belki aralarında Müslüman veya Hıristiyan olanlar da vardır. Benim milletimin kanunlarına göre, dinleri ne olursa olsun, bu insanlar Türktür. Türk vatandaşlarıdır."

Üniformalı Alman, Nâzım Kender'e cevap vermeye hazırlanırken acı acı öten düdük sesini duyunca konuşmaktan vazgeçti, omuzlarını silkti ve arkasını dönüp içeri odaya geçti. Tren yavaş yavaş hareket etmeye başlamıştı.

Nâzım Kender bir an çaresizlikle baktı subayın arkasından, peşinden gidip adamı çevirmeyi düşündü ama tren giderek hızlanıyordu. Trenin yanı sıra, giderek ondan uzaklaşan vagona doğru koşarken, yolunu kesmeye çalışan silahlı askeri göğsünden itti ve atladı vagona. Peşinden nefes nefese Halim geliyordu. Halim, konsolosun uzattığı elini tuttu ve ayağını basamağa koyarak yukarı çekti kendini, bir an düşecek gibi oldu ama vagondakiler omuzlarından yakalayıp içeri çektiler kavası. Konsolosun ittiklediği asker, istasyon binasına yürüyen bir Alman subayın arkasından elini kolunu sallayarak ve bir şeyler bağırarak koşuyordu. Nâzım Kender, subayın durduğunu, geri dönüp biraz şaşkın, biraz da ağlamaklı bir suratla uzaklaşan trene baktığını gördü. Yapabileceği hiçbir şey yoktu subayın. Tren iyice hızlanmıştı. Her an biraz daha da hızlanarak, üst üste yığılı insanları çalkalaya çalkalaya gidiyordu.

***

Nâzım Kender ve Kavas Halim, birbirlerine baktılar. Ne yap- mışlardı, niçin yapmışlardı, şimdi başlarına neler gelecekti?

Bu soruların yanıtı yoktu. Nâzım Kender, öfkenin, isyan duygusunun ve biraz da gençliğin verdiği bir cesaretle, hiç düşünmeden atlamıştı trene. Şimdi, Saint Charles İstasyonu'ndan hızla uzaklaşırlarken, yaptığı işin vahametinin farkına varıyor, biraz da korkuyordu. Ama olan olmuştu ve geriye yapacak tek bir şey kalıyordu, başlamış olduğu işi bitirmek! Yaptığının doğru olduğuna inanan her şerefli insan gibi, sonuna kadar direnmek. O koskoca Türkiye Cumhuriyeti'nin Marsilya Konsolosu'ydu. Trenin içindeki zavallı insanlar ondan canlarını kurtarmalarını bekliyorlardı. Korktuğunu belli edemezdi. Geri dönemezdi. Onlarla kalacaktı, sonuna kadar.

"Bizi nereye götürüyorlar, biliyor musunuz?" diye sordu kavas.

"Sen ne zamandır Paris'e gitmek istemiyor muydun? İşte Paris yolundasın, hem de bedava tarafından."

Kavas Halim gülmek istedi ama beceremedi. Büyükbaş hayvanlara mahsus trenin içinde, üst üste düşmüş iki adamdan birinin bacakları arasına sıkışmıştı. Diğer adam çok yaşlıydı ve korkudan donuna etmiş olduğu için, feci bir koku yayılıyordu vagona. Tren hareket etmeden önce bağıran, haykıran, ağlayan insanlardan çıt çıkmıyordu artık. Trenin raylar üzerinde çıkarttığı asap bozucu gıcırtının yanı sıra, bir de vagonun tahta aralıklarında vınlayan rüzgârın sesi duyuluyordu sadece. Sanki herkes dilini yutmuştu.

"İşte bu, korkunun sesi olmalı," diye düşündü konsolos. Bu tuhaf sessizliği, yaşlı bir kadının sigaradan çatallaşmış sesi bozdu, "Bizi nereye götürüyorlar?" diye sordu ağlamaktan gözleri kan çanağına dönmüş kadın.

"Paris'e gittiğimizi sanıyorum madam," dedi Nâzım Kender. Sıkışıp kaldığı yerden doğrulmaya çalıştı. Yardım etmek için elini uzatan genç adama tutunup ayağa kalktı.

"Ben Türk konsolosuyum," dedi, "aranızda Türk tabiiyetinde olanlar parmak kaldırsın lütfen."

Elliye yakın parmak kalktı havaya.

"Paris'e vardığımızda, Türk tabiiyetinde olanları geri götürmeye çalışacağım. Diğerleri için maalesef yapabileceğim hiçbir şey yok. Çok ama çok üzgünüm."

Bir kız çığlık atarak bayıldı. Birkaç hıçkırık sesi duyuldu.

"Mösyö... Mösyö Konsolos, bizim de Türk olduğumuzu söyleyin," diye bağırdı bir adam, "eğer kurtulursak, Türk tabiiyetine geçer, ölünceye kadar kulunuz oluruz."

"Mösyö, Türkiye'de kul yoktur, vatandaş vardır. Kurtulabilirseniz, vatandaşlık hakkı için başvurun. Ama ben sizi şuracıkta Türk vatandaşı ilan etme yetkisine sahip değilim ne yazık ki."

"Bizi ölüme yollamayın."

"Bizi de kurtarın!"

"Bakın, Türk tabiiyetinde olanları da kesin kurtarabileceğimi söylemiyorum. Ama elimden geleni yapacağım. Onun için bu vagondayım sizlerle," dedi Nâzım Kender, "içinizde kaç kişinin evrakı yanında?"

Havaya kalkan elleri saydı Kavas Halim. Çoğunun, Gestapo'ya hazırlıksız yakalandıkları için, pasaportları yanlarında değildi.

"Evrakı yanında olanların işi daha kolay. Diğerleri..."

Birden vagonun diplerinden bir çığlık yükseldi:

"Ölüyor... Tanrım, ölüyor kocam."

"Aranızda bir doktor var mı, lütfen... Bir doktor!"

Genç bir adam, oturanlara basa basa ilerlemeye çalıştı sesin geldiği yöne doğru. Yetmiş yaşlarında bir ihtiyar, başı karısının gövdesi ve ayakları başkalarının kucağında uzanıyordu yerde. Beyaza kesmiş yüzü ter içindeydi.

"Müsaade edin... Müsaade edin."

"Doktor musunuz?"

"Eczacıyım... Müsaade edin..." Genç adam ihtiyarın boyun-bağını gevşetti, nabzını saymaya başladı.

"Çevresini açabilir misiniz? Çok havasız kalmış. Havaya ihtiyacı var. Lütfen beyler, biraz olsun açılın..."

"Onu vagonun kenarına taşıyalım hava alması için."

"Kımıldatmayın. Kalp krizi geçiriyor olabilir. Kimsede bir ilaç..."

"Açılın, açılın dedik ya be!" diye bağırdı bir başkası.

"Ne mutlu ona, Almanların eline düşmeden ölecek," dedi başka biri.

"Haydi çekilin şöyle."

İnsanlar iyi niyetle hastanın çevresini boşaltmaya çalıştılar. Ama ilerleyebilecekleri bir milim dahi yoktu. Yirmi büyükbaş hayvanın yerini çoğunluğu erkek seksen kişi, omuz omuza doldurmuş durumdaydı. Rafael Alfandari çaresizlikle etrafına bakındı. Yapabileceği tek şey hastayı sakinleştirmek olacaktı. Adamın alnında, dudaklarının üstünde birikmiş boncuk boncuk terleri sildi mendiliyle, babasının bu gibi durumlarda neler yaptığını hatırlamaya çalıştı. Moral... Moral! Hastada moral çok önemlidir, derdi babası, insan, yüreğinde ölümü yenecek güce sahip olduğunu hissederse...

"Bu bir panik atak, kalp krizi değil," dedi inandırıcı bir sesle, "sakin olmaya çalışır, derin nefes alıp verirseniz rahatlarsınız... Haydi... Haydi sakin olun. Göğsünüzde ağrı yok zaten, öyle değil mi? Bakın, geçiyor işte, renginiz yerine geldi. Sakin olun."

İnsanların üzerinden atlayarak biri yaklaştı yanına. Avcunun içinde minik bir hap vardı.

"Ben hep yanımda taşırım, kalp hastası olduğum için... Alın bunu."

"Ya sizin ihtiyacınız olursa?"

"Zaten ölüme gidiyoruz," dedi adam, "ben Türk tabiiyetinde değilim, Fransızım."

Hava karardığından beri vagonun içi de karanlıktı artık. Bu dehşet vagonunun yolcuları, zaman mevhumunu kaybettikleri için, ne zamandır yolda olduklarını bilmiyorlardı. Şimdi duyulan sadece dua sesleriydi. Seksen kişi, kimi içinden, kimi sesli, sürekli dua ettiklerinden, korkunun yanında bir de kasvet basmıştı vagonu. Konsolosla kavas bu karanlık yolculuğun nerede ve nasıl son bulacağının hesabını yapıyorlardı fısır fısır. Nâzım Kender, cebindeki bütün bozuk paraları kavasa uzattı.

"Eğer ara istasyonlardan birinde duracak olursak, ben istasyon şefiyle cebelleşirken sen hemen bir telefon bul, Paris'teki konsolosluğu ara bu paralarla. Vaziyeti bildir. Mutlaka durumumuzu takip etsinler. Berlin'e ve Vichy'e haber versinler."

"Ya Paris'e kadar hiç durmazsak, efendim?"

"O zaman aynı şeyi Paris'te yapacaksın."

"Sabah dokuzdan önce konsoloshane cevap vermez."

"Hikmet Özdoğan'ın numarasını biliyor musun?"

"Evini bilmem. Konsoloshaneyi elbette biliyorum ama dediğim gibi, bu saatte cevap vermezler."

"Ben evini biliyordum... Neydi, neydi... Dilimin ucunda. Neyse, hatırlarım birazdan, söylerim sana. Ezberle o numarayı, hemen ararsın, o bir şeyler yapar mutlaka. Benim istasyon şefleriyle mücadelem nasılsa bir yarım saate yakın sürer."

"Siz hele hatırlayın da ben ararım Konsolos Bey'i."

"Marsilya'da bilen var mı bu trende olduğumuzu?"

"Sanmıyorum. Konsoloshane boşalmıştı."

"Ben İtalyan konsolosu ile çay içiyordum... O kötü bir şeyler olduğunu fark etti, belki araştırmıştır neler olduğunu."

"Nâzım Beyefendi, şu Türk Hanım var ya, hani çocuğu ile de gelmişti bir kere, konsoloshaneye sizi aramaya gelmişti, genç hanım, uzun boylu, bugün de ilk o geldi zaten... O bu işin peşini bırakmaz."

"Sen mi söyledin ona nerede olduğumu Halim?"

"Efendim ben... Ben..."

Birden büyük bir sarsıntı oldu vagonda. Ayaktakiler yuvarlandı, yerdekiler birbirlerinin üzerine devrildiler. Gıcırtılar çıkararak durdu tren. Herkes ne olduğunu anlamak için vagonun tahta parmaklıklarına üşüştü.

"Geri basın!" diye bağırdı Alman aksanlı Fransızcasıyla bir subay.

Genç bir keçi gibi bir hamlede atladı içeri. Yerde birbirinin üzerine tünemiş insanların arasında tunç bir heykel gibi dimdik durdu ayakta. Konsolos da onun karşısına dikilip durdu dimdik. İki-üç parmak daha uzundu Alman subayından. Bir Türk için ender rastlanan bir boydaydı. Subay baştan aşağı süzdü karşısındaki kapı gibi genç erkeği. Herhalde kısa boylu, göbekli ve orta yaşlı bir diplomat bulma beklentisiyle gelmişti perona. Bir istasyonda olmalıydılar, çünkü dışarıdaki ışık içeriye de vuruyor, hayal meyal aydınlatıyordu dehşet vagonunu ve subayın gözlerindeki hayreti görebiliyordu Nâzım Kender.

"Türk konsolosu siz misiniz?"

"Benim."

İnsanların üstüne basa basa, birkaç Alman subayı daha bindi vagona.

"Mösyö Konsolos, Marsilya'daki istasyon şefi vahim bir hata yapmış. Siz inmeden trene hareket emri verilmiş. Bu hatayı yapanları şiddetle cezalandıracağız. Buyurun efendim, emrinize bir araba tahsis ettim, sizi hemen Marsilya'ya geri götürecektir."

"İlginize teşekkür ederim ama bir yanlışlık var. Marsilya'daki istasyon şefini boş yere cezalandırmayın, trene ben kendi arzumla bindim."

"Yine de tren siz inmeden hareket etmemeliydi. Buyurun efendim." Alman subayı yol gösterdi konsolosa inmesi için.

"Bu vagon Türk vatandaşları ile doludur. Benim vatandaşlarımı bir hayvan vagonuna yükleyerek, arzuları hilafına nereye götürmektesiniz?"

"Onlar Yahudi'dir ve Paris'e gitmektedirler."

"Onlar Yahudi olsalar bile Türk vatandaşıdırlar. Hepsinin muntazam evrakları vardır."

"Sizden vagondan inmenizi rica ediyorum."

"Hayvan vagonundan, demek istiyorsunuz. Bakın efendim, ben dini inanışların bu tür muamelelere sebep olamayacağına inanan bir milletin ferdi ve hükümetin temsilcisiyim. Şundan emin olun ki ben ve memurum, bu vagondan ya bu insanlarla birlikte ineriz ya da Paris'e kadar gideriz."

"Mösyö Konsolos, işimi zorlaştırıyorsunuz. Bindiğiniz vagon yük vagonudur. Sizler inin, aralarında Türk tabiiyetinde olanların hesabı Paris'te görülür."

"O halde, bu hayvan vagonunda hep birlikte Paris'e kadar gitmek varmış kaderimde."

"Ne demek istiyorsunuz?"

"Bu hayvan vagonunu vatandaşlarım yanımda olmadan asla terk etmeyeceğimizi söylüyorum."

"Ben de size bir kere daha söylüyorum. İniniz ve emrinizdeki arabayla Marsilya'ya dönünüz."

"Ben de size bir kere daha söylüyorum. Ya hep beraber ineriz, ya hep beraber yola devam ederiz."

"Yahudilerle bu şartlarda seyahat etmeyi tercih ediyorsanız, siz bilirsiniz."

"Onlar benim vatandaşlarımdır. Ya hep beraber ineriz ya da hep beraber gideriz."

Alman subay, Nâzım Kender'e doğru bir hamle yaptı kolunu tutmak için. İki elini birden göğüs hizasına kaldırdı konsolos.

"Sakın bayım, sakın böyle bir hataya düşmeyin. Ben tarafsız bir ülkenin diplomatıyım ve dokunulmazlığım var. Bana dokunmaya kalkmanız büyük bir skandala neden olur."

"Siz bir skandal yarattınız bile," dedi Alman subayı. Yanakları hırsından kıpkırmızı olmuştu.

"Skandalı önlemek elinizde," dedi Nâzım Kender, "bu iğrenç vagondakilerden biri, yaşlı bir bey, ağır şartlara dayanamadığı için kalp krizi geçirdi. Paris'e kadar dayanmayabilir. Yolda ölürse sorumluluğunu alıyor musunuz?"

Alman, kendi dilinde homurdanarak atladı aşağı. Diğer subaylar da onu takip ettiler. Fransızca bilmedikleri için, neler olduğunu anlayamadıkları hallerinden belli oluyordu.

Bir müddet tıs çıkmadı kimseden. Herkes sindiği yerde, göze batmamak için iyice ufalmıştı.

"Neredeyiz?" diye sordu ürkek bir ses.

"Nims civarında olabiliriz," dedi Kavas Halim. Kimse kafasını dışarı uzatıp bakmaya cesaret edemiyordu. Nâzım Kender, tahtaların üzerinden sarktı, dışarı baktı. Trenin yanına dizilmiş on beş silahlı Alman'ın dışında peron bomboştu. Nerede olduklarını gösteren tabelanın önünü istasyon saati kapatmış olduğu için tabelayı göremiyordu. Ama saate bakarak nerede olduklarını saptamaya çalıştı ve kavası doğruladı, "Evet Arles veya Nims civarında olabiliriz."

Tren hareket etmiyordu. Ne gelen vardı, ne giden. İnsanlar her bir dakikanın bir saat kadar uzun yaşandığı asap bozucu sessizliğin içinde, ne olduğunu, neler olacağını bilemeden bekleşiyorlardı. Hepsinin gözlerinde derin bir minnet ve saygı vardı, uzun boyuyla ayakta kafa tutmaya hazır, hâlâ dimdik duran Türk konsolosuna.

Vagonun bir köşesinde, iki çocuğu itekleyip duran bir kadının sesi duyuldu. "Haydi... Haydi," diyordu sürekli. Çocuklar, kadın her ne istiyorsa, yapmakta isteksizdiler.

"Mösyö Konsolos," diye seslendi kadın. Nâzım Kender dönüp baktı.

"Bu çocukların size bir diyecekleri var." On üç-on beş yaşlarında iki saz benizli çocuk, kadının iteklemesiyle kalabalığın arasından sıyrılıp, Nâzım Kender'in önüne gelip durdular.

"Buyurun çocuklar, ne var?" dedi konsolos. "Ben Türk... Ben su istiyoğ... Kaanım ac... Bugün havva sov-vuk... Siz nasılsın?" Ağlamaya başladı, zaten titremekte olan küçük kız. Ezberinde olan tüm Türkçe cümleleri arka arkaya sıralayıp tüketmişti besbelli.

"Sen Türk müsün, küçük hanım?" diye Türkçe sordu konsolos.

Kız başını evet anlamında salladı.

"Adın ne senin?"

"Peği."

Oğlana döndü konsolos, "Ya sen?" dedi.

"Benim ad Sami. Saağmi."

Birden iki küçük çocuğun bir bahçede yan yana çekilmiş resimleri canlandı gözünün önünde Nâzım Kender'in.

"Halim Bey," diye seslendi, "Bak bizim Peri ile Sami buradaymışlar."

Şaşkın şakın baktı kavas, hiçbir şey anlamadan. O sırada peronda ayak sesleri duyuldu. Halim uzanıp dışarıyı gözledi tahtaların arasından. Biraz önce konsolosla konuşan subay, peşinde yine aynı askerlerle acele acele geliyordu. Nâzım Kender, elleri iki çocuğun omuzlarında bekledi.

Alman subayı bir önceki gibi cevvaliyetle atlamadı trene, ayakları geri geri gidiyormuş gibi bir hali vardı, kapının demirlerine tutunarak bindi vagona.

"Şimdi siz, trenden inmeyeceğinizi mi söylüyorsunuz Mösyö Konsolos?"

"Aynen öyle. İnmeyeceğim."

Bir sessizlik oldu. Derin bir nefes aldı Alman subayı, "İnin," dedi, "İnin bakalım."

"Anlayamadım?"

"Madem tek başınıza inmiyorsunuz, hep birlikte inin işte."

"Ya!"

"Evet. Emir böyle."

"Önce onlar insin. Hepsi."

"Hepsi Türk mü bunların?"

"Kiminin hüviyeti yanında değil. Ama Paris'e kadar gidip..."

"İNİN DEDİM SİZE!" diye bağırdı Alman. Belli ki aldığı emri yerine getirme mecburiyeti kızdırıyordu onu.

"En son ben ve memurum ineceğiz." Kollarını göğsünde kavuşturup bekledi konsolos, yanında yaveri gibi hazırolda duran kavasıyla. Vagondakiler ikişer üçer atlayarak inmeye başladılar. Kriz geçiren yaşlı adamı koltukaltlarından ve dizlerinin altından tutarak indirdiler, iki çocuk, konsolosun yakınında durmuş, ayrılmıyorlardı. Onları itekleyen kadın, onların Türklüklerini kanıtlamış olmalarının sevinci içindeydi ve ne olur ne olmaz korkusuyla göz göze bile gelmemeye çalışıyordu çocuklarla.

"Bu çocuklar sizin mi madam?" diye sordu Nâzım Kender.

"Hayır. Ben teyzeleriyim. Birlikte çarşıdaydık bizi topladıklarında."

"Haydi bakalım Peri ve Sami, sıra sizde," dedi konsolos. Kavas, kollarının altından tutup sarkıttı kızı platforma. Oğlan kendi atladı. Vagon boşalınca, gemisini en son terk eden bir kaptan gibi indi aşağıya konsolos, peşinde kavasla. Alman subayı yaklaştı, "İstasyonun kapısında arabamız sizi bekliyor," dedi.

"Teşekkür ederim. Müsaade ederseniz ben kendi tutacağım bir taksiyle dönmeyi tercih ediyorum. Kalp krizi geçiren bir yaşlı vardı, müsaade ederseniz, araba onu geri götürsün."

Bir kadın, Alman subayın yanıtını beklemeden atıldı:

"Yok, yok! Biz de kendi imkânlarımızla döneriz. Teşekkür ederim ama olmaz. İstemem."

Alman subayı, sizler delisiniz gibilerden bir bakış attıktan sonra, konsolosa bir asker selamı çaktı ve arkasını dönüp sert adımlarla yürüdü. Diğer askerler onu takip ettiler.

Almanlar uzaklaşınca bir uğultu kapladı ortalığı. Seksen kişinin her biri teker teker Nâzım Kender'in ellerini, yanaklarını, yüzünü gözünü öpmek istiyor, boynuna sarılmaya çalışıyorlardı. Ona ulaşamayanlar, kutsal bir şeye dokunmak isteyen insanların ruh haliyle, omzuna, sırtına değmek için kollarını, ellerini uzatıyorlardı.

"Sakın beni sırtınıza almaya kalkışmayın," diye yalvardı konsolos. Ama etrafındaki sevgi selini denetlemenin imkânı yoktu. Bir vahşetten kurtulmuş insanların gözlerindeki minnet, kelimelerle anlatılabilecek gibi değildi.

"Buradan önce aranızda Türk tabiiyetinde olmayanlar ayrılsın, kendilerini emniyete alsınlar. Hepiniz bir an önce dönün," dedi konsolos, sonra akıl edip sordu. "Yahu neredeyiz biz?"

"Arles'dayız," dedi kavas.

İçlerinden biri, "Sanıyorum bir saat içinde Marsilya'ya bir tren kalkacak," dedi, "savaş dolayısıyla iptal edilmediyse."

Konsolos ve kavas, yan yana yürüyüp istasyon binasından dışarı çıktılar. Nazilerin Türk konsolosuna tesis ettikleri Mercedes-Benz, çıkış kapısına yanaşmış, bekliyordu.

"Burada bir taksi bulunmaz mı, soruştursana Halim," dedi Nâzım Kender. Kavas uzaklaşırken, istasyon kapısının oradaki bankoya oturdu. Yaşadıklarının bir kâbus mu, yoksa gerçek mi olduğunun ayırımını yapmaya çalışıyordu. Az sonra Halim'in sesiyle kendine geldi.

"Efendim, odunla çalışan bir otomobil varmış, kiralayalım mı?" diye soruyordu.

"Hemen kirala," dedi Nâzım Kender. Ayağa kalktı, Mercedes-Benz'in önünden sert adımlarla geçti ve karşı kaldırımdaki taksi durağına doğru yürüdü vakarla.

PARİS

Ferit pencereden, karısının caddenin karşı tarafina geçip gözden uzaklaşmasını seyretti. Evelyn gözden kaybolunca, perdeleri çekti, sokak kapısının kilidini kontrol etti ve yatak odasına yürüdü. Yatağın üzerindeki örtüyü, yorganı, yastıkları aceleyle attı yere. Üstü bomboş kalan şiltenin kenarlarını yokladı bir süre ve aradığını buldu. Bu bir elin sığabileceği büyüklükte bir yırtıktı. Önce elini yırtıktan içeri soktu, sonra da kolunu omzuna kadar uzattı şiltenin içinde. Ortada bir yerde duruyordu bildiriler. Avuçladı onları, dışarı çekti. Sabırla ve özenle yeni baştan yaptı yatağı. Yastıkları kabartıp yerlerine koydu. Mutfak masasının üzerinde acele bir not yazdı karısına:

Canım, üniversiteden bir arkadaşın nehrin öte yakasındaki evine gidiyorum. Gecikirsem sakın merak etme.

Bildirileri fanilasının içine soktu, dik yakalı kalın kazağını giydi, kasketini taktı, çıktı evden. Metroya doğru yürüdü.

Ferit, Vichy Hükümeti'nin kurulmasıyla, yani Fransızların Hitler'in dümen suyuna girmesiyle çalışmaları hızlanan Direniş Hareketi yeraltı örgütünün üyesiydi bir süredir. Fransız değildi ama bu ülkeyi gerçek bir Fransız kadar seviyordu ve daha da önemlisi, Hitler'den nefret ediyordu.

Fransız olmadığı için, komitedeki arkadaşları onu milli konuların konuşulduğu en ince planlarına ortak etmiyorlardı ama Yahudilerin ve komünistlerin Fransa dışına kaçırılmasını organize eden hücrelerde çalışmasına göz yumuyorlardı.

Ferit, Evelyn'e bu örgütle olan bağından hiç söz etmemişti. Genç kadın, kocasının ta Galatasaray günlerinden beri tanıdığı, çok sevdiği ve doktora tezini yazmasında yardımcı olan hocasına gönüllü asistanlık yaptığını sanıyordu. Bazı günler sabah, bazen öğleden sonra, sık sık da gece ortadan kayboluşlarını böyle izah ediyordu Ferit. Aslında, hocası da aynı örgütün üyesi olduğu için, Evelyn'in kocasının açığını yakalaması pek mümkün gözükmüyordu.

Ferit, pek çok Yahudi arkadaşına, tarafsız ülkelerin pasaportlarını temin eden örgütle bağlantı sağlamıştı. Ama son günlerde en geçerli pasaport, vatandaşlarını Gestapo'ya karşı ısrarla koruduğu için Türk pasaportuydu. Örgüt bu işi kotarması için Ferit'i görevlendirmişti. Ferit, eski okul arkadaşı Muhlis vasıtasıyla temas kurmuştu konsoloshaneyle. Tarık'ı tanıdıktan sonra, ağız aramaktan vazgeçip onu kahve içmeye davet etmiş ve açık açık sormuştu. Türk Konsolosluğu Türk olmayanlara da pasaport temin edebilir miydi? Çok net gelmişti yanıt.

"Keşke size başka türlü cevap verebilecek yetkim olsaydı, Ferit," demişti Tarık, "ölümden ve acıdan kurtarabildiğimiz her insan bizim için tarifsiz bir saadet kaynağı oluyor. Hatta biliyorsun, her türlü tehlikeyi göze alıp bizzat gidiyoruz karakollara ve kamplara. Ama biz onurlu ve ciddi bir hukuk devletiyiz ve kanuni olmayan hiçbir faaliyete bulaşamayız."

"Ümidimi tamamen keseyim mi?"

"Kes, dostum."

Ferit sigarasından derin bir nefes çekip üflemişti, halkalar çıkartarak havaya doğru.

"Pekâlâ, bu konuda sizi bir daha rahatsız etmem," demişti.

"Başka her konuda edebilirsin ama. Elimden geleni yaparım. Senin bu faaliyetlerini de büyük bir saygıyla karşılıyorum. Devlet memuru olmasam yanında yer alabilirdim."

"Evet, anlıyorum."

"Bir şey sorabilir miyim Ferit, nasıl bulaştın bu işe?"

"Göğsünde yürek taşıyan herkes bu işin içinde, Tarık. Fransızlar cephe savaşı yapmıyorlar ama yeraltında müthiş bir örgütlenme var. Bana gelince, üniversiteden tanıdığım çok yakın bir arkadaşın vasıtasıyla bulaştım. O, toplantılara giderken beni de peşine taktı, sonunda ben de katıldım gizli mukavemet teşkilatına."

"Fransızların kahramanca vuruşmamış olmaları şaşırtmıyor mu seni?"

"Tarık, Paris dünyanın en güzel şehirlerinden biri. Bu şehri bombalattırmayı göze alamadılar bence."

"Bu da bir görüş elbette."

Bir süre hiç konuşmadan kahvelerini içmişlerdi. Quartier Latin'de öğrenci kafelerinden birinde oturuyorlardı.

"Sana bir sır vereyim mi dostum," demişti Tarık, "İngilizler ve Amerikalılar bu De Gaulle'den hiç hoşlanmıyorlar. Günahları kadar sevmiyorlar adamı. Milli kurtuluşun başında başka bir isim olsaydı daha çok yardım görebilirdiniz."

"İngilizlerin kendi menfaatlerine halel getirebilecek en ufak bir şeye tahammülleri yoktur," dedi Ferit, "De Gaulle de İngiliz menfaatlerini kollayacak biri değil. Dikkafalı, huysuz adamın teki, kendi şerefine dokunacak her davranışı, Fransa'ya karşı bir hakaret olarak telakki ediyor."

"Her neyse, başınızdaki adam değişse İngilizlerden, hatta Amerikalılardan daha fazla destek görürdünüz, bunu benden duymuş olma ama bil."

"Bir başka lider arandı ama bulunamadı. Ülkedeki tüm direnişçiler bu adamın arkasında," demişti Ferit, "Ama ondan hoşlanmayanlar da sonunda pes edecekler ve De Gaulle'ü kabul edecekler, bak görürsün."

"Niye bu kadar eminsin?"

"Müttefikler savaşı kazanmak için Fransa'ya çıkarma yapmaya mecburlar. O gün gelince ister istemez tanımak zorunda kalacaklar, hem De Gaulle'ü, hem de Milli Kurtuluş Komitesi'ni, çünkü yeraltı örgütlerinin desteği olmaksızın, başarılı bir çıkarma yapmak imkânsız olur."

"O gün bir an önce gelse keşke," demişti Tarık.

Hesabı istemişlerdi garsondan.

"Bugünkü buluşmamızı Muhlis ve Evelyn duymayacaklar, değil mi?" diye sormuştu Ferit.

"Asla!"

"Teşekkür ederim."

"Ferit, karışmak gibi olmasın ama, karından teşkilatın üyesi olduğunu saklaman doğru mu dersin?"

"Evet. Onu bu ara heyecanlandırmak ve üzmek istemiyorum Tarık, Evelyn hamile."

"Aaa," demişti Tarık, "bilmiyordum. Çok tebrik ederim."

"Henüz çok yeni, kimseye söylemedik. Sen de bilme."

"Aman kendine çok dikkat et," diye sırtını sıvazlamıştı Tarık arkadaşının, "hayattaki mesuliyetlerin şimdi başlıyor, sakın tehlikeli işlere bulaşma dostum."

***

Ferit metroda giderken, Tarık ile yaptığı konuşmayı düşünüyordu. Onu ikna edebilmiş olmayı isterdi. Tanışır tanışmaz itimat telkin edebilmiş birkaç kişiden biriydi çünkü; tok sözlü, dürüst, çalışkan, cesur ve hiç geveze olmayan, tam da bir örgüt elemanında olması gereken hasletleri haiz. Ne yazık ki, kendinden bekleneceği gibi, devletinin kanunlarına sadık kalmayı tercih etmişti. Ama bir açık kapı bırakmıştı Ferit'e, "Beni başka konularda rahatsız edebilirsin," diyerek.

Ferit, metronun karanlık penceresine akseden görüntülerden, ayakta duran sıska adamın kendini göz hapsine aldığına dair bir şüpheye kapıldı. Gazetesini siper ederek adama bakmaya çalıştı. Adam kıpırdandı. "Ah! Anladı onu fark ettiğimi," diye düşündü Ferit. Acaba kalkıp inse miydi ilk durakta? Tren durdu. Ferit kalkmaya yeltenirken adamın vagondan çıktığını görünce yeniden oturdu yerine. Boşu boşuna telaşa kapılmıştı. "Evham," dedi içinden, "beni Gestapo değil, bu evham öldürecek."

İşte bu sık kapıldığı evhamlardan dolayı istiyordu Tarık'ın açık bıraktığı kapıdan girmek. Başına bir şey gelecek olursa Evelyn'i İstanbul'a götürüp ailesine teslim edebilecek tek insan Tarık'tı. Ne kırk yıllık arkadaşı Muhlis, ne de bir başkası... Bugünü de hayırlısıyla sağ salim akşama kavuşturabilirse yarın ilk iş gidip ondan bunu rica edecekti, ama nasıl? Topu topu üç beş kere gördüğü bir adama, "Sana karımı emanet etmek istiyorum," diyebilir miydi? Deli olduğunu düşünecekti herhalde Tarık. Belki de düşünmezdi. Üç beş kere gördüğü adama itimat edip örgüt üyesi olduğunu söylememiş miydi! Kılı kıpırdamamıştı Tarık'ın. Şaşırmamıştı, itiraz etmemişti, nasihat etmemişti. Evet, Tarık Evelyn'i emanet edeceği tek ve doğru adresti. Bugünü yüzünün akıyla bitirebilirse yarın ilk iş...

Ferit metrodan indikten sonra çıkış kapısına yürürken kapıda uzun bir kuyruk oluştuğunu gördü. Kapıdan kadınlar rahatça geçiyor fakat erkekler kimlik göstermek zorunda kalıyorlardı. Kimlikleri yanlarında olmayanlarla, kimliklerinde Yahudi damgası bulunanları metronun çıkışında bulunan bir kamyona dolduruyordu Alman askerleri.

"Bir bu eksikti," dedi kendi kendine ve endişeyle ceplerini araştırdı. Ohh, kimliği yanındaydı. İçi rahatladı. Ama yine de hemen dışarı çıkmak varken, mecburen sıraya girip bekleyeceği için canı sıkıldı. Allah'tan kuyruk çabuk ilerliyordu. Yaptıkları işi süratle ve müthiş bir disiplinle yapıyorlardı, Allahın belaları. Sıra ona gelince, hem nüfus kâğıdını, hem de öğretmenlik belgesini verdi kolu SS bantlı askere. Kâğıtlarına bakıp "Geç!" dedi herif. Ferit, kâğıtlarını kapıp göğüs cebine soktu, hızlı adımlarla birkaç kilometre yürüdü ve arka sokakların birinde, camları tozlu, rafları yarı yarıya boş, berbat bir bakkal dükkânından içeri girdi.

"Bir *Paris Soir* versene," dedi kasanın başında oturan canından bezmiş adama.

"İlavesini de istiyor musun?"

"Bedavaysa niçin olmasın!"

Ferit tezgâha para bıraktı.

"Bozuk yok mu?"

"Bizde bozuk bulunmaz. Sende var mı?"

"Karşıki kapıdan gir, soldaki merdivenlerden in," dedi bakkal, hesaplarını yapmaya devam etti başını kaldırmadan.

Ferit, dükkânın sonundaki kapıdan girdi, merdivenlerden indi ve karşısına gelen kapıyı açtı. Bir garajdaydı şimdi. Arabaların gerisinde duran ufak bir masanın etrafında beş altı kişi toplanmışlardı.

"Nerede kaldın, Türk?" dedi içlerinden biri.

"Ancak gelebildim."

"Geç, otur. Seni ilgilendirecek bir iş var. Bugün bize bir bilgi ulaştı."

Ferit kenardaki taburelerden birini aldı, masanın başında oturanların arasına sıkıştı.

"Neymiş?"

"Türkler, Türk uyruklu Yahudileri Türkiye'ye götürmek üzere bazı hazırlıklar yapıyorlarmış. Böyle bir şey duydun mu?"

"Hayır."

"Sen ne konuşuyorsun konsoloslukta çalışan heriflerle allahaşkına?"

"'Örgüt bazı duyumlar almış, Yahudileri Türkiye'ye nakletmek için hazırlık yapıyormuşsunuz, öyle mi, diye sormadım doğrusu."

"Şimdi soracaksın."

"Tamam, sorarım. Ama farz edin ki öyle. N'olacak sonra?"

"Türk uyruklu olmayanları da o trene bindireceğiz."

"Kabul etmezler."

"Bunu biz de biliyoruz."

"Eeee?"

"Yine de bindireceğiz."

"Nasıl?"

"Bir yolunu buluruz."

"Diyelim ki buldunuz. Kaç kişi, bu binecek olanlar?"

"Şimdilik yirmi sekiz kişi. Ama artabilir."

"Ne! Delirdiniz mi siz?"

"Yaptığımız işi biraz deli olmadan yapmak mümkün mü, Türk?"

"Pasaport çıkarttırmayı beceremedin, bari bu işi başar," dedi masanın başında oturan karga burunlu, "ve önce bize kesin bilgi getir, bu tren işi ne kadar doğru ve eğer doğruysa ne zaman olacak bu iş?"

"Öğrenmeye çalışacağım," dedi Ferit.

"Şimdi, gündemin ikinci konusuna gelelim," dedi masanın başında oturan adam, "bu hafta içinde İsviçre sınırından geçirmek zorunda olduğumuz bir grup var..."

Tavandan sarkan çıplak ampul bir yandı, bir söndü. Masanın etrafındakiler ayaklandılar, iki kişi bir arabayı yıkamaya başladı. Bir diğeri arabalardan birinin içine girdi elinde bir tornavidayla. Ferit diğer iki kişiyle, geldiği kapıya doğru koştu. Lamba yeniden yandı.

"Tamam çocuklar tehlike geçti, haydi toplanın yine," dedi karga burunlu. Masaya doğru yürürken, "Yarın," diye düşündü Ferit, "Yarın Tarık'la konuşmalıyım. Mutlaka."

PARİS

Tarık'ın Selva'dan gelen habere ulaşabilmesi kolay olmamıştı. Konsoloshanenin gece bekçisi, telefondaki kadının ısrarı ve paniği üzerine, Tarık'ın evine telefonla haber yollatmasa Tarık ertesi güne kadar bilemeyebilirdi seksen kadar insanın bir hayvan vagonuna tıkıştırılarak Paris'e doğru yola çıkarıldığını.

Bekçi iki kere yüzüne kapatmıştı telefonu Selva'nın. Bu kadın laf anlamıyor muydu acaba?

"Hanım, konsolos burada yok. Başkaları da yok. Ne ikinci kâtip, ne üçüncü kâtip, ne de sekreter. Hepsi evlerine gittiler. Yarın sabah erken arayın," demiş ama dinletememişti. Üçüncü telefonda biraz korkmuştu açıkçası. Bu kadar ısrarlı olduğuna göre kimbilir neyin nesiydi, kimin fesiydi! Bekçi, ancak çok önemli haberler için kullanmaya tembihli olduğu, Tarık Arıca'nın evinin altındaki bakkala telefon edip çok önemli bir gelişme olduğunu, beş numarada oturan beylerden birinin konsoloshaneye telefon etmeleri gerektiğine dair, beş numaraya bir haber yollatmasını rica etmişti. Bakkal, bu mesajı aldıktan ancak yarım saat sonra, servisten dönen çırağını yollamıştı yukarı.

Tarık haberi alır almaz doğru konsoloshaneye koşmuştu. Bekçiden, Marsilya'dan bir deli kadının ısrarla kendini aradığını öğrenip hemen telefon etmişti Selva'ya. Tek anlayabildiği, Saint Charles İstasyonu'ndan kalkan bir trene Yahudilerin doldurulduğu ve Nâzım Kender'in de onlarla beraber Paris'e doğru hareket ettiğiydi. Selva, Tarık'a bu treni Paris'te karşılaması ve kocasını kurtarması için yalvarıyordu. Tarık, önce Berlin'deki Türk Sefareti'ni aramıştı hemen. Paris Alman işgali altında olduğu için, Paris Konsoloshanesi, savaş süresince emirlerini Berlin'deki Türk Sefareti'nden almak zorundaydı. Vichy'deki sefirin, Yahudileri kurtarma eylemlerine çok duyarlı olduğunu iyi bildiği için Berlin'e haber verdikten sonra, Vichy'deki Sefir Behiç Bey'i de haberdar etmişti durumdan.

Atatürk'ün yakın arkadaşlarından biri olan Behiç Bey, çekirdekten yetişme bir diplomat değildi ama devlet tecrübesi engin, sağduyu sahibi, akıllı ve vicdanlı bir adamdı. Bu niteliklerinden dolayı yollanmıştı Fransa'daki görevine. Belki de Allah tarafından yollanmıştı.

"Her ne kadar Gestapo'nun ayağına basmamaya itina etsek de harbin icapları bize insanlığımızı unutturmamalıdır beyler," demişti genç meslektaşlarına. "Milattan önce yedi yüzlerde Doğu Anadolu'da yaşamış Urartular bile, zaptettikleri topraklarda yaşayan halkın inançlarına saygı göstermeyi bilmişler de, yirminci asrın ortasında bu Almanlara da ne oluyor böyle! Hiçbir şeye tepki göstermeyin ama hep doğru bildiğinizi yapmaya çalışın."

Tarık birçok kez düşünmüştü, bu kafa yapısında bir âmirin desteği, yüreklendirmesi olmasa, kamplara ve karakollara Türk asıllı Yahudileri kurtarmaya acaba aynı cesaretle gidebilir miydim, diye. Behiç Erkin'in, Vichy'de uygun gördüğü bir binayı sefaret olarak kiralamasının haftasında, yandaki binaya da Almanlar yerleşmiş, orayı karargâh olarak kullanmaya başlamışlardı. Alman subayları sefarete girip çıkanları sürekli gözetliyor ve sorgu sual ile tedirgin ediyor, korkutuyorlardı. Bu işe son vermek amacıyla, Sefir Behiç Bey balık halinde çalışan irikıyım bir Fransız'ı maaşa bağlamış, üniforma giydirmiş ve kapının önünde koruma olarak görevlendirmişti. İnsan azmanı koruma, sefaretten çıkanlara yolun ucuna kadar refakat ederek, Alman askerlerinin tacizine karşı caydırıcılık görevini yerine getiriyordu. Behiç Bey ayrıca, Türkiye ile olan bağını en zayıf kanıtlarla bile ispat edebilenlere hemen pasaport verilmesini tembih etmişti. Yılların içinde Türkçeyi unutmuş ya da Fransa'da doğduğu için hiç öğrenememiş olanlara, Almanların ya da Alman yanlısı Fransızların hışmından korunabilmeleri için, "Benim vatanım Türkiye'dir." "Türkiye'de akrabalarım var," gibi cümleler ezberletmesinin yanı sıra, birkaç Türkçe kelimeyi bir araya getirip cümle kurabilenleri de Türkiye ile olan bağını ispatlamış sayıyordu.

Amirlerini devreye soktuktan sonra tekrar aramıştı Selva'yı Tarık.

"Gönlünüzü ferah tutun ve lütfen hemen güzel bir uyku çekin, sefirlerimiz lüzumlu temaslara başladılar," demişti ama genç kadını teskin edemeyince, Sabiha'nın kız kardeşine elinden gelen her türlü yardımı yapabilmek için geceyi konsoloshanede geçirmeye karar vermişti. Telefonun elinin altında bulunması iyi olurdu. Birkaç saat sonra, ne olup bittiğini yeniden araştırabilir, Rafael'i salmışlarsa Selva'ya haber verirdi hemen.

Bekçi karşısına dikildiğinde, iki saatten beri elinde telefon, sağdan soldan yeni bir haber almak için çırpınmaktaydı Tarık.

"Sizi görmek isteyen biri var kapıda. Arkadaşınız olduğunu söylüyor."

"Adı neymiş?"

"Ferit Bey... Ferit Say... Say..."

"Saylan?"

"Evet, evet Saylan."

"Bırak gelsin. Dostumdur."

Ferit yorgun yüzüyle odaya girdiğinde telaşlandı Tarık.

"Hayrola birader, bir şey mi oldu?" diye sordu.

"Asıl ben seni merak ettim," dedi Ferit, "sizin eve uğramıştım, Muhlis senin apar topar konsoloshaneye gittiğini söyledi. Ne var, ne oldu? Elimden bir şey gelir mi?"

"Pek sanmıyorum. Gestapo, Marsilya'da yaşayan bir ahbabımın kocasını diğer Yahudilerle birlikte toplamış, trenle Paris'e sevk ediyormuş. Berlin Sefareti'ne haber verdim, Vichy Sefareti'ni de aradım. Şimdi oturdum, bekliyorum. Bir gelişme olursa beni haberdar edecekler."

"Benim de seninle beklememi ister misin?"

"Teşekkür ederim Ferit. Boşuna buralarda perişan olma. Evelyn evde seni bekliyordur."

"Evelyn bu akşam evde değil. Yeni doğum yapan bir arkadaşını ziyarete gitti, gece onlarda kalacak."

"Otur o zaman. Sana ne ikram edeyim. Çay içer misin?"

"Bu saatte mi?"

"Bekçinin eline para verir, bir şişe şarap aldırırdım ama birader, kokusu filan siner, konsolosluk makamında da içki içilmez ki!"

"Başkası olsa içer de sen içmezsin dostum. Çünkü sen mesuliyetlerini müdrik bir insansın. Ben de o yüzden seviyorum ya seni..."

Tarık arkadaşının övgü dolu sözlerinden rahatsız oldu.

"Birazdan iyi bir haber gelirse birlikte çıkar, Prolope'a gideriz, bir şeyler atıştırırız," dedi.

"Sen söyle bana çayı. Burada kalıp konuşalım. Seninle çok ciddi bir konu hakkında konuşmam lazım. Kahvede filan olmaz..."

"Hayrola, bir sıkıntın mı var?"

Yanıtlamadı Ferit. Tarık odasından çıktı, koridorun başına yürüyüp bekçiye seslendi, "İki bardak demli çay yapsana bize, Hasan Efendi," diye.

"Ne bardağı, bardak mı varmış burada?" diye söylendi bekçi, "çorba içer gibi çay içiyoruz."

Türkiye'den getirdikleri canım Acem bardaklarının hepsi kırılmış, kala kala Fransızların kocaman beyaz porselen fincanlarına kalmışlardı. Bir gelene altı adet ince belli çay bardağı ısmarlayacağına söz vermişti konsolos. Allah'tan sözünün eri adamdı da inşallah çay keyfine yeniden kavuşacaktı yakında, bu cehenneme gelecek bir aptal bulunursa memleketten!

***

Paris'in bir cehennem olduğuna, Yahudi asıllılarla, vatan hasreti çeken ve eğlenceyle hiç arası olmayan bekçiden başka kimseyi inandıramazdınız o günlerde. Açık şehir ilan edilmiş olan Paris, kabareleri, kahveleri, tiyatroları, sabahlara kadar açık dansingleri, barları ve lokantalarıyla eşi benzeri olmayan bir eğlence merkezi görünümündeydi.

"Nedir mesele?" diye sordu Tarık. "Başın derde filan mı girdi Ferit?"

"Hayır, benim başım dertte değil ama, başı dertte olanlarla ilgilendiğimi biliyorsun."

"Evet, tehlikeli işlere bulaştığını biliyorum."

"Sen de yapıyorsun böyle şeyler."

"Benim arkamda Türk Devleti var. Türk Sefareti var. Senin arkanda ise gayri meşru yeraltı faaliyetleri... Üstelik Fransız uyruklu bile değilsin. Başın belaya girse kim kurtaracak seni?"

"Sen!"

"Ferit, ben seni kurtaramam. Fransız Komünist Partisi saflarında, gizli mukavemete katılmış birine ne yardımım dokunabilir ki? Devlet olarak resmen tanıyamadığımız bir örgütün üyesisin. Yaptığın işleri ancak kalben destekliyorum, bu da seni kurtarmaya yetmez."

"Bu bana yeter."

"Saçmalama birader. Evelyn hamile olmasa o kadar karşı olmazdım tehlikeli işlere burnunu sokmana, kuryelik yapmana."

"Tarık, ben de seninle bunu konuşacaktım. Eğer benim başıma bir şey gelirse Evelyn sana emanet, lütfen karımı kolla, olur mu?"

Tarık bakakaldı Ferit'in yüzüne.

"Olur mu, dostum?"

"Yani ne yapmamı istiyorsun?"

"Karımın İstanbul'a sağ salim ulaşmasını sağla."

"Evelyn'in akrabaları yok mu burada?"

"Paris'te yok. Ayrıca çocuğumuzun Türkiye'de dünyaya gelmesini, bebeğimizi annemin de görmesini istiyoruz."

"Ya Evelyn'in annesiyle babası?"

"Hiçbiri hayatta değil. Sadece bir erkek kardeşi var, o da Amerika'ya kapağı atmak için çabalıyor. Çocuk doğana kadar gitmiş olacak."

"Ferit, bu tehlikeli işlere hiç bulaşmasan da karını alıp sağ salim sen götürsen vatanına."

"Tek bir misyonum kaldı Tarık. Son bir iş... O işin iyice içindeyim artık, geri dönemem. Onu da hayırlısıyla becerebilirsem, Evelyn ile şu trene binip İstanbul'a döneceğim."

"Hangi trene?"

"Şu senin bahsettiğin."

"Ben hiç öyle bir şeyden bahsetmedim."

"Ama öyle bir tren var."

"Muhlis'ten mi duydun?"

"Ne önemi var nereden duyduğumun. O tren ne zaman kalkıyor?"

"O trene mi binmek istiyorsun?"

"Mümkün mü?"

"Kalkacak olursa, elbette. Paris'te toplanan Türk asıllı Yahudileri Türkiye'ye sevk etmek için böyle bir yol düşündük. Hâlâ çalışıyoruz üstünde. Bir vagon kiralamak bize kaça mal olur, kiralayabildikse hangi yollardan geçerek gitsin, en selametli güzergâh hangisidir, hangi tarihte yola çıkaralım gibi suallerimiz var... Trenin geçmesi muhtemel memleketlerle görüşüyoruz... Evet, henüz kesinleşmedi ama öyle bir tren projemiz var. Ona binmek istersen sana ve karına mutlaka yer bulurum trende."

"Emin misin?"

"Elbette. Ama bunu öyle uluorta konuşup durma gözünü seveyim. Dallanıp budaklanırsa Almanlar engellerler. Bunu sessizce halletmeye çalışıyoruz. Muhlis bahsetmemeliydi bundan."

"Muhlis bahsetmedi, emin ol."

"Nereden duydun o zaman? Sefirin dışında, bunu bilen üç kişiyiz: ben, Hikmet Özdoğan, bir de Muhlis. Sen Hikmet'i tanımıyorsun. Muhlis boşboğazlık etmiş olmalı?"

"Şerefim üzerine yemin ederim ki o söylemedi. Zaten Muhlis benim teşkilatta çalıştığımı da bilmez."

"Nereden duydun öyleyse?"

"Söyleyemem."

"Bilmem şart."

"O trene yakınlarını bindirmek isteyen bir-iki arkadaşım var, komitede."

"Nasıl duymuşlar?"

"Yerin kulağı vardır. Ben de yeraltında çalışmıyor muyum?"

"Bu hiç hoşuma gitmedi azizim. Nasıl sızar böyle bir bilgi?"

"Merak etme Tarık, duyanların projeye kötülüğü dokunmaz. Sadece trenden faydalanmak isteyebilirler..."

Bekçi elinde bir tepsiyle içeri girince sustular. Çay fincanlarını Tarık'ın masasına bırakıp çıktı adam. Çaylarından bir-iki yudum ancak içmişlerdi ki telefon çaldı. Sefaretten arıyorlardı. Sefir, Tarık'a Marsilya Konsolosu Nâzım Kender ve yanındakilerin serbest bırakıldığının haberini veriyordu.

"Efendim, çok teşekkür ediyorum bu güzel haber için," dedi Tarık, "...Hangi işi?.. Haa, şu tren işini... Elbette efendim, hemen ilgilenirim yarın... Hakkınız var, zavallı insanlar ikinci bir kapana kısılmadan önce bu işi hızlandırmakta fayda var. Muhaceret Komiteleri de bu akşam meydana gelen olay üzerine bize her bakımdan yardımcı olmaya çalışacaklardır... Nasıl efendim?"

Tarık, Ferit'in yanında fazla konuşmak istemediği için kısa kesmeye çalıştı konuşmasını. "Evet efendim, hayır efendim," gibi yanıtlarla yetindi. Telefonu kapattıktan sonra arkadaşına döndü.

"Gestapo, Marsilya'da vagona doldurup Paris'e gönderdiği insanları salmış. Bak, yine başardık, dostum!" dedi, gözleri ışıl ışıl.

"Çok sevinme Tarık, bu kez salıverdiler ama çok yakında tekrar toplayacaklardır."

"Belki... Bana müsaade et de Marsilya'da haber bekleyen arkadaşımı arayıp müjdemi vereyim önce. Sonra çıkarız beraber," dedi Tarık, Selva'nın telefonunu çevirirken.

***

Selva telefonu bir kere bile sonuna kadar çaldırtmadan, sesini duyar duymaz hemen açtı. Belli ki telefonun başında bekliyordu.

"Selva Hanım, gözünüz aydın, kocanız diğerleriyle birlikte Arles'da serbest bırakılmış. Herhalde gecenin bu saatinde onca insan vasıta bulmakta zorluk çekiyorlardır ama sabaha doğru evlerinde olurlar," dedi Tarık. Hiç ses gelmedi karşı taraftan.

"Selva Hanım... Selva?"

"Sizi duydum," dedi Selva, zorlukla konuşuyordu, "Tarık Bey, haklıymışsınız, memlekete dönmemiz gerekiyor. Hem de ilk fırsatta."

"Yakında Edirne'ye doğru bir trenin kalkma ihtimali var. Eğer kalkacak olursa siz de burada olmalısınız. Tren Marsilya'dan gelişinizi beklemez. Paris'te hazır bulunmalısınız."

"Tarık Bey, trenin hareket zamanı belli değilse uzun zaman nerede barınabiliriz ki, çocuk da var, biliyorsunuz."

"Benim evimde kalırsınız en kötü ihtimalle. Selva, hemen harekete geçin ve lütfen en geç on beş gün içinde burada olmaya bakın," dedi Tarık. Telefonu kapattıktan sonra, bir an, "Ben ne halt ettim?" diye düşündü. Üç kişilik bir aileyi nasıl barındırabilirdi evinde? Muhlis ne derdi bu işe? Ferit'e döndü, "Bir yere ihtiyacım olabilir," dedi, "bana kısa bir müddet için kalabileceğim bir yer bulabilir misin ya da evime yakın bir otel var mı acaba?"

"Sana mı, dostlarına mı?"

"Onlar üç kişi. Ben tek başıma daha kolay yer bulurum. Onlar da bende kalırlar."

"Tren kalkana kadar?"

"Evet."

"Trenin kalkacağını mı söylüyorsun bana?"

"Ferit, o tren kalkarsa sen de içinde olmayacak mıydın karınla?"

"Olabilirim."

"O halde şimdi beni zor durumda bırakma ve namusun üzerine söz ver. Bu konuşmayı hiç duymadın. Böyle bir trenden haberin yok! Benden asla duymadın, bilmiyorsun!"

"Ben ne dedim sana demin, yerin kulağı vardır, demedim mi? Ben sen söylemesen de duyardım. Neyse, sana veya dostlarına bir yer bulmaya çalışayım. Bizim eve ne dersin?"

"Sizin eve mi?"

"Elbette. Hiç kullanmadığımız geniş bir odamız var. Evelyn ile evlenmeden önce bir arkadaşım kalıyordu orada. Biz evlenince arkadaşım başka yere taşındı. Oda halen boş, sen ne diye çıkasın evinden. Onlar rahatça kalabilirler bende."

"Hangimiz kalırsak kalalım, ücretini öderiz."

"Odanın ücreti hiç önemli değil. Düşünürüz bir şey," dedi Ferit.

"Haydi çıkalım şimdi, yolda konuşuruz," dedi Tarık. Kendini kapana sıkışmış bir fare gibi hissediyordu. Ferit bu iyiliğine karşılık para almayacaktı ama ne isteyecekti acaba?

ANKARA, 1943

Doktor Celal'in evindeki briç partisi aniden bastıran kar yüzünden erken dağılmak zorunda kaldı. Misafirler hep birlikte sokak kapısına doğru yürürlerken, "Sabiha, sen bu akşam bizde kal, bu havada eve tek başına gitmeni istemiyorum, zaten Macit de yok," dedi Doktor Celal'in karısı Leyla.

"Kalamam şekerim, Macit yok ama Hülya evde. Merak ederler dönmezsem," dedi Sabiha. "Telefon ederdik."

"Teşekkür ederim, döneyim ben."

"Bu Macit işini her zaman bilmiştir," dedi arkalarından gelmekte olan Doktor Celal gülerek, "biz burada kar fırtınasına tutulmuş donarken, o şimdi Kahire'de güneşleniyor."

"Ne güneşlenmek ama, bir yanında Churchill, diğer yanında Roosevelt, karşısında da İnönü, ecel terleri döküyordur herhalde. Ben bu fırtınaya maruz kalmayı tercih ederim kendi hesabıma," dedi Adnan Bey.

"Asıl terleyen o değil, İnönü olmalı. Kimbilir nasıl sıkıştırıyorlardır onu Roosevelt ile Churchill," dedi Leyla.

"İnönü'yü asıl sıkıştıran Ruslar," dedi Adnan Bey.

"Ne pahasına olursa olsun, Türkiye illa savaşa girsin istiyor Rusya."

"Neden?" diye sordu Doktor Sahir.

"Çünkü sonra, Almanlar Türkiye'ye saldırınca, yardımımıza koşmak için ordularını yollayacak buraya."

"Ne Şam'ın şekeri, ne Arap'ın şeyi," dedi Doktor Celal, "Rusya yardımıma gelmesin, ben başka ihsan istemem."

"Bizim ihtiyar kurt yer mi hiç bu numaraları, kimbilir ne manevralar yapıyordur hepsini idare edebilmek için," dedi Ahmet Bey.

"Şeytan azapta gerek," dedi, Egeli olduğu için, İnönü'den hoşlanmayan Ahmet Bey'in karısı.

"Bu kapı önü sohbetleri hiç bitmez. Haydi Leylacığım, bize eyvallah," dedi Adnan Bey, karısını kapıya doğru çekiştirerek.

"Sen kiminle gelmiştin Sabiha, Adnanlarla mı?" diye sordu Doktor Celal.

"Hava günlük güneşlikti gelirken, tek başıma yürüdüm," dedi Sabiha.

"Tek başına dönemezsin ama bu karda."

"Ben hanımefendiyi bırakırım," dedi Doktor Sahir.

"Ne lüzumu var. Zahmet etmeyin," dedi Sabiha.

"Zahmet olur mu? Zevkle!" dedi Sahir.

Hep beraber çıktılar. Sıhhıye'de, heykelin oralarda herkes kendi istikametine sapınca dağıldı kalabalık. Sabiha ve Sahir, yan yana Kızılay'a doğru yürüdüler. Sulusepkenle başlayan kar, önce lapaya çevirmiş, sonra da tipiye dönüşmüştü. Bir ara ayağı kayar gibi oldu Sabiha'nın. Kolundan yakaladı Sahir.

"Koluma girin Sabiha Hanım," dedi.

"Hiç tahmin edilir miydi kar yağacağı? Güneş vardı öğlene kadar. Bilseydim çıkmazdım evden," dedi Sabiha. Kol kola, konuşmadan yürüyorlardı tipiye karşı. Doktor Sahir'in muayenehanesinde yüreğinin derinliklerindeki en gizli duyguları bile aktarmaktan çekinmeyen Sabiha, şimdi suskundu. Göz göze gelmeye bile çekiniyordu Sahir'le. Geceler boyu düşündüğü, buluşma saatlerini iple çektiği ve birkaç gün duymayınca sesini özlediği adamı, Doktor Celal'in evinde görüverince sarsılmıştı. Halbuki Leyla daha önce bahsetmişti Sahir'in onlara katılma ihtimalinden. Macit, hafta sonu Kahire'den dönmemişse kareyi tamamlamak için Sahir'i çağıracağım, demişti. Nedense doktorun geleceğine inanmamıştı Sabiha. Sonra, Leylaların salonuna girip de Sahir'i görünce, ruhunu bilen bu adamın karşısında çırılçıplakmış gibi bir hisse kapılmıştı. Onunla yaşadığı her şey, konuşmaları, itirafları, iç dökmeleri, bazen ağlamaları, hatta kendine dahi itiraf edemediği duyguları, o loş muayenehaneye aitti. Başka bir mekâna yakışmıyorlardı birlikte. Allah'tan aynı masaya düşmemişlerdi.

Kızılay'a yaklaştıklarında, "Çok üşüdünüzse Özen'e girip birer salep içelim mi?" diye sordu Doktor Sahir.

"Siz bilirsiniz."

Söz ağzından çıkar çıkmaz, keşke hayır deseydim, diye düşündü Sabiha. Girdiler. Pencerenin kenarındaki küçük yuvarlak masaya oturdular karşılıklı. Pastanede kendilerinden başka kimseler yoktu. Sabiha başına örttüğü yün şalı ve eldivenlerini çıkardı. Sahir, "İki salep," diye seslendi vitrinin arkasında duran garsona ve Sabiha'nın soğuktan kızarmış ellerini avuçlarına alıp ovaladı. Sabiha'nın kıpkırmızı oldu yanakları ama çekmedi ellerini.

"Biliyor musunuz, sizinle muayenehane dışında birlikte olmak çok garip bir duygu," dedi, garson duymasın diye kısık bir sesle.

"Nasıl bir duygu?"

"Tuhaf."

"Nasıl tuhaf?"

"Bir kere, konuşacak konu bulamıyorum..."

"O halde, seanslarda konuştuklarımızı konuşalım yine, eğer isterseniz."

"Doğru olur mu?"

"Niye olmasın?"

"Muayenehaneye hastanız sıfatıyla geliyorum ve vaktinizin karşılığında ödeme yapıyorum."

"Burada da dostum sıfatıyla konuşun... Bunca zaman sonra bir dostluk tesis etmiş olmamız gerekmiyor mu?"

"Ya karşılığı?"

"Karşılığını da sizinle birlikte olmanın bana vereceği zevk diye düşünün."

"Benimle olmak zevkli mi, doktor?"

"Size bakmak bile zevkli çünkü çok güzel bir kadınsınız."

"Benimle birlikte olmak, bakmak kadar zevkli olmayabilir. Biliyorsunuz, ben dertleri fazla biriyim. Devamlı asabi ve endişeliyim. Bu nedenle kocamı sıkıyorum, hatta kızımı bile."

"Kızınız sizden sıkılıyor mu?"

"Benimle birlikte olmaktan hoşlanmıyor. Size daha önce de söyledim ya, hele annemler geldi geleli hep onlarla beraber, onlara daha yakın."

"Büyükanne ve büyükbabaların çocukların hayatında çok hususi bir yeri vardır. Sonsuz sevgi ve hoşgörü kaynağıdırlar..."

"Onlar gelmeden de benden uzaktı... Hülya tuhaf bir çocuk."

"Bir ilk çocuk."

"Evet."

"Yani şımarık, bencil, kıskanç bir çocuk."

"Aaa, neden öyle dediniz?"

"Çünkü Sabiha Hanım sizin ilk çocuklar için yerleşmiş fikrisabitleriniz var."

"Ya?" dedi Sabiha, garsonun önüne bıraktığı sıcak salebi aldı, üzerine bol tarçın serpip bir yudum içti.

"Ohhh! Pek iyi geldi."

"Salep mi, yoksa gerçeği görmek mi?"

"Benim için kötü şeyler düşünüyorsunuz. Gözünüzde kaprisli, mızmız bir kadınım, öyle değil mi?"

"Hayır, öyle değil. Gözümde ve hakikatte, pek duygulu ve hassas bir insansınız. Bu yüzden, her çocuğun kardeşlerine karşı yapıp da unutuvereceği muzurluklar, haksızlıklar ve kıskançlıklar sizde derin yaralar açmış. Kaprisli ve mızmız olduğunuz için değil, ince ruhlu ve nazik olduğunuz için."

Bir yudum daha salep içti Sabiha, elleri hafifçe titriyordu.

"Sabiha Hanım, sırtınıza hak etmeden yüklediğiniz bu yükü tek başınıza kaldıramadığınız için, bir ucundan da kızınız tutsun istiyorsunuz. Aslında ortada yük filan yok. Sağlıklı bir çocukluk var bütün kardeşlerin normal didişmeleriyle geçen."

"Salebin tarçınını fazla kaçırdım galiba."

"Sabiha... Size Sabiha diyebilir miyim, kaçmayın. Hakikatle yüzleşmenizin illa da muayenehanede olması şart değil."

"Ne demek istiyorsunuz?"

"Bence sizin meseleniz kardeşinizle değil, kızınızla. Asıl problem orada."

"Salebiniz bittiyse kalkabilir miyiz?" dedi Sabiha.

Dönüp garsona seslendi Doktor Sahir. Sabiha'nın iskemlesini çekip kalkmasına yardım etti. Başını örttü, eldivenlerini giydi Sabiha, çıktılar. Tipi hızını kaybetmişti.

"Siz yine benim koluma girin," dedi Sahir, "yerler kayıyor."

"Ben köşeden ayrılayım, siz de evinize gidersiniz."

"Sizi evinize kadar götüreceğim. Belki biraz ısınmam için beni eve davet edersiniz."

"Annemlerle Hülya evdedir."

"Ne iyi, Hülya'yı da tanımış olurum böylece."

Bir süre konuşmadan yürüdüler. Sabiha aniden durdu, dönüp Doktor Sahir'in gözlerinin içine baktı.

"Ben kızıma kötü muamele mi ediyorum?"

"Öyle mi yapıyorsunuz?"

"Hayır. Ama siz beni suçlar gibi konuştunuz."

"Ben sizi kızınızla bir arada hiç görmedim. Ama yüreğinizi okuyabildim Sabiha, siz kendi çocukluğunuzu sevmediğiniz için, bütün kız çocukları adına kızınızı suçluyor ve ondan sevginizi esirgiyorsunuz."

Sabiha'nın gözlerinde yaşlar titreşiyordu.

"Ona kötü muamele yapmıyorum."

"Buna eminim."

"Neden?"

"Çünkü... Çünkü siz..."

"Ben ne?"

"Muhteşemsiniz. Kimseyi kıramayacak kadar nazik bir insansınız."

"Sahi mi? Doğru mu söylüyorsunuz?"

"Evet."

"Doktor, içimi kemiren pişmanlıklardan kurtulabilecek miyim?"

"Elbette."

"Ne zaman?"

"Sabiha, size bir şey soracağım. Şimdi benimle muayenehaneye gelir misiniz?"

"Şimdi mi?"

"Evet."

"Gelirim."

"Gelmek istediğinizden eminsiniz, değil mi?"

"Evet. istiyorum."

Döndüler, yürüdükleri yollarda gerisin geriye gitmeye başladılar. Kızılay'a gelince caddeyi geçip Kâzım Özalp'in üzerinde yürüdüler bir süre, sonra Karanfil Sokak'a girmek üzere sağa saptılar. Hiç konuşmuyorlardı. Her ikisi de tek bir sözcükle, her biri için ayrı anlamlar içeren o ânın büyüsünü bozmaktan korkuyorlardı. Az önce duran kar, hafif hafif atıştırıyordu yeniden. Muayenehaneye gelince Sahir, apartmanın kapısını açtı, Sabiha'nın içeri geçmesini bekledi. Merdivenlerin ışığını yakamayınca, cebinden çıkardığı bir kibriti çakıp önlerine tuttu.

"Ampul sönmüş. Elinizi verin Sabiha."

El ele merdivenlerden çıktılar. Bir kibrit daha çaktı Sahir, dairenin kapısını açmak için. İçerdeydiler şimdi. Sahir holün ışığını yaktı. Çiğ ışıkta her ikisi de sürrealist resimler gibi komik bir görüntü veriyorlardı kardan bembeyaz olmuş saçları, giysileriyle. Sabiha üzerindeki karları silkeledi, eldivenlerini, şalını ve mantosunu çıkardı. Sahir, muayenehanesine girip masa lambasını yaktı.

"Buyurun Sabiha Hanım."

İçeri girdi Sabiha.

"Oturun."

Sabiha her zaman oturduğu koltuğa uzandı, ayaklarını pufa koydu.

"Müzik yok mu?"

"Ne dinlemek istersiniz?"

"Siz seçin Sahir."

"Piyano seviyorsunuz siz."

"Evet."

"Size Chopin'den bir şeyler bulacağım," dedi Sahir, "üç dakika müsaade edin."

Sabiha gözleri kapalı uzanıyordu koltukta. Az sonra, Chopin'in Polonez'ini duydu.

"Çok güzel bir plak koleksiyonunuz var."

"Viyana'daki öğrencilik yıllarımdan kalma."

"Her hastanıza müzik çalar mısınız?"

"İsterlerse evet. Müzik rahatlatıyor. Ama klasik müziği bu şehirde seven pek az."

Uzun bir sessizlik oldu."Anlatın," dedi Sahir.

"Ne anlatayım?"

"Canınız neyi anlatmak istiyorsa onu."

"Canım sadece bu müziği dinlemek istiyor."

"Mızıkçılık yapmak yok. Madem ne anlatacağınıza siz karar veremiyorsunuz, ben yönlendireyim sizi. En son, kızınızla olan ilişkinizde kalmıştık. Yine oraya dönelim."

"Hayır. İstemiyorum."

"Neden?"

"İstemiyorum işte."

"Kızınıza ait bir rahatsızlık mı duyuyorsunuz? Neden bu konudan kaçıyorsunuz hep?"

"Kim demiş?"

"Ben diyorum, doktorunuz olarak. Sabiha, bana her şeyi anlatabilirsiniz. Sizi ne söylerseniz söyleyin suçlamayacağımı biliyorsunuz."

"Biliyorum. Bunun için yüreğimi açmaktan çekinmiyorum size."

"O zaman açın yüreğinizi Sabiha. Yolda dememiş miydiniz, içimi kemiren duygulardan kurtulmak istiyorum diye. İşte size bir fırsat."

"Yanıma gelin."

Sahir, masasından kalkıp yanına gitti, Sabiha'nın ayaklarını uzattığı pufa oturdu.

"Var mısınız Sabiha, bu akşam, burada yüzleşelim ve bitirelim size rahat vermeyen..." Sözünü bitiremedi Sahir. Sabiha koltukta doğrulup ona doğru uzandı, eliyle ağzını kapattı doktorun:

"Konuşmayın. Hiçbir şey söylemeyin. Evet, bu gece yüzleşelim."

Bir an birbirlerinin gözlerinin içine baktılar. Sahir, kadının gözlerindeki çığlığa dönüşmüş çağrıyı görmezliğe geldi.

"Haydi, anlatın o zaman!"

Sabiha, başından aşağı bir kazan kaynar su yemiş gibi oldu, dikildi uzandığı koltukta, "Hayır, istemiyorum. Hazır değilim." Ayağa kalktı, buz gibiydi sesi, "Gidelim."

"Neden kızgınsınız?"

Sabiha cevap vermeyince, gidip portmantodan mantosunu alıp geldi ve omuzlarına koydu kadının. Yavaşça yüzünü ona döndü Sabiha. Yüzü o kadar yakındı ki nefesindeki tarçın kokusunu duyabiliyordu Sahir. Loş ışıkta, hiç konuşmadan birbirlerine çok yakın duruyorlardı. Sahir birden kendine çekti kadını, sıcak dudaklarını ağzına aldı. Bir an bayılacağını sandı Sabiha, dizleri titriyordu. Sahir'in yüzünü, boynunu, dudaklarını tekrar tekrar öpmesine izin verdi, bir süre dövüşür gibi hırsla öpüştüler... Ve aniden geri çekildi Sabiha.

"Sabiha... Sabiha... Lütfen."

"Hayır... Hayır yapmayın, bırakın beni."

"Benimle oyun mu oynuyorsunuz?"

"Anlayamadım?"

"Ne istediğinizi bilmiyorsunuz Sabiha!"

"Asıl siz bilmiyorsunuz ne istediğinizi. Bana komplimanlar yapıyorsunuz, beni buraya getiriyorsunuz, müzik çalıyorsunuz ve hepsinden beteri, biliyorsunuz ki kocası tarafından ihmal edilmiş, mutsuz bir kadınım ve size zaafım var... Sonra... Sonra... Beni rezil etmek için."

"Sabiha! Neler söylüyorsunuz?"

"Beni... Beni aşağılamak... Beni..."

"Müziği gevşiyorsunuz diye her zaman çalıyorum size. Ben bir terapiye hazır olduğunuzu zannettim. İnsanların kabuğunu kırmaya hazır olduğu çok özel anlar vardır... O ânı yakaladığımı sandım..."

"Kızımı kazanmanın yolu, kocamı kaybetmek olmamalı."

"Bir yanlış anlaşma oldu. Çok özür dilerim."

Sabiha'nın gözleri yaşlarla doluydu ama yüzünde hiçbir ifade yoktu. Buz gibi bir sesle, "Ben bir budalayım," dedi.

"Değilsiniz. Buraya sizi içinize bir ayna tutasınız diye getirdim. Başka hiçbir niyetim yoktu... Ama... İnsan doktor da olsa bazen kendine hâkim olamıyor."

"Bana âşık mısınız?"

"Size âşık olma hakkım yok. Siz benim hastamsınız."

Sabiha'nın gözleri yanıyordu, yanakları, avuçlarının içleri yanıyordu. "Ben de özür dilerim," dedi yavaşça.

"Sabiha, siz kocası tarafından ihmal edilen, mutsuz bir kadın zannediyorsunuz kendinizi. Halbuki değilsiniz. Kocanız ailesine sandığınızdan daha düşkün."

"Nereden biliyorsunuz?"

"Bunu söyleyemem. Ama biliyorum."

"Benim de kocamı sevmediğimi mi düşünüyorsunuz?"

"Neden böyle düşüneyim?"

"Bu akşam buraya geldiğim için."

"Asla."

"Gelmemeliydim. Bunu yapmamalıydım."

"Siz hiçbir şey yapmadınız."

"Size ilgi duyduğumu anlamışsınızdır."

"Bana ilgi duyuyorsunuz çünkü sizi bir kitap gibi sayfa sayfa açmayı ve okumayı başarıyorum. Bütün hastalar doktorlarına ilgi duyduklarını zannederler."

"Kız talebelerin hocalarına âşık olmaları gibi."

"Onu demek istemedim."

"Ne demek istediniz Sahir Bey?"

"Sabiha..."

"Size... Size güvendim ve sizden etkilendim çünkü bana iyi geldiniz."

"Bu benim işim, size iyi gelmek."

"İçimde yıllardır birikenleri deşiyordunuz aslında. Böyle olsun istemezdim," dedi Sabiha. Doktor Sahir, yaklaştı ve dostça sarıldı Sabiha'ya.

"O bir anlık olayı unutacağız Sabiha, ben sizin hem doktorunuz, hem de dostunuzum. Sakın utanmayın benden. Siz burada içinizi tersyüz etmektesiniz, ben de yardımcı oluyorum size, hepsi bu."

"Çıkalım lütfen," dedi Sabiha. "Eve dönmek istiyorum."

"Pekâlâ. Gidelim."

"Ben kendim giderim doktor."

"Asla bırakmam sizi bu saatte yalnız başınıza."

Sahir, Sabiha'nın omuzlarından kaymış mantosunu giymesine yardım etti, plağı durdurdu, ışığı kapadı, yine antrenin çiğ aydınlığına çıktılar. Sabiha'nın kızarmış yanaklarını, dağılmış saçlarını görünce, "Banyoda yüzünüzü pudralamak ister misiniz?" diye sordu.

"Hayır."

Çıktılar. Bu kez Sahir'in elini tutmadan indi karanlıkta merdivenleri Sabiha.

Kar yumuşacık yağmaya devam ediyordu.

"Koluma girin, kayarsınız yoksa," dedi Sahir.

Yine kol kola, kendi düşüncelerinin içinde hiç konuşmadan yürüdüler.

İşte ben buyum, diye düşündü Sabiha utanç içinde tıpkı babamın olmamı istediği gibiyim, eğitimli, güya her şeye açık ama bilinçaltına sinmiş baskılardan, köhnemiş mevhumlardan kurtulamayan esir... Arzuladığı adama kuyruk sallayan ama sonunu getiremeyen korkak... Babamın burnundan düşmüşüm. O da medeniyim, asriyim diye bas bas bağırıp, sonra kızını aforoz etmedi mi Rafo ile evlendi diye!

"Ne düşünüyorsunuz?" diye sordu Sahir.

"Hiç," dedi Sabiha.

Acaba kafasının bir köşesine itinayla yerleştirilmiş o örf ve âdet yumağından kurtulsa daha mı mutlu olurdu insan? Daha mutlu olmasa bile daha özgür olurdu şüphesiz, aldığı terbiyenin zinciri dolanmamış olaydı bileklerine. Sahir'in kolunda ağır ağır karları kıtırdatarak yürürken, doğru olanı yaptığını ama müthiş bir haz fırsatını, hayatının yegâne kaçamağını kaçırdığını biliyordu aylardan beri hayalini kurduğu... Sahir'in kollarında çırılçıplak, ruhu gibi bedenini de ona sunmak, onunla sevişmek, onun olmak, onun içine akmak tüm benliğiyle... Ama yapamamıştı. Selva gibi cesur değildi o, arzu ettiklerini cesaretle elini uzatıp alamıyordu. Etrafını üzmemesi gereğinin arkasına saklanıyordu. Annesinin sözüydü "etrafını tarumar etmek" Selva'nın gidişinden beri sürekli kullandığı. Babasının olduğu kadar anasının da kızıydı, etrafını tarumar etmekten, hatta daha çok, etrafın yargısından korkan.

Hiç konuşmadan Kızılay'a kadar yürüdüler, Güven Parkı'nın önünden yukarı döndüler. Bir ara ayağı kaydı Sabiha'nın, koluna asıldı Sahir'in. Sımsıkı tuttu onu Sahir.

"Bu taraftan," dedi Sabiha, evinin sokağına geldiklerinde. Sola saptılar. Eve yaklaşınca kolundan çıktı Sahir'in, sendeleyerek yürüdü kapıya kadar. Evin önüne geldiğinde durdu, Sahir'in yanına gelmesini bekledi Sabiha.

"Sizi yukarı davet edemeyeceğim."

"Anlıyorum."

"Çarşamba günkü randevuma da gelemeyeceğim."

"Onu yapmayın işte. Siz de sonuca çok yaklaştığımızın farkındasınız."

"Evet doktor, farkındayım. Ama size daha önce de söyledim, kızımı kazanmanın bedeli kocamı kaybetmek olmamalı." Elini uzattı Sahir'e, "allahaısmarladık," dedi.

Sahir, Sabiha'nın elinden çekip çıkardı eldivenini, hâlâ ateş gibi sıcak dudaklarını parmaklarının ucuna değdirdi. Ateş gibi sıcak... Öyle geldi Sabiha'ya akşam ayazında Sahir'in dudakları.

"Güle güle, Sabiha."

Birden, iki eliyle Sahir'in paltosunun yakalarını kavrayarak parmak uçlarında yükseldi Sabiha, bir öpücük kondurdu adamın ağzının tam kenarına. Sonra hızla dönüp apartmana girdi.

Sahir, tarçın tadını bir kez daha duyar gibi oldu nefesinde. Parmaklarıyla Sabiha'nın dudaklarının değdiği noktaya dokundu, hiç arkasına bakmadan yürüdü bembeyaz sokakta.

Sabiha kapının camından Sahir'in hızlanan karın altında uzaklaşmasını seyretti bir müddet. Şiddetle kocasını özledi.

KAHİRE, 1943

Kravatını bağlarken aynadaki yüzünü görünce korktu Macit. Gözlerinin altı uykusuzluktan mosmordu. Avurtları çökmüştü.

Beş gün içinde beş yaş ihtiyarlamış gibiydi. Hiç ara vermeksizin, ayın dördünden beri sürekli toplantıdaydılar. Cumhurbaşkanı İnönü, özel kalem müdürü, dışişleri bakanı, dışişleri genel sekreteri ve Macit... Amerikan Başkanı Roosevelt'in ve İngiltere Başbakanı Churchill'in Adana'ya yolladıkları iki ayrı özel uçağa binerek Kahire'ye vardıklarından beri, üç zirve toplantısı ve sayısız ikili, üçlü görüşmeler yapmışlardı. Çok önemli konuların görüşüldüğü yemek buluşmaları da cabasıydı. Türk ekibi, dört günden beri, cumhurbaşkanından en ufak memuruna kadar, günde üç saat uykuyla yaşamaktaydılar.

Macit, orta yaşı geçmiş İnönü'nün bu kadar yorgunluğu ve zihin açıklığını bir arada nasıl götürebildiğine şaşıp kalıyordu. Sabahın karanlığında evinden ayrılırken Sabiha'nın, Ankara' nın kara kışından kurtulup biraz güneş göreceksin, ne güzel deyişi, hain bir şaka gibi geliyordu şimdi. Geniş odalardan, uzun koridorlardan ve yuvarlak masalardan başka hiçbir şey gördükleri yoktu. Tabii bir de asık suratlı ya da dudaklarının kenarına sahte birer tebessüm oturtmuş, yorgun bakışlı erkekler vardı, kendi milli menfaatleri için parsa toplamaya çalışan.

Tekerlekli sandalyesinde otururken bile uzun boyu hemen belli olan Roosevelt ile bir bira fıçısını andıran, besili Churchill'in yanında, İnönü cılız bir tilki gibi dursa da, karşısındaki güçlü kurtların dişlerinden en az yarayla kurtulmanın yollarını arıyordu ve kafasının içindeki tilkiler birbirlerine kuyruklarını değdirmeden sürekli dönüyorlardı.

"Gözünüzü dört açın," demişti ekibine, "benim gözümden kaçacak bir teferruat, sizin gözünüze takılmalı. Çok ince bir ipte yürüyeceğiz. Çok çok dikkatli olun."

Macit, Kahire'ye bir ay kadar önce bir kez daha gelmişti dışişleri bakanıyla. Yine kıran kırana müzakereler yapmışlar ve dört günden beri süregelmekte olan bu son siyasi maçın altyapısını hazırlamışlardı. Yorucu bir seyahat olmuştu ama bu seferki kadar değil. Şu son dört gün, tam kuyruğunun kopmasından önceki canhıraş çırpınışlarıydı dananın.

İngiltere, Türkleri kendilerine yük olmadan savaşa girmeye, güney illerinde havaalanı açmaya ve gerekirse yüzüne gözüne bulaştırdığı Yunan adaları yenilgisini zafere dönüştürmek için, Ege'de çıkarma yapmaya zorluyor, Rusya ise ipleri perde arkasından çekiyordu tüm gücüyle. Nedense Ruslar, illa da Türkiye'nin savaşa girdiğini ilan etmesini, Boğazlar'dan geçen Alman gemilerine, ticaret amaçlı bile olsa asla izin verilmemesini ve Müttefiklerin kullanacakları havameydanlarının hemen açılmasını istiyorlardı. Sanıyorlardı ki bunlar yapıldığı takdirde Almanlar Türkiye'yi işgal edecekler ve Rusya rahatlayacaktı.

İnönü'yü en rahatsız eden konu da buydu işte, böyle bir işgal gerçekleşirse Rusya'nın Türklere yardımcı olma mazeretiyle Türkiye'ye asker sokmasıydı. Aslında İnönü ayağında eskimiş rugan pabuçları, çok kaygan bir zeminde üç büyük primadonnayla tehlikeli bir vals yapmaktaydı. İngiltere beline sarılmış, onu kendine döndürmek isterken, Almanya kollarından çekerek öte yana çevirmeye çalışıyor, Rusya ise kocaman postallarıyla ayağına basıyordu.

Macit, İngiliz ve Türk dışişleri bakanlarının, 5 Kasım'da Kahire buluşmasındaki konuşmalarının zabıtlarını tutmuştu. Numan Menemencioğlu, hazırlıklı gitmişti buluşmaya, çünkü Kahire'ye yola çıkmasından hemen önce çok ilginç bir şey olmuştu. Acil görüşme ricasıyla, Alman Sefiri Von Papen, dışişleri bakanını ziyarete gelmiş ve Kahire buluşmasında, İngilizlerin ve Rusların Türkiye'den neler isteyeceklerini bildiğini söylemişti.

"Ekselans, Rusların baskısı altında, İngilizler sizden hemen savaşa taraf olmanızı isteyeceklerdir. Sizi Kahire'ye davet etmelerinin tek nedeni budur," demişti.

"Nasıl böyle emin konuşabiliyorsunuz sayın büyükelçi?" diye sormuştu Numan Bey, "Henüz oraya gitmedim bile."

Von Papen, "Bu bilgileri İngiliz sefaretinde çalışan ve Londra'dan gelen şifrelerin fotoğraflarını çekerek Almanlara satan Cicero adlı casus sayesinde edindim," diyemeyeceği için gülmüştü keyifli keyifli, "Bunu bilmek için kâhin olmak gerekmiyor," demişti. İkinci cümlesini söylerken gülmüyordu ama: "Müttefiklerin teklifini reddetmeniz, çok hayrınıza olacaktır. Hükümetim sizden onlara gerekli cevabı vermenizi bekliyor."

Numan Menemencioğlu, İngiltere Dışişleri Bakanı Mr. Eden ile Kahire'deki buluşmasına işte böyle bir ruh hali içinde gitmişti. Ama onu neyin beklediğini bildiği için çok iyi hazırlanarak.

"Aşağı tükürsek sakal, yukarı tükürsek bıyık!" diye düşünmüştü Macit, toplantı yapacakları geniş odanın kapısının önünde beklerken. İçeri girip de masa başında yerlerini aldıktan sonra Macit, her iki dışişleri bakanının karşılıklı söz düellosunu ustalıkla oynanan bir tenis maçı seyreder gibi ağzı açık dinlemişti hayranlıkla. Doğrusu Numan Menemencioğlu en sert gelen topları bile anında geri çevirebilen usta bir oyuncuydu.

Toplantı başlar başlamaz lafı eveleyip gevelemeden, "Bu yıl sona ermeden savaşa girmenizin Rusya'ya çok yardımı dokunacaktır. Savaşın bir an önce bitmesi Ruslarda bir saplantı haline geldi. Ayrıca, savaşa girmekle Ruslarla dostluk tesis edeceksiniz ki, bu da Türkiye'nin yararınadır," demişti İngiltere Dışişleri Bakanı Eden.

"Bizim savaşa girmemiz Rusların Balkanlar'a sızmalarına fırsat yaratmayacak mı?" diye sormuştu Menemencioğlu.

"Rusların Balkanlar üzerinde emelleri olsa Türkiye'nin savaşa girmesini istemezlerdi," demişti Eden, söylediğine kendi de fazla inanmayarak.

"Rusların Türkiye'nin yıpranması için savaşa girmesini istediği düşünülemez mi? Kendimizi Alman işgaline açmak ve sonra ikinci bir kurtuluş savaşı vermek... Bu pek akıllıca olmaz."

"Almanların Türkiye'yi işgali artık mümkün değildir. Ellerinde topu topu 50 adet bombardıman uçağı var. İngilizlerin avcı uçaklarıyla başa çıkamazlar. Balkanlar'da yeni bir cephe açacak halleri yoktur."

"Madem Almanların Balkanlar'daki hali perişandır, neden İngiltere bölgede bir harekâta başlamayı öngörmüyor?"

"Bu husus askeri harekat planlarıyla ilişkilidir, ben bir şey söyleyemem," diye kaçmıştı bu sorudan İngiltere'nin dışişleri bakanı.

"Evet, sizi anlıyorum ekselans, ama siz de beni anlamaya çalışın lütfen. Türkiye'nin, sizlerin Balkanlar'daki planlarınızı bilmeden savaşa girmesi mümkün değildir."

Türk dışişleri bakanının kararlı tutumu karşısında, ağız değiştirmişti Mr. Eden, "Sayın meslektaşım, Türkiye savaşa girmeden de İngiltere'ye yardım edebilir."

"Nasıl?"

"Güney bölgelerinde tesis edeceği havaalanlarını İngilizlerin kullanımına açarak."

"Sayın meslektaşım, siz de çok iyi biliyorsunuz ki, Türkiye'nin bunu yapması Almanların Türkiye'ye hemen saldırması için kâfi sebeptir."

"Hayır efendim. Azor Adalarındaki üsler kullanıldığı zaman Almanlar Portekiz'e saldırıda bulunmadılar. Keza, Ege adalarına yapılan harekâtlar sırasında bize göstermiş olduğunuz kolaylıkları, yani malzemelerimizi sizin depolarınızda saklamamızı, gıda maddelerimizi sizden temin etmemizi ve askerlerimizi Türkiye üzerinden geri çekişimizi de görmezden geldiler. Bunu biliyorsunuz."

"Elbette biliyorum ekselans. Ama bizim üslerimizden adalara saldıracak olursanız, Almanlar da o an bize saldırır. Siz de bunu biliyorsunuz."

"Ekselans, anladığıma göre bize havameydanı vermeyi, savaşa girmemek için istemiyorsunuz. Çünkü Ruslardan korkmaktasınız."

"Böyle bir ifade lüzumsuz olur ekselans. Türkiye'nin savaşa katılma konusu görüşülebilir ama ancak gerekli yardım garantileri verildiği takdirde."

"Bakınız efendim, Türkiye bugün savaşa girerse bunun etkisi büyük olacaktır. Üç ay sonra bu etki azalacak, altı ay sonra ise hiç kalmayacaktır. Bir şey daha var, bize büyük yardımı dokunacak olan isteklerimizi kabul etmezseniz ilişkilerimiz değişecektir."

"Hangi yönde efendim?"

"Olumsuz yönde!"

"Sayın meslektaşım, böyle bir istekte bulunduğunuz ilk memleket biziz. Rusya'dan, Amerika'dan, hatta Yugoslavya'dan bile böyle bir istekte bulunmadınız. Teklifinizi reddedersek ilişkilerimiz kopma noktasına mı gelir, bunu mu söylemeye çalışıyorsunuz?"

"Açıkça söylemek en doğrusu: Türkiye üç Müttefik ile işbirliği yapmazsa, bu üç Müttefik ile hem şimdi, hem de savaş sonrasında ilişkileriniz bozulur."

Numan Menemencioğlu'nun yüzüne belli belirsiz bir gölge düşmüştü. Mr. Eden onu savaş sonrası günleri için bile tehdit etmekteydi.

"Moskova'da alınan kararın bizi savaşa sokmak olduğunu anlıyorum."

"Evet, üç devlet de Türkiye'nin savaşa girmesinin savaşı kısaltacağı görüşüne varmıştır. Havameydanı isteği ise ayrı bir konudur."

"Sayın Bakan, havameydanı talebinizi reddetmeye yetkiliyim, bu yetkimi kullanıyor ve hemen reddediyorum. Türkiye'nin harbe dahil olması konusunu ise hükümetime götüreceğim. Bu konu ancak Ankara'da, Meclis'te karara bağlanabilir."

Numan Menemencioğlu, son sözünü söyledikten sonra ayağa kalkmış, Mr. Eden'le el sıkışmış ve odayı terk etmişti.

Türk diplomatları, iki gün boyunca sürekli toplantı yapmışlardı kendi odalarında. Ankara ile kriptolar gidip gelmiş, sigaralar, kahveler zincirleme içilirken, ince ayarlar, değerlendirmeler yapılmıştı. Üç gün sonra Eden ve Menemencioğlu bir özel toplantıda bir kez daha buluşmuşlardı.

Türkler gergindiler çünkü İngilizlerin, Rusların ısrarı üzerine malzeme yardımını kesmeye kararlı olduklarından şüpheleniyorlardı. Bu toplantıya girmeden önce Numan Bey Macit'e, "Bu sefer diplomatik nezaket kurallarına riayet etmeyebilirim. Ama bu da bir taktiktir," demişti.

Şimdi, o toplantıyı hatırlarken bile, avuçlarının içinin terlemesine mâni olamıyordu Macit.

Eden'in, "Bu savaşa hemen girmek zorundasınız!" ültimatomuna yanıt verirken, Numan Bey yumuşak bir sesle konuşuyordu ama seçtiği kelimeler pek yumuşak sayılmazdı:

"Siz bize üç defa yanlış telkinde bulundunuz, sayın meslektaşım. Bunların herhangi birini kabul etmiş olsaydık, bizim kadar siz de büyük zarar görürdünüz," demişti.

"Mesela?" Eden'in sesi alaylı, gülümsemesi müstehziydi.

"Hemen hatırlatayım. 1940 yılında, İtalya harp ilan edince bize hemen savaşa girmemizi söylediniz. Ya sözünüzü dinleyip girseydik, halimiz ne olurdu? Keza 1941'de Yugoslavya için de aynı şeyi yaptınız."

"Hayır efendim, harbe girin demedik," diye atılmıştı Ankara'nın İngiliz Sefiri Hugessen.

"Ya ne dediniz?"

"Yugoslavya Hükümeti'ni mukavemete sevk için blöf yapınız, demiştik."

Numan Bey gülmeye başlamıştı, "Dostum, kuvvetinin en yüksek derecesinde bulunan Almanya güneye sarkarken, bize 'blöf yapın' teklifi, 'harbe girin' teklifinden daha da güzel olmuş. Benim sözümü teyit ettiniz, teşekkür ederim."

Mr. Eden de kendini tutamayıp gülmeye başlamıştı. Numan Bey lafına gülerek başlamıştı ama sert bir sesle bitirmişti konuşmasını:

"Neticede Almanları Ruslardan evvel bize hücum edecek mecburiyete sokmak istediniz. Ama Türkiye'yi bu suretle harcamak size çok pahalıya mal olacaktı."

Macit ve genel sekreter göz göze gelmişlerdi. Her ikisinin de gözlerinde biraz endişe, biraz da gurur vardı. Numan Bey, Eden'i haşlamaya devam ediyordu.

"O gün, başı sıkışan bir tümen kumandanının şaşkınlıkla kuvvetlerini sağa sola dağıtarak delik tıkamaya uğraşması kabilinden yaptığı bu hareket, sizin için kaçınılmaz bir hata olabilirdi. Bugün ise üstün mevkide ve kudret içinde iken dahi yine aynı hatayı yapıyorsunuz. Teklifiniz Türkiye'yi harcamaktır. Hem de sırf Rusları memnun etmek için lüzumsuz ve faydasız yere harcamaktır."

Macit, İngilizlerin yüzlerinde en ufak bir ifade değişikliği olmaksızın, kiminin gözleri yerde, kimininki tavanda veya duvarda, Türk dışişleri bakanını dinlemelerini seyretti. Numan Bey sahneye çıktığında biraz tutukluk çeken ama giderek açılan bir tenor gibiydi.

"Ordumuzun taarruz kabiliyeti olmadığı aşikâr iken, üzerimize Alman kuvveti celbetmek hangi akla sığar? Almanlar İstanbul'u, Boğazlar'ı ve hinterlandını ele geçirirlerse bu size ne gibi bir fayda sağlar? Kurtuluş için nihai zaferi mi bekleyeceğiz? Ruslar Almanları dövsün ve gelip İstanbul'u kurtarsınlar diye mi ümide düşeceğiz? Zaten Ruslar İstanbul'u benim için mi kurtarırlar?"

Numan Bey susmuş, derin bir nefes almıştı. Eden bir şey söylemek ister gibiydi ama hemen yine konuşmuştu Numan Bey: "Bütün bunlar meydanda iken, harbe girmezseniz size malzeme vermeyiz, sözleriyle bir fasit daire içine girdiğimizi anlamıyor musunuz? Siz malzeme vermedikçe biz harbe giremiyoruz, biz harbe girmedikçe siz malzeme vermiyorsunuz. Ne akılane bir hareket değil mi?" demişti.

Mr. Eden maske takmış gibi, ifadesiz bir suratla oturuyordu. Ne hak vermiş, ne de itiraz etmişti.

"Üç büyüklerin, yani İngiltere, Rusya ve Amerika'nın dileklerini hükümetinize iletiniz ekselans," demekle yetinmişti.

Türkiye'ye döndükten sonra Bakanlar Kurulu'nda uzun uzun müzakere etmişlerdi bu konuyu. Savaşa katılmaya şartlı evet, havaalanı açmaya ret kararı çıkmıştı Meclis'ten.

Aradaki bir ay zarfında daha ne sular akmıştı köprülerin altından. Macit, her gün bakanlıkta bu işlerle boğuşurken evde Sabiha'nın ve Hülya'nın ruh hallerine, sağlık sorunlarına.zaman ayıramamıştı haliyle. Karıkoca giderek uzaklaşıyorlardı birbirlerinden, aylardan beri sevişmemişler, son bir aydır da neredeyse karşılıklı iki laf edememişlerdi. Macit, işlerinin öneminden hep ertelemişti evindeki sorunlara eğilmeyi. Hele bu toplantı bitsin... Hele şu anlaşmayı imzadan geçirelim... Hele Kahire'den döneyim... Hele hayırlısıyla zirve neticelensin.

İşte şimdi Kahire'deydi, beş günlük maraton bitmişti ve Churchill'in uçağıyla Adana'ya dönüyorlardı. Evde kayınpederi dört gözle onu bekliyordu herhalde. Eve varması geç saatlere rastlarsa, Macit, Fazıl Reşat Paşa'nın yatmayıp pencerenin önünde onun yolunu gözleyeceğinden emindi. Devlet adamlığı, insan emekliye de sevk edilse, yaşı sekseni de geçse, insanın yakasını bırakmıyordu demek ki. Osmanlı'nın son meclisinin sıhhiye nazırı, sokak kapısının ardında, hafif kambur sırtında bordo sabahlığı, burnunun üstüne düşmüş kelebek gözlükleriyle damadını karşılamak üzere bekleyecekti. İç geçirdi Macit, hiç olmazsa evinde, yaşlı bir kayınpeder de olsa, onun yolunu gözleyen biri vardı! Macit, dış dünyaya ancak kendi kanalıyla bağlanan kayınpederine neler anlatabileceğini düşündü. Mesela ona, "Bir önceki Kahire buluşmasında, İngiliz dışişleri bakanı, gözümüzün içine baka baka atmış kıtırı meğer, çünkü Amerika'nın bizi ateşin ortasına atmaya hiç niyeti yokmuş. Bunu isteyen sadece Ruslarmış," dese, ihtiyar adam artık hiç durmadan konuşur ve Ruslara güven olamayacağına dair tarihten çeşitli örnekler verirdi... Kayınpederine, İnönü'nün o toplantıda Türkiye'nin harbe girmek için daha zamana ihtiyacı olduğunu söylediğinde, Amerikan Başkanı Roosevelt'in bu talebi samimiyetle desteklediğini, ama İngiliz Dışişleri Bakanı Eden'in, herkesin duyabileceği bir sesle, "Ama başkan, Ruslara verdiğimiz sözü unutuyorsunuz," dediğini anlatacak olsa, Fazıl Reşat Paşa hırsından zıp zıp sıçrar ve İngilizlerin, Araplarla Kürtleri aleyhimize kışkırtıp üzerimize saldırtmalarını anlatırdı bu kez.

Macit, toplantıların akışını şöyle bir aklından geçirdikten sonra kayınpederine, Numan Bey'in küstah Eden'e verdiği bir yanıtı nakletmeye karar verdi. Yaşlı adam bu yanıta çok keyiflenecekti şüphesiz.

Numan Bey, Türkiye'ye verilecek askeri malzemenin pazarlığı yapılırken, "Bize vaat ettiğiniz yardım, İngiliz hava üslerinin savunulması için yeterli olmakla beraber, Türkiye'nin savunulması için yeterli değildir," deyince Mr. Eden, "Bunlar İngiliz hava üslerindekilerin İstanbul, İzmir ve Zonguldak'ı savunması içindir," diye yanıtlamış, Numan Bey de, "Türklerin, yurtlarının savunmasını İngilizlere bırakacağını düşünmüyorsunuz herhalde ekselans," demişti. "Bizim istediğimiz, icap ettiği takdirde, Türkiye'nin sizin yardımınızla Türkler tarafından savunulmasıdır."

İşte o çok sert konuşmalarla geçen toplantının bitiminde, Kahire'den ayrılacak olan Amerikan başkanının veda etmek için İnönü'den biraz daha kalmasını rica etmesini ve iki başkan arasında geçen çok sıcak konuşmaları da anlatacaktı elbette, sevindirmek için paşayı.

Kayınpederine böyle şefkatli duygular beslemeye başlamasına kendi de şaşıyordu. Uzun yıllar önce kaybettiği kendi babasının yerine mi koyuyordu acaba kayınpederini. "Baba sevgisine ve ilgisine ihtiyaç duyduğuma göre, belki de derin bir yalnızlık içindeyim," diye düşündü Macit.

Sabahın erken saatlerinde Churchill'in villasında gerçekleşecek olan son Churchill-İnönü toplantısına vaktinde yetişmek için, geceden hazırlayıp da henüz kapatmamış olduğu valizine sabah kullandığı tuvalet eşyalarını ve pijamasını koyup kilitledi, ceketini giydi, dosyalarını topladı ve çıktı kapıdan.

Churchill'in uçağıyla Adana'ya varıp oradan da Ankara'ya gitmek üzere trene bindiklerinde, kompartımanına girer girmez uzanmış ve yorgunluktan içi geçmişti. Kapının vurulmasıyla yerinden fırladı. İnönü'nün görevlilerinden biri kafasını uzatmış, "Cumhurbaşkanımız son bir değerlendirme için sizi bekliyorlar," diyordu. İyi ki soyunmamıştı. Esneyerek, "Hemen geliyorum," dedi ve adam gözden kaybolunca homurdana homurdana kalktı yerinden yüzünü yıkamak için. Ne biçim bir insandı bu İnönü, hiç mi yorulmazdı, uykusu gelmezdi. Evine varır varmaz yatacak ve bütün hafta sonu boyunca uyuyacaktı.

Macit'in evine varması planladığı saate rastgelmedi. Ankara'ya yaklaşırlarken, yoğun kar yüzünden kapanan tren yolunun açılmasını beklediler saatlerce. Nihayet istasyona vardıklarında, Başbakan ertesi gün Bakanlar Kurulu'na sunulacak bilgilerin son halini görmek istediği için, doğru bakanlığa gittiler. Macit evine telefon edip hal hatır sorduktan sonra, onu beklememelerini tembih etti. Fazıl Reşat Paşa'ya artık ertesi gün anlatırdı Kahire macerasını.

Sabahın birine doğru evine vardığında, bitkindi Macit. Gözleri uykusuzluktan yanıyordu, ağzı kurumuştu, eklemleri ağrıyordu. Taksiye parasını ödedi, küçük valizi elinde, yürüdü, kapıyı takside hazır ettiği anahtarıyla açtı, girdi karanlık ve sessiz eve. Önce banyo yapmayı düşündü ama hemen vazgeçti. Banyo bile yapacak hali yoktu. Sabiha'yı uyandırmamak için salondaki kanepeye uzansa sabah kalkanlar erken uyandırabilirdi onu, en iyisi salonda soyunup yavaşça yatağına sızmaktı. Valizini açmadan bir kenara bıraktı. Ceketini, kravatını, gömleğini, ayakkabılarını ve pantolonunu çıkardı, ayağında çoraplarıyla yatak odasına yürüdü, yavaşça kapıyı açtı, karanlıkta el yordamıyla bulduğu yatağa mümkün olduğu kadar sessiz girdi, sırtüstü bıraktı çarşafın sıcaklığına yorgunluktan uyuşmuş vücudunu. Tam dalarken, karısının ona sokulmasıyla irkildi, eyvah, uyandırdım onu, diye düşündü. Sabiha'nın, ipek geceliğinin yumuşak ve kaygan dokusunun yerini, birden sımsıcak teninin teması aldı. Sabiha, çıplak vücudunu kocasına yaslayarak kollarını sımsıkı doladı boynuna,

"Hoş geldin," dedi. "Seni çok özledim, çok ama çok özledim."

PARİS

Ferit, eski püskü bir kamyondan indirdiği somyalardan birini sırtladı, başladı geniş taş merdivenleri çıkmaya.

"Heyy, arkadaş! Baksana, sen bir katır olabilirsin ama ben değilim," diye bağırdı arkasından kamyon şoförü, "koca somyayı sırtlayıp çıkaramam. Ucundan tutacak birini bul bana."

"Bekle, şunu eve bırakayım, gelip sana yardım ederim diye seslendi sesi zor çıkan Ferit. Somyayı yukarı bırakıp nefes nefese aşağı indiğinde, "Yatakhane mi var yukarda?" diye sordu şoför.

"Öyle gibi bir şey."

"N'apıcan bu kadar yatakla ha? Otel mi işleteceksin?"

"Kerhane işleteceğim," dedi Ferit, "uğramak ister misin ara sıra?"

"Karılar güzel mi?"

Aman Allahım, salak herif gerçek zannetti, diye düşündü, ya kafayı çeker de bir gece dayanıverirse kapıya!

"Yahu, ailem geliyor da biraz kalabalıklar."

"Nereden geliyorlar?"

"Tut şunun ucunu da çıkartalım yukarı, haydi arslanım." Ferit adamın başka bir soru sormasını önlemek için ıslıkla günün popüler şarkılarını çalmaya başladı.

Adam tek bir somyayı taşıdıktan sonra pes etti. Parasını eline saydı Ferit, sonra tekrar yüklendi kapı aralığına dayadığı bir başka somyayı, "Yürrü oğlum, senin vatanında ihtiyar hamallar bunun üç katı yük yükler sırtına da, bana mısın demez. Haydaaa!" diye gaza getirmeye çalıştı kendini ama, son somyayı yukarı taşıdıktan sonra kapısının önünde yığıldı kaldı. Telefon sesini duyunca zorlukla doğruldu yerinden.

Evelyn'in sesi hırçın geliyordu telefonda, "Ne demek evi kiraladım? Ne demek bu?"

"Sevgilim, anlayışlı ol! Biletleri alabilmem için paraya ihtiyacımız var. Maaşım yetmiyor. Ben de evi kiraya verdim."

"Bana sormadan?"

"Sana soracak vakit olmadı. Zaten konuşmamış mıydık aramızda, hem doğum hem de seyahat için elimizde biraz para olması gerektiğini?"

"Bunu sağlamak için ben de çalışacaktım. Öyle karar vermiştik."

"Senin çalışmanı istemiyorum. Hamilesin, yorulmamalısın. Üstelik bizi götürecek tren yakında hareket edecek."

"Bu kararı birlikte vermeliydik. Bana da sormalıydın."

"Türk olduğumu unutuyorsun, bizler kararları kadınlara sormadan, kendimiz alırız. Bazen Türklüğüm tutuyor işte."

"Şakaya vurarak atlatamazsın, Ferit."

"Zamanım yoktu, güzelim. Sen burada değil, erişemeyeceğim uzaklıkta bir sayfiye yerindeydin. Acele karar vermeliydim, verdim!"

"Ne büyük bir saçmalık bu! Şimdi nerede kalacağız? Ne yapacağız?"

"Sadece kısa bir süre için sen arkadaşında kalmaya devam edeceksin, ben de Muhlis'e sığınacağım. Belki de hocamın evine geçerim."

"Ayrılacağız, öyle mi?"

"Evelyn, kaç kere söyledim sana. Bu parayı geri çeviremedim çünkü çok ihtiyacımız var. On beş, bilemedin yirmi gün içinde birlikte İstanbul'a gideceğiz ve hiç ayrılmayacağız. Ev de burada boş duracağına bize biraz para getirsin."

"Hayatımda böyle bir saçmalık duymadım. Kocam evimizi bana sormadan kiraya veriyor ve beni arkadaşımın evine postalıyor."

"Sen zaten biraz daha uzun kalmak istemiyor muydun orada, arkadaşın rahatsız diye. O iyileşene kadar kalmak istediğini söyleyemiyordun bana, kızmamdan korktuğun için. Öyle değil mi?"

"Şuna da bak! Madem anlamıştın, niye yardımcı olmaya çalışmadın, egoist adam!"

"Seni özleyeceğim için uzun süre gitmeni istememiştim."

"Şimdi ne değişti? Artık özlenmiyor muyum?"

"Kocan eve iyi para vermeye hazır bir enayi buldu ve paraya ihtiyacı olduğu için evi ona kiraladı. Tek istediği, kısa bir süre idare etmen... Bak canım, yarın dersten çıkınca eğer banliyö treni işliyorsa hemen geleceğim yanına. Hafta sonunu beraber geçiririz, durumu sana bir kere daha anlatırım. Oldu mu sevgilim, benim minik kuşum."

Telefonu kapattıktan sonra, "Off be!" dedi Ferit, "Evelyn'e laf anlatmak üç kat merdivende somya taşımaktan daha zormuş!"

Evin adeta küçük bir yatakhaneye dönüşmüş oturma odasında yataklara çarparak yürüdü, mutfağa geçti. Kendine bir kahve yaptı. Teldolabın içine peynir, ekmek ve makarna doldurmuştu. Tüm hazırlıklarını yapmıştı. Şimdi iş misafirleri beklemeye kalıyordu. Elinde kahvesiyle yine oturma odasına geçti, yaptığı işe beğenmeyerek baktı. Oturma odası odalıktan çıkmıştı. Yan yana dizelenmiş dört somyada enlemesine altı kişi, yemek masasının yerinde bir, yere yaydığı şiltelerde üç-dört kişi yatabilirdi. Yatak odasına bir yer yatağı daha sığdırabildiği için dört kişi de orada, küçük odada Selva ve ailesi, kendi de kanepenin üzerinde...

Hafta sonu mutlaka Evelyn'i görmeye gitmeliydi, ne pahasına olursa olsun. Yoksa, karısı özledim bahanesiyle eve gelip de bu hali görecek olursa... Ama ona Muhlis'te kalıyorum dememiş miydi? Paris'e inerse eve uğramadan doğruca Muhlis'e gelmesini tembihlerdi. Evelyn'in nesi var nesi yoksa alıp götürmeliydi hafta sonu, onu bunu almaya eve gelmemesi için. Ayrıca, gerçekten bir kiracı bulması gerekecekti eve Paris'ten ayrılmadan önce. Bir emlak bürosuna gitmekte fayda vardı. Kendi de Muhlis'e taşınsa belki daha doğru olurdu. Böylece evde bir kişiyi daha yatırabilirdi. Tarık'la konuşmalıydı bu konuyu. Ne tuhaf, kırk yıllık arkadaşı Muhlis dururken, sırdaş olarak Tarık'ı seçmişti kendine.

Ferit'in misafirleri Fransa'nın işgal altındaki şehirlerinden, kasabalarından gelmekteydiler. Almanlar, Fransa'nın dört bir tarafından topladıkları Yahudileri Almanya'daki çalışma kamplarına göndermek üzere Paris'e sevk ederlerken, Ferit'in üyesi bulunduğu örgüt de aynı şeyi yapıyordu, başka bir maksatla. Yahudileri, onları kabul etmeye hazır tarafsız ülkelere yollamak üzere, Paris'teki buluşma noktalarında toplamaktaydı. Evlerinden, işyerlerinden sökülen insanlar, Almanya'da çok ağır şartlarda çalışmaktan kurtulmak için, kendilerine yardıma hazır Fransızların evlerinde ya da bazı otellerde toplanıyor, çeşitli vasıtalarla tarafsız memleketlere doğru yola çıkıyorlardı.

Henüz Almanya'daki kampların birer ölüm tuzağı oldukları bilinmiyordu. İnsanların bu kamplarda sabuna, parşömene dönüştürüldükleri, kobay olarak kullanıldıkları ya da zehirli gazlarla veya kurşuna dizilerek kitle halinde öldürüldükleri savaş sonrasında ortaya çıkacaktı.

Türk devletinin Ankara'dan Türk uyruklu Yahudileri kurtarmak için yollayacağı trene binerek doğuya gitme ümidiyle Paris'te toplananlar, toplam doksan yedi kişiydiler. Çeşitli otellerde ve evlerde bekleşiyorlardı yola revan olmak için. Korkuyorlardı. Çünkü bazılarının Türkiye ile hiçbir bağları olmadığından, henüz ellerinde ne Türk pasaportları vardı, ne de seyahat belgeleri. Küçük bir ümidin peşine takılarak gelmişlerdi Paris'e. Kendileri için hazırlanmış evlere, sığınaklara doluşmuş, kurtuluşu beklemekteydiler.

Ferit, hepsinin de mutlaka kurtarılabileceği umudunu nedense hiç yitirmiyordu. Muhlis'in veya Tarık'ın eninde sonunda pes edeceğine inanıyordu... Eğer bu insanların yüzlerini görürlerse... Her birini elbette değil ama sadece kendi evinde barınacak olanları... O zavallı insanların inançlarının sarı renkli sembolünü bulaşıcı bir hastalığa işaret edermişçesine göğüslerinde taşımaya mahkûm edilmelerinin, ailelerinden, evlatlarından kopmalarının, işlerinden olmalarının öyküsünü kendi ağızlarından dinlerlerse... Belki...

Kimbilir!

Kapının zilini duyunca önce pencereye koştu Ferit. Kimseyi göremedi aşağıda. Herhalde binanın kapısı açık kalmıştı, içeri girmişti zili çalan. Merdivende ayak sesleri ve konuşmalar duyuluyordu. Aceleyle yürüdü antreye, açtı kapıyı. Karşısında Tarık'ı görünce şaşırdı.

"Beklediğimden daha erken geldiler," dedi arkadaşı, alçak sesle. Tarık'ın arkasında, merdivenlerin karanlığında duranları o zaman fark etti.

"Ne mahzuru var? Buyurun girin."

"Hazırlığını tamamlamadınsa..."

"Merak etme, her şey tamam."

Tarık arkasını döndü ve peşindeki küçük kalabalığı tanıştırmaya başladı, "Bu bey Rafael Alfandari, karısı Selva, küçük Fazıl... Bunlar da Perla ve Samuel."

"Peri ve Sami," diye düzeltti kucağında çocukla dikilen uzun boylu genç kadın.

"Ben sadece bir oğlunuz var sanıyordum."

"Bunlar benim küçük dostlarım, çocuklarım değil."

"Ben de bilmiyordum beş kişi olduklarını," dedi Tarık, mahcup mahcup gülümseyerek.

"Önemli değil, haydi girin içeri," dedi Ferit. Teker teker girdiler kapıdan. Tarık salonun durumunu görünce şaşırdı.

"Bu da nesi? Burayı seyyar hastaneye çevirmişsin," dedi.

"Başka misafirlerim de gelecek."

"Biz nerede yatacağız, bu odada mı?" diye sordu Rafael.

"Hayır, sizin içerde özel odanız var ama küçük misafirler hesapta yoktu," dedi Ferit.

"Çok özür dilerim," dedi Rafael, "sayımız çoğalınca size yük olacağımızı ben karıma anlatamadım. Hemen çıkıp münasip bir yer aramalıyım bu civarlarda. Bir Otel Bonaparte vardı, telefonunu bulabilir miyim acaba?"

"Katiyen olmaz," dedi Ferit, "sakın ortalıkta fazla dolanmayın. Eğer lüks peşinde değilseniz, hep birlikte biraz fedakârlıkla idare edeceğiz."

"Çocuklar herhangi bir yere kıvrılıverirler," dedi Selva. Samuel ve Perla, kapı dibinde bilmedikleri bir dilde sürüp giden bu konuşmayı can kulağıyla dinliyorlardı. "Çocuk" lafı kulaklarına tanıdık gelince korkuyla birbirlerine baktılar.

"Çocuklar Türkçe biliyorlar mı?" diye sordu Ferit.

"Öğreniyorlar."

"Selva onlara ders veriyor," diye atıldı Rafael.

"Ahh, bu harika işte!" dedi Ferit. "Haydi hemen yerleşin siz, odanıza buyurun... Bakın, koridorun sonunda sağdaki kapı. Tuvalet de tam karşınızda." Sonra korku içinde bekleşen çocuklara döndü, "Size kanepeyi ikram ediyorum. Orada ben yatacaktım ama kanepeye şimdi ikiniz sıkışmak zorunda kalacaksınız. Ben de başımın çaresine bakacağım," dedi Fransızca, "Adlarınız neydi?"

"Samii... Saami," dedi kestane saçlı oğlan, "o da kardeşim Peği."

"Haydi bakalım Sami ve Peri, şu konsolun üstüne bırakın eşyalarınızı. Pasaportlarınızı ve kıymetli eşyalarınızı birinci çekmeceye koyabilirsiniz."

"Kıymetli eşyalarımız yok," dedi Perla. Parasını annesinin donuna diktiği bir torbada saklıyordu ve kimseye göstermeye niyeti yoktu.

"Ferit, bu yataklarda kimler yatacak?" diye sordu Tarık.

"Paris'te toplanacak olanlar. Değişik şehirlerden geliyorlar. Üç kişi daha bekliyorum ama belki de gelmezler."

"Neden?"

"Dağlardan İspanya'ya geçme ihtimalleri varmış."

"Evelyn ne diyor bu işe?"

"Onun haberi yok."

"Ne!"

"Sana sonra anlatırım."

Selva kendilerine ait odaya oğlunu ve eşyalarını yerleştirirken, Rafael yanlarına geldi, "Size çok şey borçluyuz Tarık Bey," dedi, "eminim, kurtuluşumda çok emeğiniz geçti."

Tarık, Rafael'in Türkçeyi hiç aksansız konuşmasına şaşıp kalıyordu. "Estağfurullah," dedi, "ben sefaretleri devreye sokmaktan başka hiçbir şey yapmadım."

"Treni de bize haber veren sizsiniz."

"Bu trende sizin durumunuzda olan başkaları da olacak."

"Sizden çok daha beter durumda olanlar var," dedi Ferit, "Sizler yine Türk Hükümeti'nin koruması altındasınız. Fransız veya Alman Yahudileri, hatta İtalyan asıllılar, gepgenç kızlar ve delikanlılar, çocuklu kadınlar, aile babaları, ihtiyarcıklar... Kimseye hiçbir kötülüğü dokunmamış olan yüzlerce, binlerce insan..."

Başını önüne eğdi Tarık.

"Bu insanların bazıları da bir umudun, küçücük bir umudun peşinde Paris'te toplanıyorlar. Ya bu trene binmelerine göz yumulacak..." Bir sessizlik oldu.

"Ya da?" diye sordu Rafael.

"Bu trene binmelerine göz yumulacak. Ben buna eminim," dedi Ferit.

"Ben de," dedi Rafael, kanepenin üzerinde yan yana oturan çocukları işaret etti başıyla, "bakın, bunlardan esirgemediler pasaportu. Başka insanların da canlarını kurtarmamak için bahane aranmayacağına eminim."

"Ben artık işimin başına döneyim," dedi Tarık. "Bu sabah bürodaki işimi biraz ihmal ettim... Russoların oğlu kayıpmış günlerdir. Bütün çalışma kamplarını araştırmak lazım şimdi, nerede olduğunu bulana kadar.... Neyse, Selva Hanım'ı rahatsız etmeyeyim, yerleşiyor o şimdi, benden selam söyleyin. Mesaiden sonra yine görmeye gelirim sizi."

Tarık, Ferit ile birlikte hole yürüdü. Kapı önünde uzun süre onların mırıl mırıl konuştuklarını duydu Rafael.

"Senden bir ricam olacak, Ferit," dedi Tarık mahcup bir yüz ifadesiyle.

"Estağfurullah, buyur abi."

"Şu senin belki de gelmezler dediğin kişiler var ya, gelmeyecek olurlarsa malum trene binecek olan iki kişiyi buraya yollayabilir miyim?"

"Eğer çok darda kaldınsa, gelecek bile olsalar, yollarsın. Ben sana geçerim, çocukları, mutfağa bir şilte atar, orada yatırırız. Bu kişiler aynı yatağı paylaşırlar mı?"

"Elbette. Genç bir karı-koca Lyon'dan. Hani ben bahsetmiştim sana, bir kadın kurtarmıştım Gestopo'dan. O kadının kızıyla damadı."

"Hatırlar gibiyim sanki. Kadın nerede yatacak, peki?"

"Kadın vefat etmiş," dedi Tarık.

Ferit geri geldiğinde, Selva oturma odasındaydı. "Çok yorulmuştu Fazıl, onu uyuttum," dedi kocasına.

"Selva Hanım," dedi Ferit, "sizden bir şey isteyeceğim... Tabii, eğer kabul ederseniz... Burada kaldığınız sürece... Acaba?" Sustu.

"Etmez olur muyum. Bize evinizi açtınız. Ne isterseniz yapmaya hazırım. Yemek mi yapmamı istiyorsunuz, temizlik mi?"

"Hiçbiri. Bu yataklarda yatmak üzere bazı kimselerin geleceğini anladınız sanıyorum."

"Elbette. Herhalde onlar da bizimle aynı trene binmek için burada toplanıyorlar."

"Evet. Ama onların hiçbiri Türk uyruklu değil. Türkçe de bilmiyorlar."

"Türkiye'den yollanan bu vagona binebilmeleri için Türk pasaportu gerekmiyor mu?"

"Pasaportlarını temin edeceğiz. Ama yolda herhangi bir aksilik olursa Türk gibi davranmaları ve birkaç kelime Türkçe bilmeleri gerekiyor... Dediniz ki, siz Türkçe öğretiyormuşsunuz... Acaba..."

"Benden onlara Türkçe öğretmemi istiyorsunuz."

"Yapar mısınız?"

"Seve seve. Zaten bu işi Marsilya'da ne zamandır yapmaktaydım. Onlara lazım olacak cümleleri ezberletirim. Ama bir sualim var, Türk gibi davranmak dediniz, bu nasıl oluyor, merak ettim. Bir Türk nasıl davranır?"

"Çok çay içer mesela. Çayına süt koymaz. Abdest alabilir, tespih çekebilir. Kahvaltıda peynir ve zeytin yer. Belki birkaç kişinin eline de Kuran-ı Kerim veririz, okur gibi yaparlar."

Selva güldü, "Yanlarına dolma, kuru köfte de verelim, ben pişiririm evde, yola çıkmadan," dedi.

"Aman siz bunları pişirebiliyorsanız, bir an evvel pişirin de ağız tadıyla bir yemek yiyelim bu evde," dedi Ferit.

"Ben yemek yapmayı evlendikten sonra, Paris'te öğrendim," dedi Selva, "iyi bir aşçı değilim. Keşke ailem bana piyano ve keman çalmayı, değişik lisanlar konuşmayı öğretmek yerine, yemek pişirmeyi öğretseydi. Bütün emekleri benim iyi bir koca bulmam içindi, halbuki kocalar iyi yemek yapan bir zevceyi her şeye tercih ediyorlar. Öyle değil mi Rafo?"

"Ben değil," dedi Ferit, "ben evlenirken aşçı değil, hayat arkadaşı istiyordum."

"Bulabildiniz mi bari?"

"Sanıyorum."

"Bakmayın Selva'nın öyle dediğine. Ben de hayat arkadaşı istiyordum ama benimki silah arkadaşı çıktı," dedi Rafo, "Selva kendini savaşçı sanıyor ve dünyayı tek başına kurtarmaya çalışıyor."

"Gelin, el ele verelim, önce Paris'te ve bizim evde toplanacak olanları kurtaralım, sonra da dünyayı kurtarmaya soyunuruz, ne dersiniz Selva?" diye sordu Ferit.

"Bu, uzun zamandır aldığım en güzel teklif," dedi Selva, "belki de Rafo'nun evlenme teklifinden beri," diyecekti ki dudağını ısırıp sustu. Rafo ona evlenme teklif etmemişti. O bildirmişti evlenme kararını Rafo'ya. Döndü, kanepenin üzerinde çocuklarla konuşan kocasına baktı. Vagona bindirildiği geceden beri çok kilo kaybetmişti Rafo, geceleri doğru dürüst uyku uyuyamıyor, kâbuslarla savaşıp ter içinde yatağından fırlayarak uyanıyordu sık sık. Rafo, beni hakikaten seviyor musun, diye düşündü, ben bir nimet miyim başında, yoksa bir bela mı? Hangisi? Pişmanlık duyduğun oluyor mu hiç benimle evlendiğine? Ailenden, memleketinden koptun diye benim yüzümden, kızıyor musun acaba bana için için?

İstanbul'a varabilirlerse eğer, gidip kayınvalidesiyle konuşmayı kafasına koydu o anda. Ellerine sarılıp yalvaracaktı kadına, oğlunu affetmesi için. Annesini, kardeşini, kuzenlerini, kısacası, ailesini geri vermeliydi kocasının. Ah Rafo, dedi içinden, benim seni sevdiğim kadar seviyor musun acaba sen de beni?

HER YER KARANLIK

"o gün bugün kalbimin doğusunda tüten duman
nerede olursan ol göğündeyim kanlı tarih her zaman"
Murathan Mungan

David Russo, sabah büyük bir keyifle çıktı yatağından. Pencerenin önünde uzun uzun gerindi. Yılbaşı yaklaşıyordu. Paris! Ah Paris! Eğlence, sanat, müzik, keyif ve şölen şehri muhteşem Paris... Yirmi yaşına henüz basmış bir genç adam için bu şehirde yılbaşını beklemekten daha heyecan verici ne olabilirdi ki, hele de gözlerini dünyaya Beyoğlu'nda açmışsa, ruhuna doğduğu caddenin eğlence kültürü, tüm rengi ve şıngır mıngır gürültüsüyle sinmişse...

David Russo, her zaman çok şanslı addetmişti kendini. Varlıklı bir aileye, çok renkli bir muhitte doğmuştu. Ortaöğrenimini Saint Benoit'da tamamladıktan sonra, ailesiyle birlikte Paris'e göç etmişti. Babası Paris'in şık semtlerinden 14.

Mahalle'de güzel bir eve yerleşmiş, oğlunu da liseye yollamıştı. Gerçi lise yılları biraz uzun sürmüştü ama, her akıllı genç, ekmek elden-su gölden geçen öğrencilik yıllarının uzun tutulmasının aslında çok keyifli bir iş olduğunu bilirdi. Eğitim biter bitmez, bir erkeğin sırtına yüklenecek askerlik görevini, sonra da evlenip çoluğa çocuğa karışma ve artık ölünceye kadar aile denen yükü, tüm sorumluklarıyla sırtında taşıma faslını mümkün olduğunca uzağa atmanın en emin yolu, uzun tahsildi.

David, İstanbul'dan nakil yaptığı için biraz uzun sürmüştü lise tahsili ama bundan hiç şikâyetçi olmamıştı. Lise bitince, resme meraklı olduğu için Güzel Sanatlar Akademisi'ne yazılmıştı.

Uzun boyu, ince yapısı ve Doğu Avrupalılara mahsus melankolik bakışlarıyla, bir ressam olmanın tüm keyfini sürmeye hazırlanıyordu ki savaş patladı. Birbirinden hoş ve çıplak model kızların hayali bir süre bekleyecekti gerçekleşmek için. Aldırmadı. Hayat onun için keyifli günlerle dopdolu akmaya devam ediyordu. Babası parayı oğlundan, oğlu da baba parasını barlardaki varyetelerdeki kızlardan esirgemiyordu. Genç arkadaşlarıyla birlikte her gece altını üstüne getiriyorlardı Paris'in. Bir kan-kan gösterisinden çıkıp bir başkasına giriyorlar, birahanelerde kafa çekiyor, sokak kahvelerinde şarap içiyorlardı. Alman subaylarının doluştuğu mekânlara pek bulaşmamaya çalışıyordu David ama, zaten içi rahattı! Elinde, birinci sayfada kırmızı damgayla "Juif"* yazılı da olsa, taş gibi Türk pasaportu vardı.

Doğrusu, annesi gibi o da biraz içerlemişti babasına, babası evinde yaşayanların pasaportlarını, kimliklerini toplayıp alelacele karakola damgalatmaya götürdüğü zaman.

"Acelen ne?" diye çıkışmışlardı.

"Ne söylenip duruyorsunuz kuzum," demişti oğluyla karısına Mösyö Russo, "günlerdir radyoda yayınlayıp duruyorlar,

* Yahudi.

Yahudi olanlar kimliklerini damgalatacak diye. Gazeteler de yazdı çarşaf çarşaf!"

"İyi ama nereden bilecekler?" demişti karısı, "Bak, Vitali damgalatmamış."

"Ben evrakımı muntazam severim. Yarın öbür gün niye damgalatmadım diye hesap vermek istemiyorum."

"Sonra pişman olmayasın."

"Amma da uzattınız. Alt tarafı bir damga," demişti babası.

Ve böylece Türk pasaportuna kıpkırmızı bir damga yemişti David.

Şimdi serin ama güneşli bir aralık sabahında, kahvaltıda babasıyla karşılıklı kahvelerini içerlerken, "Yine mi Champs-Elysees'ye gideceksin bugün?" diye soruyordu babası.

"Evet. Arkadaşlarla buluşacağım."

"Bu savaş serseri etti hepinizi. Sinemaya gitmekten başka yapacak işiniz yok mu kuzum?"

"Ya ne yapalım baba?"

"Yanımda işe başlamaya ne dersin?"

"Yeni yıldan sonra. Hele bu kötü sene bir bitsin."

"Hangi sene kötü değil ki. Sen iyi bir sene bekleyecek olursan hayatın beklemekle geçer, bu harp kolay kolay biteceğe benzemiyor. Sen ve arkadaşların aylaklık etmek için bahane arıyorsunuz gibi geliyor bana."

"Bu şartlarda hiçbirimizin içinden iş sahibi olmak gelmiyor baba."

"Eğlenceye gitmek, sabahlara kadar barlarda sürtmek geliyor ama!"

"Biz harp çocuklarıyız baba," dedi David, "iyi bir rekolte değiliz!"

"Aynen! Harp her şeyi olduğu gibi sizin düzeninizi de bozdu. Oğlum, sürtmeye giderken harp çocuğu olduğun için, yanına kimlik almayı sakın unutma. Geçenlerde bizim komşuyu bayağı hırpalamışlar üstünden kimlik çıkmadı diye."

"Olur baba, alırım."
"Hatta üstünde Türk pasaportunu taşı, en iyisi."

Kahvaltıdan sonra, gazetelerini okumuş, biraz da resim yapmıştı odasında David. Bugün arkadaşlarıyla yılbaşı akşamını hangi lokalde geçirmek istediklerine karar verip yer ayırtacaklardı. Savaşa rağmen bir yeni yıl daha geliyordu işte. Yaşam tüm güzellikleriyle devam ededuruyordu genç bir adam için. Champ-Elysees şimdiden ışıklar içindeydi. Bütün dükkânlar çoktan tamamlamışlardı Noel süslerini vitrinlerinde, sokaklardaki ağaçlar küçük ampullerle donanmış, geniş caddelerin her biri bir taraftan ötekine uzanan rengârenk ışıklardan köprüler kurmuştu. Üstelik savaş pek uğramıyordu Paris'e. Avrupa ateşler içinde olabilirdi ama Paris ışıklar içindeydi. Sokaklarında beyaz ,ipek fularlı, siyah kaşmir paltolu beylerin, azametli Alman subayların yan gözle süzdüğü, mis kokulu şık kadınlar, yüzleri bol pudralı varyete dansözleri ve kıpkırmızı dudaklı, cilveli orospular dolanıyor, genç David de kendi nasibini alıyordu etrafında dönüp duran bu renk renk kadın skalasından.

David, bugün arkadaşlarıyla, yılbaşını geçirecekleri mekânı saptadıktan sonra -ki burası muhtemelen ya La Coupole ya da ressamların takıldığı Cafe de Flöre olacaktı- Stella'yı arayacak ve onu yılbaşı akşamına davet edecekti. Yılbaşı gecesi öpecekti Stella'yı. Mutlaka öpecekti. Saat on ikiyi vurup yeni bir yılın gelişini müjdelerken ve herkes öpüşerek birbirini kutlarken, Stella iteleyecek değildi ya onu! Yollarda coşkuyla yeni yılı karşılayan kalabalığın arasında el ele, dudak dudağa dolaştıktan, Hal'de çorba içtikten sonra, sabaha karşı, Stella'yı Manuel'in bekâr odasına gitmeye ikna edebilirse... Kimbilir... Belki de... Yok, yok... Aceleye ne lüzum vardı. O işin sırası da gelirdi elbet!

David ıslıkla La Vie En Rose'u çalarak giyindi, cüzdanını her zaman yaptığı gibi göğüs cebine soktu, tam paltosunu almak üzereyken, babasının kahvaltıdaki tembihini hatırladı, bir koşu odasına geri döndü, çekmeceden pasaportunu kaptı ve kapıya yürüdü.

"Geç kalacak mısın?" diye seslendi annesi. "Akşam yemeğe bekleyelim mi?"

"Beklemeyin. On ikiden önce dönmem."

"Hafta sonu değil ki bugün oğlum. Her Allah'ın gecesi de geç yatılmaz ki!"

David yanıtlamadı annesini. Yirmi yaşındaydı. Paris'teydi. İçi içine sığmıyordu. Kapıyı çekip çıktı, binanın merdivenlerinden aşağı ikişer üçer koştu ve ana kapıdan dışarı atınca kendini, derin bir oh çekti. Annesi ve babası, dırdırlarıyla birlikte kapının ardında kalmışlardı. Dünya güzeli, civelek, ışıltılı, gürültülü Paris tüm gizemiyle onu bekliyordu.

Savaş sonrasında adı Franklin Roosevelt'le değişen Marbeuf Metro İstasyonu'nda trenden indiğinde, biraz geç kaldığını düşündü. Şimdi kızacaklardı arkadaşları yine, vaktinde gelemediği için. Bu yüzden biraz aceleyle koşturdu kalabalığın arasında, bir-iki kişiyi itip kakarak. Acayip bir kalabalık vardı. Sanki insanlar yürümüyor da yığılıyorlardı çıkışta. Sinirlendi. Birkaç kişinin önüne geçerek ilerledi. Ah bu ihtiyarlar, bir türlü hareket edemeyen, her bir adım için bir saat düşünen ihtiyarlar! Yürüyemiyorsanız evinizde kalsanıza, dedi içinden. Önünde sallanıp duran yaşlı çiftin yanından sıyrıldı, merdivenlere geldi, tıkanıklık devam ediyordu. Bir kuyruk var gibiydi adeta, çok yavaş ilerleyen. Demek bu yıl erken başlamıştı yılbaşı alışverişi. Savaş mavaş dinlemiyordu Parisliler, yaşam devam ediyordu, alışveriş de öyle...

"Nedir bu kalabalık yahu, kimse yürümüyor mu be!" dedi önündeki adam. Aaa! Aaa! O da nesi? Sıçrayarak ileriyi görmeye çalıştı. Metronun çıkışında iki sıra olup dizilmişti Alman askerleri. Askerler erkeklere kimlik soruyor ve bazılarını kenara diziyorlardı. Kadınlarsa geçip gidiyordu. İyi ki almıştı pasaportunu yanına. Arkasından, "Şu bizim ihtiyar!" diye söz ettiği babasının demek vardı bir bildiği. Eliyle göğsündeki pasaportu yokladı.

Oh, yerinde duruyordu. Sıraya girdi diğerlerinin ardı sıra David, yavaş yavaş ilerlemeye başladı.

Beş adam kimlik gösterip geçti, altıncıyı ayırdılar, yedi-sekiz kişi daha geçti, önlerden biri geri dönmeye çalıştı. Keskin bir düdük sesi. Adam birkaç adım koştu. HALT! HALT! Durdu. Yüzü bembeyaz, geri döndü, sıradan çıktığı yere girmek istedi. Asker eliyle, buraya gel işareti yaptı. Yürüdü adam onlara doğru. Adamın omuzları, ah o omuzları, David hayatında ilk kez omuzların konuştuğunu, çaresizim, yardım edin, diye bağırdığını gördü. Biri daha duvar kenarına alındı... Üç-beş kişi geçti... Gecikiyordu ama olsun, oğlanlara anlatacak hikâyesi vardı şimdi. Ne hikâye ama! Günün kahramanı gibi hissediyordu kendini. Yılbaşı akşamı Stella'ya da anlatırdı artık. Kızla ne konuşacağım diye sıkım sıkım sıkılmayacaktı. "Metrodan çıkarken az daha enseleniyordum. Kâğıtlarım yanımda olmasa çalışma kampındaydım şimdi, düşünsene Stella!" Harika!

"Kimlik!" dedi hoyrat bir Alman. Elinde hazır ettiği pasaportunu uzattı David. Oh Tanrım, işkence bitmek üzere. Alman, pasaportu açtı. Resmi, adı, soyadı, doğum yılı, doğum yeri ve kırmızı damga. YAHUDİ.

"Geç duvar kenarına."

"Ama ben Türküm."

"Geç dedik!"

Geçti. Diğerleriyle birlikte hiç konuşmadan beklediler. Az sonra bir asker geldi yanlarına, sekizer sekizer gruplar halinde ayırdı kalabalığı.

"Yürüyün!"

Yürüdüler, içlerinden biri konuşacak oldu, "Kapa çeneni," dedi asker, ilerde duran gri askeri araca bindirildiler. David, yanında oturan ve tir tir titreyen kendi yaşlarındaki genç çocuğa baktı. Sonradan adının Lombroso olduğunu öğreneceği İtalyan asıllı genç adam, eliyle paltosunun üzerine "Juif?" yazdı. Başını evet anlamında salladı David.

Araç bir otobüsün yanında durdu. Askeri araçtan inip onları bekleyen otobüse doluştular. Başka araçlar durdu otobüsün yanında. Araçlardan inenler, zaten tıklım tıkış olan otobüse üst üste yığıldılar. Otobüs yola çıktı, bir süre gittiler. David, gittikleri yönü tahmin etmeye çalıştı. O kadar sıkışık ve doluydu ki içersi, pencereden dışarıyı görmek mümkün olmuyordu.

Bir süre gittikten sonra bir avluya girdi ve durdu otobüs. Ecole Militaire'e geldiklerini, uzun ve kunt binanın içine girdikleri zaman anladılar. Koridorlarda yerlere oturup beklemeye başladılar. Aralarında konuşmaya korkuyorlardı. Soru sormaya çalışan birkaç kişi askerlerden azar işitip sustu. Taş zeminin üstünde beklediler, beklediler, beklediler. Koridora açılan odalardan sızan gün ışığı giderek azaldı, karanlıkta kaldılar. Akşam oldu.

"Kalkın! Yürüyün!"

Kalktılar, yürüdüler. Avluda, okulun başka binalarından çıkan kalabalıklar beş ayrı otobüse yine tıklım tıkış doluştuktan sonra otobüsler hareket etti.

Gar du Nord'da indiler. Askerlerin karıncalar gibi kaynaştığı garın ucuna yürütülüp bir trene bindirildiler. İki saati aşkın bir süre gittikten sonra tren durdu. Askerler vagonlar dolusu kalabalığı beşer kişilik sıralar halinde arka arkaya dizdiler.

"Marş marş!"

Yürüdüler. Aralık soğuğunda ve ipil ipil yağmur altında donarak yürüdüler. Aç ve bitkindiler. On iki ve seksen iki yaşları arasında bine yakın erkek bir süredir korkmuyorlardı artık. Korkamıyorlardı. Korku bitmiş, yerini adını bilmedikleri bir başka duygu almıştı. Bu duygunun, ölümü kanıksamanın hüznü olduğunu daha sonra öğrenecekti David.

Upuzun kafile bu bitmez tükenmez yürüyüşün sonunda bir kampa girdi. Otuzar kişilik gruplara ayrılarak koğuşlarına yollandılar. Koğuşlarda yerlere samanlar atılmıştı. O kadar uzun süre ayakta kalmışlardı ki hemen samanların üzerine çöktüler, birbirlerine yaslandılar, birbirlerinin nefesi ve vücut hararetiyle ısınarak öylece kaldılar çöktükleri yerlerde.

Bir hafta boyunca, ranzaları gelene kadar, büyükbaş hayvanlar gibi bu samanların üzerinde yatacaklardı.

Sabah beşte uyandırıldılar. Koridora çıkarıldılar. Üç buçuk-dört saat ayakta, soğuk koridorda sayım için beklediler.

"ÜÇER ÜÇER SIRAYA GİRR!"

Sıraya girdiler.

"YÜRRÜÜ!"

Yürüdüler.

"TEK SIRA OLLL!"

Tek sıra oldular. Geniş bir holde, bir masanın arkasında oturan genç askerin önünden teker teker geçmeye başladılar.

"Adın?"

"David Russo."

"Sana dört adet çok değerli nesne veriyorum. Hiçbirini kaybetmeyeceksin. Al! Bir çinko tas. Bir kaşık. Bir battaniye. Bir de numaran. Al!"

David verilenleri aldı.

"Numaranı oku."

"3233."

"Sen artık 3233'sün. Adın bu. Bu numarayı kaybedecek olursan öl daha iyi. Tamam mı?"

"Tamam."

"Şurayı, şurayı, şurayı ve şurayı imzala."

David imzaladı. Tas, kaşık, battaniye ve 3233 numara için dört adet imza attı. O artık David Russo değildi. Onu arkadaşları Champs-Elysees'deki Cafe Clossier'de, annesiyle babası da evde beklemiyorlardı. David Russo yoktu. Attığı imza itibariyle David Russo bitmişti. O sadece 3233'tü. Bir numaraydı. Uzun boylu, soluk yüzlü, geleceği olmayan bir çinko numara...

Öğlen olduğunu yeni bir emirle anladı.

"TEK SIRA OLL!"

Tek sıra oldular.

Yürüdüler, bir çorba kazanının önünde durdular. Hepsinin tasına bir kepçe çorba kondu. Demir kaşıklarıyla içtiler. Bitince kaşıklarını ve taslarını göğüslerine, ceplerine sokmaya çalıştılar kaybetmemek için. Çorba faslından sonra bir avluya çıkarılıp beşer kişilik sıralar oluşturdular ve avlunun içinde bir ileri bir geri gidip gelmeye başladılar. Yanı başlarındaki kişiden başka biriyle konuşmaları yasaktı. Ancak iki kişi birbiriyle konuşabilirdi. Üç kişi asla!

"Neden buradayız? Suçumuz ne?"

"Yahudi olmak."

"Kurtulamayacak mıyız?"

"Sanmıyorum."

"Ailelerimiz bizi arayacak olursa..."

"HEYY ORDAKİ! ÇOK KONUŞTUN! KESS!"

Sustular. Sütçü beygiri gibi avluda döne döne yürümeye devam ettiler. Yürürken elleri, ayakları, kıçları dondu, üşüdüler. Sonra saman yığılı inlerine girip birbirlerinin sıcağına sığındılar. Akşam yine sıra olup yemekhaneye yürüdüler. Bu kez, mönüde siyah ekmek vardı. Bir asker kocaman bir tahta masanın üzerine bir somun ekmek koydu. Askerin içlerinden seçip çağırdığı kişi, ekmeği belli bir şablona göre, muntazam dikdörtgen parçalara bölerek kesmeye çalıştı. Sonra asker, 200 gramlık parçaları teker teker numaralara dağıtmaya başladı. Numaralar -artık onlar insan değil numaraydılar- ellerindeki bayat siyah ekmeği son kırıntısına kadar yediler, yalayıp yuttular. Bir koridorun ucundaki leş kokulu helanın kapısında yine sırayla hacet giderdiler ve koğuşlarındaki samanlarının üzerine yığılıp yattılar.

"Konuşanın anasını sikerim!" dedi Alman aksanlı Fransızcasıyla kapıyı üzerlerine kapatan asker.

Ertesi gün koridorda ayakta durarak üç saat sayımı bekledikten ve çinko çanaklarında yegâne kahvaltıları olan sabah kahvelerini içtikten sonra, avluya çıktıklarında, duvarların kenarına yığılmış dikenli tel makaraları gördüler. Artık bir işleri vardı. Dikenli tellerin birbirine dolanmış olanlarını açacak ve onları gösterilen yerlere taşıyacaklardı. David, buz gibi bir avluda volta atacağına bir iş yapacağı için sevindi. Kaç gün önceydi, babasına, "İçimden hiçbir iş yapmak gelmiyor," dediği? Zaman kavramını yitirmiş olduğu için bilemiyordu... İhtiyar, ellerini kanata kanata dikenli telleri ayırmaya çalıştığını görse ne yapardı acaba? İhtiyar! O, hiç ihtiyar olmayacaktı. Onun çocukları arkasından "bizim ihtiyar" diyemeyeceklerdi onun için. O, Robert David Russo, sadece 3233'tü artık. Dikenli tel taşımakla görevli, yaşı ve geleceği olmayan... Kendine üzülmeye, ağlamaya çalıştı. Beceremedi.

Bir hafta kadar sonra koğuşlarına ranzaları ve saman dolu şilteleri geldi. Malzemeyi getiren heriflerden biri içeri girdiğinde, "Öfff! Leş gibi kokuyor burası," dedi. Birbirlerine baktılar çeşitli numaralar. Geldikleri günden beri üzerlerinde ne varsa onlarla yatıp kalkıyorlardı samanların üzerinde ve burunları koku filan almıyordu artık.

On beş gün sonra, yepyeni bir emirle renklendi hayatları. Kahve faslından sonra ve tel taşıma faslından önce, beşer kişilik sıralar oluşturup daha önce görmedikleri bir koridorda yürütüldüler. Bir hole geldiler.

"SOYUNUN!"

Hiçbiri kıpırdamadı.

"SOYUNUN ULAN!"

Şaşkın şaşkın birbirlerine bakarak soyundular, donlarıyla kaldılar.

"DONLARI DA ÇIKARIN!"

"Aman Allahım!" dedi yaşlı bir adam.

"Seni kim ne yapsın moruk!" dedi bir asker.

Donlarını da çıkardılar. Ellerinde dürülü giysileriyle çırılçıplak, önlerini kapatmaya çalışarak beklediler, beklediler. Aralarından bir iki kişi, soğukta çıplak dikilmeye dayanamayıp, yere düşüp bayıldı.

"TEK SIRA OLUN!"

Tek sıra oldular. Eli sopalı bir asker teker teker her birini bit kontrolünden geçirdi. Bir başkası, giysilerini buharlı bir aletin içine atıp çıkardı. Sonra hep birlikte, tavanından sıra sıra duşlar sarkan bir büyük odaya girdiler. Buz gibi suyun altında titreşerek yıkandılar. Duş odasından çıkışta, buhar makinesinden çıkmış, nemli giysilerini yeniden giydiler ve dikenli tel taşımaya gittiler.

Günler günleri kovaladı. Aralarında numarası okunduğu için çıkıp giden ve bir daha dönmeyenler oldu. Ölenler çok oldu. Yetmiş yaşının üstünde olanlar, bu hayata dayanamadıkları için hastalanıp götürüldüler. Saman şiltelerinin dürülüp kaldırılmasından hastalananların öldüğünü anladılar. Ama numarası okunarak çağrılan ve bir daha geri dönmeyen genç adamların ne olduğunu hiç öğrenemediler.

Bir sabah, çinko kaplarındaki sabah kahvelerini içtikten sonra, koridorda sayım bekleme işkencesini çekerlerken, içeri giren asker, "3233!" diye bağırdı. Kıpırdayan olmadı.

"3233 DEDİM ULAN!"

Bu benim, dedi David içinden. Ben 3233'üm. Ben ne yapayım şimdi? Bir adım öne çıktı.

"Sen 3233 müsün?"

"Evet."

"Koğuşuna git, tasını, kaşığını, battaniyeni ve numaranı al, gel."

David koğuşuna yürüdü. Ranzanın üzerinden battaniyesini topladı, tasını, kaşığını aldı. Numarası zaten cebindeydi. Geri döndü.

"Hepsini aldın mı?"

"Aldım."

"Yürü."

David sıraya dizilmiş koğuş arkadaşlarına baktı. Kimi önüne eğdi başını, kimi gözüyle selamladı onu.

"Kurşuna dizilecek herhalde," diye fısıldadı birisi. David duydu söyleneni, üzülmedi. İğrenç bir kahverengi sıvıdan ibaret kahveden, çamurdan beter çorbadan, kaskatı ekmek parçasından ve dikenli telleri ayıklamaktan kurtulacaktı. Her gece saman şiltesinde yattığında, evini özlemekten, Stella'yı öpemeden ölecek olmanın kederinden ve sadece bir numaraya indirgenmenin onursuzluğundan da. Askerin arkasında yürüdü. Küçük bir ofise girdiler. Masanın başında oturan sivil adamın önünde tapu defteri gibi kocaman bir defter vardı.

"Numaran?" dedi adam.

"3233."

Adam defteri açtı, "Bu sayfada adını ara bul!"

Adı! David bir adı olduğunu hatırladı. Neydi adı? Neydi?

Eğildi, deftere baktı. Bulanık görüyordu. Harfler dans ediyordu gözlerinin önünde. Elleriyle gözlerini ovuşturdu tekrar baktı dikkatle. Önce numarasını gördü, 3233. Yanında adı yazıyordu. Eliyle işaret etti.

"Buldun mu?"

"Buldum."

"Oku!"

"Robert David Russo."

"Emanetlerini teslim et."

Aptal aptal baktı David.

"Ne bakıyorsun? Tasın, kaşığın, battaniyen, numaran. Hepsini koy masaya."

David büyük bir dikkat ve özenle tası, kaşığı ve battaniyeyi sıraladı masanın üzerine, numarayı battaniyenin üzerine koydu.

Adam çok değerli mücevherlermiş gibi, eliyle yoklayarak saydı hepsini ve hepsi için ayrı ayrı imza aldı David'ten.

"Nereye gidiyorum?" diye sordu David.

"Cehenneme," dedi adam.

"Ölmeden önce, ailemle son bir defa konuşabilir miyim?" Adam gülümsedi.

"Ya da haber verebilir miyim?"

"Neyi?"

"Kurşuna dizileceğimi."

"Kurşuna mı dizileceksin?"

"Benim konuşmama izin vermeseniz bile, acaba size telefon numaramı versem siz haber verir misiniz? Bekleyip durmasınlar diye beni. Bilseler daha az acı çekerlerdi."

"Neyi bilseler?"

"Öldüğümü."

Adamın dudaklarının kenarına alaycı bir gülüş yapışmıştı. "Hain köpek," dedi David içinden.

David'le birlikte gelen asker, "Yürü!" dedi yine. David peşine düştü askerin. Binadan dışarı çıktılar. Avluyu geçip kapısında gamalı haçıyla Alman bayrağı sarkan bir başka binadan içeri girdiler. Merdivenleri çıktılar. Koridorda yürüdüler.

"Sen burada bekle," dedi asker, bir odaya girdi. Koridordaki bankoya çöktü David. Hatta bankoya uzanmayı da geçirdi aklından. Ölüme gittiğine göre, aklına her geleni yapabilirdi. Birazdan yanına gelecek askerin ya da o anda önünden geçmekte olan subayın suratına tükürebilirdi mesela. Küfür edip ana avrat sövebilirdi. Düğmelerini çözüp hemen oraya işeyebilirdi. Aklından geçirdiklerinin hiçbirini yapamadı, çünkü temiz havaya çıktığından beri müthiş bir halsizlik gelmişti üstüne. Sanki dikenli tel ayıklamanın ve taşımanın dışında hiçbir şey için gücü yoktu. Cehennemin kapısında bu göreve verilmişti, bu görevi yapabilirdi ancak.

Asker elinde bir dosyayla çıktı girdiği odadan, "Yürü," dedi yine. Çöktüğü tahta sıradan kalkmaya çalıştı, kalkamadı David.

"YÜRRÜ!"

Son bir gayretle sürüklendi askerin peşinde. Utanmasa dört ayak yürüyecekti. İndiler merdivenden, avludan çıkıp bir sokağa, sonra da kasımpatılarla süslenmiş bir bahçeye girdiler. Karşısında şık bir villa gördü David.

"Oğlum David, öldün sen, haberin yok! Bu yürüdüğüm sokak... Bu güzel bahçe... Çiçekler... Bu villa... Ben ölüyüm. BEN ÖLÜYÜM. Şükürler olsun ölüyüm. Hiç canım acımadı ölürken. Kurtuldum. Sonunda kurtuldum. Yaşasın ölüm."

Kapıdaki nöbetçi bir selam çaktı önünde giden askere. Nöbetçinin selamına karşılık verdi David, yerlere kadar eğilerek. Hayretle baktı nöbetçi, eliyle terelleli işareti yaptı. Villanın merdivenlerini çıktılar, asker önde, David arkada. Mermer bir hol. Duvarlarda nefis tablolar. Bir huri çıkacak şimdi odaların birinden, diye düşündü David, keşke gözleri Stella'nınkilere benzeseydi hurinin, sesi de annesinin sesine. Yahudilerin öldükleri zaman gidecekleri cennette huri yoktu gerçi ama Müslüman erkeklerin, öte tarafta güzel ve genç bakireler tarafından karşılanacaklarını işitmişti. Türk pasaportuyla öldüğüne göre... Gülümsedi kendi kendine. Canı kadın filan çektiği için değil, tanıdık, dost bir yüz, geçmişine dair bir iz görebilmek için istemişti Stella'ya benzeyen bir huri. Annesinin sesi ise... Rüyasında görse inanmazdı annesinin sesini özleyeceğine ama, tek istediği, "Oğlum, benim güzel oğlum," diyen o çok tanıdık sesi duymak ve onu yanıtlamaktı: "Anne, seni çok özledim anne!"

"Al dosyanı, şu odaya gir. Ben burada bekliyorum," dedi asker, elindeki dosyayı David'e uzatarak. Aldı dosyayı, odaya girdi David.

Pahalı mobilyalarla döşenmiş bir odaydı. On dördüncü Louis tarzında bir büronun başında oturan adam, "Şu defterde adını bulur musun?" dedi.

Musun! Evet, kesin ölmüştü ve cennete gidiyordu. David yaklaştı deftere, bu kez gözleri bulanmadan baktı ve buldu adını.

"Burada... Adım burada işte."

"Adının yanını imzala."

İmzaladı.

"Al bu Ausweis, bu da Paris'e tren biletin."

"Pardon?"

"Yani çıkış belgen ve biletin. Serbestsin. Haydi güle güle."

"Yani... Nereye gidiyorum... Eve mi dönüyorum?"

"Alık mısın nesin sen?" Adam bir asker selamı çaktı ve eliyle işaret ederek, "Nach Paris!"* dedi David'e. "Oraya varınca Türk Konsolosu'nun elini ayağını öpmeyi unutma!"

David odadan çıktı, kendini bekleyen askerin peşinde, merdivenlerden inip villayı geride bıraktı, kasımpatıların arasından geçip kapıya geldi. Ölmemişti, serbest bırakılıyordu. Bu ne demekti acaba? Eve dönmek ne demekti? Asker, nöbetçi kulübesine girip bir şeyler söyledi, nöbetçilerden biri geldi, kapıyı açtı, dışarı çıktı David.

İki ay önce altmış beş kilo girdiği kamptan kırk yedi kiloya düşmüş olarak çıktığı için bir iskelet gibi renksiz ve ruhsuz, yürüdü çıplak kestane ağaçlarının arasında. Sevinemiyordu, iştahı yoktu, ağız tadı kalmamıştı, heyecansızdı, beklentisizdi. Ayakları onu evine ulaştıracak istasyona doğru götürüyordu ama gönlü... Gönlü... Gönlü bir numaraydı hatırlayamadığı... Yaşlı, çok çok yaşlı, arkasından "bizim ihtiyar" diye söz ettiği babasından bile ihtiyar, 3233 yaşındaydı gönlü.

---

* Doğru Paris'e.

PARİS

Selva, Türkçe öğrettiği kimselerin arasında, bazılarını çok sevmeye başlamıştı. Margot çok sevdiklerinden biriydi. Belki de Macar olduğu için, onunla bir gönül bağı kurmuş gibiydiler ve diğerlerinden çok daha kolaylıkla dönüyordu dili Türkçeye.

"Benim var bir arkadaş Türk," demişti bir gün Selva'ya Türkçe.

"Evet, sen arkadaşımsın benim. Elbette." Sarılmıştı kıza samimiyetle. Biraz şaşkın bakmıştı Margot, sonra gülümsemişti.

Margot çalıştığı işyerinden çıkarıldığından beri, sabahları sık sık Ferit'in evine geliyor, Selva'ya yardımcı olmaya çalışıyordu. Selva ders verirken Fazıl'la ilgileniyor, çocuğu hava almaya çıkarıyor ve evin alışverişini yapıveriyordu hazır çıkmışken.

Selva, "Neden böyle pat diye işine son verildiğini soruşturmadın mı hiç?" diye sorduğunda, "Kurcalamamak daha doğru. Ya bana, sen Yahudisin, deselerdi ne yapacaktım?" demişti. Margot, Paris'te barınamayacağını anladıktan sonra Türkiye üzerinden Filistin'e geçmeye karar verenlerdendi.

"Belki de İstanbul'u çok sever, orada yerleşmeye karar verirsin," demişti Selva, "sana yakışıklı bir Türk buluruz."

"Türkleri cezbetmediğimi biliyorum."

"Yapma Margot! Türkler senin gibi sarışınlara bayılırlar."

"Keşke..." Gülümsemekle yetinmişti Margot.

Aralarında oluşan dostluğa güvenerek Margot'dan yardım istemişti Selva. Ferit'in yeni getirdiği pasaportlara resimler yapıştıracaklar, Türkçe isimler yazacaklar ve hepsini öğlene kadar hazır edeceklerdi.

Selva ve Ferit, yeni adlarını kolaylıkla hatırlayabilsinler diye, esas adlarını andıran isimler bulmaya çalışmışlardı hepsine. Roxanne, Rüksan olmuş, Constance'a Kezban adını vermiş, David'leri Davut, Lilian'ları Leyla, Marie'leri Meryem yapmışlardı. Ama Selva, Margot'a isim seçerken zorlanmıştı.

Ertesi sabah, Margot geldiğinde, Fransızca sormuştu: "Margot, Meral olmak ister misin?"

"Başka M'li ad yok mu?"

"Çook. Makbule, Madelet, Mergube, Mehire..."

"Haydi sen seç bana adımı."

"Meral en iyisi bence. Genç bir isim."

"Nasıl yani?"

"Yani... Modern, yeni bir isim."

"İsimlerin modası olur da modernini ilk kez duyuyorum," demişti Margot.

"Sen hele Türkiye'ye bir ulaş, daha çok şeye şaşacaksın Margot," demişti Selva, "her gün bir başka şeye şaşırıp kalacaksın. Benim memleketim hiçbir yere benzemez."

"Ya!" demişti Margot. İçini çekmişti. Keşke bu uzun boylu genç kadının ülkesinin yerine, aynı gönül rahatlığı içinde kendi memleketime dönebilseydim diye düşünmüştü. Mutfakta tezgâhın üzerine yaydıkları pasaportlara resimleri Selva yapıştırıyor, Margot ağır ütüyle iyice bastırıyordu üstlerine. Bunlar çoğunlukla Fransa'da okuyan Türk öğrencilerin Türk Devleti tarafından verilmiş pasaportlarıydı. Pasaportların üzerindeki resimler sökülüyor, yerlerine Yahudilere ait yeni resimler yapıştırılıyordu. Ama belli bir yaşın üzerindekiler Teşkilat'ın hazırladığı pasaportları kullanmak zorundaydılar.

"Öğlen saatlerine kadar hepsini tamamlayın lütfen, yemek paydosunda gelip alacağım, damgaya götüreceğim," demişti Ferit. O yüzden kapı çalınca Ferit'in geldiğini sanarak, açmak için kapıya koşmuştu Margot. Selva'nın mutfakta kulağına gelen ses tanıdıktı.

"Sizin burada ne işiniz var?"

"Asıl sizin burada ne işiniz var?"

"Bana hemen bir açıklama yapın!"

"Ne hakla beni sorguya çekiyorsunuz?"

Selva, kapı önünden kulağına akseden sesler giderek sertleşince, bir aksilik var, diye düşündü ve koşarak antreye geldi. Margot ve Tarık, her ikisinin de gözleri hayretten yusyuvarlak açılmış, yüzlerinde şaşkın bir ifadeyle birbirlerine bakıyorlardı.

"Tarık Bey! Ben de Ferit geldi sanmıştım. Buyurun içeri," dedi Selva. Selva'yı kolundan tutup mutfağa sürükledi Tarık, mutfağın kapısını kapattı ve Türkçe sordu:

"Selva, bu kadını tanıyor musunuz? Kim çağırdı onu buraya?"

"Tarık Bey, o Margot... Benim arkadaşım."

"Biliyorum Margot olduğunu. Nerede tanıştınız onunla?"

"Burada."

"Nasıl yani?"

"Ferit Bey getirdi onu da diğerleri gibi, Türkçe öğrenmesi için. O da bizimle trene binecek."

“Aman Allahım! Ne yaptığınızın farkında mısınız?”

“Tabii ki farkındayım.”

“Selva, o kadın bir casus olabilir.”

“Şaka mı yapıyorsunuz? O bir Yahudi. Macar uyruklu bir Yahudi.”

Mutfağın kapısında bir tıkırtı duyuldu. Margot kapıyı vuruyordu. Tarık sustu. Kapı açıldı, Margot içeri girdi, “Mösyö Tarık,” dedi yumuşak bir sesle, “benim hakkımda yanılıyorsunuz. Ama sizi ben yanılttım. Şimdi sizden özür diliyorum. Hepimiz her şeyden ve herkesten korkuyoruz. Nasıl söyleyebilirdim Yahudi olduğumu?”

“Açıkça söylemeliydiniz Margot. Üstelik biliyordunuz sizlere ne kadar yardımcı olmaya çalıştığımızı.”

“Ağzınızı aradım. Bana da pasaport verip veremeyeceğinizi öğrenebilmek için her yolu denedim. Ama siz bütün kapıları yüzüme kapattınız. Yahudi olduğumu anladığınızı ve beni başınızdan savmak istediğinizi düşündüm.”

“Ne münasebet!”

“Beni hiç aramadınız bir daha.”

“Ben bambaşka şeyler düşünmüştüm. Yahudi olduğunuzu şimdi öğreniyorum. Muhlis de söylemedi bana.”

“Muhlis bilmez ki. Kimse bilmez. İşyerlerimizde kalabilmemiz için kimliklerimizi saklamaya mecburuz hepimiz.”

“Burayı nasıl buldunuz?” diye sordu Tarık.

“Mösyö Ferit getirdi beni buraya.”

“Nerede tanıştınız onunla?”

“Kuzenimin arkadaşıdır.”

“Tarık Bey, siz şimdi bu Margot’yla tanışıyor musunuz yani?” diye sordu Selva.

“Evet, tanışıyoruz. Ama onu burada görünce çok şaşırdım,” dedi Tarık, sonra Türkçe sordu: “Pasaportlar hazır mı?”

“Hazır.”

"Ben size ayrıca vaftiz vesikaları getirdim. Onları da değerlendirebilirsiniz."

"Anlamadım, ne demek bu?" diye sordu Selva.

"Vatikan'ın İstanbul temsilcisi Monsenyör Angelo Roncalli'den* sahte vaftiz belgeleri geldi. Pasaportlar kâfi gelmediyse bu belgeleri de kullanabiliriz, bilhassa çocuklar için."

"Nereden geldiler?" diye sordu Margot.

"Söyledim ya, İstanbul'dan."

Margot ve Selva şaşkın şaşkın birbirlerine baktılar.

"Bir Hıristiyan din adamı Yahudileri kurtarmaya mı çalışıyor?" diye sordu Margot.

"Allah'a inanan hakiki bir din adamıysa, elbette. Hepimiz Allah'ın kulu değil miyiz?" dedi Selva.

"Ben bunları size bırakıyorum," dedi Tarık, vaftiz belgelerini uzatarak, "hazır olan pasaportları alayım."

"Ferit gelip alacaktı."

"Selva, zaten onları damgalayacak olan bizleriz. Haydi verin de gideyim. Ferit akşamdan önce gelemeyecek. İşleri çıkmış," dedi Tarık.

Demek Ferit'in Tarık'ı odalara kapatıp uzun uzun ve fısır fı-sır konuşmaları meyvesini verdi, diye düşündü Selva. Zaten Ferit, onun için, "Dünyanın en iyi yürekli adamıdır," dememiş miydi?

Margot, pasaportları patiska bir ekmek torbasının içine doldurdu, en üste bir bayat ekmek koydu, ekmeği gözükür vaziyette yerleştirmeye çalıştı torbaya. Margot'nun çabalarını görünce, "Benim diplomatik dokunulmazlığım var, endişelenmeyin," dedi Tarık torbayı alırken.

"Benim de size bir kahve borcum var," dedi Margot. "Paris'ten ayrılmadan önce size ikramda bulunmak isterim. Bana çok güzel bir şarap içirmiştiniz, Mösyö Tarık."

---

* Sonradan papalık makamında oturan kişi.

"İlk fırsatta görüşeceğiz," dedi Tarık. Kendini tam bir aptal gibi hissediyordu. Elinde torbayla hızlı hızlı merdivenlerden inerken, yukarı kata kızlı oğlanlı, sekiz-on kişilik bir grup tırmanıyordu.

Selva, yatakların üzerinde, iskemlelerde ve yerlerde oturan gençlerin yüzlerine dikkatle ve teker teker baktı. Çoğunu iyi tanıyordu artık. Onlara yeni adlarıyla hitap etmeye başladı. Çeşitli yaşlardaki öğrenciler son birkaç günden beri adlarını iyice ezberlemişlerdi. Kızlardan bazıları, yün kazaklarının göğüslerine, erkekler de gömleklerinin ceplerine yeni adlarının başharflerini işletmişlerdi.

On beşer kişilik gruplar halinde, belli saatlerde Ferit'in evinde buluşmuşlardı günlerdir. Selva, hepsine Türkçe bine kadar saymayı, günlerin ve ayların adlarını, gündelik nezaket cümlelerini öğretmişti. Her birine de Rafael ve Ferit'le birlikte kafa yorarak birer hikâye uydurmuşlardı, ne olur ne olmaz diye. Trende yanlarına başkaları da oturacak olursa gençler tahsile geldiklerini söyleyecek, diğerleri ise kimi tedavi görmekten, kimi çocuklarını ziyaretten döndüğünü anlatacak, kimi de dil bilmiyor gibi davranacaktı. Yaşlı, orta yaşlı ya da genç, her biri korkuyordu. Yaşa hiç bakmıyordu korku, hepsinin yüreğine bir yılan gibi çöreklenmişti.

"Neden bu kadar korkuyorsunuz? Almanlar Türkçe bilmez ki, yanlışlarınızı anlasınlar," demişti Selva, "siz lazım oldukça Türkçe sesler çıkartmaya gayret edin, o kadar."

"Ya aralarından Türkçe bilen biri çıkarsa."

"Bilseler bile sizlerden daha iyi konuşuyor olamazlar. Kulaktan dolma birkaç laf biliyorlardır, o kadar. Sizler mümkün olduğu kadar çok cümle ezberleyin, emi!"

Selva kalkış günü için geri sayımın başladığını biliyordu. Ama Tarık tam gün ve saati söylememişti henüz.

"Vagon yola çıktı, geliyor," demekle yetinmişti.
"Nereden geliyor?"
"Ankara'dan."
"Tren demek istiyorsunuz."
"Hayır. Vagon geliyor. Avrupa'ya hareket eden bir trene bağladıkları bir büyük vagon..."
"Ne zaman burada olur?"
"Savaş içinde bunu söylemek mümkün mü? Ama bir aksilik olmazsa on beş gün içinde burada olur."
"Herkese haber verelim o halde."
"Sakın ha! Bir gün önce söyleyeceğiz. Duyulursa emekler boşa gider," demişti Tarık.
"Aaa, olur mu hiç! Nasıl hazırlanacaklar?"
"Aman Selva, sen de! Onlar ne zamandan beri hazırlar. Haydi dendiği anda çantalarını kapıp gelecekler," demişti Rafael.

Tarık, daha sık gelir olmuştu evlerine. Akşamları, Ferit'in evini doldurmuş olan yatakhane halkına yemeklerini verdikten sonra Ferit ya Rafael ya da Selva ile çıkıyor, yakındaki kahvelerden birinde Tarık'la buluşuyordu. Alfandarilerden biri, Fazıl'ı beklemek için nöbetleşe evde kalıyordu. Selva'nın Kezban adını taktığı, evin geçici sakinlerinden Constance, karıkocaya birlikte çıkmalarını, Fazıl'a seve seve bakacağını defalarca söylemişti ama Selva düzeni altüst olmuş çocuğu hiç tanımadığı insanlarla yalnız bırakmaya çekiniyordu. Fazıl'ın yanında mutlaka kendini emniyette hissedeceği birisi bulunmalıydı. Paris en civcivli ve renkli gecelerini yaşarken ve Paris'ten ayrılmalarına çok az bir zaman kalmışken, artık çok yakınlaşmış olan arkadaşlar birlikte hakkını vermeye çalışıyorlardı şehrin. Sinemaya, tiyatroya gitmeseler bile, bir kahvede oturup şık kadınların rengârenk giysileri, kürk etolleriyle rütbeli Alman subayların kollarında salınmalarını, soket çoraplı ayaklarına topuklu pabuçlarını geçirivermiş orta halli Fransız kızlarının bisikletleriyle cıvıl cıvıl dolanmalarını seyretmek hoşlarına gidiyordu. Hangi gösterişli kadının casus, hangi deri ceketli genç erkeğin "Teşkilat"tan olabileceğine dair varsayımlar yapıp senaryolar üretiyorlardı birlikte. Tarık her zamanki durgunluğundan ve ciddiyetinden sıyrılıp neşeli bir adam oluveriyordu Margot da onlara katıldığı zaman.

Çocuk bekleme nöbetini Rafo'nun üstlendiği bir akşam, Ferit, Selva ve Tarık, Cafe des Artistes'de oturmuş, Margot'yu beklerlerken, Ferit, "Allah bu iyiliğinin karşılığını mutlaka verecek dostum," demişti pasaportları kastederek.

"Bu iyilik bana ait değil, azizim. Amirlerim kabul etmese pasaportları damgalatamazdım."

"Ama amirlerinizi eminim siz ikna ettiniz. Ablam ne kadar müstesna biri olduğunuzu yazdıydı bana," demişti Selva.

Yüzünün kızardığını hissetmişti Tarık, "Bu işlerde hem hükümetimiz hem de Hariciye Vekâleti olağanüstü bir insanlık sergiliyor Selva Hanım. Yoksa ben tek başıma hiçbir şey yapamazdım," demişti.

Selva Ferit'e dönmüştü, "Tabii Ferit, sizin rolünüz de inkâr edilemez. Bir şey sorabilir miyim, müsaade ederseniz?"

"Buyurun?"

"Siz neden yapıyorsunuz bütün bunları? Eşiniz de Yahudi değilmiş üstelik."

"Bu toz dumanın içinde, insan olduğumu, insan kaldığımı kendime kanıtlamam lazımdı Selva."

"Hayatınızı tehlikeye atarak mı?"

"Hayat dediğiniz nedir ki? Eninde sonunda hepimiz ölecek değil miyiz? Bari yaşam süremizi şerefli emellerle dolduralım da yaşadığımıza değsin."

"Ferit Bey, inanın sizi çok takdir ediyorum," demişti Selva, kocaman saf gözlerinde açıkça belli olan bir hayranlıkla.

Margot gecikmişti biraz. Selva, Tarık'ın yelek cebinden saatini çıkarıp baktığını görünce muzip bir ifadeyle sordu:

"Meraklandınız mı?"

"Yoo... Yani evet, biraz. Biliyorsunuz, kimse emniyette değil bugünlerde."

"Margot'yu İstanbul'da kalmaya razı etmeye çalışıyorum."

"Neden?"

"Neden mi? Bilmiyormuş gibi yapmayın Tarık. Ben kalbinizi okudum. Biliyorsunuz, gönül işlerinden anlarım ben."

"Selva, ben hariciye memuruyum. Benim vazifemden dolayı Türk tabiiyetinde olmayan biriyle istikbalim olamaz."

"Aaaa! Neden?"

"Yabancılarla evlenmemiz yasaktır."

"Yabancılar Türk vatandaşı olmayı kabul etseler bile mi?"

"Etseler bile."

Dudağını büktü Selva, "Bilmiyordum," dedi.

Üzgündü sesi, "Desenize, bizim memlekette sadece dini değil tabiiyeti de bahane olarak kullanıyorlar insanları ayırmak için."

"Sadece bizim memlekette değil," diye yanıtladı Tarık, "bütün dünyada var bu ayırımcılık. Baksanıza, görmüş geçirmiş Avrupa ne hale geldi!"

Margot, kırmızı paltosuyla köşeden gözüktü. Sarı buklelerini sallaya sallaya hızlı adımlarla geliyordu. Selva, Tarık'ın gözlerinden bir anda geçen ışığı yakalayıp başını önüne eğdi. Bir hüzün kaplayıvermişti yüreğini.

Akşamın sonunda, Ferit'le Selva kendi apartmanlarına dönmek için ayaklandıklarında, Tarık, "Margot, sizi de ben evinize bırakayım," dedi.

"Biraz yürür müsünüz? Hava almak istedi canım."

"Elbette."

"Sonra, beni evime bırakırken, geçen sefer reddettiğiniz kahvemi içersiniz belki."

"Kendimi bir budala gibi hissediyorum Margot. Sizden ne kadar özür dilesem azdır. Ama siz de o kadar çok soru sormuştunuz ki... Keşke bana açıkça söyleseydiniz."

"Neyse, yanlış anlamayı sonunda düzelttik işte."

"Ama onca zamanı kaybettik," dedi Tarık, "oysa zaman ne kadar kıymetli bizler için." Margot'nun elini tuttu sıkıca, yavru bir kedi gibi sokuldu Margot, ışıl ışıl caddede el ele yürüdüler.

Tarık, ertesi sabah kahvaltıda, suratına gözlerini ayırmadan bakan Muhlis'e sinirlendi.

"Ne var, ne bakıyorsun?"

"Geç geldin dün."

"Evet."

"Sabaha karşı."

"Ne olmuş yani?"

"Bana söyleyeceğin bir şey yok mu?"

"Ne?"

"Bilmem. Sen söyle."

"Kızı öptüm."

"Başka?"

"Bana bak Muhlis, haddini bilmezsen akşam yediden önce salmam seni... Ciddiyim ha! Tiyatroya biletin olduğunu biliyorum, ona göre," dedi Tarık, sonra kalktı yerinden, eve geldiğinde, oturma odasında aceleyle üzerinden çıkarıp fırlattığı ceketini ve yakası ruj lekeleriyle dolu beyaz gömleğini koltuğun üzerinden alıp kendi odasına götürdü.

"Öyle bir yol takip etmeliyiz ki, vagonda böyle bir grubun bulunduğuna kimse ihtimal vermesin," dedi Ferit.

"Özellikle İsviçre'den gelen trenlerde çok sıkı kimlik araması yapıyorlar, tarafsız ülke olduğu için."

"Demek ki İsviçre'den geçmeyecek bu tren."

"Ta Lyon'a kadar indirip İtalya üzerinden mi geçirelim acaba?"

"Deli misin! Faşist İtalya'da kuş gibi avlarlar hepsini. Kraldan da kralcı kesildiler Mussolini'nin çömezleri."

"Bir yerden geçmek zorunda bu tren. Ya İsviçre'den, ya İtalya'dan ya da Almanya'dan geçecek. Başka yol yok!"

"Kontrol her yerde var, beyler. Daha geçen hafta kâtipler geldi Türkiye'den, didik didik aranmışlar bütün sınır kapılarında."

"Galip Bey de İstanbul'a tatile gidiyorken hiç kimse arama yapmamış."

"Hangi Galip Bey, Hamburg Konsolosu mu?"

"Evet."

"Sıkı kontrolden ancak Almanya içinde sefer yapan trenlerle Almanya'dan çıkış yapanlar kurtulabiliyor," dedi Tarık. "Almanlar tarafından aranan hocaları, bilimadamlarını Almanya üzerinden geçirecek halimiz yok herhalde!"

"Ama bu kişiler Fransa'da aranmakta, Almanya'da değil ki!"

"Yahu bir sigara versene bana, dün gece bitti benimki..." dedi Tarık, Ferit'e.

"Alın, alın buradan alın," diyerek masanın üzerinde duran gümüş tabakayı uzattı Hikmet Özdoğan.

***

Tarık'ın Paris'te bulunduğu dönemde konsolosluk yapan Hikmet Özdoğan'ın evinde buluşmuşlardı. Gerisayım başlamıştı artık. Tren yoldaydı ve Paris'e vardığında, ikmali yapıldıktan sonra hemen yola çıkması gerekecekti. Almanların asker sevkiyatı için trenlere her an el koyma ihtimali yüzünden, garda bir günden fazla bekletmek istemiyorlardı vagonu.

Şimdi bir avuç diplomat, aralarına Ferit'i de alarak, trenin dönüş rotasını çizmeye çalışıyorlardı. Hikmet Özdoğan, yabancısı olduğu Ferit'ten tedirgindi. Fakat Tarık onun da bu ekibe katılmasında çok ısrarcı olmuştu. Aralarında kalması şartıyla, Teşkilat'la iyi ilişkilerinin olduğunu, icabında bu ilişkilerinden faydalanabileceklerini anlatmıştı.

Tren Almanların nezdinde 176 sakıncalı yolcu taşıyacaktı.

Bu yolcuların yarısının elinde, Türk uyruklu olmamalarına rağmen, Türk pasaportları vardı. Türkiye ile irtibatı bulunanların da çoğu doğru dürüst Türkçe konuşamıyordu. Bu grubun başında, gerektiğinde Alman subaylarına, polislerine ve müfettişlerine muhatap olacak, anadili Türkçe ve uyruğu Türk olan ama başka dilleri de konuşabilen birileri mutlaka bulunmalıydı. Ferit'in kimliği araştırılıp hakkında Türkiye'den bilgi geldikten sonra, Berlin ve Vichy sefirleri, genç adamın bu ekibe katılmasında bir sakınca olmadığına karar vermişlerdi.

"BULDUM! BULDUM! BULDUM!" diye ayağa fırladı Ferit, sigarasını yakmakta olan Tarık'ı iki yanağından şapur şupur öptü.

"Ne oluyorsun? Çıldırdın mı?"

"Çıldırdım. Kendi buluşum çıldırttı beni ama ilham senden geldi Tarık. Evreka dostlarım, evreka! Treni Almanya'nın tam ortasından geçireceğiz."

"İşte bu olmaz," dedi Hikmet Özdoğan, "katiyen bu riski göze alamayız. Yakalanırlarsa, unutmayın, tren bizim devletimizin öz malı."

"Yakalanmayacaklar. Çünkü şeytanın bile aklına, içi aranmakta olan Yahudilerle dolu bir trenin Almanya'nın göbeğinden geçeceği gelmez."

"Olmaz, dedim."

"Ama Hikmet Bey, dahiyane bir fikir bu. Bir kere daha düşünün."

"Siz ne diyorsunuz bu işe Tarık?" diye sordu Hikmet Özdoğan, meslektaşından destek bekleyerek. Tarık susuyordu.

"Bak, gördün mü, Tarık Bey de istemiyor."

"Bunu bir düşünelim Hikmet Bey. Bu gece bir uyuyalım üstünde."

"Öyle istiarelere yatacak zamanımız yok beyler. Karar verip yolu çizmemiz lazım. Yol izinlerini ona göre alacağız."

"Verin şu haritayı bana," dedi Ferit. Ama büfeye dayalı duran harita verilir gibi değildi. Kocamandı. Duvardan bir resim indirip resmin çivisine astılar haritayı.

"Bir şey versenize bana uzunca."

Hikmet Özdoğan gidip mutfaktan bir tahta kaşık getirdi. Kaşığın sapıyla harita üzerinde bir yol çizdi Ferit.

"Eğer güneyden gidecek olursak, İsviçre'den sonra ya İtalya'dan ya da Avusturya'dan geçmek zorundayız. Alman askerleri bizi her iki yerde de didik didik ederler. Ama yukarı çıkarsak ta Berlin'e kadar ve Berlin'de damgalanırsa evraklarımız, yolumuz uzar ama bir daha kimse Berlin damgalı pasaportları kontrol etmek için vakit kaybetmez. Bizim için önemli olan da budur."

"İyi de, Berlin'den nasıl geçeceğiz?" dedi Özdoğan.

"Berlin'deki Türk Sefareti'nden yardım isteyebiliriz. Sefaret'in bir memuru gelir, pasaportları toplar, damgalatır ve geri getirir."

"Neden böyle bir zahmete girsin memur?"

"Amirinden emir aldığı için. Sefir Saffet Beyefendi, eminim, elinden geleni yapacaktır," dedi Tarık.

"Acaba içerden bir yardımcı bulamaz mıyız?"

"Ne demek istiyorsun, anlayamadım?"

"Yani Alman askerlerinin arasında helal süt emmiş birini bulamaz mıyız? Her birinin de sapına kadar Nazi yanlısı olduğunu zannetmiyorum."

"Elbette içlerinde Yahudi düşmanlığına lanet edenler vardır ama böyle bir risk alamayız."

"Eğer trenin geçeceği gün ve saat belli olursa bir şeyler yaptırmaya gayret ederim," dedi Ferit.

"Anlayamadım. Alman askerlerinin arasında dostlarınız mı var?" Hikmet Özdoğan hayretle bakıyordu Ferit'e. Kızgın bir bakış attı Tarık arkadaşına, "Tehlikeli işlere bulaşmayalım, lütfen. Güveneceğimiz yegâne merci, kendi sefaret ve konsolosluklarımızda çalışan arkadaşlarımızdır. Onların dışında hiçbir iş birliğine girmek istemiyoruz," dedi.

"Meslektaşıma tamamıyla katılıyorum," dedi Hikmet Özdoğan.

Ferit, her yerde adamları olan Teşkilat'tan yardım istemeyi düşünmüştü ama ısrarcı olmadı, "Berlin üzerinden aşağı doğru inme fikrine ısınmaya başladığınızı görüyorum beyler," demekle yetindi.

"Ferit Bey kardeşim, tehlikede olanlar bizler olmayacağız. Bu vagonda seyahat edenlerin asıl kimliklerini keşfederlerse analarından emdikleri sütü burunlarından getirirler. Kaş yaparken göz çıkartmayalım. Haydi gençleri Türk öğrenciler diye yutturduk diyelim, herkesin tanıdığı profesörleri ve doktorları nasıl geçireceksiniz Berlin'den? Makyaj yaparak mı?" diye sordu Hikmet Özdoğan.

"Elbette makyaj yaparak Hikmet Bey," dedi Ferit, "Kimlik değiştirerek kaçmak kolay mı sanıyorsunuz? Kel olanlara peruk takacağız. Kıvırcık saçlıların kafalarını sıfıra vuracağız. Bıyıklılar bıyık kesecek. Kimi gözlük takacak, kimi saçını boyayacak, kimi kaşını yolacak."

"Bu bir sirk vagonuna dönmeye başladı," dedi Hikmet Özdoğan.

"Hikmet Bey, ne dedikti, bu gece bir uyuyalım. Yarın sağlam kafayla bir kere daha konuşuruz," dedi en yumuşak sesiyle Tarık.

"Oyalanmayalım. Yarın kesin kararı vermeliyiz beyler. Tren birkaç gün içinde burada olacak. Vagonu bir geceden fazla bekletemeyiz garda, haberiniz olsun," dedi Hikmet Özdoğan.

"Yarın mesaiden sonra yine burada mı buluşuyoruz?" diye sordu Ferit.

"Maalesef hayır. Karım ve kızım dönüyorlar yarın sabah," dedi Hikmet Bey.

"Benim ev de tepeleme dolu," dedi Ferit, "içinde değil oturacak, ayakta duracak yer yok."

"Benim evde de Muhlis var. Ondan saklamak istediğimden değil ama ne kadar az insan ayrıntı bilirse o kadar iyi olur. Genel hatlarıyla bilgisi var da..."

"Konsoloshanede buluşalım mı?"
"Bekçi var, nöbetçi memur var."
"Buldum," dedi Tarık, "bu trende seyahat edecek bir arkadaşım var. Evinde tek başına kalıyor. Ona gidelim. Türkçe de bilmez zaten. Rica ederim, akşam bir sinemaya gidiverir."
"Bu arkadaş Margot mu?" diye sordu Ferit, Tarık'ın kulağına eğilip.
"Evet."
"Bir taşla iki kuş ha?"
"Seni dost biliyorduk!"
"Sen yine dost bil," dedi Ferit, "gırgır geçmek yasak mı?"
"Yasak değil ama ayıp."
"Ne konuşup duruyorsunuz, biz de duyalım," dedi Hikmet Özdoğan.
"Yarınki buluşma yerini konuşuyorduk da. Ben arkadaşıma sorup haber vereceğim size, Hikmet Bey," dedi Tarık. Haritayı duvardan indirdi, rulo yapıp yanına aldı.
"İçimden bir ses, Berlin üzerinden gitmenin tehlikeli olacağını söylüyor," dedi Hikmet Özdoğan.
"Benim içimdeki ses de tam aksini söylüyor. Gelin siz benim içimdeki sese kulak verin, çünkü o trende benim hamile karım da bulunacak. Karımla doğmamış çocuğumu tehlikeye atmak ister miyim hiç?" dedi Ferit.
"Canım, nihai kararı nasılsa Saffet ve Behiç beyefendiler verecek.
"Hayır. Onlar, bizim her şeyi enine boyuna araştırıp, en makul yolda karar kılıp teklifi önlerine götürmemizi istediler."
"Azizim, bu çok mesuliyetli bir iş. Telefonda konuşmak da olmaz. Ben sabah erkenden Vichy'ye kadar uzanayım. Benimle gelmek ister misin Hikmet Bey?" diye sordu Tarık.
"Konsoloshaneyi ikimizin birden bırakması doğru olmaz. Siz gidin, meseleyi anlatın," dedi Hikmet Özdoğan. "Ben de Saffet Arıkan'a bir kripto çekeyim."

Koltuğunun altında rulo yapılmış haritasıyla Tarık ve Ferit Tarık'ın arabasına doğru yürürlerken, "Biraz fazla vesveseli değil mi senin meslektaşın?" diye sordu Ferit.

"Hayır. O vazifesini en doğru biçimde yapmak istiyor," dedi Tarık, "devlet işi mesuliyet ister, içgüdülerinle veya şahsi tercihlerinle hareket edemezsin. Her şeyi en ince teferruatına kadar düşünmen lazım gelir."

"Yaratıcılığımın önünü kesecek devlet işlerinden Allah beni korusun!" dedi Ferit.

VEDA GECESİ

Margot sinemadan döndüğünde evindeki toplantı dağılmıştı. Tarık tek başına şarap içiyordu oturma odasında. Margot'nun anahtarıyla kapıyı açtığını duyunca mutfaktan bir kadeh daha alıp oturma odasına geri geldi.

"Nasıldı sinema, film iyi miydi bari?" diye sordu kıza şarabını uzatırken.

"Üst üste iki film seyrettim sizi rahatsız etmemek için."

"Bak, bu kadar anlayışlı olmanın mükâfatı burada. Bu şarabı çok beğenmiştin ilk yemeğe çıktığımız gece." Kadehini uzattı tokuşturmak için, "Kazasız belasız, huzurlu bir yolculuk yapmanın şerefine."

Margot şarabından bir yudum içti, sonra kadehi sehpaya bırakıp sarıldı Tarık'a. "Karar verebildiniz mi?"

"Verdik. Duymak mı istiyorsun, sürpriz mi olsun?"

"Çok korkuyorum Tarık. Berlin'e gideceğimizi söyleme bana."

"Sorma o zaman."

"Yaaa! Doğru mu bu?"

"Ne doğru mu?"

"Berlin üzerinden gideceğimiz."

"Gel buraya," dedi Tarık, kızı kucağına oturttu, bebek sallar gibi salladı bir süre kollarında, "Margot, inan ki en emin yol Berlin üzerinden geçiyor. Çok uzun tartıştık, başkalarına da sorduk, Türkiye ile de görüştük. Sonunda Hikmet Özdoğan bile kabul etti en akıllıca işin bu olduğunu."

"Düşüncesi bile tüylerimi diken diken etmeye yetiyor."

"Bu söylediğin var ya, düşüncesinin bile tüylerini diken diken etmesi, sizin en büyük emniyetiniz bu işte! Kimin aklına gelir onca Yahudi'nin bir trenin içinde Berlin'e girmek isteyeceği?"

"Kimsenin."

"Biz de buna güveniyoruz. Şeytanın bile aklına gelmeyeceğini düşünüyoruz. Pasaportlarınızda Berlin'de vurulmuş damgaları görünce, artık hiçbir Alman, İtalyan veya Avusturyalı sizi rahatsız etmez. Rahat rahat gidersiniz Köstence'ye kadar."

"İstanbul'a gitmiyor muyduk?"

"Yolcuların büyük bir kısmı Köstence'den vapura binecek, İstanbul'a devam edecek olanlar, o yöne giden bir trene takılacak. Alfandariler İstanbul'a gidiyorlar. Sen onlardan ayrılma."

"Kaç gün sürecek bu macera."

"Bu bir macera olduğu için, bilinmiyor. Günü gününe hareket edeceksiniz. Bazı tren hatları bombalanmış, bazıları iptal edilmiş olabilir. O takdirde sapmalar yapılacak. Asker sevkiyatı olan yerlerde beklemek zorunda kalacaksınız istasyonlarda."

"Bir yıl sürer mi?"

Güldü Tarık, "Seksen günde devr-i âlem yapıldıysa, bir yıl sürer mi hiç?"

"Ama şimdi harp var."

"On gün ile yirmi gün arasında varırsınız, İstanbul'a varınca bana hemen telgraf çek Margot, emi."

Margot usul usul ağlamaya başladı kollarında Tarık'ın.

"Ağlama, ne olur ağlama. Bak, yalnız olmayacaksın yol boyunca, yanında dostların var. Alfandariler seni İstanbul'da da bırakmayacaklarına söz verdiler. Ferit'le Evelyn var. Çok büyük bir tehlike olsa Ferit hamile karısını bindirir miydi trene?"

"Tarık, o yüzden ağlamıyorum. O kadar çok isterken gitmeyi, şimdi içimden hiç gelmiyor Paris'ten ayrılmak. Senden ayrılmak istemiyorum."

Tarık, Margot'nun boynunu, ensesini, yüzünü öptü.

"Sana kal, gitme diyebilmeyi çok isterdim."

"De o zaman!"

"Diyemem Margot. Senin en güzel yıllarını heba etmeye hakkım yok. Gençsin, çok güzelsin, evlenmek, çocuk sahibi olmak isteyeceksin her genç kadın gibi."

"İstifa etmediğin takdirde benimle evlenemeyeceğini biliyorum Tarık."

"Bu makama gelmem kolay olmadı benim. Babam bütün imkânlarını benim tahsilim için harcadı. O kadar çok çabaladı ki beni İstanbul'da okutabilmek için... Sadece mektep, kitap ve pansiyon parası ile de bitmiyordu. Üstümün başımın da fakültedeki arkadaşlarımdan aşağı kalmaması... Ben istediğim için değil, babam öyle istediği için... Sonunda yüreği dayanamadı yorgunluğa. Beni görmek istediği yerdeyim şimdi Margot, istifa edemem. Yoksa onun emeğine ve hatırasına saygısızlık yapmış olurum."

"Senden istifa etmeni hiç istemeyeceğim Tarık. Çocuk da... Olursa olur. Ya da olmaz."

"Ah canım! Sen bizleri hiç tanımıyorsun. Evlilik dışı çocuk yapmak, çocuğuna adını verememek, Anadolu'da doğmuş bir erkek için ölüm gibi bir şey... Şimdi, bu heyecanla böyle konuşmaktasın. Ama yıllar geçecek, sen de her genç kadın gibi hakkın olan şeyleri isteyeceksin. Ve onlara kavuşamadığın için beni suçlayacaksın. Hayır Margot. Birbirimize hiç hayrımız olmaz."

"O halde bizim gecemiz bu gece," dedi Margot.

"Bizim gecemiz bu gece, sevgilim. Yaşadığım sürece asla unutmayacağım, en güzel, en değerli, en duygu yüklü gecem, bu gece..."

Margot'yu kucağından yere, halının üzerine indirdi Tarık, bir annenin bebeğini soyması gibi, inanılmaz bir şefkatle öperek, kızın kokusunu içine çekerek, usul usul çıkardı üstündekileri teker teker. Lacivert halının üzerinde uzanan ince beyaz gövdesini, bir Goya şaheseri seyreder gibi seyretti sonra. Bu resim, bu birazdan kendine derin bir haz ve sevgiyle teslim olacak sarışın kadın bedeninin hayali, gözbebeklerine ilelebet yerleşsin ve bir başka sarışın kadının hayalini silsin, sıfırlasın istiyordu.

ANKARA

Macit, telefon elinde, şaşkın şakın bakındı etrafına. Şu anda duyduğunu, oda arkadaşı yanında olsa onunla hemen paylaşırdı ama odada yalnızdı ve odasına açılan küçük ofiste sekreterden başka kimse yoktu. Bu kadar önemli bir haberin doğruluğundan emin olmadan sekretere bir şey söylemek istemiyordu. Ahizeyi yerine koydu, ofise yürüdü, "Ben Hüsnü Bey'in yanına geçiyorum Mediha Hanım," dedi, "beni arayacak olurlarsa bana hemen haber verin lütfen."

Tam kapıdan çıkmak üzereyken Hüsnü ile burun buruna geldi. İkisi de hiçbir şey söylemeden Macit'in odasına geri döndüler, içeri girince kapıyı kapattı Macit.

"Doğru mu bu?" diye sordu Hüsnü.

"Ben de şimdi duydum. Sana geliyordum aynı şeyi sormaya."

"Ne zaman olmuş bu iş?"

"Bugün saat on birde Alman Sefiri'ne randevu vermiştik. Von Papen tam vaktinde geldi. Numan Bey'in makamına çıktı. İçerde bir yirmi dakika kadar kaldı. Çıkarken ben görmedim ama, görenler Papen'in suratının çok asık olduğunu söylediler. Neyse, saat bir sularında Başbakan'dan telefon geldi. Numan Bey'i makamına çağırdı. Hem de hemen! Öğle paydosunun bitmesini bile beklemeden. Ben bir şeylerin döndüğünü anlamıştım ama bu işin bir istifa ile sonuçlanacağını doğrusu hiç tahmin etmedim."

"Ama öyle oldu işte."

"Hüsnü, bekleyelim bakalım biraz. Belki İnönü istifayı geri alması için ikna eder Numan Bey'i..."

"Benim tanıdığım Numan Bey, istifayı basacak raddeye geldiyse katiyen geri adım atmaz."

"İstifa kendi fikri miydi, yoksa Başbakan mı zorladı, bunu henüz bilmiyoruz," dedi Macit.

"Öğreniriz. Ben kaleme geçiyorum."

"Bak Hüsnü, temkinli ol, kimseye bir fikir beyan etme henüz. Her şey değişebilir."

"Ne o Macit, sen bakanın gözdesi olduğun için ayrılmasını istemiyorsun galiba."

"Ne münasebet! Bu nasıl söz! Ben bir bürokratım azizim, yılların içinde edindiğim terfilerim var. Kimsenin torpiliyle bir yere gelmiş değilim." Sesi kızgın ve sertti Macit'in.

"Sen de amma alıngansın. Bir şaka yapalım dedik."

"Ben sana sadece birkaç saat içinde geri alınması mümkün bir istifayı dallandırıp budaklandırma demek istedim, hepsi bu. Canın ne istiyorsa yap!"

"Pardon dedik ya! Uzatma yahu. Tamam, dikkatli olurum. Tam suyu geçerken, hem de ne azgın bir suyu, at değiştirmenin doğru olmadığını ben de biliyorum senin kadar, inşallah yanlış haber almışızdır ama bu işin aslını astarını öğrenmem lazım."

Macit soğuk bir sesle, "Ben bugün iki ayrı heyet kabul edeceğim, buradan ayrılamıyorum," dedi. "Bir şeyler öğrenecek olursan bana da haber ver."

Hem arkadaşının imasına, hem de Dışişleri Bakanı'nın istifasına canı sıkılmıştı. Masasının başına geçip oturdu, dosyalarını incelemeye başladı ama verimli olamadı çalışması. Telefonu durmadan çalıyor, her arayan aynı konu üzerinde sorular soruyor, görüşler belirtiyordu.

Macit ilk heyeti toplantı odasında kabul etmeden önce, sekretere çok önemli olmadığı takdirde telefon bağlamamasını tembih etti. İkinci toplantı uzadı. Macit bir ara tuvalete gitmek için dışarı çıktığında, sekreter, Hüsnü Bey'in birkaç kez aradığını ama tembihli olduğu için telefonları bağlamadığını söyledi.

Akşamüstüne doğru ancak uğrayabildi Macit, Hüsnü'nün odasına.

Hüsnü daha ağzını açmadan arkadaşının yüzündeki ifadeden, sabah aldıkları haberin doğru olduğunu anladı.

Bir saat sonra, hafif çiseleyen yağmurun altında evine yürürken düşünceliydi. Ne tuhaftı işlerin hem bakanlıkta, hem evinde aynı anda bir türlü yolunda gidememesi. Ev hayatı yoluna girer gibi olmuşken bu sefer de bakanlıkta çıkmıştı can sıkıcı bir durum. Rahmetli annesi sağ olsa, "Sana bir kurşun dökeyim oğlum, yine üzerinde göz var," derdi mutlaka.

Sabiha ile kopma noktasına gelen ilişkilerinde birden bir toparlanma olmuştu. Karısındaki bu ani değişikliğin, ona sıcak davranmaya başlamasının nedenini bilmiyordu. Tıpkı soğuk davranmasının da nedeni bilmediği gibi. Ama Kahire'den döndüğü o geceden beri, Sabiha en azından sokuluyordu Macit'e yatakta.

İçinden hiç gelmemesine rağmen, itiraf etmeliydi ki o ukala doktorun faydası dokunmuştu karısına. Çünkü Hülya ile de eskisinden daha fazla ilgilenmeye özen gösteriyordu Sabiha.

Geçen hafta, Hülya annesi ile birlikte sinemaya gittiklerini söylediğinde kulaklarına inanamamıştı Macit.

"Doğru mu?" diye sormuştu Sabiha'ya.

"Hümeyra Teyze ile Pelin de geldi bizimle," diye atılmıştı Hülya, "Esther Williams'ın filmine gittik baba, ne güzel yüzüyor... Ben de öyle yüzmek istiyorum."

"Yaza Ada'ya gittiğinizde ilerletirsin yüzmeni."

"Bana yüzme hocası mı tutarız?"

"Annen mükemmel yüzücüdür, o öğretir sana,"

"Ah, teyzen burada olsaydı, asıl o öğretirdi sana yüzmeyi. Selva benden çok daha iyi yüzer," demişti Sabiha.

Macit, Selva adını duyunca, sofrada tam karşısında oturan kayınpederinin irkildiğini fark etmişti. Ama yüzündeki tedirgin ifade, geçen yıllarda olduğu gibi kızgınlık değil, hüzün taşıyordu ve Selva'nın adını, onun yanında rahatça telaffuz edebilmeye başlamışlardı bir süredir.

***

Macit Kızılay'a geldiğinde, Sakarya Caddesi'ne doğru saptı. Köşedeki çiçekçiden beyaz karanfiller aldı karısı için. Nişanlı oldukları günlerde, "Ben sana hep beyaz çiçekler alacağım," demişti Sabiha'ya, "çünkü sen beyaz bir çiçek gibi saf ve temizsin."

O sevimsiz ruh doktoru hünerini göstermişti ama kendine de düşen bazı şeylerin olduğunu hissediyordu Macit. Madem işlerinin çokluğundan ihmal ediyordu karısını, öyle demişti Doktor Sahir, ona ayıramadığı zamanını böyle küçük gönül almalarla telafi etmeliydi.

Elinde karanfil buketiyle evine doğru yürürken, doktoru neden sevmediğini düşündü. Zavallı adamın hiçbir suçu yoktu. Hatta ona karısını ihmal ettiğini ima ederek yardımcı olmaya bile çalışmıştı. Acaba kıskanıyor muydu Sabiha'yı? Karısının günlerce bir yabancı adamın karşısında çıplak... Hayır, hayır elbette çıplak değil... Ama Sabiha kendi söylememiş miydi, bu adam beni çırılçıplak ediyor, ruhumu okuyor diye! Karısını kıskanma fikrinden son derece rahatsız oldu Macit. Sabiha şu andaki kuşkularını bilebilse kimbilir ne kadar kızardı ona, "Beni ne zannediyorsun sen kuzum!" derdi.

Macit hızlandı. Düşünceleri de daha hızlı akıyordu şimdi kafasının içinde. Karısını yalnız bırakarak dünyanın başka uçlarına gittiği günlerde ne yapıyordu acaba Sabiha? Kimleri görüyordu, nasıl vakit geçiriyordu? Macit'ten uzaklaştığı aylar boyunca acaba bir başkası mı vardı hayatında? Tökezledi. Mahcup mahcup etrafına bakındı, düşer gibi olduğunu kimse gördü mü diye. Hayır, kimse fark etmemişti. Ankara'nın, kendisi gibi yorgun memurları, kendi iç ülkelerinde, kimbilir ne gailelerle koşturmaktaydılar evlerine. Neden bu kuşkulara kapılmıştı fol yok yumurta yokken? Şüphelenmeyi aklından bile geçirmediği onca yıllık karısını nereden çıkmıştı böyle aptal fantezilerle kıskanması?

Birden, çiseleyen yağmura ve soğuk havaya rağmen bir sıcaklık hissetti içinde. O akşam, Kahire'den döndüğü, o çok yorgun olduğu akşam, karısı kayısı teniyle ipek bir şal gibi yumuşacık örterken her yanını, göğüsleri ağzına dolarken, yorgun gövdesinde neredeyse unutmaya başladığı bir hazzın yeniden uyanışını, şiddetle uyanışını yaşarken, biraz da hayretle, yeniden mi âşık olmuştu, bu gelgitli, kaprisli, nazlı kadına?

Eve vardığında kapıyı Fazıl Reşat Paşa açtı Macit'e.

"Neden siz zahmet ettiniz? Hacer yok mu evde?" diye sordu.

"Hacer izinli bugün oğlum," dedi kayınpederi, "ben de pencerede Leman Hanım'ı bekliyordum. Gördüm geldiğinizi."

"Hülya ile mi çıktılar?"

"Hayır, Hülya komşuya, arkadaşına gitti oynamaya. Sabiha da odasında olmalı. Çiçekler... Bir yere mi gideceksiniz akşam?"

"Yoo, evimiz için aldım. Islandım, üstümü değiştireyim," dedi Macit, yatak odasına yürüdü.

Sabiha, sırtında sabahlığı, saçlarını bir havluyla sarmış, yatağın üzerinde oturmuş, ayak tırnaklarını boyuyordu. Sesinde hayretle, "Aaa, nereden çıktın Macit. Daha geç gelirsin sanıyordum," dedi kocasına. Macit karanfilleri kucağına bıraktı Sabiha'nın.

"Bunlar da nesi?"

"Bunları sana getirdim."

Macit karısının elinden küçük oje şişesini kapıp gece masasının üzerine koydu. Sabahlığı çekip aldı üzerinden. Karşı koymak isteyen kadını itti yastıklara doğru. Bir eliyle fıstık yeşili ipek donunu avuçlayıp çekerken bacaklarından aşağı, öteki eliyle de kendi pantolonunun düğmelerini çözüyordu.

"Ne yapıyorsun, oje bulaşacak her yere... Delirdin mi... Dur... Babam içerde... Çiçekleri eziyorsun..."

Macit hırsla, hoyratça girdi Sabiha'nın içine. Konuşmaması için dudaklarıyla kapattı ağzını. Bu kadın, bu yasemin çiçeği kokan kadın, gövdesinin altında hafifçe inleyen, yatmış mıydı acaba o doktorla, loş muayenehanesinde. "Ahh!" ...Onun yokluğunda sevişmiş miydi başka biriyle? "Ahhh!" Bir daha bir daha bir daha zorladı kendini derinliklerine Sabiha'nın. Sonra devrildi yanına, "Ah, Sabiha!" dedi.

***

Macit, biraz mahcup çıktı odadan, salona geçti. Fazıl Reşat Paşa hâlâ pencerenin önünde karısını bekliyordu.

"Yorgun görünüyorsun oğlum," dedi, Macit'e gözlüklerinin üzerinden bakarak.

"Zor bir gündü bugün," dedi Macit, "can sıkıcı bazı gelişmeler oldu."

"Hayrola?"

"Başvekil, Hariciye Vekili'nin istifasını istemiş."

"Yaa! Ne münasebetle?"

"Numan Bey, Almanlara fazla yüz vermekten yana değildi. İlla taraf tutacaksak, bu tarafın Müttefikler olmasını isterdi. Ama bu sefer düşündüğünün tam tersi bir iş yapmış."

"Ne yapmış?"

"Almanların haklarını korumuş anlaşılan."

"Taraf mı değiştirmiş?"

"Numan Bey'in Almanlara taraf olabileceğini hiç sanmıyorum. Ama Alman ordusu Bulgar hududuna dayanınca, onlarla bir saldırmazlık paktı imzaladıktı, bir de biliyorsunuz krom meselesi var..."

"Ne olmuş krom meselesine. Biz kromu Müttefiklere satmıyor muyduk?"

"Müttefiklerle yaptığımız satış anlaşması tamama erdi. Kromumuza Almanlar hem talip oldular, hem de savaş sonuna kadar bizden krom almayı taahhüt ettiler. Bu satışa çok ihtiyacımız vardı. Yani Numan Bey Almanları sevmiyordu ama işimize gelen konularda onlarla anlaşma yapmaktan da kaçınmıyordu. '*Milletlerin dostları veya düşmanları yoktur, milletlerin ancak menfaatleri vardır,*' anlayışında biridir, o."

"Eee, ne olmuş?"

"Numan Bey, Boğazlar'dan geçen Almanlara ait gemilere geçiş izni verilmemesine karşı çıkmış. Boğazlar'dan küçük tonajlarda bazı Alman gemileri geçiyordu. Montreux Sözleşmesi, ticari gemilerin aranmasına müsait değildir. Halbuki İngilizler aylardan beri, Almanlara ait bu gemilerin geçişlerini önlememiz için nota verip duruyorlardı."

"Eeee?"

"İşte bugün, yine böyle bir geminin durdurulma ve aranma emrini hemen çıkartmazsak İngiltere ile olan ekonomik anlaşmanın imzalanmayacağına dair bir nota göndermişler. Hariciye Vekilimiz de bu konuda sözleşmeyle ellerinin bağlı olduğunu, gemileri aratamayacağını bildirmiş önce. Ama Başvekil baskı yapınca, Alman Sefiri'ne aksi görüş bildirmek zorunda kalmış.

Sonra da Vekiller Heyeti'nde çok sert bir konuşma yapmış. Vekiller kalakalmışlar. Konuşmanın ardından Başvekil kürsüye gelip istifasını istemiş. O da vermiş hemen."

"Ben bütün gün radyo başındaydım. Tuhaf, hiçbir şey duymadım bu konuda."

"Bu akşam ajans verir belki. Hariciye Vekilimiz, uluslararası sözleşmelere sadık kalınması konusunda çok hassastı. Ama madalyonun öteki yüzünde de ekonomik menfaat, yani para var... Hele memleket şu günlerde savaş ekonomisinden boğulma raddesine gelmişken. Her neyse, ben Numan Bey'in istifasına çok üzüldüm. Ne de olsa onun rahle-i tedrisinde yetiştim ben. Üzerimde çok emeği vardır."

"Bu ekonomik anlaşmalar iki ucu keskin kılıç gibidir," dedi kayınpederi, "bizim gibi kendi parasını idareden aciz milletlere ab-u hayat gibi gelir bu yardımlar ama sonra faizleri milletin kanını kene gibi emer. Ağır bedelleri vardır. Koca Osmanlı'yı çökerten de bu olmadı mı zaten. Neyse, şimdi kim geliyor hariciye vekilliğine?"

"Başvekil bir müddet kendi üzerine almış hariciye vekilliğini. Henüz yeni bir tayin yok."

"Umarım sizin de tasvip ettiğiniz birini tayin ederler," dedi Paşa.

"Benim fikrimi sormazlar efendim ama vazifemizdir, kim gelse ayak uydurmaya gayret edeceğiz."

Yaşlı adam kalkıp radyoyu açtı, yine geldi oturdu pencere önündeki yerine.

Sabiha elinde beyaz karanfillerle gözüktü koridorun ucunda. Yemek odasındaki büfenin üzerinde duran kristal vazoyu aldı, su doldurmak için mutfağa yürürken, gözleri yerde, "Bakın bize çiçekler getirmiş Macit, babacığım," dedi. Yanakları pespembeydi. Fazıl Reşat Paşa, pencerenin önünde, tekrardan yolunu gözlemeye başlamıştı karısının, kızını duymadı bile.

"Nerede kaldı bu kadınlar, hava iyiden iyiye karardı," diye söylendi.

"Annem Terzi Fazıla Hanım'a provaya gitti baba," diye seslendi Sabiha mutfaktan, "kolay kolay dönemez. Moda mecmualarının içine düşmüştür şimdi o."

"Bu saatlere kadar kalınır mı? Karanlık oldu."

"Yanında Hacer var, merak etme babacığım," dedi Sabiha, vazoya yerleştirdiği çiçeklerle salona girerken telefon çaldı. Sabiha vazo elinde, antreye doğru koştu, telefona. Macit Sabiha'nın küçük çığlıklar atarak konuşmasına kulak kabartmaya çalıştı ama, Fazıl Reşat Paşa'nın açtığı radyo, neler söylediğini duymasına engel oluyordu.

Az sonra salonun kapısında gözüktü Sabiha, az önce pespembe olan yanakları elindeki çiçekler kadar beyazdı şimdi. Bembeyazdı. Zor duyulan bir sesle konuştu, "Macit, Tarık... Tarık Arıca telefonda... Gestapo eczanesinde çalışırken, Rafo'yu toplamış diğerleriyle, trene bindirmişler... Ama sonra salıvermişler galiba... Zavallı, zavallı kardeşim benim."

Macit, karısının elinden düşmek üzere olan vazoyu yakalamak için fırlarken, "Ne olmuş? Ne olmuş?" diye sordu Fazıl Reşat Paşa.

Karıkoca göz göze gelip sustular.

"Benden ne saklıyorsunuz?" dedi yaşlı adam, "Selva'ya bir şey mi olmuş yoksa?" Kızının adını ilk defa ağzına alıyordu.

"Selva'ya bir şey olmaz, merak etmeyin," dedi Macit.

"Tarık seninle konuşmak istiyor," dedi Sabiha. Macit telefona koştu.

"Kim aradı Sabiha? Telefon eden kim?"

"Paris'ten bir arkadaşımız, baba... Konsolos orada... Bir haber verdi de..."

"Ne haberi?"

"Babacığım, tam bilemiyorum. Şimdi Macit daha iyi öğrenir..."

"Selva'ya ne olmuş?"

"Macit söyledi ya, ona bir şey olmaz, üzmeyin kendinizi. Rafo'yu yakalamış Almanlar, ama sonra serbest bırakmışlar."

"Ya çocuk?"

"Fazıl mı?"

Yanıtlamadı ihtiyar.

"Fazıl'a bir şey olmamış. Kimseye bir şey olmamış, herkes çok iyi. Bakın, elleriniz titriyor. Baba, lütfen sakin olun. Birazdan annem eve gelince sizi böyle bulmasın, ne olur."

Macit odaya döndüğünde, babasının yanına diz çökmüş buldu Sabiha'yı.

"Tarık diyor ki, Alfandarilerin yakında yurda dönme ihtimalleri varmış..."

"Alfandariler? Yani Selva mı?"

"Üçü birlikte."

"Kim ikna etmiş onları?"

"Herhalde şartlar," dedi Macit, "Herhalde başlarına gelen bu son bela!"

"Ne zaman geliyorlarmış?"

"İşte o hiç belli değil. Ama bir ay içinde İstanbul'da olabilirler, dedi Tarık."

"Onlara bir yer hazırlamalıyız, öyle değil mi?" dedi Sabiha.

"Kim geliyormuş?" diye sordu Fazıl Reşat Paşa.

"Galiba Selva dönüyor baba," dedi Sabiha.

Bir sessizlik oldu. Hiçbir şey sormadı, gözpınarlarına biriken yaşları göstermemek için başını çevirip pencereden dışarı, karanlığa baktı Fazıl Reşat Paşa.

ELVEDA PARİS

Bir ana baba günüydü Gare de L'est. Oradan oraya koşuşan, peron değiştiren yolcular, çocuklarını çekiştiren kadınlar, trenlerine yetişmeye çalışan erkekler, telaşlı hamallar, turist oldukları her hallerinden belli, şaşkın yabancılar ve en çok da askerler... Rap rap rap diye öten adımları, masum çocuk bakışlarıyla kümeler halinde hareket eden, ölüme ve öldürmeye gitmekte olan delikanlılar vardı istasyonda... Birbirine seslenenlerin bağrışmaları, kavuşan ve ayrılanların sevinç veya keder tınılı çığlıkları, kampana ve düdük sesleri, rayların üzerinde kayan tekerlek gıcırtıları, asker adımlarının zemini titreten monoton gürültüsü... Ve kokular... Tren istasyonlarına mahsus o genzi hafifçe yakan kömür kokusu, buharın ıslak kokusu, şık kadınların rüzgârlarında bir an tüten parfüm ve köylü giysilerinin kaba kumaşlarını aşıp havaya karışan ter ve sarımsak kokuları, bir de asker çocukların genç bedenlerinden sızan korkunun buruk kokusu vardı. Umut ve hüzün bir aradaydı istasyonda.

Ferit, bir avucunda sımsıkı tuttuğu karısının eli, diğerinde irice bir valiz, omzunda asılı iki çantayla upuzun trenin yanında koşuyordu beşinci vagona doğru.

"Mösyö... Lütfen mösyö... Şu bilete bakar mısınız?"

Kepini gözlerinin üzerine kadar indirmiş Fransız kondüktör, Ferit'in elindeki bilete göz atıp, homurdandı: "Burada ne işiniz var, sizin peron karşıda mösyö, merdivenlerden inin, karşıya geçin."

Ferit karısını çekiştirerek geri döndü aceleyle.

"Dur Ferit, bırak elimi, düşüreceksin beni," diye söylendi Evelyn.

"Bırakamam güzelim, çok kalabalık burası. Birbirimizi kaybedersek bir daha bulamayız. Acele et biraz."

El ele koşarak merdivenleri indiler, sonra yine merdivenleri çıktılar, buharlar çıkaran başka bir trenin yanında yürümeye başladılar. Kalabalığın arasında Ferit, Rafael'in uzun boyunu görür gibi oldu, içi rahat etti. Yavaşladılar. Ferit bir kere daha gösterdi elindeki bileti, vagonlardan birinin kapısında duran görevliye.

"Şu ilerdeki vagon," dedi adam. Yürüdüler. O çok zor an giderek yaklaşıyordu. Ferit'in yolcuları trene yerleştirmekle görevli olduğu için acelesi vardı ama bir yandan da geri geri gidiyordu ayakları.

Evelyn ile Gare de l'est'in önünde buluşmuşlardı. Geceden beri oralardaydı zaten Ferit. Vagonu teslim almaya gelen Hikmet Özdoğan ve Tarık'la birlikte, gerekli kimselerle görüşmüş, formaliteleri tamamlamışlardı. Vagon, ertesi sabah dokuzda Berlin seferine çıkacak olan trenin son vagonuna eklenmişti, işleri bittikten sonra, Hikmet Özdoğan ayrılıp evine dönmüş, Ferit ve Tarık istasyonun yanındaki sabaha kadar açık kafelerden birine girmişlerdi. Kahve ve konyak ısmarlamışlardı. Düşünceliydi Tarık:

"Türk sınırına girerken, sınır garnizonunun gelişinizden haberdar olması çok önemli Ferit. Bulgaristan'daki memurlarımız gelişinizi sınıra haber verecekler ama bir aksilik çıkacak diye korkuyorum," demişti.

"Niye bu kadar üstünde duruyorsun bunun, anlamıyorum birader."

"Sizin Türk sınırından geçtiğiniz sıralarda sınır garnizonu, komşu garnizonla futbol maçı yapmaya gitmiş olacak."

"Allah Allah!"

"Evet. Bunlar da diplomasinin ince ayarları işte. O uyduruk pasaportlarla ilerde başınıza bir şey gelecek olursa sınırdaki askerlerin hiç olmazsa sizin girişinizden haberdar olmamaları lazım. Topluca maça gitmişlerse pasaportların sahte olduğunu da göremezler, öyle değil mi?"

"Bu tedbir kime karşı?"

"Almanlara karşı elbette. Aynı anda tavşana kaç tazıya tut diyoruz. İngilizlere göz kırpıyor, Yahudileri kolluyor, Almanları da kızdırmamaya çalışıyoruz. Kolay mı birader!"

"Değil dostum. Allah yardımcınız olsun," dedi Ferit. "Benim yapabileceğim bir şey var mı sınırı haberdar etmek için?"

"Sanmıyorum. Sefarete telefon etmen dikkati çekebilir. O işi Bulgaristan'da çalışan arkadaşlarla halletmeye çalışacağız."

Her ikisi de pek konuşmadan oturmuşlardı yan yana. Çok eskilere dayanmayan, yeni ama yoğun dostluklarının sıcağında ısınarak, önlerindeki çetin maceranın endişesini suskunluklarında paylaşarak, kahveyle konyakları içmişlerdi art arda. Sonra gitmişti Tarık. Ferit yalnız kalınca hatıralarına dalmıştı. Yirmi beş yaşına kadar çok renkli ve heyecanlı geçen ömrü, yüksekten düşen şelale gibi, çağıldayarak akıyordu gözlerinin önünde.

Galatasaray Lisesi'ndeki namıyla, Sivri Ferit! İnandığı davalardan asla vazgeçmeyen... Paris'te tahsildeyken, Hitler'in orduları 1940 yılında Fransız cephesini yarınca, Türk Hükümeti'nin yurtdışındaki öğrencilerine verdiği dön emrine uymayarak Paris'te kalmaya devam eden... Bir çılgının başlattığı savaşta, insanlık namına, kendine de düşen görevler olduğuna karar verdiği için Gizli Mukavemet Teşkilatı'na katılan... Tiyatrodan müziğe, hukuktan matematiğe kadar el attığı her dalda en iyisini yapmaya muktedir bir genç adamın başarılar ve tutkularla dolu hayatı akıyordu, salaş ve kirli bir istasyon kahvesinde. Çünkü ertesi sabah, Berlin'e giden trene bindiğinde, ömrünün daha ne kadar çağıldayarak akabileceğini bilemiyordu. Bir saat öncesine kadar yüreğine sızmayan korku, dönüşü olmayan noktaya geldiğinde esir almıştı onu da.

Sabah istasyonun önünde Evelyn'i getirecek taksiyi beklerken, endişelerine bir de karısına ayrı vagonlarda seyahat edecekleri haberini nasıl vereceğinin sıkıntısı eklenmişti.

***

Beş numaralı vagonun önüne geldiklerinde Ferit önce karısının binmesine yardım etti, sonra elindeki valizi soktu içeri ve en son kendi bindi trene. Dar koridorda kompartımanların numaralarına baka baka ilerlediler.

"Hah, işte burası," dedi Ferit, "bak, yerin cam kenarı. Ne iyi değil mi?" Girdikleri kompartıman henüz boştu.

"Hâlâ aklım almıyor, neden İstanbul'a gitmek için önce Berlin'e gitmek zorunda kalıyoruz?" dedi Evelyn.

"Kaç kere söyleyeceğim canım, keyfine göre tren seçemiyorsun da onun için," dedi Ferit. Valizi tepedeki rafa yerleştirdi. Omzundaki çantalardan birini karısının yanına koydu.

"Sen yanımda mı oturuyorsun, karşımda mı? Keşke karşımda olsan, ayaklarımı uzatırdım."

Ferit elindeki bilete bakar gibi yaptı: "Güzelim, galiba ben bu kompartımanda değilim."

"Ne!"

"Ben başka vagondayım maalesef."

"Ne münasebet!"

"Kızmakta haklısın, Evelyn. Ben de kızdım ama bu şartlarda fazla bir şey yapamadım."

"Sen önceden biliyor muydun?"

"Biletler için başvurduğumda tren doluydu. Ancak ayrı vagonlarda yer vardı. Çok ısrar ettim birlikte oturabilmemiz için, karım hamile, dedim. Ellerinden geleni yapacaklarına söz vermişlerdi, demek yapamamışlar."

"İnanamıyorum! Bunca yolu tek başıma gideceğim ve sen buna razı oldun, öyle mi?"

"Şşşş, bağırma sevgilim, gelip geçenler bize bakıyor."

"Umurumda bile değil. İndir o valizi tepeden!" Evelyn oturduğu yerden kalktı, valize ulaşmaya çalıştı.

"Evelyn, aklım mı kaçırdın?"

"Ya ben senin vagonuna geleceğim ya da sen burada kalacaksın!"

"Bana bak Evelyn, hemen otur yerine. Kalkarsan başka biri kapar cam kenarını, kalırsın açıkta. Şu kalabalığı görmüyor musun. Bak!.. Bak!" Camı indirdi Ferit, karısını pencerenin önüne çekti:

"Şu gördüğün binlerce insan trenlerde bir yer bulmak için mücadele ediyor. Kaç kişi ayakta seyahat edecek koridorlarda, biliyor musun? Ben sana bu şartlarda cam kenarında yer buldum, hâlâ şikâyet ediyorsun. Neymiş, yan yana değilmişiz!"

"Bunca yolu ayrı ayrı gitmenin manası var mı? Güya o kadar önceden ayırmıştın yerleri."

"Sen otur şimdi burada. Ben gidip kendi yerimi de bir göreyim. Belki rica ederiz insanlara, yer değiştiririz."

"Ya değiştiremezsek?"

"O zaman kaderimize razı oluruz. Eğer yan yana oturamadıksa tren her durduğunda seni görmeye geleceğim, söz veriyorum."

Evelyn yine itiraz edecekti ama kompartımana birilerinin girdiğini görünce sustu. Dokunsalar ağlayacak bir hali vardı.

"Evelyn, lütfen," dedi Ferit, "makul ol! Kendi vagonumu bulayım, elimden geleni yapacağım. Sen sakın kalkma yerinden. Birazdan dönerim ben."

Ferit, omzunda çantasıyla çıktı kompartımandan, vagondan indi, trenin arka ucuna doğru yürümeye başladı. Evelyn biraz önce Ferit'in indirdiği camdan sarkıp izledi kocasını. Ferit çook aşağılarda bir vagonun önünde durdu. Uzun boylu bir adamla bir şeyler konuştuğunu gördü Evelyn.

"Camı kapatabilir misiniz madam, soğuk oldu içerisi," dedi karşısına yerleşen yaşlı hanım. Evelyn pencereden çekildi, ağlamaklı gözlerle baktı kadına.

"Müsaade edin." Kompartımana yeni giren gençten bir adam, kaldırdı camı yukarı. Evelyn pencereye yapıştırdı yüzünü ama Ferit'in bulunduğu noktayı göremiyordu artık. Beklemenin stresinden kurtulmak için çantasından gazetesini çıkarıp okumaya başladı. Kompartıman yavaş yavaş doldu. Ferit'in galiba hakkı vardı, çünkü karşısına oturan üç çocuklu aile, sadece iki kişilik yer almıştı ve çocuklarını kucaklarında taşıyacaklardı besbelli. Evelyn gazetenin bilmecelerini çözerken geri geldi Ferit. Omzuna asılı duran çantası, omzunda değildi.

"Ne oldu, yer değiştirebilecek miyiz?" diye sordu Evelyn.

"Zor. Benim vagonum ikinci mevki. Seninki kadar konforlu değil."

Konfor neresinde buranın der gibi etrafına baktı Evelyn.

"Buradan hiç kimse benim vagona geçmeye razı olmaz."

"Ben geçerim. Senin vagondan birini buraya pencere kenarına yollarız."

"Bunu düşünmedim mi sanıyorsun. Ama benden başka kimse tek değil kompartımanımda. Karı kocalar var, aileler var."

"N'olacak şimdi?" Ağlamaklıydı Evelyn.

"Sevgilim, böyle idare edeceğiz. Yolda inenler olursa bakarız yine. Sana bir şeyler alıp geleyim mi? Gazete, dergi, sigara, şeker?"

"İstemem!"

"Su?"

"Kendini affettirmeye çalışma."

"Evelyn öyle mahzun bakma, ne olur. Söz veriyorum, her molada geleceğim yanına," dedi Ferit. Eğilip öptü karısını kompartımandan çıkmadan önce, Evelyn'in yanında oturan yaşlı beye, "Eşimi size emanet edebilir miyim, mösyö," dedi, "maalesef ben ancak ikinci mevkide yer bulabildim. Ayrı vagonlarda seyahat edeceğiz."

"Bu hengâmede mevki farkı mı kaldı?" Adam gözleriyle artık tepeleme dolmuş olan kompartımanı taradı, "içiniz rahat etsin delikanlı, ben karınıza göz kulak olurum."

Ferit, tıklım tıkış koridorda kapıya doğru zorlukla ilerleyip aşağı atladı, en gerideki kendi vagonuna koştu. Türkiye'den özel getirilmiş vagonda, kompartımanları Türk pasaportu taşıyan insanlar doldurmuşlardı. Ferit, çantasını bıraktığı kompartımana geldi. Selva, Samuel ve Perla'yı pencerenin kenarındaki koltuğa yan yana oturtmuştu. Fazıl, Perla'nın kucağında camdan dışarısını seyrediyordu. Ferit'i görünce sevindi, ellerini çırptı.

"Hey küçük adam," dedi Ferit, "çantamı kolladın mı?"

"Karın nerede?" diye sordu Selva, "Evelyn'i nereye oturttun?"

"O başka vagonda."

"Nasıl yani?"

"Bu vagondan haberi yok onun. Herhangi bir trenle Berlin üzerinden İstanbul'a gittiğimizi sanıyor."

"Anlayamadım?"

"Selva, Evelyn hamile. İkinci ayındayken bir kanaması oldu. Onu heyecanlandırmamak için hiçbir şey anlatmadım ona. Bu özel vagondan haberi yok."

"Ama zavallı o kadar yolu tek başına nasıl gidecek?"

"Kompartımanında düzgün insanlar var. Elinde taşıdığı pasaportun da sakıncalı hiçbir yanı yok. Belki canı sıkılacak ama diğer ihtimallerin yanında..."

"Bu ihtimallerden biri, bizlerin yerimize ulaşamaması mı yoksa?"

"Biliyorsun ki bir kumar oynamaktayız. Bunu sana kaç kere söyledim, ısrar da ettim oğlunla birlikte Evelyn gibi normal yolcuların arasında seyahat etmen için. Kocan ve Tarık da yalvardılar sana, istemedin. Çok inatçısın, biliyor musun?"

"Biliyorum."

"O halde yerimize ulaşamayabilir miyiz gibi, cevaplayamaya-cağım sualleri sorma! Rafael nerde?"

"İstasyonun hemen yanındaki eczaneden bazı şeyler almaya gitti. Acele ve telaştan unuttuklarımız olmuş."

"Ben kimlerin hangi kompartımanlara yerleşeceğine bakacağım. Konuştuğumuz gibi, sen, ben ve Rafael dağılmak zorundayız."

"Biliyorum. Kaç kişi oturacak burada?"

"Normal şartlarda üçer kişi oturur ama Evelyn'in kompartımanında bile dokuz kişi vardı. Yerleştirmeyi yaparken, seni sıkıştırmamaya gayret ederim."

"Yoo, onun için sormadım. Beni hiç düşünme," dedi Selva.

***

Son geçirdikleri o her bir saati on saate bedel geceden beri senlibenli olmuşlardı hepsi. Ferit'in evinde kalanlara Rafael söylemişti ertesi sabah trene bineceklerini. Ne zamandır heyecanla bekledikleri haberi alınca sevinememişlerdi nedense. Yaşamlarının en uzun ve zor yolculuğuna çıkmak üzereydiler. Dönüşleri yoktu. Menzillerine varışları ya vardı, ya yoktu. İçine peynir ve salata konmuş baget ekmeklerini yer, şaraplarını içerken, her biri kendi düşüncesinin labirentinde dolanıyordu ama hepsinin yüreğinin buluştuğu ortak nokta, elle tutulur, gözle görülürcesine somuttu. Birlikte, bilinmeyene doğru gidiyorlardı. Korkuyla, endişeyle ama umutla.

Tarık, pencerelere baka baka ilerliyordu, kollarında bebek gibi itinayla tuttuğu kocaman kesekâğıdı ile. Camdan Evelyn'in profilini görünce durdu, camı tıklattı, irkilerek döndü, baktı Evelyn. Tarık'ı görünce gözleri ışıldadı. O kadar gürültülüydü ki istasyon, Tarık'ın, "içeri geliyorum," dediğini duymadı ama dudaklarından okudu. Onu karşılamak üzere koridora çıktı. Sarıldılar.

"Yerin rahat mı?" diye sordu Tarık.

"Ah, biliyor musun Tarik, bana ne oyun etti kocam?"

"Evelyn, Ferit'in kabahati değil. O da çok üzüldü. Demin ben de konuştum kondüktörle, bir yer açılırsa haber verecek. Durma üstünde o kadar, önemli olan hayırlı bir yolculuk yapmanız," dedi Tarık, 'Ferit'in bindiği vagonun sonu belli değil, oysa sen burada emniyettesin,' diyemediği için, Evelyn'den gözlerini kaçırarak.

"İçimde bir sıkıntı var Tarik, neden Berlin'e kadar çıkıyoruz, onu da anlamadım."

"Çünkü diğer hatlar bombalanıp hasara uğramış. Harp içinde bunlar normaldir. Bak sana neler getirdim!" Tarık kesekâğıdından bir kutu çikolata ve iki kutu bisküvi çıkarıp uzattı Evelyn'e.

"Ah, Tarik! Ne iyi arkadaşsın sen! Bizim için sabah sabah buraya kadar geldin."

"Sana veda etmeden olur mu hiç?"

"O da Ferit'in yüzünden. Son dakikaya kadar getirtmedi beni Paris'e. Sen tut evimizi kiraya ver!"

"Fena mı oldu, ne güzel elinize para geçecek her ay," dedi Tarık, "Haydi gel, seni yerine oturtayım, yorulma ayakta."

***

Evelyn'den ayrıldıktan sonra trenin en ucuna, pencere camları ay yıldızlı vagona yürüdü Tarık. Margot'yu Selva'nın kompartımanında buldu.

"Sen bu kompartımanda mı seyahat edeceksin?" diye sordu.

"Evet, Selva ile birlikteyiz. Rafael başka kompartımanda olacak," dedi Margot. Birkaç saat öncesine göre çok sakinleşmiş görünüyordu.

Tarık, Ferit'i istasyon kahvesinde bıraktıktan sonra evine uğramış, tıraş olmuş, üstünü değişmiş ve neredeyse sabaha karşı uğramıştı Margot'nun evine. Margot yolculuğa hazırdı. Valizini kapının önüne koymuş, gri tayyörünü giymiş, başına kendine çok yakışan küçük şapkasını bile geçirmişti, öyle dimdik oturuyordu pencerenin önüne çektiği iskemlede. Şaşırmıştı Tarık.

"Ne yapıyorsun böyle giyinmiş, etmiş bu saatte?"

"Ben gece yarısından beri hazırım. Belki sen gelirsin diye bekledim, gelmeyince giyindim, oturuyorum burada. Nasılsa uyumama imkân yoktu."

"Margot, çok önemli şeyler vardı Ferit'le konuşulacak."

"Biliyorum canım. Bu saatte bile olsa gelebildiğine teşekkür ederim."

"Haydi, git, bize bir kahve yap."

Margot mis kokulu iki kahveyle gelmişti. Kahvelerini içmişler ve birbirlerinin kollarında öylece oturmuşlardı, konuşmadan, sevişmeden, hatta düşünmeden bile. Sonra Margot kırmızı mantosunu sırtına almış, Tarık'ın arabasına binip istasyona gelmişlerdi. Margot'yu en sondaki vagona bindirip bir şeyler almaya gitmişti Tarık.

"Margot, bütün almak istediklerimi alamadım. Bazı dükkânlar henüz açılmamıştı. Ama sana yolda okuyacak sürüyle magazin ve gazete aldım. Bir de acıkırsanız atıştırasınız diye ıvır zıvır... Bulabildiğim kadar." Kesekâğıdının içindekileri boşalttı Margot'nun yanındaki koltuğun üzerine.

“Ben dünyanın yiyeceğini aldım yanımıza, keşke zahmet etmeseydin,” dedi Selva.

Tarık kesekâğıdının dibinden bir paket daha çıkarıp Fazıl’a uzattı.

“Bu da senin yol oyuncağın küçük arkadaşım.”

Fazıl hemen parçalayarak açtı paketi, tahta bir tren çıktı içinden.

“Aaa, Tarık! Nasıl buldun sabahın karanlığında oyuncakçıyı?”

“O daha evvelden hazırlanmış bir hediyeydi, bunun gibi...” Bir paket daha aldı kesekâğıdından, Margot’ya uzattı ve artık boşalan kesekâğıdını buruşturdu elinde. Margot, yavaş yavaş açtı ince paketi. Güneşli bir Paris sabahı, La Closerie des Lilas’da Rafael’in kendi fotoğraf makinesiyle çektiği, çerçevelenmiş resmi aldı eline, uzun uzun baktı. Margot’nun omzuna elini atmıştı Tarık. Her ikisinin de gözlerinin içi gülüyordu resimde. Margot, resmi yüreğinin üzerine bastırdı.

Ferit, yanında iriyarı olduğu kadar da kerliferli bir beyle gözüktü kapıda, “Bu beyefendi, Alman Bankası’nın Türkiye’deki eski müdürü, Mösyö Brodd,” dedi, “aynı zamanda Muhaceret Teşkilatı’nda çalışıyor. Yolculuğumuzun yapılabilmesi için çok emek verdi. Buraya kadar vagonu teslime geldi. Sizlere iyi yolculuklar dilemek istiyor, bilhassa da sana Selva.”

Selva şaşırdı, ayağa kalktı, adamla el sıkıştılar. Sonra diğerlerini tanıttı Ferit:

“Bu hanım Margot Palley... Samuel ve Perla Afnaim yani Sami ve Peri Naim.”

Herkesin elini sıktı, iyi yolculuklar diledi adam, sonra Selva’ya döndü: “Hanımefendi, babanızla İstanbul’da tanışmak şerefine eriştim.”

“Öyle mi efendim?” dedi Selva.

“Evet. Ben buraya gelmeden önce İstanbul’da görüştük. Sizleri çok merak ediyordu. Ben de söz verdim bu trendeyseniz eğer gelip sizinle tanışmaya.”

Selva'nın kulaklarında bir uğultu başladı, yüreği de çarpıyordu hızlı hızlı, doğru mu duymuştu, "Siz, babamla mı görüştünüz?"

"Yola çıkmadan hemen önce görüştüm. Bizim Karaköy'deki Muhaceret Teşkilatı'na geldi. Bizzat bilgi almak istedi tren hakkında. Biliyorsunuz, bu teşkilat bağışlarla ayakta duruyor. Çok cömert bir katkıda bulundu ayrıca babanız. Minnettar olduk."

Selva duymuyordu artık başka şey. Kulaklarındaki uğultu giderek artıyordu. İçinden hıçkıra hıçkıra ağlamak geliyordu ama dudaklarını ısırıp uzaklara baktı gözpınarlarına toplanan yaşları göstermemek için. Ferit'le Mösyö Brodd çıkınca başka bir adam girdi vagona, evrak çantasını, epey büyük valizini tepedeki filelere yerleştirmeye çalıştı.

"Bu bavul bagaja gidecek, mösyö," dedi oradan geçmekte olan kondüktör, "niye teslim etmediniz bagaja, binmeden önce."

Hiç itiraz etmedi adam. Evrak çantasını koltuğuna bırakıp bavuluyla çıktı.

"Bu adamı bir yerden hatırlıyorum sanki... Nereden acaba?" diye mırıldandı Margot. Selva pencereden, elinde paketlerle gelen kocasına bakıyordu, "Bilmem, ben tanımıyorum," dedi.

Rafael içeri girince ayağa kalktı Tarık.

"Veda etme zamanı geliyor, inmezsem ben de sizinle gelmek zorunda kalacağım," dedi. Trenden tısss diye sesler geliyordu. O kadar çok kampana aynı anda çalıyordu ki, kendi trenlerine ait olanı ayırmakta zorluk çekiyorlardı. Tarık ayaktayken, bir kalabalık birikti kompartımanın kapısında. Uzun boylu bir delikanlı, Selva'nın Paris'te Türkçe öğrettiği Constance ile Marcel ve yaşlı bir adam daha girdi kompartımana. Selva ve Tarık kucaklaştılar. Daracık yerde treniyle oynayan Fazıl'ın alnına bir öpücük kondurdu Tarık, Samuel ve Perla'ya iyi yolculuklar diledi, diğerlerini başıyla selamlayıp dışarı çıktı. Peşinden geldi Margot. Kapının önünde sımsıkı sarıldı Tarık'a. Vagonun yavaş yavaş kaymakta olduğunu fark ettiler ayaklarının altında.

"Seni hiç unutmayacağım Margot," dedi Tarık, trenden atlamadan önce. Tam inerken nefes nefese koşarak karısının yanından gelen Ferit'le çarpıştı. Ferit, kolunu bir an sımsıkı tutup bıraktı Tarık'ın, trenin basamaklarına adımı atınca, "Hoşça kal, sevgili dostum," diye seslendi Tarık'a, "Allah senden razı olsun."

Tren giderek hızlanıyordu. Margot camı indirmiş, yarı beline kadar sarkmış, elindeki mendili sallıyordu Tarık'a. Arkasına Selva, Rafo, Perla ve Samuel yığılmışlardı. Hem onlar, hem de hâlâ basamakta duran Ferit el sallıyorlardı hiç durmaksızın. Selvaların kompartımanındaki uzun boylu genç adam da el sallıyordu birilerine. Tarık, hızla geçen pencerelerden birinde, Evelyn'in mahzun yüzünü görür gibi oldu. İstasyonun ortasında, bir eli havada, kımıldamadan duran Tarık ve sevdiklerine mendil sallayan kadınlı erkekli kalabalık uzaklaştı, uzaklaştı, trendekilerin gözünde küçüldüler, sonra trenin çıkarttığı buharda görünmez oldular.

TREN

kaç ormandan geçti
içinde kaybolduğumuz o büyük takip
içimizde bunca gurbet dururken
yol ettik uzaktaki sılayı
Murathan Mungan

Tarık'ın giderek uzaklaşan siluetinin tamamen gözden kaybolmasından beri içinden konuşmak gelmediği için, koltuğunda sanki uyuyormuş gibi gözleri hep kapalı duran Margot, tren Reims'e yaklaşırken gözlerini araladı ve tam karşısına isabet eden adamı gördü yine. Evet, kesinlikle tanıyordu bu yüzü. Bir yerlerde karşılaştığına emindi. Adam kasketini çıkarmamıştı diğer yaşlı yolcu gibi. Gözlükleri burnunun üzerinde, kitabını okuyordu. Perla'yla Samuel aralarında amiralbattı cinsinden bir oyun oynamaktaydılar. Ama Selva, geceden beri ayakta olmanın ve heyecanın verdiği yorgunlukla sızıp kalmıştı, kucağında oğlu ile. Sessizdi vagon. Margot, bu sessizliğin ve huzurun hiç bitmemesini istedi. Hayattan beklediği hiçbir şey kalmamış gibiydi. Nazi taraftarı yönetimle idare edilen ülkesine dönemiyordu, ailesi dağılmıştı, işinden ve çok sevmeye başladığı erkekten ayrılmak zorunda kalmıştı. Dünya döndükçe bu trenin içinde böyle gitselerdi keşke, tıngır mıngır, tıngır mıngır, tıngır mıngır.

"Sigara içer misiniz matmazel?"

Adeta hopladı yerinde Margot: "Hayır, teşekkür ederim."

"Ben içebilir miyim, rahatsız olur musunuz?"

"Katiyen," dedi Margot. Tam yanında oturuyordu genç adam. Üstü başı bakımlı ve temizdi ama çok çok zayıftı ve mosmordu gözlerinin altı. Verem filan olmasa, diye geçirdi içinden Margot.

"Berlin'e mi gidiyorsunuz?"

Çenesi de hiç durmuyordu. Oysa rahat bırakılmak istiyordu Margot, düşüncelerinin içinde demlenmek istiyordu. Başkasıyla konuşsaydı ya, iskelet.

"Daha öteye gideceğim," dedi.

"Prag'a mı?"

Yanıtlamadı kız, çantasından Macarca bir kitap çıkardı okumak için.

"Kitabınız nece?"

"Macarca."

"Macarsınız şu halde?"

"Evet." Kitabı açıp okumaya başladı Margot.

"Pardon, sizi sıktım fazla konuşarak. Konuşmaya hasret kaldığım için... Özür dilerim."

Bu kez üzüldü Margot. Kimbilir ne derdi vardı zavallının.

"Beni sıkmadınız," dedi, "Paris'ten ayrılmak zorunda kaldığım için üzgünüm biraz. Yorgunum da. Siz nereye kadar gidiyorsunuz?"

"Gidebilirsek eğer, İstanbul'a kadar."

"Aaa, sahi mi?"

"Niye şaştınız? Çok mu uzak geldi?"

"Ben de İstanbul'a gitmek üzere bindim de trene," dedi Margot.

"O halde uzun zaman beraber olacağız. Ben David," dedi sıska genç, "David Russo."

Tren birbirinden şirin kasabalardan, mevsime rağmen yeşilliğini yitirmemiş vadilerden, uzaklarda kilise kubbeleri gözüken şehirlerden geçerek gidiyordu. Banliyö evlerinin bahçelerini tarıyordu zaman zaman. Oynayan çocukları, zıplayan köpekleri, çamaşır seren kadınları, çimlerini biçen erkekleriyle cıvıl cıvıl ve mutlu bir yaşam görüntüsü sergileniyordu orta halli kasabalıların arka bahçelerinde. Trende dünyaya yeni ayak basmış bir uzaylı oturup da baksaydı pencereden, asude bir dünyaya geldiğini sanabilirdi. Avrupa'nın cehennemi, kendini belli etmiyordu vagon pencerelerinden dışarısını seyredenlere.

Vagondaki yolcular, çocukların dışında, kâh okuyor, kâh dışarısını seyrediyor, kâh uyukluyorlardı. Konuşkan sayılmazdı hiçbiri. Yürekleri ağırdı. Çocuklarsa birbirlerine arka arkaya tarih ve coğrafya soruları sormakla meşguldüler. Selva uyanmıştı ama kucağındaki oğlu hâlâ uyumakta olduğu için kımıldayamadan oturuyordu yerinde. Rafael iki kez gelip gitmişti karısı uyurken, nasıl olduklarını görmek için. Göz kaş işaretleriyle anlatmıştı Margot her şeyin yolunda olduğunu.

"Everest'in yüksekliği kaç metredir?" dedi Perla.

"7500 metre."

"Peki, Asya ile Avrupa'yı ne ayırır?"

Samuel yanıtlamak üzereyken, "Deminki yanıtın doğru değildi," dedi kasketli adam, "eksik söyledin, delikanlı." Trene bindiğinden beri ilk kez konuşuyordu.

"Hangi yanıt?" dedi Samuel.

"Everest'in yüksekliği 7500 metre değil, 8848 metredir."

"Nereden biliyorsunuz?"

"Biliyorum."

Margot hafifçe kımıldandı yerinde, bu yüzü tanıdığı gibi, bu sesi de bilecekti. Daha önce kesinlikle duymuştu. Dayanamadı, "Mösyö, sizi bir yerden hatırlıyorum ama tam çıkaramıyorum," dedi.

"İnsan insana benzer matmazel. Ben sizi daha önce hiç görmedim."

"Eh, tanışalım öyleyse, ben Margot Palley, Macarım."

"Müşerref oldum."

Adam adını söylemeyince, gözlerinde soru işaretiyle Selva'dan yana baktı Margot. Tuvalete gitmek üzere ayağa kalkan Constance, Selva'ya erkekler anlamasın diye, Türkçe, "Çişim var," dedi. Selva Constance'ın bu Türkçe beyanına gülmeye başladı.

"Aferin Constance," dedi, "emeklerim boşa gitmemiş."

David Russo, kızardı. Acaba Türkçe anlayabildiğini söylese miydi daha da özel beyanlara kulak misafiri olmamak için.

Katedrallerin yüksek kubbelerinin uzak görüntüleri giderek yaklaşınca bir şehir istasyonuna girmekte olduklarını anladılar yolcular. Tren oflaya puflaya yavaşladı, homurtular ve tısırtılarla durdu. Selva, REIMS yazısını okudu dışarıda.

"Burada duracak mıyız?" diye sordu Marcel.

"Rotayı Ferit'le Rafael biliyorlar, onlara sorarız," demesine kalmadı Selva'nın, kapıda belirdi Rafo. Kasketli adam, gözlüklerini yeniden takıp bir gazete açmıştı önüne, adeta yüzünü saklayan.

"Burada biraz duracağız," dedi Rafo, "acıktınız mı?"

"Dışarı çıkabilir miyiz?" diye sordu Constance.

"Niye dışarı çıkalım? Yanımızda onca yemek var, kompartımanda yeriz," dedi Marcel.

Selva, pencereden Ferit'in aceleyle ön vagonlara doğru koştuğunu gördü. Fazıl uyanmış, mızmızlanıyordu kucağında.

"Çocuk saatlerdir oturuyor. Ona biraz hava aldırabilir miyim?"

"Yirmi dakika molamız var. Uzaklara gitme sakın Selva," dedi Rafo, "inmişken yiyecek bir şeyler almak ister misin?"

"Sepetim yiyecek dolu."

"Ama bundan sonraki durak Alman sınırları içinde olabilir. İneceksen burada in."

Yaşlı adam iç geçirdi, "İlahi mösyö, buraları Fransız toprakları ama işgal altında, ha Almanya, ha Fransa, ne fark eder," dedi, "nasıl olsa Naziler her yerde."

"Hiç olmazsa Fransızca konuşuluyor burada, dili anlıyoruz," dedi Rafael.

Selva ayağa kalkmış, Fazıl'a ceketini giydiriyordu, "Rafo sen de gelir misin benimle?"

"Ferit'in mesuliyetime verdiği vagondakilerin nasıl olduklarına bakacağım. Belki hüviyet kontrolü de yaparlar, sen in."

"Dışardan bir şey isteyeniniz var mı?" diye sordu Selva.

"Ben de sizinle geliyorum," dedi Constance. O ayağa kalkınca, Margot, Marcel ve David de kalktılar. Vagonda iki adamdan ve çocuklardan başka kimse kalmadı. Camilla çocuklarına istasyonlarda inip dolanmayacaklarına dair yemin üstüne yemin ettirmiş olduğu için inememişlerdi.

Marcel ve Margot sigara almak için peron değiştirirlerken, Selva oğlunun çişini yaptırmak için tuvalet aradı. Karısının yanından dönmekte olan Ferit'i görünce, "Sana sigara alayım mı?" diye sordu.

"Teşekkür ederim, yedeklerim var. Sen de fazla dolanma buralarda Selva, tren kalkıverir, atlaman zor olur vagona çocukla."

"Hemen döneceğim tuvalete girip," dedi Selva. Birkaç saat süren bir yolculuktan sonra kötü kokmaya başlamıştı trendeki tuvalet.

Ferit, trene binip koridorda ilerlerken, bir SS görevlisinin Selvaların vagonuna girdiğini gördü. Köpek görmüş kedi gibi diken diken oldu saçları. Kendini tehlikeye karşı hazırladı, yavaşça ilerleyip kapının gerisinde durdu.

"Biletleri görelim. Kimlikleri de!" dedi SS görevlisi.

Perla'nın kasıklarına bıçak gibi bir sancı saplandı aniden. Sapsarı oldu yüzü. Samuel, yukarı uzanıp çantasından pasaportları çıkardı.

"Adın ne senin?"

"Sami."

"Türk müsün?"

"Evet."

"Yaa!"

"Ben Türküm," dedi Samuel, bu kez Türkçe. Elindeki pasaportları uzattı.

Pasaportların ikisine de baktı adam.

"Bu da senin kardeşin mi?"

"Evet."

"Ben di Türk," dedi Perla yine Türkçe. Sesi titriyordu.

"Hiç de benzemiyorsunuz Türk'e. Anneniz bir havuçla mı yattı?"

Samuel, adamın suratının ortasına tükürürken hayal etti kendini. Ta genzinden getirip biriktirdiği ağız dolusu balgamı şaap diye yapıştırdı herifin suratına, hayalinde. Adam çocuklarla işini bitirince, sessizce oturan ihtiyara döndü.

"Bilet, kimlik."

Yaşlı adam cebinden çıkardığı bileti ve kimliği uzattı. Bir göz atıp geri verdi görevli. Sıra sona kalan adama gelmişti ki Ferit içeri girdi.

"Mösyö, ben bu grubun başındayım," dedi, "siz hiç zahmet buyurmayın, ben hepsinin biletini ve pasaportunu toplayıp hemen getireyim size."

"Bu vagon turist vagonu mu? Siz rehber misiniz?"

"Bugünlerde turistik yolculuk yapmak pek mümkün değil, bildiğiniz gibi. Bu vagon Türkiye'den yollandı. Avrupa'da mahsur kalmış Türk vatandaşlarını ülkelerine geri götürüyor. Trenin uğrayacağı bütün istasyonlara bilgi verildi. Size ulaşmadı mı?"

"Haberim yok."

"Hayret! Çünkü trenin hareketinden evvel, her istasyonun bu vagondan haberdar olduğuna dair teminat gelmişti sefaretimize."

"Bu yolcular Türkiye'ye dönüyorlarsa ta Frankfurt'larda, Berlin'de işleri ne? Bu biletler Berlin'e kadar."

"Berlin sonrasındaki biletler bende. Yaşlılar ve çocuklar var vagonda, biletlerini kaybetmesinler, karıştırmasınlar diye emniyete aldım. Oraya kadar gitmemize gelince, Almanya'dan da binecek yolcularımız var. Türk hükümeti birkaç tane vagon tahsis edemez ki, dışarıdakiler dönsün diye! Bunu yollayabildiğine dua ediyoruz."

"Toplayın getirin biletlerle pasaportları. Beni en baştaki vagonda bulun. Hepsini görmeden izin vermem hareketinize."

"Merak etmeyin, ben sizi bulurum."

"Dilerim sakıncalı bir isim yoktur aralarında."

"Sakıncalı isim olsa Almanya'ya gidebilir miyiz hiç?"

Görevli çıktı kompartımandan. Ferit ve kasketli adam bir an bakıştılar. Adam alnına biriken terleri sildi mendiliyle. Mum gibi beyaz suratıyla Rafael de kapıda dikiliyordu.

"Rafael, içerdekilerden biletleri ve pasaportları topla hemen," dedi Ferit, "ben dışarıda kalanları bulmaya gidiyorum."

İstasyona inmiş olanların bazıları yavaş yavaş geri dönüyorlardı. Ferit eliyle çabuk olun işareti yaptı vagonun kapısında, sonra indi, tuvaletlere doğru koştu oradakileri uyarmak için. Platformdaki otuz-kırk kişinin arasında gözle görülür bir telaş başladı. İtişe kakışa trenin merdivenlerine üşüştüler.

Selva pencereden, içerdeki SS pazubantlı adamı görünce serin havaya rağmen ter içinde girdi kompartımanına. Hem

Fazıl'ı taşımaktan, hem de korkudan bitkindi. Biletleri ve pasaportunu hazır etti hemen. Rafael geri dönenlerin biletlerini topladı, çıktı. Herkes dönmüştü kendi yerine. Perla, kapının hemen yanındaki koltukta dimdik oturuyordu yüzünde tuhaf bir ifadeyle.

"Peri, yerine geç istersen, orada Marcel oturuyordu," dedi Selva. Kıpırdamadı bile Perla.

"Neyin var senin? Çok mu korktun?"

Hiç yanıt gelmedi kızdan.

"Perla... Peri iyi misin kızım? Hadi yerine geç." Perla ayağa kalkınca, kızın lacivert ekose eteğinde giderek genişleyen kan lekesini gördü Selva.

"Aman Allahım! Ne oldu sana? Yoksa... Yoksa... Korkma Perla, sakın korkma yavrum. Ben şimdi yardım edeceğim sana," dedi.

Perla, gözlerinde utanç ve dehşetle bekliyordu ayakta.

***

Tıngır mıngır, tıngır mıngır, tıngır mıngır bir beşikte sallanır gibi, uyku ile uyanıklık arası bir halde, sinirleri ve içleri boşalmış, gidiyorlardı. Aslında trene ilk bindikleri saatlerden daha huzurluydular. Bir merhale atlamışlar ve bu tür merhalelerin atlanabileceğine şahit olmuşlardı. Perla, Selva ve Margot'nun yardımlarıyla temizlenmiş, üstünü değişmiş, kasıklarında hâlâ ince bir sancı ve yüreğinde taşıması zor bir utançla oturuyordu pencere kenarında ve kimseyle göz göze gelmemeye çalışıyordu.

Şimdi daha yoğun ve koyu renkli ağaçların art arda geçmekte olduğu bir arazide gidiyorlardı. Tepeler arasında yer yer gözüken düzlüklerde inekler, koyunlar otluyordu. Yine pencere pervazlarına çiçek saksıları konmuş, kırmızı damlı evler, çitlerle ayrılmış muntazam bahçeler vardı ama sanki çok hassas bir göz, ufak ayrıntılarda bir başka kültüre geçmekte olduklarını fark edebilirdi.

"Bir şeyler yemezsek açlıktan öleceğiz," dedi Selva, yukardan sepetini indirirken. Paris'ten ayrıldıklarında hüzün, Reims'den ayrıldıklarında da geçirdikleri korku iştahlarını kaçırmıştı ama küçük kompartımanın içindeki kader yolcuları aralarında bir dayanışma oluşmaya başladığını hissediyorlardı ve bu duygu rahatlatıyordu her birini.

Selva'nın başı çekmesiyle, Constance ve Margot da kendilerine ait yiyecek paketlerini ortaya çıkardılar. Ellerinde bir-iki elma ve kuru kekten başka bir şey bulunmayan adamlara kendi yiyeceklerinden ikram ettiler. Üç yalnız erkeğin arasında bir tek David Russo'nun yemek çantası doluydu. İçinden iki şişe de kaliteli kırmızı şarap çıkarınca keyifleri tamama erdi.

"Ben gidip Rafo'yu bulayım," dedi Selva Margot'ya, "o da bir şeyler yemek ister herhalde."

Rafo, kendi kompartımanında kurulan sofradan nasibini almıştı ve hayatından memnun gözüküyordu.

"Canın şarap isterse bize uğra," dedi Selva kocasına.

"Senin canın da konyak çekerse sen bize uğra," dedi Rafo Türkçe, "burada bir genç adam var, alkolik midir nedir, çantası içki dolu."

"Sinirlerini gevşetmek için içiyordur," dedi Selva. Rafo'nun da keyfinin yerinde olduğunu görünce içi rahatlamış olarak döndü kompartımanına.

Şimdi birbirlerine isimlerini sorup kaynaşıyorlardı, yolculuğun başında kuşkulu bir sessizlikle oturan insanlar. Yanakları hâlâ kıpkırmızı, sürekli pencereden dışarı bakan Perla ile Margot'nun nereden tanıdığını çıkaramadığı adamdan başka herkes konuşuyor, bir şeyler anlatıyordu. Hava yavaştan kararmaya, uzaktan şehirlerin ışıkları gökyüzünde tek tük beliren yıldızlar gibi göz kırpmaya başlamışlardı.

Birdenbire tren acı gıcırtılar çıkararak durdu. Trendekiler bu ani duruşla öne doğru kaykıldılar bir an. Herkes birbirine korku dolu gözlerle baktı. Dışarıda, uzaklarda silah sesleri duydular. Fazıl ağlamaya başladı.

David Russo kalkıp camı indirdi ve dışarı sarktı. Keskin bir kömür kokusu doldurdu kompartımanı.

"Bir istasyonda durmuş değiliz. Bomboş bir düzlükte durmuşuz."

Kompartımandakiler David'in üstüne yığılarak dışarı bakmaya çalıştılar. Karanlıktı. Dışarısını iyi göremiyorlardı ama öğleden sonra geçtikleri şirin manzaralar besbelli çok geride kalmıştı.

"Rafo'yu bulmalıyım. Neler oluyor acaba?" dedi Selva dışarı çıkarken. Annesinin gittiğini görünce daha da fazla ağlamaya başladı çocuk.

"Gel buraya," dedi Selva. Paytak paytak yürüdü Fazıl, annesinin elini tuttu, dışarı çıktılar. Koridorda müthiş bir kargaşa vardı. Herkes kompartımanından dışarı fırlamış, ne olduğunu öğrenmeye çalışıyordu. Selva, ezilmesin diye oğlunu kucağına aldı, kompartımanlara teker teker bakarak ilerledi. Hiçbir yerde ne kocasını bulabildi, ne de Ferit'i. Yüreği sıkıştı. Geri döndü. Trenin çıkış kapısına gitti. Marcel kapının yanında duruyordu. Birlikte uğraşarak açtılar kapıyı. Marcel tek basamağı indi, trenin ön tarafına baktı.

"Madam Selva, trenin yanında silahlı adamlar var."

Selva da uzanıp baktı, uzakta lokomotifin askerlerle çevrili olduğunu görebiliyordu çünkü askerlerin elinde fenerler vardı.

"Allahım, Rafo'yu aldılar. Hiçbir yerde yok!" dedi Selva.

"Bence ne olduğunu öğrenmeye gitmiştir. Bunca insanın içinde onu niye alsınlar," dedi Marcel, "Türk pasaportu yok mu onun?"

"Haklısınız. Ben fazlasıyla evhamlı oldum. Yine de lokomotifin oraya kadar yürüyüp bakacağım."

"Aklınızı mı kaçırdınız?" dedi Marcel, "çabuk içeri girin Selva." Selva utandı, kompartımanına gitmek üzere döndü ve arkasında yuvalarından uğramış gözleriyle David Russo'yu gördü. Karanlıkta bile yüzündeki korku ifadesi belli oluyordu.

"Önde silahlı askerler mi var dediniz?" diye sordu.

"Evet, lokomotifin orda."

"Çekilin," dedi Selva'yla Marcel'e, "çekilin yolumdan, ineceğim."'

"Nereye gitmek için?"

"Nereye olursa."

"Anlamadım?"

"Nereye gittiğim mühim değil. Hemen inmeliyim."

Selva ve Marcel birbirlerine baktılar.

"Bir istasyonda değiliz ki... Nereye gideceksiniz?" dedi Marcel tekrardan.

"Fark etmez, inip uzakta gözüken ışıklara doğru yürüyeceğim."

"Nerede olduğunuzu biliyor musunuz David? Kaybolursunuz."

"Tren hattı boyunca yürürüm."

David Russo basamaklara bile basmadan atladı aşağı. Marcel ve kucağında çocuğu ile Selva da peşinden indiler. David'in koluna yapıştı Marcel. Aralarında bir itiş kakış başladı.

"Böyle yapmakla hepimizi tehlikeye atıyorsunuz. Hemen içeri girin."

"Asla bir daha kampa giremem," dedi David Russo, "Asla, asla, asla!"

"Kimsenin sizi kampa filan götürdüğü yok!"

Kolunu kurtardı Marcel'in elinden, trenin sonuna doğru koşmaya başladı David. Selva ve Marcel peşinden koştular. Fazıl neşeli çığlıklar atıyordu annesinin kucağında. Peşlerinde koşan ayak sesleri duyuldu. Büsbütün hızlandı David. Bir el silah sesi! David aniden zınk diye durdu, ona toslayan Marcel, Selva ve Fazıl hep birlikte yere yuvarlandılar. Ayak sesleri yaklaştı, yaklaştı ve yanlarında kesildi. Silahlı iki asker, tüfeklerini üstlerine doğrultmuş, onlara bakıyordu.

"Burada neler oluyor?" dedi askerin biri.

"Düştük," dedi Marcel.

"Kaçıyor muydunuz?"

"Ne münasebet," dedi Selva.

"Nereye gidiyordunuz o halde? Pikniğe mi?"

"Oğlumun çişi gelmişti," dedi Selva, "bu beyler de aynı şey için indiler trenden, biraz uzağa gidiyorlardı, ayıp olmasın diye."

"Trende hela yok mu?"

"Var ama hem kokuyor, hem de önünde kuyruk var. Vagon çok kalabalık."

"Peki, sizin işiniz ne işeyen adamların peşinde? Kucağınızda çocukla niye koştunuz ve niye düştünüz?"

"Ben oğlumu hemen kapının orada işetiyordum. Silah sesini duyunca, kurşunlar oğluma isabet etmesin diye paniğe kapılıp insiyaki olarak ileri koştum. Çarpıştık."

"Ne silahı, ne isabeti?"

"Silah atıldı," dedi Marcel, "duymadınız mı?"

"Köylüler tarlalarına musallat olan yaban domuzlarını korkutuyor," dedi asker, "kalkın yerden!"

Her üçünün de yerde birbirine geçmiş çok komik bir halleri vardı. Doğrulmaya çalıştılar. Selva askerlerin hemen arkasında duran ve ağızları bir karış açık olanları seyreden Rafo'nun ve Ferit'in yüzlerindeki dehşeti görünce birden gülmeye başladı.

"Ben komik bir durum göremiyorum," dedi Rafo.

Selva sinirlerine hâkim olamıyor ve o kadar çok gülüyordu ki, yaşlar iniyordu gözlerinden. Ferit elini uzattı kalkması için. Rafo uzanıp oğlunu kucağına aldı. Fazıl çok eğleniyordu. Ellerini çırparak bir şeyler söylemeye çalıştı babasına. Ferit, Selva'dan sonra Marcel ve David'in kalkmasına yardım etti.

"İçeri girin ve hemen kimliklerinizi gösterin," dedi asker, "bakalım anlattıklarınızın ne kadarı doğru.?"

"Ne istiyorsunuz karımdan?" diye sordu Rafo.

"Kaçıyordu!"

"Ne! Güldürmeyin beni."

"Birazdan görürüz," dedi asker.

Hep birlikte vagona yürüdüler. Vagon pencerelerinden salkım salkım insanlar sarkıyordu ne olup bittiğini anlamak için. Selva peşinde askerlerle gelip kompartımana girince herkeste bir panik başladı. Kasketli adam, kasketi burnuna indirmiş, her şeyden habersiz uyuyordu.

"Üçünüz de hem bilet, hem de kimlik gösterin. Çocuğunkini de göreceğim," dedi asker.

"Çocuk benim pasaportuma kayıtlı," dedi Selva. Sonra oğluna döndü, "hep senin yüzünden," diye azarladı şaşkın şaşkın bakan çocuğu, "işeyecek zamanı buldun!"

Rafo kendi pasaportunu da çıkardı askerlere göstermek için. Ferit uzun bir açıklamaya girişmişti nereden gelip nereye gittiklerine dair. Askerler Selva'nın, David, Marcel ve Rafo'nun pasaportlarını ve biletlerini incelediler.

"Bizi boşuna uğraştırdınız!" dedi biri. "Bir dahaki sefere helaya işeyin!" Arkalarını dönüp rap rap gittiler. Onlar çıkar çıkmaz, kasketini geri atıp doğruldu adam. David boş gözlerle bakarak oturuyordu yerinde.

"Ne olduğunu izah eder misin hemen!" dedi Rafo. Çok kızgındı.

Selva ikinci bir gülme krizine tutulmamak için susuyordu. Marcel, başlarına gelenleri anlattı, sonra David'e döndü, "Ben demedim mi sana, hepimizin başını belaya sokacaksın," diye bağırdı. David'in boş bakan gözlerinden yaşlar inmeye başladı. Selva yaklaştı genç adama, "David, neden korktunuz o kadar?" diye sordu. Yanıtlamadı David.

"Kamp diyordunuz, yoksa kampa mı almışlardı sizi?"

"Yeni çıktım," dedi David. Selva yanına oturdu, kolunu omzuna atıp sarıldı genç adama, usul usul saçlarını okşadı. Derin bir sessizlik indi kompartımana. Sessizliği Marcel bozdu.

"Niye durduk? Ne istiyordu silahlı askerler?"

"Bizim hattımızda asker sevk ediliyormuş. Sevkiyat bitene kadar burada bekleyeceğiz."

"Ne kadar sürer acaba?" dedi Margot.

"Bu gece buradayız. Belki bir gün, belki de iki," dedi Ferit. Bir uğultu başladı kompartımanda.

"Biraz dışarı gelir misin," dedi Rafo karısına. Fazıl, Perla'nın kucağında oturuyordu. Annesi ve babası çıkarken bağırmaya hazırlanan çocuğa öyle sert baktı ki Rafo, bağırtısı yarım kaldı Fazıl'ın. Kompartımanın dışında karşı karşıya duruyorlardı şimdi karıkoca.

"Bak, sana son defa söylüyorum Selva," dedi Rafael, "bir kere daha başından büyük işlere kalkacak, birilerini kurtarmaya yeltenecek olursan İstanbul'a vardığımızda boşarım seni!"

Selva arkasını dönüp kompartımana yürüdü, hızla kapattı kapıyı Rafael'in suratına.

David, güneşin solgun da olsa gözünü rahatsız eden ışığından dolayı erken uyandı. Yaşlı adamın verdiği ilaçla o kadar derin uyumuştu ki, kendini yenilenmiş ve mutlu hissetti. Uykusu iyice açılınca bir gece önceki olayı hatırladı ve kıpkırmızı oldu yüzü. Bir budala gibi davranmıştı. Kompartımandakiler her ne kadar hikâyesini dinledikten sonra onu sevgi ve anlayışla sarmalamış da olsalar, hâlâ utanıyordu. "Keşke dinleseydim evdekileri ve bir doktora görünseydim, belki dün akşamki hadiseyi hiç yaşamazdık," diye düşündü. Ya Marcel ve Selva peşinden koşmasalardı da askerler kaçıyor diye ateş edip öldürselerdi onu! Hayatını ikinci defa bağışlamıştı, demek ki şanslı bir kuluydu Allah'ın.

Yeni bir gün başlıyordu, güneşli, sakin ve sıkıcı bir gün. Kamptan çıktığından beri dar yerlerde uzun süre oturamayan David, koca bir günü daracık bir kompartımanda geçireceğini düşününce bunaldı, kendi kendine telkinde bulunmaya çalıştı:

"Canın bir kere daha bağışlandı. Dost insanların yanındasın. Hürriyete gidiyorsun. David, aklını başına al ve bunalımdan çık!"

Tam karşısında Margot uyuyordu. Gülümsedi. Güzel bir kızdı. "Keşke bana Selva'nın gösterdiği yakınlığı o gösterseydi," diye düşündü, bu sıkıcı yolculuk belki biraz renklenirdi.

Selva, Perla ve Fazıl kompartımanda yoktular. Herhalde tuvalete gitmişlerdi. Diğerleri, başları yanında oturanların omuzlarına düşmüş, uyuyorlardı hâlâ. Samuel'in başı ise kasketli adamın dizlerindeydi. David tuvalete gitmek için dışarı çıktı. Koridorda Selva, Perla'ya bir şeyler anlatıyordu. Onu görünce, "Allahaşkına David, sakın dışarı çıkmaya kalkma," dedi, "bu sefer sahiden ihtiyaç için bile olsa çıkma. Seni tanıdılar dün, belki bir şey yaparlar."

"Yok, çıkmayacağım, merak etmeyin," dedi David.

"Rahat uyuyabildin mi?"

"Çok iyi uyudum.... Madam Alfandari, size bir şey söylemek istiyorum... Dün gece için çok ama çok özür dilerim. Siz ve Marcel olmasaydınız başıma gelmedik kalmayacaktı. Sizi de tehlikeye attım. Beni affedin."

"David, önce şunu rica ediyorum, bana Selva de. Bir daha da bu mevzua dönmeyelim, çünkü senin yaşadıklarından sonra, silahlı adamlardan korkman kadar tabii bir şey olamaz. Af dilenecek bir şey yok. Yolculuk boyunca da kendini iyi hissetmezsen gel, bana içini dök."

"Bir daha olmayacak, söz veriyorum."

"Biliyorum David. Böyle şeyler bir kereden fazla olmaz zaten. Sonra adamı tımarhaneye yollarlar."

Kompartımanların birinden Rafael'in çıktığını gördü David, "Kocanız geliyor," diye müjde verdi ama yüzünde güller açmadı Selva'nın. Rafo yanlarına geldi, oğlunu kucaklayıp öptü, "Geceyi iyi geçirdiniz mi?" diye sordu karısına. Selva'dan yanıt gelmeyince David cevaplamak zorunda kaldı.

"Çok iyi uyuduk. Ya siz?"

"Sayende David, sabaha kadar kâbus gördüm," dedi Rafo.

David kıpkırmızı olup başını önüne eğdi. Selva Fazıl'ı çekeleyerek yürüdü kompartımanına. Margot uyanmış, köşede uyuyan adama bakıyordu dikkatle.

"Hâlâ keşfedemedin mi kim olduğunu?" diye sordu Selva.

"Çıkaramıyorum."

Adamın kasketi uyurken arkaya kaymıştı. Şimdi sakalları uzamış yüzünü bütünüyle görebiliyordu Margot.

"Ah!" dedi birden, "Selva buldum, buldum!"

"Kimmiş?"

"Dışarı gel." Margot toparlanıp kalktı, birlikte dışarı çıktılar.

"Meraktan öleceğim Margot, söyle allahaşkına, önemli biri mi?

"Önemli olmaz olur mu! Asrın en büyük fizikçisi. Üç sene önceki buluşuyla en büyük ödülleri aldı, hatırladın mı? Çalıştığım şirkete alınan meslek dergilerinin her birinde çarşaf gibi resimleri yayınlanmıştı, radyoda da röportajları yayınlanıyordu. Meşhur Meyer Siegfried bu."

"Aaa, o mu! Almanlar onun peşinde olmalı. Tanırlarsa o saniye götürürler," dedi Selva, heyecanlanmıştı. Bunu hemen Rafo ile paylaşmak istiyordu ama ne yazık ki küstü kocasına. Tekrar içeri girdiler. Bu kez, Selva bakmaya başladı adamın yüzüne dikkatle. Evet evet, saçlarını kazımış, sakalını kesmiş olmasına rağmen, şimdi adını öğrendikten sonra benzerliği yakalayabiliyordu.

Güneş bütün kompartımanı aydınlatmıştı artık. Herkes uyanmaya başlamıştı. Samuel gözlerini açıp da kendini neredeyse hiç tanımadığı adamın kucağında bulunca hemen doğruldu.

"Perla nerede?" diye sordu kendine gülümseyerek bakan Margot'ya.

"Tuvalette canım. Birazdan gelir, merak etme," dedi Margot.

"Ben gidip bakayım ona."

"İstiyorsan git ama meraklanma kardeşin için. Bir şeyi yok onun, hasta filan değil," dedi Margot. Yine de Samuel toparlanıp çıktı dışarı. Selva, Samuel'in koridorda, "Günaydın Mösyö Ferit," dediğini duyunca fırladı, yolunu kesti Ferit'in.

"Ferit, sana bir şey söyleyeceğim," dedi, koluna girip uzaklaştırdı Samuel'den.

"Hayrola Selva, yine bir şey mi oldu?"

"Ferit, biliyor musun bizim kompartımanda kim var?"

"Kim var?"

"Siegfried, Meyer Sieg..." Eliyle ağzını kapattı Selva'nın Ferit.

"Biliyorum."

"Niye söylemedin."

"Kimsenin bilmemesi en hayırlısıdır. Senden başka bilen var mı?"

"Margot. O keşfetti zaten."

"Margot'yla aranızda kalsın, lütfen."

"Rafael biliyor mu?"

"Benden başka bir de o biliyor."

"Hangi ad altında seyahat ediyor?" diye sordu Selva, kocasına böyle bir şeyi kendinden sakladığına çok bozulduğunu göstermemeye çalışarak.

"Kohen."

"Türk pasaportu mu var?"

"Evet."

"Türkçe bilmiyor ama."

"Onun için onu senin, David'in ve sayende çatpat Türkçe bir şeyler söyleyebilenlerin kompartımanına koydum. Naziler de Türkçe bilmiyorlar ama, ne olur ne olmaz, Türkiye'de uzun bulunmuş biri çıkar subayların arasından, ukalalık edip bir şey soracak olur, sen nasılsa her zamanki ataklığınla durumu idare edersin diye düşündüm."

"Bilmeseydim nasıl idare edebilirdim, eğer öyle bir durum olsaydı?"

"Senin durumları kavramada ve müdahale etmede üstün bir kabiliyetin var Selva," dedi Ferit.

Yanlarına gelen Samuel, "Daha ne kadar bekleyeceğiz burada?" diye sordu.

"Ben de şimdi onu öğrenmeye gidiyorum," dedi Ferit, "hem karıma bakacağım hem de soracağım, hattımız açılmış mı diye."

"Tanışma fırsatı bulamadık ama Evelyn'e benden selam söyle," dedi Selva, "yemeğe, suya ihtiyacı olursa benim tedarikim çok bol."

"Teşekkür ederim ama senden selam söyleyemeyeceğim," dedi Ferit, "o bizim birlikte seyahat ettiğimizi bilmiyor."

Uzun bir gün oldu Alman sınırındaki perşembe. Hareket halinde bir trenin içinde, ne kadar sıkıcı olursa olsun, daha kolay geçiyordu zaman. Hiç olmazsa insan dışarının durmadan değişen görüntülerini seyredip oyalanabiliyordu. Ama böyle, köylerden, kasabalardan uzak bir noktada, sabahtan akşama kadar beklemek, trenin dışına çıkma izinleri de olsa yüreklerini daraltmıştı. Vagonlardaki bütün yolcular inmiş, serin havada volta atmışlardı tren boyunca. Ferit zamanının çoğunu karısıyla geçirmiş, Perla kasketli adamın dışında boşalan kompartımanda, kardeşinin dışarı çıkma ısrarlarına rağmen uzanıp kitap okumuş, kasketli adam da bilmece çözmüştü sabah saatlerinde. Bir ara Marcel'in yanında getirdiği tavlayı oynamışlardı David ve Marcel. Yemeklerini kimi açık havada yemiş, kimi trene binmeyi tercih etmişti. Değişik kompartımanların, hatta vagonların yolcuları birbirleriyle tanışma ve sohbet etme fırsatını bulmuşlardı. Giderek genişleyen ve birbirlerine tuhaf bir kader duygusuyla bağlı olan bir aile gibiydiler. Selva, gün boyu göz göze gelmemeye çalışmıştı kocasıyla. Buna rağmen o bile bir rahatlama duygusu içindeydi. Ama saat beş olup da gökyüzünün açık mavisi mora çalmaya başladığında, asaplar da bozulmaya başlamıştı yavaştan. Hava serinlemiş olduğu için herkes geri dönmüştü yerine ve şimdi daracık kompartımanlarda tıkış tıkış oturan insanlar, bu eziyetli yolculuğun daha ne kadar uzayabileceğinin hesabını yapıyorlardı.

Kendilerini gün boyunca adam yerine koymayarak hiçbir bilgi vermeyen kondüktör, Marcel'in ısrarlı soruları üzerine, "Boşuna umutlanmayın, gece yarısından önce kalkmayacağız," demişti sırıtarak.

Akşam yemeklerini kompartımanlarında yemişler ve yapabilecekleri başka hiçbir şey olmadığı için uyumaya hazırlanmışlardı yine. Selva, bir gece önce Fazıl'ı sık sık tuvalete taşımak zorunda kaldığı için çıkışa yakın olsun diye kapının yanına oturmuş ve Siegfried'in yanına düşmüştü. Kompartımanın ışığı söndürülüp isteyenler başucu ışıklarını yakmaya başlayınca, Selva yanında oturan ve artık gerçek kimliğini bildiği adama yumuşak bir sesle sordu:

"Sizi rahatsız eder mi okumam, yoksa söndüreyim mi ışığı, mösyö?"

"İstediğiniz kadar okuyabilirsiniz madam, keyfinize bakın."

"Teşekkür ederim efendim, benim adım Selva. Selva Alfandari. Daha önce tanışma fırsatımız olmadı."

"Bendeniz... Adım Kohen," dedi adam.

"Memnun oldum Mösyö Kohen. Oğlum yanı başınızda çok fazla kıpırdıyor, sizi rahatsız ediyorsa affedin."

"Hiç etmiyor. Cıva gibi bir çocuk, pek sevimli," dedi adam.

O dahi, birlikte geçirdikleri bunca saatten sonra, ilk günkü gerginliğinden kurtulmuş gibiydi. Loş kompartımanın içinde, nihayet kasketini başından çıkardığında, Margot Selva'ya göz kırptı.

Yeni bir gece başlıyordu, kimbilir nelere gebe bir başka gündüze yol açmak için. Ay yıldızlı vagonun yolcuları, bir gün öncesine göre biraz daha iyimser daldılar uykularına.

Selva rüyasında İstanbul'a ulaştığını ve kendini karşılamaya gelmiş olan babasına kavuştuğunu görüyordu. Bir trende değil de vapurdaydı. Vapur, fonuna kubbelerin ve minarelerin çizildiği mavi limana girince Selva denize atlıyor, lacivert sularda kendini bekleyen babasına doğru yüzüyordu. Baba kız, el ele denizin derinliklerine dalıyorlardı. Çeşit çeşit balıkların, açık yeşil yosunların arasında, Selva'nın çok özlediği o ruh birliği içinde yüzüyor, yüzüyorlardı.

Bir sarsıntıyla uyandı Selva. Siegfried, David ve Constance da uyanmışlardı.

"Ne oluyor?" diye sordu Constance alçak sesle.

"Hareket ediyoruz galiba."

Saatin kaç olduğundan haberleri yoktu. Dışarısı karanlıktı hâlâ. Ufak ufak sesler çıkararak yürümeye başladı tren. Selva'nın kucağında mırıldanarak döndü Fazıl. David kimseyi rahatsız etmemeye özen göstererek dışarı çıktı. Birkaç saatten fazla aynı yerde kalamıyordu. Bir sigara yaktı. Koridorun penceresinden çook uzaklarda ışıklar gözüküyordu. Bir ışık yanabilecek miydi onun da hayatına bir gün? Koridorda yürüdü, bir aşağı bir yukarı.

Lacivert gök yer yer kızıllıklarla giderek açılıyordu. Şafak sökerken kompartımana geri döndü David.

Alman sınırından kahvaltı ederlerken girdiler. Ferit ve Rafo pasaportlarla gümrüğe yürürlerken içi cız etti Selva'nın. "Bir aksilik çıkmasa, ne olur çıkmasa," diye dua etti içinden. Gördüğü rüyanın etkisinde, o kadar mutlu uyanmıştı ki, mutluluğunu hiçbir şey bozmasın istiyordu.

"Acaba dışarı çıkıp hava alabilir miyiz?" diye sordu Constance.

"Otur oturduğun yerde," dedi kocası.

Vagonun en dibindeki ocağın bulunduğu bölümde çay için su ısıtmıştı Margot. Ekmekleri bayatlamıştı ama bisküvilerle idare ediyorlardı. Hiçbir şey yemeyen yaşlı adama ısrar etti Selva.

"Dün akşam da yemediniz, biraz kurudu ama bir dilim kek keseyim size."

"Teşekkür ederim. İçim almıyor."

"Evet, kuru kuru kek yemek kolay değil, biraz salam kalmıştı, ister misiniz?"

"Sadece çay içeceğim. Belki daha sonra yerim," dedi yaşlı adam. Selva sepetinden çıkardığı salamdan bir koku geldiğini fark etti. 'Bir ara istasyona iner, atarım salamı,' diye düşündü. Sepeti koltuğun üzerinde bırakıp dışarı çıktı tuvalete gitmek için. Koridoru Alman askerleri doldurmuş, teker teker vagonlara göz atıyorlardı. Selva tuvaletin önünde, kendinden önce gelmiş olanların işlerinin bitmesini bekledi. Tuvaletten çıktığında askerler gitmişti, Rafo karısının nerede olduğunu soruyordu Margot'ya. Selva'yı görünce, "Hâlâ dargın mıyız?" diye sordu.

"Boşanmıyor muyduk?"

"Saçmalama allahaşkına."

Selva kocasının önünden hiçbir şey söylemeden geçti. Kolunu tuttu Rafo: "Kendini durmadan tehlikeye atman korkutuyor beni Selva. Bir gün başına bir şey gelecek."

Selva kompartımana girdi, oturacağı yerde duran sepeti kaldırdı rafa koymak için, az önce sepette duran salam orada yoktu. Etrafına bakındı. Fazıl, Samuel'in kucağına oturmuş, salamı kemiriyordu. Hemen atılıp aldı elinden salamın kalan parçasını.

"Hepsini yedin mi bunun?"

Işıl ışıl gözleriyle bakarak başını salladı Fazıl.

"Ne yaptın oğlum! Bozulmuştu salam."

Canı sıkıldı. Şimdi bu trenin içinde hastalanacak olursa çocuk, ne yapacaktı Selva?

"Margot, ben tuvaletteyken bozuk salamı yemiş Fazıl. Bir şey olur mu acaba?" diye sordu.

"Bozuk muydu salam? Pek iştahla yiyordu."

"Salamı çok sever."

"Bir şey olmaz Selva, olsa olsa ishal olur. Merak etme."

Tren sallandı yine yerinde. Yola çıkıyorlardı.

Ferit geldi kompartımanlarına, "Hayırlı yolculuklar," dedi, "Kazasız belasız girdik Almanya'ya."

"Hiçbir şey sormadılar mı?"

"Zaten onların işgali altındaki topraklardan geliyoruz, sınır mı kalmış!" dedi yaşlı adam.

Almanya'ya girişleri gerçekten de yağdan kıl çeker gibi kolay ve rahat olmuştu. Vagonda neşe vardı. Herkes bir ağızdan konuşuyor, şakalaşıyordu. Siegfried ve adının Asseo olduğunu öğrendikleri yaşlı adam, aralarında Almanca sohbete dalmışlardı.

Sonbahar güneşinin ılık ışığıyla yıkanıyordu kompartımanları, iç huzuru içinde, köylerden geçiyorlardı. Çamur damlarıyla köy evleri, sebze bahçeleri, otlaklarda geviş getiren inekler, yerlerini kırmızı damlı taş evleriyle, kiliseli, havuzlu kasabalara bırakıyor, daha sonra Barok binalı kentler beliriyordu pencerede. Hızlı gidiyordu tren. Zaman ve tren yarışıyor gibiydi.

"Aaa, şuraya bakın, Karlsruhe İstasyonu'ndan geçtik şimdi!" diye bağırdı Marcel.

"Karlsruhe aşağıda kalır," dedi yaşlı adam, heyecanlanmıştı, "bizi nereye götürüyorlar acaba?"

Siegfried'in de yüzü gölgelendi.

"Size bir sigara ikram edeyim mi Mösyö Kohen?" diye sordu Margot.

"Ben kendi tütünümü içeyim." Koridora çıktı Siegfried, peşinde Asseo ile. Margot, Siegfried'in cebinden şık bir tabaka çıkardığını gördü. Asseo ile birer sigara yaktılar. Kompartımanı yine endişe esir almıştı. Çocukların dışında hepsinde bir telaş vardı.

"Ben Ferit'i bulmaya gidiyorum." Marcel dışarı çıktı. Endişe içinde beklediler. Az sonra geri geldi Marcel.

"Rotamızı takip edemiyormuşuz. Bazı demiryolları bombalanmış, bazıları kapatılmış. İne çıka gideceğiz işte, yol uzayacak ama endişelenecek bir şey yok."

Karlsruhe'yi geçtikten sonra yukarı Mannheim'a doğru çıkmaya başladılar. İçleri yine rahat etmişti.

"Böyle içimiz hop ede ede helak olacağız Selva," dedi Margot.

"Daha kötü şeyler olmasın da, ben buna razıyım," dedi Selva.

Frankfurt'a öğlen saatlerinde varabildiler. Issızlığın içinde saatlerce bekledikten sonra, kargaşası, kalabalığı, şamatasıyla büyük, renkli ve hareketli bir durağa varmak hoş bir duyguydu, istasyonda asker kaynamasına rağmen. Ama yavaş yavaş SS'lerin ve silahlı askerlerin varlığına da alışıyorlardı. Almanya'da, yirmi sekiz saat beklemenin dışında herhangi bir kötülükle karşılaşmadıkları için gönül rahatlığıyla indiler trenden. Burada yarım saatleri vardı. Hem eksilen gıda maddelerini tamamlayacaklar, gazete alacaklar, hem de istasyonun içindeki küçük kahvede ağız tadıyla bir kahve içeceklerdi.

Fazıl'ın karnı ağrıyordu bir saatten beri. Bir bardak çay içtikten sonra sakinleşen ve dizlerinde uykuya dalan çocuğu rahatsız etmemek için yerinden kımıldayamamıştı Selva. Kompartımanda onlardan, yaşlı adamdan ve Siegfried'den başka kimse kalmamıştı çoğu zaman olduğu gibi. Yüzü çok solgundu Asseo'nun.

"Mösyö Asseo, dışarı çıkıp biraz hava alsanıza?" dedi Selva.

"O kalabalığın arasına karışacak halim yok," dedi adam.

"Çok az yemek yiyorsunuz. Elbette haliniz olmaz. Fazıl uyanınca size biraz kek vereyim."

"Siz Türkler cömert insanlarsınız," dedi Asseo, "dilerim ülkenize ayak basana kadar vefa eder ömrüm."

"Ah o nasıl laf Mösyö Asseo. Birkaç güne kadar varacağız Türkiye'ye."

"Bir aşağı, bir yukarı inip çıkmaz, orada burada bekletilmezsek, evet. Ama böyle giderse bir ay bile sürebilir yolculuğumuz."

"Savaş hali," dedi Selva.

Rafo, istasyonda dolaşan kalabalığın arasında karısını göremeyince merak etti, trene geri döndü.

"Selva, ne var? Neden inmediniz Fazıl'la?"

"Ah Rafo, Fazıl'ın çok karnı ağrıyor. Kocaman bir kokmuş salam yedi bu sabah." Çocuğun telaşından kocasıyla küs olduğunu unutmuştu.

"Nereden buldu salamı?"

"Benim yemek sepetimdeydi."

"Kokmuş salamı niye yedirdin çocuğa?"

"Ben yedirir miyim hiç. Tuvalete gitmiştim, o zaman yemiş."

Birden salamı daha önce yaşlı adama ikram ettiğini hatırladı.

"Mösyö Asseo, size ikram ederken bilmiyordum bozulmuş olduğunu," dedi, "İyi ki kabul etmemişsiniz ikramımı."

Yaşlı adam gülümsedi, "Bozuk salama gelene kadar, ben neler yemek zorunda kaldım madam," dedi, "önemli olan aç kalmamak."

"Rafo, git bir eczane bul ve Fazıl'a bir ilaç al gel hemen," dedi Selva.

Rafo, diğerlerine de bir istekleri olup olmadığını sordu. Siegfried'in sigara siparişini aldıktan sonra çıktı. Asseo ve Siegfried yan yana oturup Marcel'in tavlasını ortalarına koydular ve oynamaya başladılar. Selva sıkıntı içinde bekledi.

Rafo'nun dönüşü uzun sürdü. Elinde birtakım paketlerle içeri girdiğinde, "Nerede kaldın Rafo, merak ettim," dedi Selva.

"Yaa, merak etmek ne demek, anladınız mı şimdi küçük hanım?"

"Bilmiyor muydum Rafo?" Selva, kocasının Gestapo tarafından götürülmesini hatırlattı. Rafo bir öpücük kondurdu Selva'nın yanağına.

"Eczane yoktu istasyonda Selva. Yeterli vakit yok diye, dışarıda eczane aramaya cesaret edemedim. Bir hemşire vardı ilerki kompartımanda, ona sordum. Kusturun veya dışarı çıkartacak gıda verin, vücudundan atarsa bir şeyi kalmaz, dedi."

"Dışarı çıkartacak gıdayı nereden bulayım. Sebze mi pişireyim trende?"

"Kusması için tuzlu su tavsiye etti."

Yüzünü buruşturdu Selva, "Şimdi daldı biraz. Uyandığında hâlâ ağrısı varsa düşünürüz," dedi. Rafo tavla oynayan adamlara baktı.

"Kim kazanıyor beyler?"

"Onu yenmek mümkün olabilir mi?" dedi Asseo.

"Mösyö Kohen tavla şampiyonu mu yoksa?"

"Ne zaman oynasak hep ben yenerim," dedi Siegfried.

Demek bunlar eski arkadaş diye düşündü Selva. Çok az konuştukları için farkına varamamış, kompartımanda tanışıp ahbaplık ettiklerini zannetmişti.

"Ben de iyi oynarım," dedi Rafo.

"Kazananla maç yapın," dedi Siegfried.

"Memnuniyetle. Bu akşam yaparız."

İstasyona inenler yavaş yavaş dönüyorlardı yerlerine. İçinden bir oh çekti Selva. Hiç durmadan gitmek ve bir an evvel ulaşmak istiyordu memleketine, onu karşılayacak kimsesi olmasa bile. Babası Muhaceret Teşkilatı'na gittiğine göre, herhalde duymuşlardı geleceklerini. Annesi gelir miydi acaba? Trenin varış gününü bilse, babasının itirazlarına aldırmaz, mutlaka gelirdi. Çok özlemişti annesini, hele de babasını. Yüreği daraldı yine onları düşününce. Aynı şehirde oldukları halde görüşmeyen, birbirlerine gidip gelmeyen ana-babalar ve çocukları! Nasıl izah edecekti bunu Fazıl'a? Allah'tan bu gibi şeylerin farkına varacak yaşta değildi. Ama büyüyecekti bir gün ve soracaktı.

Margot, Marcel'le Constance, David ve çocuklar, elleri kolları yiyecek, içecek paketleriyle ve gazetelerle girdiler kompartımana.

Siegfried ve Asseo hemen birer gazete aldılar ellerine.

Siegfried gazeteyi karıştırdıktan sonra, "Rusya ve Çekoslovakya anlaşma imzalamışlar," dedi heyecanla. Kulak kesildi herkes. "Ruslar, Rusya topraklarında, Almanlarla savaşmak üzere Çek askeri birlikleri kurulması kararı almışlar."

"Bunu daha önce Polonya ile de yapmışlardı. Almanlar Polonyalıları kendi amaçları için eğitmesini biliyorlar ama 1939'da işgal ettikleri Polonya topraklarından vazgeçmiyorlar," dedi Asseo.

"Hep İngilizlerin yüzünden," dedi Siegfried, "Churchill, yeni müttefikini, hayati telakki ettiği bölgelerden vazgeçirmeye zorlayamazmış. Halbuki ısrar etse Rusya ile Polonya arasındaki bu sınır işi çözülebilirdi."

"Ama bak, gazetede ne yazıyor?"

"Ne yazıyor? Ben hayırlı hiçbir şey okumadım."

"1939 anlaşmalarının geçerliliklerini kaybettiklerine dair bir beyanat var. Yani Polonya'nın sınırı yeniden çizilebilecek," dedi Asseo.

"Çok iyimsersin. Bu bir oyalamaca. Ben olsam, Polonyalı ve Çek askerlerin Rusya'da eğitilmesine de karşı koyardım."

"Denize düşen yılana sarılır Mösyö Kohen," dedi Rafo, "biz Türklerde böyle bir deyiş vardır."

"Güzel söz!" dedi Siegfried. "Durumu izah ediyor."

"Sizler Polonyalı mısınız?" diye soru Marcel.

"Değiliz," dedi yaşlı adam yüzünde hüzünlü bir gülüşle, "elimizde Türk pasaportlarımız var bizim."

Asseo ve Sigfried tavlayı topluyorlardı.

"Kim kazandı?" diye sordu Rafo.

"Başından belliydi zaten kimin kazanacağı," dedi keyifli keyifli gülerek Siegfried. Adamın sonunda gerginliğini atabildiğine sevinen Margot ve Selva bakışıp gülümsediler birbirlerine.

Tren kalktı. Sıska kondüktör değişmiş, iriyarı bir Alman gelmişti yerine.

"Berlin'e kadar nerelerde duracağız?" diye sordu Marcel. Bu seferki daha konuşkan bir adamdı.

"Sekiz-on saatlik bir yolumuz var," dedi, "bir aksilik olmadığı veya bir talimat gelmediği takdirde Kassel'de ve Magdeburg'da duracağız."

Yağmur başladı. Yaprakları kızıla dönmüş yüksek ağaçların süslediği alanlardan, banliyölerden geçiyorlardı yine. Ama yağmur öylesine şiddetle çarpıyordu ki camlara, bir şey görmek mümkün olmuyordu. Küçük kompartımanlarında kurdukları dünyada, kendilerini emniyet içinde hissederek gidiyorlardı. Erkeklerin arasında bir tavla maçı vardı. Kadınlar da yemek tarifleri veriyorlardı birbirlerine. Fazıl ara sıra karnına saplanan bir acıyla kıvranıyor, sonra sakinliyordu annesinin kucağında. Zaman mevhumunu kaybetmiş gibiydiler.

Karanlık bastı. Yağmura sert bir rüzgâr eşlik etmeye başlamıştı. Tekrar yemekler çıktı ortaya. Fazıl acıkmış olduğu için, ağrısına rağmen bir şeyler yemek istiyor, annesi müsaade etmeyince vızıldanıp duruyordu.

"Bütün gün bir şey yemediniz. Bari biraz peynirle peksimet vereyim size, Mösyö Asseo," dedi Selva. Teşekkür edip Selva'nın uzattıklarını aldı yaşlı adam.

"Son şişemi çıkarıyorum," dedi David, "bundan sonra nerede duracaksak orada şarap ikmali yapmalıyız."

Herkesin yanında getirdiği teneke bardaklara şarap koydu teker teker.

"Elimizde kalan son Fransız şarabımızın enfes tadı şerefine." Teneke bardaklar kadeh niyetine kalktı, herkes yolculuğun hayırlısıyla sona ermesi için tokuşturdu bardaklarını.

"Şişede bir parmak bir şey kaldı, onu size ayırdım Margot," dedi David kızın kulağına, "uzatın bardağınızı. Bir daha bu kadar iyi şarap içemeyebiliriz."

"Neden bana?"

"Güzel kadınlar iyi şeylere layıktır da ondan."

"Bakıyorum moraliniz düzeldi David."

"Kaderime razı oldum da, hâlâ uzun süre dar yerlerde kalamıyorum."

"O da geçer yakında, merak etmeyin, insanlara her şeyin üstesinden gelme gücü vermiş Allah."

"Aaa, baksanıza, Magdeburg'u geçtik şimdi!" diye bağırdı Selva. "Hani duracaktık burada!"

Kompartımandaki gürültü bıçak gibi kesildi.

"Nasıl olur! Yanlış görmüşsündür," dedi Marcel. "Hayır, doğru gördüm. Koskocamandı levha. Hızla geçtik istasyondan."

"O halde Kassel'de de durmadık," dedi Asseo, "tavlaya dalmışım, fark etmedim. Garip!"

"Neden acaba?" diye sordu David.

Siegfried'le tavla oynamakta olan Rafo ayaklandı.

"Ben Ferit'e gidiyorum. Bakalım neden durmadık."

"Ferit ne bilecek?"

"Kondüktörle konuşmuştur belki."

Büyük bir hızla gidiyorlardı geceyi yara yara. Trene bindiklerinden beri hiç bu kadar hızlanmamışlardı. Dışarıyı boşuna görmeye çalıştılar. Selva'nın gördüğünü iddia ettiği istasyon çok gerilerde kalmıştı. Biraz önceki rahat, yumuşak hava, yerini yeni bir gerginliğe bıraktı. Fazıl da mızıldanmaya başlamıştı.

Ferit'le Rafo birlikte geldiler kompartımana.

"Kondüktöre sordum," dedi Ferit, "Selva haklı, her iki istasyonda da durmamışız. Doğru Berlin'e gidiyoruz."

"Neden durmamışız?"

"Trenin gece yarısından önce Berlin'de olması lazımmış."

"Belki böylece kaybettiğimiz zamanı telafi ederiz," dedi Constance.

"Ama ben Mannheim'da şarap alacaktım," dedi David.

"Berlin'de alırsın."

"Gecenin o saatinde mi?"

"Şarabı bilmem ama bira bulursunuz genç dostum," dedi yaşlı adam, "bu memlekette musluklardan bile bira akar."

Rafo kendi kompartımanına döndü. Geride kalanlar artık uzun süre inip de bir hava alacakları istasyon ümidi kalmadığından, kitaplarını çıkarıp okumaya ve uyumaya hazırlandılar.

Kompartımanda ışıklar sönmüştü. Gözlerini karanlık pencereye dikmiş öylece oturan Siegfried'in dışında herkes uyuyordu. Birden Fazıl avaz avaz ağlamaya başladı.

"Karnım acıyor... Karnım acıyor."

"Şşşş Fazıl, ağlama yavrum, bak herkes uyuyor. Neresi acıyor, göster bana."

Çocuk küçücük elleriyle karnını işaret etti. Selva, belini sıkmasın diye oğlanın pantolonunu çıkardı ayağından, kucağında sallamaya çalıştı. Ama çocuk susmuyordu. Tek tek ışıklarını yaktı herkes. Selva çaresizlik içinde bakındı.

"Rafo'ya haber vereyim mi?" dedi Margot.

"Rafo ne yapabilir ki karın ağrısına?"

"Hani bir hemşire varmış trende..."

"Uyandırılır mı kadın şimdi bu saatte?"

"Gerekiyorsa evet."

"Dur Margot, ben önce tavsiye ettikleri gibi tuzlu su içireyim ona. Kusarsa rahatlar. Ağrısı devam ederse kadına haber veririz," dedi Selva. Her kafadan bir ses çıkıyordu, ama kimse bir şey yapamıyordu. Margot ve Selva bir bardak tuzlu su hazırlarlarken, tren daha önce de yaptığı gibi zınk diye durdu. Az daha düşüyordu ayakta duran Selva. Margot dışarı baktı, "Küçük bir istasyondayız," dedi, "tabelayı göremiyorum. Neredeyiz acaba?"

"Allah vere de saatlerce beklemesek burada."

Selva elinde tuzlu suyla Fazıl'ın yanına giderken, yıllardır her duyduğunda tüylerini ürperten rap rap sesleri geldi kulağına. Diğerleri de duymuşlardı aynı sesi. Yerlerinden kalkıp pencereye üşüştüler. Bir manga asker vardı dışarıda. Koridorda koşuşmalar, itiş kakışlar oldu. Selva elinde bardakla kalakalmıştı. Kompartımandakilerin hepsi ayaklanınca korkudan sustu Fazıl. Siegfried, dizlerinde duran kasketini kafasına geçirdi, burnunun üstüne çekti. Bembeyaz bir suratla kapıda belirdi Rafo.

"Arama varmış."

"Ne araması?"

"Kaçak yolcu mu ne..."

Askerlerin vagona bindiğini duydular. Baştaki kompartımandan başlayarak teker teker kimlik soruyorlardı. Kül gibiydi kompartımandakilerin yüzleri. Rafo hâlâ dikiliyordu kapının yanında, ne yapması gerektiğini bilemeden.

Bir asker selam çakıp girdi içeri.

"Pasaportlarınızı çıkarın."

Ferit koşarak geldi pasaportlarla, "Bu vagondan ben mesulüm. Pasaportlar bende."

"Herkes kendi pasaportunu eline alsın."

Ferit tek tek dağıtmaya başladı pasaportları,

"Kezban Mitel, Yakup Mitel, Peri Naim, Sami Naim, Mösyö Russo, Mösyö Kohen, Mösyö Asseo..."

Selva pasaportlar dağıtılırken tuzlu suyu içirmeye çalıştı oğluna.

"Sonuna kadar Fazıl... Hepsini canım, hepsini... Lık lık iç."

Çocuk direndi, annesi koluna tırnaklarını geçirince ağlaya ağlaya bitirdi bardağı. Asker her pasaportu ayrı ayrı inceliyor, insanların yüzlerine ve resimlerine bakıyordu dikkatle. Çıt çıkmıyordu kimseden. Yaşlı adamın tek gözü fena halde seğirmeye başlamıştı. Kontrol sırası Selva ve Siegfried'in yan yana oturdukları karşı koltuğa geldiğinde, Selva işaretparmağını Fazıl'ın boğazına soktu. Öğürdü çocuk. Boğuluyormuş gibi bir daha öğürdü. Siegfried'e dönük oturuyordu annesinin kucağında. Fazıl aniden çırpınarak ve gözyaşları içinde öğüre öğüre kustu adamın kucağına. Kusmuk kokusunun yanı sıra berbat bir koku daha yayıldı ortalığa. Selva ne yaptığını bilmez halde çırpındı, kucağında ayağa kaldırdı Fazıl'ı ve pislik içindeki donunu çıkarmaya çalıştı. Ana-oğul bir mücadele içindeydiler, Fazıl küçük tekmeler atınca donu Siegfried'in üzerine fırladı. Siegfried, başında kasket, kucağı pislik ve kusmuk dolu, yüzünde ağlamaklı bir ifadeyle tıs çıkarmadan dimdik oturuyordu.

"Pardon Mösyö Kohen... Mille pardon... Hastaydı çocuk."

"Uzatın bana, sizin pasaportunuzu ben göstereyim," dedi David, pislik ve kusmuk bulaşmış pasaportu aldı elinden donakalmış adamın, askere uzattı. Koku dayanılmaz bir hal almıştı ve Fazıl kakalı poposu, kusmuklu ağzıyla avazı çıktığı kadar ağlıyordu.

"Allah belanızı versin!" dedi asker, iğrenç bir böceğe bakar gibi uzaktan baktı pasaporta, dışarı attı kendini.

"Çabuk pencere açın koridorda," diye bağırdı taş kesilmiş Rafo'ya, trenden inmeden önce. Asker gittikten sonra bile kimse kıpırdayamadı yerinden. Sadece Rafo önce koridorun, sonra da içeri girip kompartımanın camını açtı ve kokuya dayanamadığı için dışarı kaçtı hemen. Hiç kimse, tren yeniden hareket edene kadar tek bir kelime söylemedi. Sadece Fazıl bağırıyordu avaz avaz.

Tren ağır ağır kalktıktan ve giderek hızlandıktan sonra, Selva komşusuna döndü, "Sakın kıpırdamayın Mösyö Kohen," dedi, "oğlumdan sonra sizin üstünüzü de temizleyeceğim."

"Teşekkür ederim madam. Hem size, hem oğlunuza teşekkür ederim."

Selva Fazıl'ı kucaklayıp dışarı çıktı.

Sigfried'in de temizlenme faslı bittikten ve pencereden içeri dolan mis gibi yağmur kokulu hava, içerdeki havayla yer değiştirdikten sonra kapattılar pencereyi. Fazıl annesinin kollarında derin bir uykuya dalmıştı. Asseo yerinden kalktı, rafa uzandı, aradığını bulamayınca David'e, "Bana yardım eder misiniz delikanlı?" diye sordu, "yukarda, valizimin arkasında bir kutu var, ulaşamıyorum."

David bir keman kutusu indirdi raftan, Asseo'ya uzattı. Yaşlı adam açtı kutuyu, içinden kemanını çıkardı ve şaşkınlıkla kendini seyretmekte olan kompartıman halkına, "Sinirlerinizin yatışması için size biraz müzik çalacağım," dedi, "küçük Alfandari'nin de kokmuş salamdan muhteşem kurtuluşunu kutlamış oluruz." Kemanını omzuna yerleştirdi Asseo ve yorgun bedeninin son gücüyle çalmaya başladı.

Paganini'nin Bir Numaralı Keman Konçertosu'nun melodisi, karlı dağlardan inen bir dere gibi şırıldayarak akmaya başladı küçük mekâna. Müzik kompartımandakilerin ruhlarına, yüreklerine doldu, onları bulundukları dar alandan alıp uzaklara, çok uzaklara götürdü. Sigfried, ülkesinde, nefti çam ağaçlarının gölgesindeydi şimdi. Marcel ve Constance, tanıştıkları, seviştikleri ve evlendikleri Lyon'a dönmüşlerdi. Margot ise trene binmeden önceki gecesindeydi, hiç bitmesin istediği. Müzik, her birini teker teker oturdukları yerden alıyor, göğe, bulutların ötesine yükseltiyordu.

Adagio... Kemanın yayı sanki keman tellerinde değil de yüreklerinin üzerinde çalıyordu notaları. Çünkü yay, tellerin üzerinde dolaştıkça, trendeki kader kurbanlarının hüzünlü hikâyelerini anlatıyordu kemana. Korkunun, aşağılanmanın, dışlanmanın, ayrılığın, hasretin ve acının...

Kompartımanın kapısında insanlar birikmeye başladı. Keman sesini duyan çıkıp geliyordu. Koridora yığılanlar da nefes almaya korkar gibi, huşu içinde dinliyorlardı bu her birini teker teker tarif eden gamlı müziği.

Allegro spirituoso... İhtiyar kemancı, bir delikanlı oluverdi, aşktan, sevgiden, umuttan söz etmeye başladı. Şimdi güneşli ve aydınlık günlere koşturuyordu onları. Onlara mutlu ve huzurlu yaşamlar vaat ediyordu, özgür ve bereketli topraklarda. Müziğin coşkusu dinleyenleri, cennetin en güzel köşelerine, en coşkun duygulara taşıyordu. Bir umut merdivenine tırmanıyorlardı koşarak. Hayat güzeldi. Hayat bir trenin daracık koridorunda bile yaşanmaya değerdi, bir nota için dahi olsa, tek bir nota, insanın yüceliğinin sembolü olan.

Gece yarısına doğru girdiler Berlin'in tren garına. Lokomotif her yavaşladığında yaptığı gibi rayların üzerinde inleyerek uyandırdı uyuyanların bazılarını.

Evelyn, kucağında sımsıkı tuttuğu çantası, tedirgin uykusundan uyandı. Çantanın hâlâ kucağında olduğunu görünce rahat etti içi.

Kompartımanında emniyette hissetmiyordu kendini. Hiç tanımadığı insanlarla oturuyordu ve tam yanında veya karşısında oturan yolcuya alışırken, o iniyor, yerine bir başkası biniyordu. Her durdukları istasyonda değişmişti kompartıman arkadaşları. Ama Ferit her molada hatırını sormaya gelmiş, istasyonlarda ihtiyaçlarını alıp getirmişti. Yine de kendini alamıyordu kocasına kızmaktan, 'istese yerimi değiştirebilirdi,' diye düşünüyordu. Kafasında çok belirsiz şüpheler vardı. Paris'te evlerini kiraya verip onu adeta şehre gelmekten men etmesi, son dakikada istasyonun önünde buluşmaları... Eşyalarını bile toplatmamıştı Evelyn'e. Dolapları, çekmeceleri kendi boşaltmış, eşyalarını valize doldurup getirmişti kaldığı yere. Bir kadın... Bir başka kadın?

Evelyn, kocasına tanıştığı günden beri âşıktı. Bu genç Türk'ü yakışıklı ve esrarlı bulmuştu. Bir başka dünyadan gelen, bir başka kültürde yoğrulmuş, gizemli bir erkek, ilişkilerinin başında tedirgindi, Ferit'in bir Türk gibi davranacağını umuyordu... Her ne demekse Türk gibi olmak. Fransızcada deyimler vardı, 'tette de turc' gibi, biraz aşağılayıcı, biraz da ürkütücü.

Oysa Ferit, o güne kadar babası dahil, bildiği tüm erkeklerden daha uygar ve daha kibardı. Doğu ve Batı kültürünü iç içe katmış, müthiş bir sentez çıkartmıştı. Mertti, kibardı, şefkatliydi, duyarlıydı ve çok bilgiliydi. Tüm bu vasıfların hepsine sahip olan bir erkek, hamile karısını aldatmazdı. Aldatamazdı. Ama niye o zaman... Yüreğinde ince bir sızı gibiydi "acaba?"

Tren durdu. Pencereden dışarı baktı Evelyn. İstasyonun çok dışındaydılar. Bir sürü tren hattının birbirine karıştığı, birleşip ayrıldığı, başka başka yollar çizdiği noktalar vardır ya istasyon girişlerine yakın, öyle bir yerdeydiler. Uzaktan istasyonun gürültüsü geliyordu sessizliğin içinde. Eğer uzun kalacak olurlarsa, Ferit onu görmeye gelirdi mutlaka. Koridora çıktı Evelyn. Birkaç kişi daha vardı niye durduklarını merak eden veya sigara içmeye çıkmış. Koridorun penceresini indirip nemli havayı içine çekti. Kömür kokusu... Yine kömür kokusu. Bu kokudan kurtulacağı ânı dört gözle bekliyordu.

Nefes aldığında güneş dolsundu içine, denizin tuzlu kokusu ya da kır kokusu dolsundu. Ferit bu kokuları söz vermişti ona. Yeni ülkesinin güneşi Fransa'nınki kadar parlak, denizi masmavi, bazen lacivert ve havası kesinlikle daha temiz olacaktı. İstanbul'da Evelyn'i karşılayacak olan akrabalar, sevgiyle bağırlarına basacaklardı onu. Paris'in kalabalığında bile hissedilebilen yalnızlık duygusu İstanbul'da yoktu. Orada en tenha köşelerde dahi, bir dokunuşun sıcaklığını hissederdi insan içinde. Öyle anlatmıştı Ferit.

Birtakım tulumlu işçiler telaşla gidip geliyorlardı karmaşık rayların üzerinde. Komşu kompartımandan çıkan bir adam, ne olduğunu anlamak için seslendi işçilerden birine pencereden. Uzunca konuştular. Bir ara İstanbul gibi bir söz çalındı kulağına.

"Fransızca biliyor musunuz?"

"Biraz."

"Ne söylediler mösyö?" diye sordu Evelyn, "ne kadar bekleyeceğimizi söylediler mi?"

"Birazdan kalkıyormuşuz."

"Oh, iyi. Ne diye durduk zaten burada, istasyon biraz ilerdeyken?"

"Makas değiştiriyorlarmış?"

"Neden?"

"Arkada bir vagon varmış," dedi adam. "O son vagon başka bir trene bağlanacakmış, Berlin'de durmayacağı için."

"Neden durmayacakmış?"

"Rotası ayrı. İstanbul'a mı ne bir şeyler söyledi ama..."

Tren hafifçe sallandı kalkışını haber verir gibi.

"Ya biz?" Dehşet içindeydi Evelyn.

"Biz istasyona giriyoruz şimdi."

Evelyn kapıya koştu, açmaya çalıştı trenin kapısını, beceremeyince adama seslendi, "Mösyö, yalvarırım gelin."

Hamileliği az çok belli olan Evelyn'in yanına koştu adam: "Madam, iyi misiniz?"

"Kapıyı açmama yardım edin."

"Kapıyı açıp ne yapacaksınız. Bakın, hareket etmeye başladık."

"Mösyö, yalvarıyorum." Bir taraftan da tüm gücüyle uğraşıyordu kapıyla Evelyn.

"Hava almak istiyorsanız cam açık zaten."

"İneceğim. İnmeliyim."

"Madam, hayat güzel, sakın yapmayın!"

Birden açıldı kapı, Evelyn basamağa indi, tren yavaştan hareket etmeye başlamıştı, attı kendini ters istikamete doğru. Çantası bir yana, kendi öte yana fırladı ama hemen düşmedi, tökezleye tökezleye gitti bir müddet, sonra dizlerinin üzerine kapaklandı. Rayların üzerinde makas değiştiren iki işçi koşa koşa yanına geldiler. Ne dediklerini anlamıyordu ama, elleriyle yaptıkları hareketten, ona deli dedikleri besbelliydi.

"Fransızca?" diye sordu. Kafasını iki yana salladı adam.

"İngilizce?"

"Nein, nein." Evelyn'i kollarından tutup kaldırdı adamlardan biri. Diğeri öteye fırlamış çantasını getirdi. Üstünü başını düzeltti Evelyn, uzaklaşan trenin ardından baktı, ve "Tanrım ne yaptım ben!" dedi, "ne yaptım ben!" İşçiler de onun kadar şaşkındı. Evelyn tren hattı boyunca yürümeye başladı geriye doğru...

Ta ötede bir vagon bekliyordu, karanlığın içinde. O olmalıydı Ferit'in vagonu, çünkü kocasının en son vagonda olduğunu biliyordu ve Ferit, "Ne yazık ki sevgilim kimse inmedi yolda, hepsi de İstanbul'a kadar gidiyorlarmış," demişti. Ama ötede bekleyen vagon Ferit'in vagonu değilse bitmişti her şey. Kocasının vagonu da bir lokomotife bağlanıp birazdan tren istasyona girdiğinde, her zaman yaptığı gibi yanına gelmek isteyecek ve onu bulamayacaktı. Ağlamaya başladı. Hem ağlıyor, hem yürüyordu. Eğer ilerdeki vagonda bulamazsa Ferit'i, bu sefer istasyona yürürdü gerisingeri. Herhalde kocasının onu bulmadan gidecek hali yoktu. Duyardı belki bir deli kadının kendini yürüyen trenden dışarı attığını ve onun Evelyn olduğunu anlardı. Yoksa biri intihar mı etti zannederdi? Ah! Hatırladı, hayat güzel, yapmayın, demişti koridordaki adam. "İntihar etmek istediğimi sandı, aptal adam." Peşinden biri geliyordu koşarak. Evelyn de başladı koşmaya. Arkasından bağırıyor ve düdük çalıyorlardı. Köpek havlamalarını duyunca korkup durdu. Üniformalı adamlar yaklaştılar. Biri polisti, diğerleri besbelli istasyon şefleriydiler.

Almanca bağıra çağıra bir şeyler söylediler. Evelyn, ilerdeki treni işaret etti. Oraya ulaşmak istediğini anlatmaya çalıştı. Adamlar koluna yapıştılar onu geri götürmek için. Aralarında bir mücadele başladı. Evelyn'i sürüklemeye kalktıkları zaman, avazı çıktığı kadar bağırdı Evelyn, hiç durmadan bağırdı, "Feriiiiit, Feriiiiit, Feriiiiit." Sesi tren düdüklerini arasına karıştı gitti.

"Bırakın kollarımı," dedi yanındakilere. Laf anlatamayacağını anlayınca sürüklenmemek için uslu uslu yürümeye başladı aralarında. Yine ayak sesleri... Koşan, çok hızlı koşan biri, nefes nefese yaklaşıyor ve Almanca, "Durun!" diye haykırıyordu. Adamlar durdular ve dönüp baktılar. Evelyn yüzü gözü birbirine girmiş kocasını görünce yığıldı olduğu yere.

"Ne yapıyorsunuz karıma?" diye sordu Ferit. "Nereye götürüyorsunuz onu?"

"Aslında tımarhaneye gitmesi gerekiyor ama, İstasyon Şef-li-ği'ne götürüyoruz. Trenden atladı."

"Ne!"

"Siz kimsiniz? Bu kadın kim? Ne yapıyorsunuz karanlıkta hatların arasında? Yürüyün, ifade vereceksiniz!"

Ferit, Evelyn'in yanına çöktü: "Ne yaptın, atladın mı gerçekten?"

"Henüz hızlanmamıştı tren."

"Yaralı filan değilsin ya!"

"İyiyim," dedi Evelyn, Ferit'in yardımıyla ayağa kalktı. "Beni Berlin'de tek başıma mı bırakacaktın Ferit?"

"Evelyn, öndeki vagondan ayrıldığımızı son anda fark ettim, istasyona koşuyordum seni bulmak için ve ben yetişemeden kalkarsa tren, ne yaparım diye..." Konuşamadı Ferit.

Derin bir suçluluk duygusu içinde sarıldı karısına. Sonra Almanların arasında yürüdüler istasyon binasına.

***

Ferit'in açıklamasını dinledikten sonra, "Neden karınızı ayrı bir vagonda seyahat ettiriyordunuz?" diye sordu istasyon şefi.

"Karım hamile. Onun birinci mevkide seyahat etmesini istedim."

"Her vagonda birinci mevki var."

"Ama size söylediğim gibi, bizimki özel bir vagon. Fransa'dan vatana dönmek isteyen Türkleri taşıyor. Kompartımanlar kalabalık."

"Neden dönüyor bu Türkler, böyle bir vagona tıkışarak, Paris'te yaşamak varken mesela?" Alaylıydı sesi adamın.

"Savaştan kaçıyorlar."
"Fransa'da çatışma yok."
"Savaş içinde olduğumuzu kabul etmiyor musunuz?"
"Elbette ediyorum ama Fransa savaşmıyor."
"Savaş bu Herr Şef, ateş her an bir başka yere sıçrayabilir."
"Sizin vatanınıza da sıçrayabilir."
"Biz tarafsızız. Bu durumu korumak için elimizden geleni yapıyoruz, Müttefiklerin baskısına rağmen."
"Yok canım."
"Evet. Almanya'ya krom satıyoruz mesela, İngiltere'nin hiç hoşuna gitmese de satıyoruz."
"Konuyu dağıtmayın. Karınızı birinci mevkide oturtmak istediğinizi söylediniz ama onun vagonu da tıklım tıkış."
"Bunu önceden bilemezdim, değil mi?"
"Kimler var bu özel vagonda bakalım? Yahudiler mi?"
"Çoğu Müslüman Türk. Birkaç kişi de Yahudi ve Hıristiyan, ama onlar da doğma büyüme Türk vatandaşları."
"Öyle mi?" dedi Alman, dudağının ucunda müstehzi bir gülümsemeyle.
"Herr Şef, Türkiye'nin savaşa bulaşmamak için mücadele verdiği bugünlerde herhalde Yahudiler için vagon tesis edeceğini düşünmüyorsunuz. Bizim dilimizde bir tabir vardır, 'Buna kargalar bile güler,' deriz."
Bir kahkaha patlattı Alman, hoşuna gitmişti benzetme. Almanca konuştukları için, ne dediklerini anlamadan endişe içinde oturuyordu kocasının yanında Evelyn.
"O tek tük Yahudi'yi alıkoyacak olursam, Türkiye ses çıkarmaz o halde."
"Haa bakın, orda yanılıyorsunuz işte. Fransa'da bile çalışma kamplarından geri aldı vatandaşlarını. Öyle bir şey yapacak olursanız, tabii karar size ait, Berlin Sefareti'ne başvurmak zorunda kalırım. Oradan birileri gelir, hükümetler devreye girer, yazış-

malar başlar, iş çözülünceye kadar günlerce beklemek zorunda kalırız, sizin bir hattınızı da işgal etmiş oluruz bir-iki kişi uğruna. Yoksa bana sorsanız, buyurun hepsini alın."

"Yahudilere vagon tesis etmezler diyen siz değilsiniz galiba! Yani şimdi birkaç Yahudi için mi bu kadar eziyete girerler."

"Bu bir prestij meselesidir bayım. Laik devlet olduğumuz için anayasamızın hükümlerinin arkasında durmamız lazım dünyaya karşı. Ama Yahudiler için vagon yollamak ayrı bir mesele. Kimse Türkleri suçlayamaz vagon yollamıyorlar diye, öyle değil mi?"

"Ağzınız iyi laf yapıyor. Karınız hamile ve evraklarınız muntazam olduğu için sizi bırakıyorum. Yalnız bir daha böyle tren halkını ve istasyon personelini rahatsız edecek davranışlar istemem sınırlarımın içinde. Alın karınızı, yanı başınıza oturtun."

Ferit ve Evelyn el ele çıktılar binadan. İstasyonun ta girişinde, uzakta duran ay yıldızlı vagona doğru yürüdüler.

"Bana gerçeği neden söylemedin, Ferit?" diye sordu Evelyn.

"Seni tehlikeye atmak istemedim."

"Türkiye'den Türkler için yollanan bir vagonda seyahat etmem neden tehlikeli olsun?"

"Mesele bundan ibaret değil. Türk olmadıkları halde Türk pasaportlu insanlar var vagonda. Anlaşılacak olursa... Senin o vagonda olmanı istemedim."

"Hata ettin," dedi Evelyn. Aynı anda iki duyguyu birden hissedebilmesine şaşıyordu: Hem büyük bir rahatlama duygusu, hem de derin bir korku.

İstasyonun asfalt zemini bitince rayların kargaşası başladı. Karanlıkta birbirlerine tutunarak, düşe kalka ilerlediler uzakta görünen solgun ve sarı ışığa doğru.

Vagonun bütün pencerelerinden salkım salkım insanlar sarkıyordu. Ferit ve Evelyn'i görünce bir alkış koptu. Şaşırdı Evelyn. Kapının yanında duran memur, "Hanımın bileti var mı bu vagon için?" diye sordu, içinden, "Sana ne be, bu benim memleketimin vagonu," demek geçtiyse de, en kibar sesiyle, "Ta İstanbul'a kadar ödenmiş bileti var, buyurun bakın," dedi Ferit bileti uzatarak.

"Yer var mı içerde?"

"Benim kucağımda oturacak," dedi Ferit, göz kırptı adama.

Trene bindiler, Selvaların kompartımanının önünden geçerlerken, "Karımla birlikte kurtuluşumuzun şerefine ben de bir konser istiyorum, Mösyö Asseo," dedi Ferit, "haberiniz olsun."

Ay yıldızlı vagon ancak ertesi sabah yola çıkabildi. Bükreş'e kadar giden bir yük trenine bağlanmışlardı. Bu yüzden daha yavaş ama istasyonlarda hiç durmadan gideceklerdi. Hiç durmadan gitme fikri içlerini rahatlattı. Yollarda trenleri durdurarak arama yapan SS'lere rağmen, kontrol belli bir ölçüde azalıyordu. Leipzig'den Prag'a, Bratislava'dan geçerek Budapeşte'ye, sonra da Bükreş'e varacaklardı. Bükreş'te Köstence'ye gidecek olanlar inecek, vagonda kalanlar başka bir lokomotife bağlanmak için bekleyeceklerdi.

Beklemek. Kaçmak. Saklanmak ve yine beklemek, bir başka gidiş, bir başka kaçış için. Durup dinlenmeden gitmek, gitmek, gitmek. Dünyanın dört bir köşesine savrulmak, dünyanın dört bir köşesinde barınabilmek, tutunabilmek, başarabilmek için çabalamak. Hiç durmadan, dinlenmeden, çılgınca çalışmak, sonra yine sökülmek kök salmaya başlanmış topraklardan ve yine gitmek. Vatansız olmanın bedeli, vatansız bir ırka mensup olmanın değişmez kaderiydi bu!

Yaşlı Asseo'nun gözleri kapalıydı. Kompartımandakiler onun uyuduğunu zannediyorlardı ama o sadece düşünüyordu. Anavatanına komşu topraklardan geçiyordu tren. On iki yaşından sonra bir daha ayak basamadığı anavatanına.

Polonya doğumluydu Lech. On yaşındayken babasını kaybetmişti. Annesi, sekreter olarak çalıştığı şirkette bir

Alman mühendisle tanışmıştı. Evlenip Almanya'ya gitmişlerdi Lech'i de yanlarına alarak. İyi davranmıştı Lech'e üvey babası. Onun müziğe olan yeteneğini görünce Salzburg'daki Müzik Akademisi'ne yollamıştı üvey oğlunu. Çok çalışmıştı Lech, üvey babasına mahcup olmamak için. En büyük hayali, ilerde bir gün Viyana Filarmoni Orkestrası'nda başkemancı olmaktı.

Annesi kardeşini doğurduğunda on beş yaşındaydı. Lech kıskanmamış, aksine, çok sevmişti kardeşini. Kardeşi okul çağına gelip de üstün bir zekâya sahip olduğunun anlaşıldığı günlerde kalp krizinden ölüvermişti üvey babası, tıpkı kendi babası gibi, aniden.

Cenazenin kaldırıldığı gün, eve döndüklerinde, annesi Lech'in yüzünü ellerinin arasına almış, gözlerinin içine bakarak, "Bundan böyle, kardeşinin babası sensin oğlum, onu sana emanet ediyorum," demişti, "üvey baban nasıl kayırdıysa seni, kardeşini kayırmak da senin görevin."

Lech, tanınmış bir orkestrada başkemancı olma hayalinin üzerine bir bardak su içmiş, para getirecek yerlerde keman çalmaya başlamıştı. Hiç durmadan keman çalmıştı. Kardeşi ortaöğrenimini en itibarlı okullarda tamamlasın diye... Keman çalmıştı... Yaz okulları... Keman çalmıştı... Özel kurslar... Keman çalmıştı... Üniversite... Hep keman çalmıştı Lech. Hiç evlenmemişti, çocukları olmamıştı. Gocunmamıştı bundan dolayı. Onun çocuğu kardeşiydi, yirmili yaşlarından beri. Kardeşinin başarısı onun başarısı, sevinci onun sevinciydi.

Kardeşi, lisansüstü eğitimini kendi kazandığı burslarla yapmıştı Amerika'da. Orada yerleşeceği beklenirken Almanya'ya geri dönmüştü, memleketine faydalı olmak için. Evlenmiş, çoluğa çocuğa karışmıştı. Sonra, iyi, hayırlı, umurlu günler görmüşlerdi hep birlikte. Kardeşi mesleğinde doruğa yükselmişti. Ünlüydü, başarılıydı, para su gibi akıyordu. Lech'in onun uğruna yaptığı fedakârlık boşa gitmemişti ama kendi rüyasını gerçekleştirmekte geç kalmıştı. Yine de pişman değildi, gençliğini, yeteneğini ve hayallerini kardeşinin uğruna heba ettiğine.

Hitler gelene kadar mutlu ve huzurlu yaşamışlardı hep birlikte. Sonrası bir cehennemdi. Önce Belçika'ya kaçmışlardı. Belçika'nın işgali sırasında, kardeşi oğlunu sokak çatışmalarında kaybedince Fransa'ya kaçmışlardı. Paris'te bir üniversiteden teklif almıştı kardeşi, önemli bir kürsüde ders vermek için. Yerleşmişler ve alışmışlardı Paris'e, Hitler oraya da gelene kadar. Sonra daha güneye kaçmışlardı, daha güneye, daha güneye... Kardeşinin oğlunun ölümünden beri hasta olan karısını bu kaçışlarda yitirmişlerdi.

Yahudi ırkının sonu gelmeyen kaçışıydı bu. Beş bin yıllık kaçış! Almanlar her yerdeydiler artık. Duman gibi sızıyorlardı ülkelere. Hollanda'da, Belçika'da, Polonya'da, Fransa'da, Çekoslovakya'da, Avusturya'da, Macaristan'da. Onlardan kurtuluş yoktu. Bütün organlara sıçrayan habis bir kanser gibi yayılıyorlardı dünyaya ve yine kaçıyordu insanlar. Uyduruk isimlerle, sahte pasaportlarla kaçıyorlardı. Lech artık çok yorgun ve kederli bedenini dinlendirmek istiyordu, huzurlu bir toprağın altında... Alman askerlerinin, SS subaylarının, Gestapo'nun, işbirlikçilerin olmadığı, onlardan çok uzakta, vaat edilen topraklarda uyumak istiyordu. Kendi öz toprağında, kutsal kitabının yazdığı.

Vagona dört SS subayı bindiğinde, düşünmekten yorulduğu için başı arkaya kaykılmış, uyuyakalmıştı Asseo. Rafael ve Ferit'in SS'lerle tartışmasını bu yüzden duymadı.

"Burası özel bir vagondur ve her yer tıklım tıkış dolu gördüğünüz gibi," diye ısrar ettiyse de Ferit, sonunda onlara yer açmak zorunda kaldı. Askerler, Bükreş'e götürmekte oldukları savaş malzemelerinin bekçiliğini yapıyorlardı ve yük vagonuna takılmış bir başka lüks vagonda rahatça oturup ayaklarını da karşı koltuklara uzatarak uyuyacaklardı biraz.

***

Mösyö Asseo gözlerini açtığında sabah olmuştu. Berlin'den beri, akraba kadar yakın saydığı kompartıman arkadaşlarının arasında ve o birliktelik duygusunun güvenli sıcaklığında uyanmaktan mutluluk duydu. İstanbul üzerinden Filistin'e ulaşmanın yollarını aramaya gidiyordu, vaat edilen topraklarda ölmek için. Anavatanı Nazi işgalinde olduğundan, ata toprağında ölmek istemişti. Ama şimdi, bir başka arzu filizleniyordu yüreğinde... Bu trende, dost yüzler arasında keşke sonsuza kadar gideydi böyle, hiç durmadan, bir uzun, siyah beşikte sallanır gibi... Tıngır mıngır...

Yine tarifsiz güzel bir doğanın içinden akıyorlardı. Kerpiç evleriyle şipşirin köyler, bostanlar, ineklerin yayılıp geviş getirdiği çayırlar, kuleli kiliseleriyle kasabalar, akarsuların yardığı dağlar, yemyeşil vadiler geçiyordu pencerelerinin önünden. İnsanların birbirlerine sevgi mesajları karalayıp postalayıverdikleri, uzakları yakınlaştıran kartpostal manzaralarının içinden geçiyorlardı.

Fazıl, Samuel'le oynarken neşeli çığlıklar atıyordu. Kadınlar yine sepetlerini indiriyor, peynir, reçel, turşu, soğuk et ve meyve çıkarıp ikram ediyorlardı. Siegfried tavla oynuyordu Marcel'le.

Tren gidiyordu. Tren değişik yaşamları, değişik resimlerin arasından geçire geçire ve sallana sallana gidiyordu. Sadece bir coğrafyadan değil, hayatın içinden de geçerek gidiyordu ve yolcularını başka ülkelere olduğu kadar, başka yaşamlara da taşıyordu.

Kompartıman yolcuları sohbet sırasında, Mösyö Asseo'nun ve Samuel ile kardeşinin Filistin'e devam edeceklerini öğrenmişlerdi. Margot, şansını İstanbul'da denemeye karar vermişti. Bu çılgınlık sona ererse bir gün, geri dönmek için vatanına yakın olmak istiyordu. Marcel ve Constance, Amerika'ya gitmeyi başarana kadar İstanbul'da kalacaklardı. Amerikan Konsolosluğu'nda onlara yardım edebilecek dostları vardı. Ona güvenerek çıkmışlardı bu seyahate. David'in yolculuğu İstanbul'a kadardı, Selva ve Rafo'nunki gibi. Ya Mösyö Kohen? Sigfried hiçbir şey söylememişti bu konuda.

"Sizin hedefiniz neresi?" sorusunu, "Gidiyoruz işte," diyerek geçiştirmişti. Çünkü her an, Gestapo'nun treni durdurup onu tanıması ve Almanya'ya geri götürmesi korkusu içinde yaşıyordu.

Almanların eline düşerse Tanrı'nın ona bahşettiği zekâyı ve yaratıcılığı, dehşetin ve ölümün emrine vermek için kullanacaklar, soydaşlarını yok edecek projelerde çalıştıracaklardı onu. Siegfried de binlerce soydaşı gibi önce kürsüsünü, sonra servetini, sonra ailesini kaybetmişti bu mahşerde, en sonra da adını. Eline tutuşturulan pasaportta ilk kez gördüğü ve bir türlü ısınamadığı yeni adıyla kaçıyordu şimdi. "Nereye gidiyorsunuz," sorusuna cevap veremeden... Belki de ölüme gidiyorum dememek için. Yakalanırsa hayatını yakalandığı anda bitirmeye karar vermiş ve bunun için tedbirini almıştı. Ama kurtulacak olursa... İstanbul'a varabilirse bir vaadini yerine getirecekti önce. Çok aziz olan birine verdiği ve kutsal saydığı vaadini. O vaadi yerine getirdikten sonra belki sunabilirdi tekrar, zekâsını, birikimini ve buluşlarını insanlığın hizmetine.

Tren gidiyordu. Meşe ve kayın ağaçlarının birbirine karıştığı ormanlara değerek, yüksek yamaçları birleştiren dar köprülerden akarak, dağlardan yuvarlanmış kayalara sürtünerek, derin vadilerden geçerek...

Akşam oldu. Kompartıman sakinleri, yumuşak hareketlerle indirdikleri sepetlerinden, iyice azalmış gıdalarını döktüler ortaya yine. David'in Rhine şaraplarından birini açtılar.

"Kırmızı kalmadı mı?" diye sordu Marcel.

"Kırmızılar bitti moncher. Beyazlara kaldık. Saat hesabımda bir aksilik daha olursa yemeklerimizi şarapsız yemek zorunda kalacağız," dedi David.

"Yemeklerimizi mi? Sen buna yemek mi diyorsun?"

"Bir çatı kirişinin arkasına sinip on iki gün saklanmış birisi için, bu bir ziyafet," dedi Mösyö Asseo.

Marcel utandı. Mahalleden mahalleye, evden eve kaçmışlardı Constance ile ama karanlık ve daracık bir çatı aralığında saklanmak zorunda kalmadıkları için şanslıydılar, sepetlerde artakalan kurumuş kekleri, bir lokma peynire katık ettikleri bayatlamış ekmekleri bulabildikleri için de.

Kuru gıda almaktan, herkes gibi kabız olmuştu Fazıl. Ama çocuk sıkıntısını sessizce çekmiyor, sık sık ağlıyordu.

"Bir köyden geçecek olursa yolumuz, duralım da biraz taze sebze ve meyve alalım, olur mu?" demişti Selva kocasına.

"Ispanak pişireceğini söyleme sakın."

"Rafo alay etme, salata, taze yumurta, domates alabiliriz."

"Müsaade ederler mi askerler?"

"Neden etmesinler, onlara da ikram ederiz."

"Bir konuşayım bakayım içlerinden biriyle. Şu esmer olanı daha bir lider havasında sanki. Ona sorayım," dedi Rafo.

Tren gidiyordu, artık iyice yorgun ve bıkkın yolcularını sarsalayarak. Bulutlar epey alçalmıştı.

"Yağmur yağacak galiba?" dedi Margot. "Karardı hava."

"Hava yağmurdan dolayı değil, akşam olduğu için karardı," dedi David.

"Ah ne iyi, yine akşam oluyor. Bir gün daha geçti sayılır," dedi Selva.

Dokuz günden beri yollardaydılar. Kimi yerde saatlerce beklemiş, kimi yerde gecelemiş, istikametlerinden sapıp güneye doğru inmiş, tekrar kuzeye yönelmiş, yine güneye dönmüşler, bazen de lokomotif değiştirmişlerdi. Bir sonraki duraklarının neresi olacağını ve kaç saat süreceğini hiç bilemeden ama bir kaplumbağanın yavaş ve emin adımlarıyla yaklaşıyorlardı menzillerine.

"Biliyor musunuz," demişti David, "bu yolculuk körebe oynar gibi. Gözlerimizi bağlıyorlar, gidiyoruz, gidiyoruz, sonra bir açıyoruz gözbağımızı, ceee! Hiç aklımızda olmayan bir şehre veya kasabaya gelmişiz."

"Haydi herkese hayırlı geceler," demişti Asseo tavlanın kapağını kapatırken, "bakalım sabah nerede uyanacağız."

"Bükreş'e çok yaklaştık. Yoldan sapmadan gidersek sabah Bulgar hududundan girmiş oluruz."

"Allahım, bitiyor... Eziyet bitiyor!"

"Çok umutlu olma Selva," demişti Margot, "bir akşam, ertesi gün Leipzig'de uyanacağız diye yattık, kendimizi nerede bulduk."

"Ama Margot, Romanya'da uyanacağız diye yatıp da kalktığımızda hâlâ Macaristan'da olduğumuzu görünce sevincinden ağlamıştın, unuttun mu?"

"Macaristan'a dönme ihtimalimiz olmadığına göre, dua edelim bir an önce hayırlısıyla bitsin bu... Ahhh," dedi Mösyö Asseo, eliyle sol böğrünü tutarak.

Siegfferied fırladı yerinden, yukardan indirdiği el çantasından bazı ilaçlar çıkarttı.

"Nedir onlar?" diye sordu Margot.

"Benim de böyle sıkıntılarım oluyor da... Su var mı su?" Yarım bardak suya birkaç damla ilaç damlatıp içirdi arkadaşına.

"Şöyle uzansanız Mösyö Asseo, ben çocukları kaldırırım oradan," dedi Selva.

"Sakın ha! Ben iyiyim. Şurama bir gaz girdi çıktı... Hepsi o."

"Onun gazı yüreğine girdi çıktı, benimki çıkmaya kalkarsa fena olur," dedi David, Marcel'in kulağına.

"Tuvalet girilir gibi değil artık. Bir an önce varsak yerimize. Hepimizin burasına geldi," dedi Marcel.

Selva'nın ısrarıyla Asseo'nun bacaklarını Perla ve Samuel'in kucağına uzatıp yatırdılar onu. Başı arkadaşının dizlerindeydi.

"Sen endişelenmeden rahat rahat uyu, bir ağrı daha girerse ben hazırlıklıyım, ilaç cebimde," dedi Siegfried.

Yolcular, neşeleri kaçmış olarak girdiler gecenin lacivert karanlığına. Trenin sarsıntısında omuz omuza sallanarak uykuya daldılar.

Gecenin ortasında, içinde bir sıkıntıyla uyandı Constance. Hafif horultu seslerinden başka çıt çıkmıyordu kompartımanda.

Yolcular, tıngır mıngır gidiyorlardı rüyalarının içinde. Kocasının ayaklarının üstünden atlayarak ve mümkün olduğu kadar sessiz olmaya çalışarak dışarı süzüldü. Şimdi, herkes uykudayken ve tuvaletin önünde kimse kuyrukta beklemiyorken... Tuvalete yürüdü, girdi içeri. Suyu açıp başını bir müddet tıp tıp damlayan ve teneke pası kokan suyun altına tuttu. İşini gördü, elini ve yüzünü yıkadı, yüzünden sular damlayarak çıktı. Koridor karanlıktı. Pencereden kavun sarısı bir ay gözüküyordu gökte... Çok azı ısırılmış yusyuvarlak taze bir ekmek gibi. Ah, nasıl özlemişti sıcak bir ekmeğe dişlerini geçirmeyi. Hava almak için camı açmayı denedi ama içeriye buz gibi rüzgâr dolunca kapattı hemen. Alnını serin cama dayadı, ay ışığının siluetlerini belirlediği simsiyah gölgeler gibi duran dağların kimi sivri, kimi yassı geçişlerini seyretti önünden. "Ne hoş!" dedi kendi kendine, "ben duruyorum, tabiat önümde resmi geçit yapıyor." Vagonun sıcağı bedenine sinmiş gibi yanıyordu avuç içleri. Kollarını yukarı kaldırıp cama dayadı, o nemli soğuğu hissetmek için. Bir süre gitti öyle... Sonra... Sonra bir nefes duydu arkasında, bir çift el kalçalarını tuttu, biri kendi gövdesini yasladı ona.

"Marcel," dedi, "Ah Marcel..." Başını çevirmek istediğinde, Marcel, bir eliyle başını, diğer eliyle yukarda, camın üzerinde birleştirdiği ellerini tuttu, özlemişti kocasını Constance. Onun ensesini öpmesi, dilinin boynunda dolaşması, sıcak nefesinin saçlarının arasında gezinmesi hoşuna gitti. Daha ileri gidince itiraz etti: "Marcel, yapma, olmaz burada... Lütfen yapma... Biri tuvalete filan çıkar."

Marcel diziyle eteğini kaldırdı, iyice abandı karısına. Marcel, hem dursun, hem de durmasın istiyordu Constance. Ya biri görürse, ya biri çıkarsa koridora... "Yapma dedim sana!" Ama içinden yap diyordu, hiç durma, ne olur durma. Marcel donunu indirmek için ellerini bıraktığında, ona doğru dönmek isteyince hoyratça itildi başı cama doğru. Tanrım! Tanrım! Bu Marcel değil. Kocam değil bu!

Şimdi çılgın bir mücadele başladı camın önünde. Adam bir eliyle kafasını tutarken, diğeriyle bağırmaması için ağzını kapatıyordu sımsıkı. Ağzını örten eli ısırmayı denedi, beceremedi. Donu dizlerindeydi ve... Düğmeleri çözüktü adamın... Demek daha önceden hazırlıklı gelmişti... Tanrım! Tüm gücüyle bağırdi, boğuk bir "ağğğğ" sesi kayboldu gitti trenin gürültüsünde. Kalçalarını bir yandan bir yana sallayarak kurtulmaya çalışıyordu adamdan ve giderek tükeniyordu gücü.

David bir hücredeydi. Samanların üzerinde, ayak kokularının içinde yatıyordu. Hiç ışık sızmıyordu içeriye... Kapkaranlıktaydı. Tıpkı ağıla kapatılmış bir hayvan gibi karanlıkta, nem ve tezek kokan samanların üzerinde...

Açtı gözlerini David, bir duvar gibi yoğundu karanlık. Yerinden fırladı ve Fazıl'ın yerde duran trenine takılıp Selva'nın üzerine düştü.

"Ayyyy!"

"Ah, Selva... Pardon, pardon... Dışarı çıkmak istedim de göremedim."

"Şşşş, çocuk uyuyor... Herkes uyuyor... Tamam, tamam, zarar yok."

David el yordamıyla kapıyı bulup dışarı attı kendini, derin bir nefes aldı. Pencereyi açacaktı, soğuk hava uyandırsın, iyice kendine getirsin ve kurtarsın diye onu gördüğü kâbustan.

Pencereye doğru yürüdü. Ah! O da ne? Bir ses... İnildiyordu biri... Yoksa? Gülümsedi kendi kendine, insanoğlu bu, canı çektiği zaman tren filan tanır mı hiç! Tam kompartımana geri dönecekken fark etti, bu öyle bir inleme değildi. "Yardım edin... Yar... dım... Yar..." Boğuk çıkıyordu kadının sesi. Sesin geldiği yere doğru seğirtti. Camlardan vuran ay ışığında, iriyarı birinin koşarak uzaklaştığını gördü. Peşinden giderken ayağı bir şeye takıldı... Bir kadın vardı yerde. Çömeldi yanına.

"Aman Allahım, Constance!"

Pencerenin dibine büzülmüş, bacaklarını karnına çekmiş, kollarıyla dizlerini sarmış, tir tir titriyordu Constance.

"Ne oldu?"

Constance, ağlayarak konuşmaya çalıştı ama ne söylediğini anlayamadı David.

"Demin kaçan adam seni rahatsız mı etti?"

Constance, evet anlamında başını salladı.

"Kimdi, tanıyor musun?"

Yine başıyla hayır işareti yaptı Constance. Hıçkırarak ağlıyordu şimdi. David sarıldı ona, saçlarını okşadı, "Geçti... Geçti güzelim... Haydi kendine gel... Gel gidip yüzünü yıkayalım... Haydi sus, ağlama."

Bir ses duydular. David, kollarındaki Constance'la birlikte döndü sese doğru. Marcel tepelerinde durmuş, hayretle onlara bakıyordu.

Tren gidiyordu. Kompartımandakiler teker teker uyanmışlardı yeni bir güne, Constance hariç. O, dizlerini karnına çekmiş, üstüne pardösüsünü örtmüş, uyuyordu pencerenin kenarında. Asseo, iyi hissediyordu bu sabah kendini. Ama Marcel iyi hissetmiyordu bu sefer de. Sık sık tuvalete gidip geliyor ve koridorda dolanıyordu sigara içerek. Siegfried sessizdi her zamanki gibi, David de sessizdi nedense.

Selva ve Margot yine sepetleri indirip kahvaltı hazırladılar. Termosun dibinde kalmış acı kahve, bir gün önce köylülerden aldıkları katı yumurtalar, köy ekmeği, bal!

"Mösyö Asseo, bu kahvaltıyı kaçırmayın, bal harika," dedi Selva, "mis gibi çiçek kokuyor."

"Siz de mis gibi çiçek kokuyorsunuz madam ve bal gibi tatlısınız."

Kulak diplerine kadar kızardı Selva, adam seksenine yakın olduğu halde. Kimbilir, belki o kadar yaşlı değildi. Zor hayat şartları, ıstırap insanı zamanından evvel çökertiyordu.

Ferit, Evelyn ile birlikte ziyarete geldi kompartımana. Berlin'deki geceyi yaşamamış olsalardı, Selva ve Margot'yla sohbet etsin diye bu kompartımana yerleştirirdi karısını ama istasyonundaki olaydan sonra Evelyn ayrılmıyordu Ferit'ten. Onlar içeri girince David yerinden kalktı, "Siz benim yerime buyurun madam," diyerek yer verdi Evelyn'e, "ben de gider, sizin yerinize otururum, istediğiniz kadar kalın, sohbet edin burada."

"Bir dakika David, bir diyeceğim var, bekle," dedi Ferit. "Bükreş'e yaklaşmaktayız. Orada çözülüyoruz bu katardan. Tekrar bir yolcu treninin lokomotifine bağlanacakmışız. İstasyonda inmek isteyenlere duyuruyorum. Bir saate yakın bir molamız olacak."

"İyi, bulabilirsem şarap alırım," dedi David, "içkiye ihtiyacım var."

"Sahi, sen pek sinirlisin bugün," dedi Margot, "yetti değil mi David, artık hepimiz inmek istiyoruz bu trenden."

"Hem de nasıl!"

Koridorda Evelyn'in yerine oturmaya giderken Marcel'le karşılaştı.

"Bir dakika, durur musun?"

"Ne var?"

"Yani nasıl görememiş olduğunu anlayamıyorum."

"Marcel yüz kere söyledim sana, karanlıktı, kaçarken arkasından gördüm sadece."

"Ne renkti giysisi? Üniformalı mıydı?"

"Laf anlamıyor musun! Karanlıktı dedim sana. Koyu renk olmalı üstündeki. İriyarıydı. Sadece bunu fark edebildim, yapılı bir herifti."

"Bu vagonda tam kırk dokuz adet yapılı herif var."

"Kompartımanlarda iriyarı adam mı aradın? Delirdin mi sen?"

"Bu herifi bulmalıyım."

"Marcel, büyük bir ihtimalle, o askerlerden biriydi. Başka kim böyle bir şeye cesaret edebilir, bir seks manyağı olmadıkça?

Ne yapabilirsin ha? Karıma hanginiz saldırdı, diye mi soracaksın askerlere?"

"Belki."

"Marcel, başımızı belaya sokma. Bir-iki günümüz kaldı şu trende, allahaşkına makul ol. Farz et ki SS'lerden biri, 'benim' dedi, dövemeyeceğine göre adamı..."

"Kim demiş dövemem diye."

"Öyle bir şey yaparsan dokuz gündür çektiğimiz eziyet sıfırlanır. Romanya hapishanelerinde çürürüz. Hatta SS subaylarına bulaştığın için belki de Almanya'ya gönderiliriz, bir çalışma kampına. Sana kamp hayatını bir kere daha anlatayım mı?"

"Belki de seni dövmem gerekiyor," dedi Marcel.

"Delisin sen!" David, itip yürüdü Marcel'i. Allahım, bütün belalar niye beni buluyor, diye düşündü, acaba Şabat dualarını yapmadığım için mi?

Bükreş'te durduklarında, yolcular kompartımanlardan dışarı fırlarken, SS subayları, "Halt! Halt," diyerek yürüdüler koridorda.

"Ne istiyor bunlar?" diye sordu kadınlardan biri.

"Önce onlar inecek, vagonu çözeceklermiş. Biz daha sonra... Vagon çözüldükten sonra başka perona çekileceğiz," dedi Ferit. "Heyyy Marcel, duymadın mı, nereye gidiyorsun?"

"Tuvalete."

Marcel gitti, çıkış kapısının yanında durdu. Askerler aralarında konuşup gülüşerek geldiler. İçlerinden bir tanesi, eliyle işaretler yaparak, kendi dilinde, "Aşağı inme, sonra... Sonra," dedi. Şirin bir gençti. Marcel, anladım anlamında kafasını salladı. Askerlerin arasında en iriyarı olanını tespit etti. Şirin Alman önce indi, arkasından bir diğeri ve sonra iriyarı olanı... Marcel ayağını uzattı, çelmeye takılan asker, kafa üstü düştü merdivenlerden, arkasından gelen de ona tosladığı için düştü. İkinci düşenin silahının, yuvarlanırken iriyarı olanın boynuna battığını gördü Marcel, tuvalete koştu, girdi ve kapıyı kilitledi.

Bulgaristan'a sayıları azalmış olarak girdiler. Kırk yedi yolcu Köstence'ye devam etmek üzere Bükreş'te inmişti trenden. Ferit, neye kızdıklarını hiç anlayamadığı SS'lere dil döküp durmuştu, bir an önce yük vagonundan çözülmeleri için. Sonunda ellerindeki son kalan kahve kavanozunu feda etmek zorunda kalmıştı da başarmıştı heriflerden kurtulmayı.

Sona eriyordu artık sonsuza dek sürecekmiş gibi gelen yolculuk. Bulgar sınırının haberi vardı geleceklerinden. Fazla didiklemediler. Ferit her zaman yaptığı gibi, vagonun bir yarısının, Rafo da öteki yarısının pasaportlarını topladı, damgalattı.

"Bulgaristan sınırları içinde durmak yasak," dedi polis. "Hiç durmadan transit geçeceksiniz."

İçinden, "Kim ne yapsın senin memleketinde," diye düşünen Ferit'i şeytan dürttü birden, "Ölüm vakası olsa bile mi?" diye sordu. Polis çok ciddiye aldı bu şakayı.

"Hasta mı var?"

"Hayır."

"Bulaşıcı hastalık filan?"

"Ne münasebet. Nereden çıktı şimdi bu?"

"Niye soruyorsun o halde?"

Dilim kopaydı diye düşündü. "Şaka yaptım."

"Ölümün şakası olur mu? Öyle bir durumda mutlaka haber vereceksiniz. Alarm koluna asılırsınız. Sağlık kurallarına ve kanuna aykırıdır cesetle gitmek. Sağlık Bakanlığı'nın kesin emri var, bu ara bir sürü yaralı asker ölüyor trenlerde, mikrop saçılıyor..."

Adamın sözünü kesti Ferit: "Bizim vagonda asker yok. Karıkocalar ve çocuklar var. Hepsi bir an evvel canlı canlı evlerine kavuşmaya can atıyor. İsterseniz gelip bakın. Ben sadece şaka yapmıştım."

Ter içinde kalmıştı. Adam bir süre düşündü, emirleri harfi harfine yerine getirmeye şartlanmış bir aptal olduğu belliydi.

"Pekâlâ, al bakalım pasaportları komşu."

"Sağ ol komşu."

Koşa koşa gidip vagona bindi Ferit. Koridorun ortasında durup tüm yolculara seslendi: "Edirne'ye varana kadar durmak yok. İnmek yok. Ölmek de yok. Tamam mı?"

Bir alkış yükseldi yolculardan. Edirne'ye kadar... Edirne... EDİRNE... Belki de hiçbir kentin adı bu kadar hoş gelmemişti kulaklarına. Edirne kurtuluş demekti. Varış demekti. Barış demekti. Yeni bir yaşama başlangıç, yeniden doğuş demekti.

Tren kalktı. Neşe içinde koyuldular yola. Sadece Constance'ın neşesi yoktu. Bükreş'te trenden inmemiş ve gün boyu hiçbir şey yememişti.

"Sen iyi değilsin," dedi Margot, "ateşin mi var yoksa?" Elini uzatıp başını yokladı Constance'ın.

"Neyse, artık geldik sayılır. Akşama doğru Edirne'ye girince canlanırsın... Heyy Kezban kız, neyin var senin?" diye sordu Selva. Hiç ses çıkmadı Constance'dan. Gözlerini kapattı, uyur gibi yaptı.

Margot ve Selva, Evelyn'i ziyaret etmek için koridora çıktılar.

"Marcel'le karısı kavgalı galiba, gün boyu tek bir laf etmediler birbirlerine," dedi Margot.

"Yok canım. Kavga etseler duyardık, kompartımanda iç çeken duyuluyor," dedi Selva.

David sigara içiyordu camın önünde.

"Bugün baca gibi tüttün David," dedi Margot, "Bükreş'ten aldığın şu şarapları aç da içelim bu gece."

"Almadım."

"Aaa, neden? İstasyonda şarap satmıyorlar mıydı?"

"Sormadım."

"Bu seyahat herkese uzun geldi," diye düşündü Margot, "ne tuhaf, yaklaştık diye sevineceklerini sanıyordum, tam tersi oluyor."

Herkes kendi kompartımanındaydı şimdi. Bulgaristan girişindeki neşeli hava kaybolmuştu. Marcel tavla oynamak istemiyordu. David suratlıydı. Constance büzüldüğü yerde uyuklayıp duruyordu. Bir ağırlık çökmüştü kompartımana.

"Mösyö Asseo," dedi Selva, "sizden bir şey rica etsem yapar mısınız?"

"Sizin için madam, her şey."

"Bir hüzün bastı hepimize. David kemanınızı indirse yukardan, bize çalar mıydınız son defa. Havamız değişirdi."

"Zevkle," dedi yaşlı adam.

David uzandı rafa, kemanı indirdi. Asseo dar kompartımanın ortasında ayakta durdu, başıyla selamladı herkesi, "Beethoven. Konçerto en re majör," dedi, dayadı omzuna kemanını, çalmaya başladı.

Büyülü bir şey vardı yayında Asseo'nun. Tellerin üzerinde kaymaya başladığı anda, dinleyenleri alıp koşturuyordu başka boyutlara. Belki de iç ülkelerine taşıyordu, kendileriyle hesaplaşmaya, kendilerini yeniden tanımaya, çözümlemeye.

Constance'ın gözlerinden yaşlar düşmeye başladı yanaklarına. Başını çevirmiş, dışarıya bakıyordu. Marcel, elini uzatıp yumuşak hareketlerle saçını okşadı karısının. David içini çekti.

Hızla gidiyordu tren. Asseo keman çalıyordu. Ömrü boyunca hep yaptığı gibi, aşkla, şevkle çalıyordu. Viyana Operası'nda, yılbaşının ertesi sabahı, Yeni Yıl Konseri'nde Ludwig van Beethoven'in keman konçertosunu çalıyordu solist olarak ve her Yeni Yıl Konseri'nde olduğu gibi tıka basa doluydu salon, soylu beyefendiler, şık hanımefendiler, müzik âşığı gençlerle. Huşu içinde dinliyorlardı onu. Allegro ma non troppo ile başlıyordu, coşkulu... Sonra daha yavaş ve daha derinden... Orman perileri nefti ormanlarda dolaşıyor... Kemanı omzuna koyduğu tiril tiril beyaz mendilin üzerinde, yayı sağ elinde, parmak uçlarında hafifçe yaylanarak, müzikle birlikte sallanarak çalıyor... Bir anlık es'te aceleyle alnındaki teri silip devam ediyor... Larghetto... Yavaş, uslu, huzurlu, ılık bir denizde yüzer gibi... Ağır ağır kulaçlarla... Notalara bile bakmıyor... Çalıyor,

çalıyor... Rondo... Hızlanıyor, coşuyor... Şimdi bir büyük kuş o, beyaz kanatlı... Döne döne uçuyor mavi bulutların arasında... Döne döne... Son nota! Grande Finale! Bütün salon ayakta... Bütün Viyana... Alkışlar dinmiyor, dinmiyor, dinmiyor... Şef elini uzatıp tebrik ediyor... Yine alkışlar, yine alkışlar, "Bravo Maestro! Bravo Maestro!" Eğiliyor, tekrar tekrar eğiliyor... Alkışlar uzaktan geliyor şimdi... Daha, daha uzaktan.

"Aman Tanrım! Aman Tanrım!" Yerinden fırlıyor Siegfried, yerlerinden fırlıyorlar David ve Marcel, kadınlar ayakta... Asseo başı öne eğilmiş, selam verir gibi önce, sonra başı yine aşağıya doğru, eğiliyor, eğiliyor, iki büklüm oluyor, yavaş yavaş çöküyor yere... Koltukaltlarından tutup ayağa kaldırmayı deniyorlar, başaramayınca yere uzatıyorlar.

Siegfried yanına çömeliyor arkadaşının, iki parmağını şakağına dayıyor. Selva, dehşet içinde soruyor:

"Mösyö Kohen?"

Başını sallıyor Siegfried. Gözlerinden yaşlar akıyor. Yere oturuyor, koltukaltlarından tutarak kucağına çekiyor arkadaşının seyrek saçlı başını ve sırtını. Kollarında şimdi Asseo. Bir bebek sallar gibi sallıyor onu kollarında, birlikte sallanıyorlar.

"Treni hemen durdurmalıyız. Haber vermeye gidiyorum," diyor Ferit.

"DURUN!"

Ferit duruyor. "Gitmeyin. Durdurmayın treni."

"Ama olmaz ki Mösyö Kohen."

Siegfried kundakta bir bebeği yere bırakır gibi yumuşak ve yavaş bırakıyor Asseo'nun başını yere, ayağa kalkıp ellerine sarılıyor Ferit'in... Tıs yok kompartımanda, herkes nefesini tutmuş.

"Mösyö Ferit. Yalvarıyorum size, durdurmayın treni. Onu Bulgar topraklarında indirmek istemiyorum. Ona Bulgar eli değsin istemiyorum. Birkaç saatlik yolumuz kaldı. Sınırdan girer girmez Edirne'de teslim edelim... Sadece birkaç saat. Faşistlerin onu ellemesine, soymasına, eşyalarına el koymasına müsaade etmeyin. Yalvarırım."

Ferit durdu. Herkes ona bakıyordu tek bir göz olmuş gibi. Marcel'in, Constance'ın, Selva'nın, Margot'nun, David'in, çocukların yalvaran bakışları üstündeydi.

"Peki Mösyö Kohen. Ama bunu kimsenin bilmemesi lazım. Yoksa başımıza büyük bela alırız," dedi, "bir ölüm vakasını haber vermemek suçtur." Kompartımandakilerin gözlerinin içine baktı teker teker.

"O uyuyordu. Uykusunda ölmüşse biz nereden bilebiliriz ki!" dedi Margot.

Asseo'yu kollarından ve ayaklarından tutarak koltuğa taşıdılar.

"Başını benim dizlerime koyun," dedi Siegfried. Oturdu yerine, Asseo'nun yaşlı başını dizlerine koydular. Elleriyle gözlerini kapattı Siegfried arkadaşının, adeta okşar gibi. Aşağı sarkan elini dudaklarına götürdü, öptü ve göğsünün üzerine bıraktı.

Margot kırmızı mantosunu omuzlarından alıp üzerine örttü. Asseo'nun uzandığı yerde oturanlar, ayakucuna ve karşı koltuğa sıkıştılar.

Tren gidiyordu. Asseo'nun son konserinin Larghetto notaları uçuşuyordu kompartımanda. Yan yana, omuz omuza, hiç konuşmadan oturuyor ve biraz önce dinledikleri müziği içlerinde, yüreklerinde duyuyorlardı Asseo'nun son dostları.

***

Üniformalı bir Bulgar, selam çakıp girdi kompartımana.

"Pasaport ve biletlerle sıralanın, sınıra yaklaşıyoruz," dedi.

Bir an çıt çıkmadı kimseden. Marcel, "Pasaportlarımız diğer kompartımandaki arkadaşta," dedi en kibar sesiyle.

"Neden?"

"Bu kafilenin başı o. Müsaade edin, gidip çağırayım." Marcel çıktı, dizleri titreyerek Ferit'in bulunduğu kompartımana yürüdü.

"Bu uyuyor mu?" dedi Bulgar, başıyla Asseo'yu işaret ederek.

"Uyuyor."

"Uyandırın."

"Daha yeni uyudu," diye atıldı Margot, "dün geceden beri uykusuzdu."

"Kontrolden sonra yine uyur."

Ferit ve Rafo, birlikte geldiler. Her ikisi de bitkin görünüyordu.

"Pasaportları getirdim," dedi Ferit.

"İyi, hazırlanın, tren durunca dışarı çıkacaksınız."

"Paris'ten çıkalı beri bir sürü yerden geçtik. Berlin üzerinden geliyoruz. Kimse bizi dışarı çıkartıp saymadı," dedi Ferit.

"Oralarda hep işgal altında topraklardan geçiyordunuz beyler. Fransa, Çekoslovakya, Macaristan... Hepsi Almanya sayılır artık. Hepsi Alman kontrolünde. Şimdi ise başka bir ülkeye geçiyorsunuz. Sınır buna denir işte."

"Tamam, siz diğer vagonlardan başlayın hele..." dedi Ferit. Zaman kazanmaya çalışıyordu ama, ne için? Asseo'yu bir beş on dakika daha yanlarında tutabilmek için mi? Bulgar, diğer uca doğru yürüyünce, David, Ferit'in yanına geldi, "Rüşvet teklif edelim," diye fısıldadı kulağına.

"Nasıl yani? Para mı?"

"Para, şarap... Mozellerime kıyabilirim Mösyö Ferit."

"Dur bakalım," dedi Ferit.

"Mösyö Kohen para verebileceğini söyledi."

"Peki. Bakarız."

Bulgar, vagonun aşağı tarafındaki yolcuları dışarı çıkartıyordu.

Ferit, kompartımandakilere, "Hepiniz çıkın lütfen," dedi.

Kimse kıpırdamadı yerinden. "Sizi Bulgar mı çıkartsın istiyorsunuz? Mösyö Kohen, Mösyö Asseo'nun başını indirin kucağınızdan ve siz de çıkın."

Marcel ve Constance, kucağında oğluyla Selva, Margot, Samuel ve Perla çıktılar.

"Kalmamı ister misiniz Mösyö Ferit?" diye sordu David, "Yardımım dokunabilir mi?.. Yani..."

"Yok. Siz de gidin David... Mösyö Kohen, lütfen ama."

David çıktı. Siegfried'in kımıldamadığını görünce sinirlendi Ferit, "Acınızı anlıyorum ama anlayış gösterin."

"Acımı anlayamazsınız mösyö. Biliyorum, Bulgar'a rüşvet teklif edeceksiniz ve onun için yalnız kalmak istiyorsunuz. Ama ben de kalacağım ve gerekirse fiyatı yükselteceğim, hayır diyemeyeceği miktara kadar."

Bulgar yavaş yavaş yaklaşıyordu kompartımana. Margot ise basamaktaydı inmek üzere. Margot aniden geri döndü ve kompartımana koştu. Kapının önünde nerdeyse çarpışıyordu Bulgar'la. Adamın elini avuçlarının içine aldı Margot.

"Bakın, burada yatan kişi benim babamdır. Kendisi çok hasta. Ağrılarını azaltmak için uyku ilacı verdik. Şimdi kaldırırsanız elinizde kalır. Oysa iki saatlik bir yolumuz kaldı, yalvarıyorum size, müsaade edin son nefesini yurdunda versin."

Bulgar, Asseo'nun başında durmuş, bakıyordu. Elini uzattı Asseo' ya doğru, Margot'nun yüreği sıkıştı, dizleri çözüldü. Bir an Ferit'le göz göze geldiler. Bembeyazdı Ferit'in yüzü. Bulgar, Asseo'nun üzerine örtülmüş olan kırmızı mantoya okşar gibi dokundu, "Çok güzel bir manto," dedi, "yumuşacık, kaşmir dedikleri bu mu?"

Margot, Asseo ile Bulgar'ın arasına geçti, "Babamı uyandır-mayışınızın mükâfatı olarak, onu size veriyorum," dedi, çekti aldı mantoyu üstünden cesedin, "Karınız veya kızınız... Belki de sevgiliniz için. Ama onu uluorta veremeyeceğime göre size..." Sırtına attı mantoyu, "Mantomu gümrükte unutacağım. Haydi gelin benimle, gümrüğe gidelim."

Bulgar ve Margot çıkınca Asseo'nun başını yavaşça koltuğa bıraktı Siegfried, rafta dürülmüş duran kendi yağmurluğunu indirip örttü Asseo'nun üzerine, dışarı çıktı. Ferit, kompartımanın kapısını sıkıca kapatıp takip etti adamı.

Tren, muamelelerini tamamlayan yolcularını aldıktan sonra tekrar hareket etti, yavaş yavaş geride bıraktı Svilengrad'ı. Bir-iki dakika sonra, "KAPIKULE!" diye bağırdı Selva. Tren usul usul az daha gitti, durdu. Ferit kompartımanından çıktı, "TÜRKİYE'YE HOŞ GELDİNİZ!" diye bağırdı koridorda avazı çıktığı kadar. Herkes çılgınlar gibi alkış tutuyor, birbirine sarılıyor, öpüşüyor ve ağlıyordu. Eller sıkılıyor, tebrikler ediliyor, çığlıklar atılıyordu. Sadece Selvaların kompartımanında yoktu coşku. Pencereden içeri nur gibi dolan vatan güneşinin parlaklığı dahi dağıtamıyordu kompartımandaki hüznü.

Ferit, içeri giren gümrük memurunu ve polisi kapıda karşıladı, "Kötü bir haberimiz var maalesef," dedi, "bir yolcumuzu kaybettik az önce."

"Başınız sağ olsun," dedi gümrük memuru.

"Sınır garnizonuna haber vermemiz lazım mı?"

"Sınır garnizonunun bu işle alakası yok. Zaten garnizon futbol maçı karşılaşmasına gitti, burada değil," dedi polis, "biz gerekeni yaparız, siz merak etmeyin."

Sigfried, Asseo'nun bir sedyeye konarak çıkarılışına itinayla nezaret ettikten sonra, Asseo'nun keman kutusunu, valizini ve kendi eşyalarını indirdi yukardan.

"Dostlarım," dedi, "ne yazık ki burada vedalaşmamız gerekiyor. Allah bana sizlerle tekrar karşılaşmayı nasip etsin. Hepinize bütün kalbimle teşekkür ederim." Sırayla sarıldı her birine. Sonra Asseo'nun kemanını Margot'ya uzattı, "Bunu size armağan ediyorum matmazel," dedi, "değerli bir kemandır. Siz çalmasanız bile belki ilerde çocuğunuz çalar."

Margot şaşırdı: "Mösyö Kohen, rica ederim... Benim mantoma çok fazla değerli bir karşılık bu."

"Mantonuzun değil, benim minnetimin nacizane karşılığıdır."

"Ama, bu keman bir Stradivarius! Mösyö Asseo'nun akrabaları vardır belki..."

"Var," dedi Siegfried, "bir kardeşi var sadece, o da benim!"

Edirne'den İstanbul'a iki eksik yolcuyla kalktı tren. Selva, oğlunu babasına teslim edip başını yastık gibi dürdüğü ceketine yasladı, kapadı gözlerini. Sevinemiyordu. Ağlayamıyordu. İstanbul'a vardıklarında istasyonda kimseyi bulamama ihtimaline karşı üzülemiyordu da. İçi boşalmış gibiydi. Sanki sinirlerini ona hiç fark ettirmeden çekip almışlar ve duygusuz kalmıştı. Hissettiği, sadece çok yorgun olduğuydu. Günlerin değil, ayların, yılların yorgunluğu, gönüllü sürgününün yorgunluğu...

Tren, bu kez vatan topraklarında gidiyordu tıngır mıngır. Rahatlatan bir ninni gibi geldi bu ses Selva'ya.

"Baksana Selva, şu karşıda gözüken meşhur Sinan'ın köprüsü olmasın?" dedi Constance.

"Selva uyuyor," dedi Margot, "ara ara da sayıklıyor."

***

Selva, Sabiha'nın peşinde, Ada'nın çamları arasında koşuyordu.

Tam yetişirken ablasına, ağaçların ardında bir kayboluyor, bir gözüküyordu Sabiha. Beyaz elbisesinin köpüğü andıran eteğine ellerini uzatıyordu Selva, yaklaşıyor, yaklaşıyor, yakalıyordu etekliği ve elleri bir sabun köpüğünü avuçlamış gibi yine boşlukta. "Selva beni tutamaaz! Selva beni tutamaaz!" Yeniden koşmaya başlıyordu... O ağacın arkası, bu ağacın önü... Sabiha'nın elbisesi nar kırmızısına dönüşüyor... Selva peşinde, yakaladı yakalayacak... Nar kırmızısı bir kelebek oluveriyor bu sefer, Selva koşuyor peşinden... Uçuveriyor kelebek... Selva da bırakıyor kendini kelebeğin arkasından yardan aşağı... Düşüyor... Hiç bitmeyen, dibi hiç gözükmeyen bir uçuruma düşüyor... Uçurumun en dibinde babası duruyor, kollarını açmış... Haykırıyor Selva: "Babaa tut beni... Tut beni babaaa!"

"Selva, uyan hayatım... Uyan, girmek üzereyiz."

Silkinerek açtı gözlerini Selva, "Nereye?" diye sordu Rafo'ya, mahmur mahmur.

"Sirkeci Garı'na."

"Ne!"

Doğruldu, gözlerini kırpıştırdı, pencereden demir sütunlarını gördü istasyonun... O koku... Deniz ve yosunla örülmüş İstanbul'un kokusu... Tren usul usul, duvağını sürüyen bir nazlı gelin gibi ilerliyordu istasyonda.

Şehrinin özlediği renkleri, çizgileri Selva'nın... Selçuklu üslubunu yansıtan hatları, renkli camlarıyla Doğu'ya mahsus o mistik havayı hemen estiriveren istasyonda kaynaşan kalabalık... Yükünü iplerle sararak sırtına vurmuş iki büklüm hamallar, fötr şapkalı, kruvaze ceketli beyler ve poturlu erkekler, şapkalı hanımlar, başörtülü kadınlar, analarına şımaran arsız çocuklar ve simitçi... Simitçiyi görünce yaşlar süzülmeye başladı yanaklarından.

Müthiş kalabalıktı peron, binlerce el sallanıyor gibiydi. Selva, yüreğinde küçücük bir ümitle, o insan selinin içinde birini aradı... Hayır, asla gelmez... Yıllar önce, salondaki büyük aynanın önünde hesaplaştığı gün, o değil miydi, "Sen sadece beni değil, altı asırlık bir geleneği de altüst ettin," diyen... Gelmez! Çocuklar bağrışıyordu peronda, birkaç güvercin kanat çırptı... Bir büyükanne torunlarına kavuşuyordu... İki sevgili kucaklaştılar... Az ilerde, sağda, fuşya tayyörüyle Sabiha'yı ve yanında duran annesini gördü, kendilerini belli etmek için ellerindeki beyaz mendilleri sallıyorlardı... Onların biraz arkasında Leon, Rafo'nun ağabeyi, elini kolunu nereye koyacağını bilemediği için ellerini ceplerine sokmuş, dikiliyor dudaklarında bir sigarayla... Gözleri hızla taradı platformu Selva'nın... Gelmemiş!

Hayal kırıklığını kimsenin görmemesi için başını önüne eğdi Selva, dayanılması zor bir sancıydı yüreğindeki küçücük ümidin sönüşü. Neden ümit etmişti ki zaten? Bilmiyor muydu kendine çok benzeyen karakterini babasının. Koyulduğu yoldan asla geri dönmeyen, inatçı, ödün vermez karakterini. İstiklal Harbi günlerinde, Anadolu'da savaşan birliklere el altından maddi yardım yaptırdığı ve "istiklal"i hayatının en müthiş ve mutlu hadisesi olarak addettiği halde, Gazi'ye hayranlığı her halinden belli olurken, sırf ahde vefadan dolayı cumhuriyetin ilanına karşı çıkan babasıyla az mı münakaşa etmişti, çalışma odasının loş köşelerinde. "Yine fısır fısır aynı meseleyi mi konuşuyorsunuz babamla?" derdi Sabiha, "Hiç bıkmaz mısınız neticesiz münakaşalardan siz?" Hayır bıkmazlardı. Selva, cumhuriyet idaresinin babasının hür fikirlerine, ilerici görüşlerine ne kadar da çok yaraştığını anlatmaktan, Fazıl Reşat da saltanatı kaldırmanın bir hata olduğunu ileri sürmekten hiç vazgeçmezdi. Saatlerce sürerdi tartışmaları. Bu yüzden, Selva babasına, ondan öğrendiği tüm mantık kavramlarını öne sürerek, evliliğine izin vermesi için ellerine sarılıp yalvardığında, yüreğinin ta en derininde, bu izni alamayacağını biliyordu. O utanç verici intihar teşebbüsü sonrasında, yaralı babasının başucunda otururken, paşanın böyle bir zaafa kapılmış olmasına sebebiyet verdiği için asla bağışlanmayacağını da bilmişti. Nitekim babası kendine gelip de ailesini yatağının çevresine dizelenmiş gördüğünde, bakışları Selva'nınkilerle karşılaşınca hemen kapatmıştı gözlerini. Yüreğini de kapatmıştı kızına, bir daha açmamak üzere. Acaba bunu anladığı, sezdiği için mi uzaklara gitmişti Selva? O şehirde en değer verdiği kişi tarafından dışlanmış olarak yaşamaya tahammül edemeyeceği için mi? Acaba? Ne kadar çok düşünmüştü bunları yıllar boyunca. Kocasının kollarında uykuya dalmadan önce, yüzlerce gece, binlerce kere düşünüp durmuştu.

Rafo'nun onu şehvetle sarsalayan bedeninden kurtulup şefkatle saran kollarına geçtiğinde, sevdasının panjurlarını indirir, özleminin penceresini açar, bazen gün ağarana kadar düşünürdü babasını. Hasretle. Sevgiyle. Yüreği yanarak. Rafo'ya, ne de bir başkasına tek bir kelime etmeksizin çekerdi baba gücendirmenin ağır cezasını. O adam, göbekli Alman, neydi adı?.. Onun verdiği haberi duyana kadar, kocasına bir gün her şey düzelecek dese de, beklentileri yoktu babasına dair. Muhaceret Bürosu'na gitmiş ve treni sormuş olmasından dolayı boş bir umuda kapılmıştı. Ama şimdi fark ediyordu ki, bir baba için kızının sağ salim vatanına kavuşması başka bir şeydi, bağışlanması bambaşka bir şey. Baba olarak, Fazıl Reşat vazifelerini sonuna kadar yapacaktı elbet, ama o kadar. Boşuna umutlanmıştı. Son konuşmalarında, salonun kapısını biraz da hızla çarpıp çıktığında, duyduğu o korkunç şangırtı... Devasa kristal aynanın ve Çin vazolarının kırılırlarken çıkarttıkları o yansımalı sesler... Bir sopranonun gırtlağından çıkan tiz notalar gibi... Hâlâ kulaklarında. O gün kırdı onları birbirlerine bağlayan çok nadide, çok değerli, çok özel kristal tellerin hepsini babası. Gelmez!

Rafo, Fazıl'ı uzatıyordu ona, pencereden annesine göstermesi için. Yüzündeki kırık ifadeyi silmeye çalışarak oğlunu aldı, kollarında havaya kaldırdı ve ancak o zaman fark etti, kalabalığın epey uzağında bembeyaz saçları ve elinde bastonuyla tek başına bekleyen yaşlı adamı. İlerde, dökme demir sütunların birine yaslanmış duruyordu, kıpırdamadan.